QUERVERLAG

Matthias Frings

Manchmal ist das Leben

Roman

Handlung und Personen sind frei erfunden. Jede Ähnlichkeit mit tatsächlichen Ereignissen oder Personen wäre rein zufällig.

Lektorat: www.editiondia.de

Umschlag und grafische Realisierung von Sergio Vitale unter Verwendung einer Fotografie © Wolfgang Volz

Druck und Weiterverarbeitung: Finidr
ISBN 978-3-89656-218-0
Printed in the Czech Republic

Bitte fordern Sie unser Gesamtverzeichnis an:
Querverlag GmbH
Akazienstraße 25, 10823 Berlin
www.querverlag.de

INHALT

1

*„Unfälle gibt es bei uns selten,
Abstürze schon mal gar nicht!"*

Monatelang drauf hingelebt, viel gefummelt, viel geübt. Nachts war er durch seine Träume geklettert: anseilen, Sicherungssystem checken, Stoffpaneele entrollen, Bahnen verknüpfen, Rückhalteseile installieren. Alles gut gegangen. Im Traum. Bis der Regen kam. Kein Sturm war aufgezogen, kein Gewitter hatte gedräut, es fing nur an zu regnen und hörte nicht wieder auf. Millionen nasskalte Nadeln löcherten Gesicht und Arme. Ein wehrloses Stück atmendes Fleisch. Im Gurt baumelnd musste er mit ansehen, wie die Welt von einer Sintflut weggewischt wurde, einfach so.

Bestürzt war er aufgewacht. Schweiß lief von der Stirn in seine Augen. Ein Anfänger war er nicht, schließlich ging er auf die fünfzig zu. Im Lauf der Jahre umsichtig geworden, mied er das Risiko. Auch dem Sohn, der ebenfalls kletterte, hatte er eingebläut: In der Ruhe liegt die Kraft! Merkwürdig, dieser Albtraum. Der neue Job ist für einen erfahrenen Kletterer kein Problem … nun ja, ein bisschen kompliziert vielleicht, aber machbar. Mit dem einen Unterschied: Von Treptow bis Timbuktu schaute die ganze Welt zu.

Er sprang unter die Dusche und stellte sie zum Schluss auf eiskalt. Bibbernd, aber wach stand er anschließend vor dem Spiegel. Rasieren wird er sich heute nicht. Wann genau das angefangen hatte, wusste er nicht mehr, aber seit Jahren war es sein Glücksritual, am ersten Tag eines besonderen Einsatzes mit Stoppelbart zu erscheinen.

Jenny war ein Schatz. Obwohl sie noch eine Runde hätte schlafen können, war sie mit ihm aufgestanden. Kann sein, dass sie sich mal wieder Sorgen machte. Dabei war Höhenarbeit kein gefährlicher Beruf. „Dachdecker beispielsweise", hatte er ihr schon oft erklärt, „turnen da oben ungesichert herum. Die müssen sich weder angurten noch einhaken. Wenn die einen schlechten Tag haben und nicht aufpassen, geht die Fuhre ab. Aber wir haben unser Sicherungssystem immer dabei. Unfälle gibt es bei uns selten, Abstürze schon mal gar nicht!"

Zur Feier des Tages hatte Jenny ihm Eier mit Speck gemacht, auch das eine kleine Tradition.

„Endspurt", freute er sich. „Vierundzwanzig Jahre Vorlauf, jetzt machen wir das Ding endlich fertig!"

Vorgestern um fünf Uhr morgens hatte der letzte Akt begonnen. Der Konvoi kam mit so vorfreudigem Motorengeheul um die Ecke gebogen, dass er das Gefühl hatte, Benzin schieße in seine Blutbahn. Sieben Tieflader mit je zehn Stoffrollen, hunderttausend Quadratmeter Gewebe insgesamt. Nachdem vier mit Lasttraversen ausgestattete Kräne die zusammengerollten Paneele aufs Dach des Reichstags gehievt hatten, gab es keine Maschinen mehr, nur noch ihn und seine Kumpels. Wenn etwas schiefging, standen sie mit einem Riesenbatzen Stoff von einer Tonne oder zwei da und müssten alles von Hand regeln. Wird aber nichts schiefgehen, durfte nicht. Alles musste auf Anhieb klappen, so eine Aktion konnte man nicht proben. Schlicht unvorstellbar, dem Christo seine Kunst kaputt zu machen.

Heute kam er noch von zu Hause, die nächsten zwei Wochen würde er in einer eigens für sie hergerichteten Unterkunft schlafen. Hergerichtet war übertrieben, das leer stehende Gebäude wurde mit Matratzen und Schlafsäcken „möbliert". Aber die Wege waren kurz, fünf Minuten nur bis zur Arbeitsstelle. Zur Premiere trug er das offizielle T-Shirt. Dunkelblau auf hellblau stand da zu lesen: *Wrapped Reichstag Berlin 1971–95*. In Reserve hielt er Handschuhe, Einweganzüge, Regenanorak, Letzterer heute wohl nicht nötig.

Durch abgesperrtes Gelände ging es in die düstere, entkernte Reichstagsruine. Alle nicht tragenden Wände waren schon für den Umbau zum Parlament entfernt worden. Rohre und Versorgungssysteme lagen frei. Nur den alten Plenarsaal konnte man noch gut erkennen. Die Ruine sah ein bisschen nach Forschungsstation auf dem Mond aus: überall hermetisch abgeriegelte Zelte, in denen Arbeiter in Masken und Schutzanzügen die letzten Reste Asbest entfernten. An manchen Wänden sah man noch die Spuren des Krieges. Einschüsse, Maschinengewehrsalven. Die vielen Wandkritzeleien von russischen Soldaten faszinierten ihn seit seiner ersten Begehung. Irgendwann musste er die in Ruhe studieren. Haufenweise Familiennamen in Kyrillisch, so viel Russisch hatte er noch drauf. Auch das Wort „Faschismus" konnte er entziffern, dahinter als Datum 6/5 '45.

Die Aufzüge standen noch. Er fuhr nach oben, klopfte alten Freunden auf die Schulter, gab neuen Kollegen die Hand. Privat waren Kletterer ein wilder Haufen, aber heute war die Stimmung steif, nicht nur weil die komplette Projektleitung hier oben versammelt war. Jeder von ihnen war präpariert, aber bei so einem kniffeligen Projekt wusste man nie.

Mit Bedacht stieg er in seinen Hüftgurt mit der Y-Sicherungsschlinge, an einem Ende das Abseilgerät, am anderen das mitlaufende Sicherungsgerät. Es folgte der Brustgurt, den er durch einen Karabiner mit dem Hüftgurt verband. Jeder hatte eine Steigklemme und eine Rolle, aus der sich ein Flaschenzug zur Kameradenrettung bauen ließ. Dazu kamen Einzelkarabiner und Schlingen. Im Nebenraum versorgte er sich mit Werkzeug, holte Schraubenschlüssel, Cuttermesser, Spannbänder. Routine, doch schon jetzt wusste er, dass dieser Job alles andere als Alltagstrott sein würde.

Er hatte Mühe, sich zwischen all den Leuten fertig zu machen. Keine Rede davon, sich noch einmal für zwei, drei Augenblicke zu sammeln. Gott und die Welt wollte bei der Premiere dabei sein. Außer der Dachmannschaft und allen vier Abschnittsleitern waren die Konstrukteure und Montageleiter gekommen, die Geschäftsführer, ein Fotograf. Nicht zu vergessen die Leute von der Berufsgenossenschaft. Jeder wollte mit eigenen Augen sehen, wie die erste Plane fiel. Ein Dutzend Helfer hatten eine Stoffrolle mit Zugbändern an den Halterohren befestigt und brannten darauf, sie vorsichtig über die Dachkante zu schieben.

Natürlich waren auch die Hauptdarsteller anwesend. Er wollte nicht starren, die wurden schon genug beglotzt, aber es fiel ihm nicht leicht, den Blick von ihnen zu wenden. Wie mussten die sich fühlen, wenn nach all den Jahren das Finale begann? Waren sie stolz, oder geht ihnen die Muffe? Konnte man so einen Moment überhaupt genießen, oder fühlten sie sich wie er: aufgewühlt hinter gelassener Fassade? Anmerken ließen sie sich jedenfalls nichts. Christo ganz schmächtig, helle Windjacke, übergroße Arbeitshandschuhe. In seiner typischen Haltung stand er da, aufrecht, die Arme in die Seiten gestemmt, den Blick auf die Vorbereitungen geheftet. Jeanne-Claude würde man auf zehn Kilometer gegen den Wind erkennen, nicht nur wegen der knallroten Putzwolle, die unter ihrem Helm hervorspross. Wie ein gebändigtes Sturmtief stand sie dicht bei Christo. Da waren die Froschaugen, mit schwarzen Strichen noch größer gemalt. Da war der große Mund, immer kurz davor, zu lachen oder zu blaffen, je nachdem. Volldampffrau. Ihren ausgestreckten Zeigefinger durch seinen angewinkelten Arm geschoben, wies sie auf einen der Dachanker.

Was immer damit los war, er musste sich jetzt bereithalten. In wenigen Minuten würden sie mit einem der beiden Innenhöfe beginnen, ein Beweis dafür, wie genau Christo es nahm. Er bräuchte sie gar nicht zu verhüllen, könnte ein bisschen schummeln, schließlich konnte man die Innenhöfe von außen gar nicht sehen. Aber der Mann war einwandfrei, ein Perfektionist. Dumm war er auch nicht: Die Innenhöfe waren ein geschickter Übergang zwischen ihren Übungsstunden in Werneuchen und dem Ernstfall. Sollte etwas schiefgehen, würde wenigstens nicht gleich die halbe Welt Zeuge.

Auf der Reichstagswiese knubbelten sich die Schaulustigen schon seit Tagen. Da unten plapperte es in allen Sprachen der Welt. Jeder wollte ein Bild, den Beweis, dass er dabei war. Videokameras, Fernsehkameras, Filmkameras, Fotokameras – alle im Anschlag. Auf vielen Bildern würde auch er zu sehen sein: ein blaues Krabbeltierchen mit weißem Helm in einem israelischen oder italienischen Fotoalbum, der Nebendarsteller in einem Privatvideo, ein kurzer Schnipsel in der argentinischen Tagesschau.

Alle Mann auf Position.

Vorsichtig begann die Dachmannschaft die Geweberolle an den Rand zu manövrieren. Er meinte einen Seufzer aus tausend Kehlen zu hören. Behutsam schoben sie nach Anweisung des Abschnittleiters das Paneel über den Sims und lenkten mithilfe von weißen Rückhalteseilen seine Entfaltung. Der mit Aluminium bedampfte Stoff war passgenau positioniert, die Falten lagen gut. Mit vier Kollegen würde er die Rolle nach unten begleiten, bis sie den Boden des Innenhofs berührte. Er kletterte über den Sims, seilte sich ab und balancierte kurz darauf mit den anderen auf der dicken Geweberolle. Damit sie nicht durchhing, gab ein fester Pappkern ihr Halt. Wieder und wieder hatte man ihnen eingebimst, die Rolle so gleichmäßig wie möglich abzulassen, sonst bestünde die Gefahr, dass der Kern bricht. Wenn das passierte, hatten sie ein Problem. Unmöglich, das riesige Stoffpaneel komplett auszubreiten, auf die Schnelle einen neuen Kern aufzutreiben und die ganze Chose neu zu wickeln.

Konzentriert versuchten sie mit den Füßen, die dicke Stoffwurst in der Horizontalen zu halten. Der weiche Untergrund war tückisch, der Stoff verschob sich leicht. Jetzt war er froh, dass sie im stillgelegten Hangar von Werneuchen bis zum Erbrechen geübt hatten. Methodisch kamen sie voran, die Stille nur hin und wieder durch die Kommandos des Abschnittleiters durchbrochen. Diesen Moment hatte er immer gemocht, wenn die Arbeit an einem Rathausturm, einem Riesenplakat oder einem Windrad so richtig schnurrte, wenn man merkte: Es funktionierte!

Zuerst klappte alles wie am Schnürchen. Zentimeter für Zentimeter entrollten sie das silberne Gewebe. Dann passierte es. Kollege Helle schrie nicht laut auf, gab nur einen Ton von sich, wie ein Kind, dem man sein Spielzeug weggenommen hatte. Die Dachmannschaft hatte ein Stück Stoff nachgelassen, ein paar Sekunden lang hingen sie in der Luft, und gerade als sie auf der Rolle wieder einen einigermaßen festen Stand hatten, rauschte Helle urplötzlich nach unten. Ein Fehltritt, oder war er nur abgerutscht? Man wusste es nicht. Zu schnell ging das, viel zu schnell. Laien stellten sich so einen Moment hochdramatisch vor: Absturz, Panik, Katastrophe! Aber sie hatten gelernt, einen kühlen Kopf zu bewahren. Vernunft und Beherrschung waren gefragt. Erst herausfinden, was passiert war, dann handeln.

Doch es war gut gegangen. Drei Meter unter ihnen hatte die Fassade einen Vorsprung. Der schon abgerollte Stoff hing dadurch schräg und hatte Helle wie eine Hängematte aufgefangen. Ein Glück. Hatte der Kerl sich was gebrochen? Er gab Zeichen. Nix passiert, alles okay so weit. Helle würde es furchtbar peinlich sein, standen sie doch alle oben und guckten zu, von Christo bis zu den Typen von der Genossenschaft.

Jeder von ihnen musste das Sicherungsgerät an einer Art Strippe mitziehen. Falls man fiel, Strippchen und Abseilgerät sofort loslassen, damit die Seilbremse sich öffnete. Helle hatte in Panik dem Greifreflex nachgegeben und zweimal gedrückt, quasi Gas gegeben, und war deswegen runtergerauscht. Menschliches Versagen, so was kam vor. Jetzt musste das schnell aus dem Kopf, es gab noch viel zu tun. Sechzig Tonnen Stoff waren in den nächsten Tagen zu verarzten, da blieb keine Zeit für hätte, könnte, sollte.

Hahn, Fex und die anderen

Hahn kam zu Fuß. Stinksauer stieß er die Tür zur „B'AR'T“ auf. Zum zweiten Mal innerhalb von fünf Monaten hatte man ihm das Fahrrad geklaut, ausgerechnet vor dem Polizeipräsidium am Platz der Luftbrücke. „Diesen blöden Typen sollte man … äh …“ Weiter wusste er nicht.

Fex musste lachen. Hahn hatte nie schlechte Laune. Wenn ausnahmsweise doch, fehlte ihm das Vokabular dafür. „Ein vierzigjähriger Mann, und kann nicht mal fluchen“, grinste er.

„Falsch! Einundvierzig.“

Fex wischte mit einem feuchten Lappen über den Tresen der improvisierten Bar: „Kaffee?“

„Kannst du einen Tee machen? Ich glaube, ich habe mir eine Sommergrippe gefangen.“

Fex biss sich auf die Zunge. Hahn hatte nie schlechte Laune, war aber immer „krank“. Jeder Husten der Beginn einer interessanten asthmatischen Erkrankung, jedes Zwicken im Rücken Vorbote eines Bandscheibenvorfalls. Die Unversehrtheit seines Körpers war ihm heilig. Fex hatte erlebt, wie er wegen eines winzigen Kratzers am Oberarm zu jeder Tages- und Nachtzeit die Hemdärmel hochrollte, um nachzuschauen, ob die „Wunde“ sich schon geschlossen hatte. Hahn ging nicht in die Kirche, aber mit religiöser Inbrunst zum Arzt. Besonders Fachärzte mit breitem Tätigkeitsspektrum hatten es ihm angetan. Wer sich mit Urologie, Hautkrankheiten, Allergologie und Kinesiologie gleichzeitig beschäftigte, war sein Freund. Die Erfindung der ganzheitlichen Medizin garantierte immer einen Treffer.

„Erkältungstee wäre jetzt gut, nicht?“

Hahn übersah die spöttisch hochgezogene Augenbraue. „Perfekt. Wann bist du hier fertig?“

„Halbe Stunde.“

Fex entnahm der müde summenden Profi-Espressomaschine heißes Wasser und stopfte etwas Minze, die eigentlich für Cocktails gedacht war, in ein Glas. Seit fast einem halben Jahr arbeitete er in der „B'AR'T“, einer Galerie mit Baranschluss. Oder umgekehrt. Im weiß gekachelten Vorderraum befand sich die Kunst, eine unüberzeugende Mischung aus neorealistischer Malerei und Videoarbeiten, im Hinterraum eine kleine, mit rotem Tresen, roten Samttapeten und roten Cocktailsesseln ausgestattete Bar, die erst ab Mitternacht brummte. Die drei Besitzer, ein Maler, ein Informatikstudent und eine Konzertveranstalterin, hatten die alte Metzgerei in Berlin-Mitte zwei Jahre nach dem Mauerfall besetzt. Damals waren sie in der heruntergekommenen Gegend beim Hackeschen Markt noch mit Kusshand geduldet worden. Inzwischen retteten sie nur die ungeklärten Eigentumsverhältnisse vor den Scouts von Turnschuhläden und Coffeeshops. Ihr Rauswurf oder die Umwandlung in ein geregeltes, aber teures Mietverhältnis war nur eine Frage der Zeit. Die Mitarbeit von Fex auch. Länger als ein Jahr hielt er es nirgendwo aus. Bloß keine Festanstellung. Er hatte als Englischlehrer und Schneeräumer gearbeitet, als Komparse, Kellner und Garderobier. In einem Secondhand-Laden war er Geschäftsführer gewesen, hatte als Ghostwriter für einen Krimiautor mit Schreibhemmung einen Taschenbuchthriller verfasst und für den AOK-Bundesverband die Presseschau zusammengestellt. Kurzzeitig hatte er mit dem Gedanken gespielt, jeden zweiten Monat als Schallplattenhändler in Riga zu verbringen, weil die Letten aus wenig nachvollziehbaren Gründen wild auf gebrauchte deutsche LPs und Singles waren. Besonders die „Schmuserock"-Sampler waren heiß begehrt. Zu seiner Verblüffung hatte er sogar fast ein ganzes Jahr lang geputzt; der Einblick in die privaten Höllen seiner Kundschaft war zu faszinierend gewesen. Und einmal hatte er in einem Anfall von Überheblichkeit und Selbsthass am Kölner Hauptbahnhof seinen Körper verkauft.

Obwohl der Mai heute schon nach Juni roch, legte Hahn beide Hände eng um die heiße Teetasse. Er hüstelte, hatte aber bereits wieder sein berühmtes Lächeln im Gesicht. An gewissen Tagen wünschte Fex sich, es mit einem Teppichmesser herausschneiden zu können. Vor vielen Jahren war dieses Lächeln der Grund gewesen, sich umstandslos zu ihm hingezogen zu fühlen. Sobald Hahn lächelte, formten sich unterhalb seiner Wangenknochen erstklassige Grübchen, großes Kino. Da seine Gesichtszüge eher kantig waren, kamen diese vollkommen unerwartet. Ein Bengel, der etwas ausgefressen hat, dem man aber unmöglich böse sein kann.

Hahn misstraute seinen Grübchen, wie viele Menschen ihren Vorzügen misstrauen. Er hielt sie für unverdient, fand das Getue darum albern. Das hinderte ihn jedoch nicht daran, sich durch ihre

Wirkung auf seine Mitmenschen, vorzugsweise weiblichen Geschlechts, manchmal zu geradezu abstoßender Selbstsicherheit verführen zu lassen.

„Was unternehmen wir?", wollte Fex wissen.

„An der Oberbaumbrücke soll eine neue Strandbar aufgemacht haben. Isa hat auch Lust drauf. Was meinst du?"

„Tische abgewischt, Abrechnung gemacht – und ab die Luzie."

Wenn möglich, fuhr Fex die Spree entlang, ansonsten versuchte er Straßen zu nehmen, die er noch nicht kannte. Auch nach vielen Jahren Berlin war die Stadt immer für Überraschungen gut, mal ein unvermutetes expressionistisches Gemeindehaus, mal spektakulär vernachlässigte Sozialpaläste aus den Siebzigern.

„Kommst du dahinten auf dem Gepäckständer klar?", japste er.

„Kein Problem. Aber ich könnte diese Scheißdiebe ... äh ... irgendwas. Tut mir echt leid für dich!" Hahn war zwar schlank, aber groß und kräftig.

„Schon okay, aber man sollte hier das Amsterdamer System einführen."

„Und das wäre?"

„Die Gouda-Variante des pragmatischen Sozialismus. Niemand schließt sein Fahrrad ab. Wenn deins geklaut wird, schnappst du dir einfach eins von den vielen anderen, die rumstehen."

„Und das soll gut gehen? Wenn keiner sich kümmert, werden die Räder doch immer klappriger, abgesehen davon, dass irgendjemand ab und zu mal für frischen Nachschub sorgen muss. Ziemlich unausgegoren, dein Hollandsozialismus."

„Siehst du", rief Fex nach hinten. „das ist der Unterschied zwischen uns: Du richtest dich danach, was in der Theorie funktioniert. Bei mir ist das anders. Wenn es klappt, ist es mir egal, warum. Hauptsache, es klappt!"

In München hätte man es zutreffend Brache geschimpft oder Schandfleck. Berlin nannte es „Strandbar". Man war sich des Schmuddeleffekts nicht nur bewusst, sondern stellte ihn sorgfältig her. Ein bisschen Sperrmüllmobiliar, geklauter Strom und ein paar Eimer Farbe reichten, die angesagtesten Orte der Stadt zu schaffen. Hahn und Fex waren gerade noch in dem Alter, in dieser Szene nicht als „Sehleute" verspottet zu werden. Nichts schlimmer als Mittvierziger in neonfarbenen Technoshirts, die in Trillerpfeifen bliesen. Die Strandbar mit Blick auf die backsteinrote Oberbaumbrücke bestand aus drei Kühlschränken, DJ-Pult, einem aus Bierkästen gebastelten Tresen und einer Wäscheleine mit handbemalten Lampions. Ein knappes Dutzend Liegestühle standen herum, ansonsten lagerte man auf nackter Erde mit Graseinsprengseln. Etwas mehr Naturerlebnis boten eine Gruppe dürrer Birken, etwas Buschwerk, einige Forsythien im Endstadium ihrer Blüte und eine Brennnesselansammlung. Romantik satt fürs Berliner Gemüt. Die Sonne hatte sich verabschiedet, doch obwohl die Temperaturen noch angenehm waren, bevölkerten bisher nur etwa zwanzig Leute das Areal. Der Andrang würde sich erst später einstellen.

Ein Liegestuhl war noch frei.

„Für dich", bot Hahn an. „Der Chauffeur hat es sich verdient."

Fex kuschelte sich in den blau-weiß gestreiften Stoff. Er war außer Atem, und seine Oberschenkel brannten, aber er wollte sich nichts anmerken lassen. „Was hast du eigentlich beim Polizeipräsidenten gemacht?"

„Was wohl? Ein Interview für die Morgensendung: Abschließende Bewertung der Randale am 1. Mai. Die Strategie der Polizei und der Autonomen, Ausmaß der Gewalt, Haftbefehle, Anklagen, politische Einschätzung – same procedure as every year."

„Lass mich raten: Die Bullen hätten einen super Job gemacht, wenn der Schwarze Block es ihnen nicht wieder vermasselt hätte?"

„So in etwa. Saberschinsky ist ein ekliger Autokrat, der das Wort Deeskalation nicht mal kapiert, wenn man es ihm ins Hirn fräst."

„Na ja", meinte Fex, „die Autonomen kapieren ihrerseits seit Jahren nicht, dass es wenig bringt, ihren lieben Kreuzberger Mitbürgern Läden und Autos unterm Arsch abzufackeln. Nicht gerade Promo für den Charme der Revolte."

Hahn hatte sich neben Fex auf dem Boden ausgestreckt, richtete sich aber wieder auf. „Auch blöd, dass die nie für ein Statement zu haben sind. Ich musste mich mit einem Sozialwissenschaftler von der FU begnügen und ein kleines Hörspiel klöppeln." Mit einem Seufzer ließ er sich wieder auf den staubigen Boden fallen. „Aber irgendwann krieg ich das auch noch hin."

„Was?"

„Ich war schon ein paarmal auf dem Autonomenplenum. Die wissen, dass ich vom Radio bin, ich spiele da mit offenen Karten. Aber ins Mikro wollen sie mir immer noch nichts sagen."

„Bring ihnen Bier mit."

„Ich setze eher auf die Schwäche der Eitelkeit. Und ich will rauskriegen, warum diese Leute ungebrochen glauben, mit Pflastersteinen und Mollis eine Gesellschaft zum Positiven verändern zu können."

„Reporterromantik", beschied Fex mit schiefem Grinsen und steckte sich eine Mentholzigarette an.

Hahn lachte. Er verschränkte die Hände hinterm Kopf und schaute in den Himmel, der vom Stadtlicht rotblau glühte. „Sarkasmus kommt nur gut im Feuilleton, nicht im richtigen Leben", sagte er.

„Heißt übersetzt?"

„Glaubst du Schlumpf ernsthaft, dass ich mir von jemandem, der alle naselang einen neuen Job aus dem Hut zaubert, vorwerfen lasse, meine Sachen mit Hingabe zu machen? Ab einem bestimmten Alter ist es peinlich, immer noch von Job und nicht von Beruf zu sprechen. Ich kenne niemanden, der so viel draufhat wie du und so wenig draus macht."

Fex flitschte seine Kippe auf den Boden, trat die Glut aus und sprang auf. „Du hast doch bestimmt auch Durst. Ich hol uns was zu trinken." Er gab ja zu, dass seine Vita von nervösem Zickzack gekennzeichnet war. Doch wenn er in permanenter Bewegung ein gewisses Maß an Schönheit entdeckte, war das seine Sache. Er schämte sich nicht. An diesem lauen Abend jedenfalls wollte er die Diskussion, die er mit Hahn schon viel zu oft geführt hatte, nicht wieder aufwärmen. Da flüchtete er lieber an die Bar. Ein Fehler.

Schon von Weitem winkte ihm ein tätowierter Surfertyp zu: „Hi! Gut, dich mal wiederzusehen."

Fex nickte und betrachtete seine Füße. Den Blick, der ihn von oben bis unten ableckte, konnte er körperlich spüren. Er gab sich einen Ruck und schob die Haare hinter die Ohren. „Hallo. Hast du zwei Becks?"

„Logo!" Der Mann schmiss zwei Flaschen in die Höhe und ließ die Brustmuskeln spielen. Zwischen den großzügigen Maschen eines Netzhemds war viel Haut zu sehen. „Kommst mal wieder beim Tea Dance vorbei? Da arbeite ich jetzt sonntags."

„Ach so", sagte Fex und schob schnell ein „Äh … prima" hinterher. „Was kriegst du?"

„Geht aufs Haus. Aber lass dich mal blicken, ja?"

Fex lächelte und machte sich auf den Rückweg. Er war nicht dumm, aber es gab eine Menge Fragen, auf die er keine Antwort hatte. Warum trainiert sich jemand kiloweise Bizeps, Trizeps, Pectoralmuskeln an, mit denen man nichts anfangen kann, außer sie zu *haben*? Wo kaufen schwule Männer so enge Hosen und fadenscheinige Hemdchen? Warum ritzt man etwas Unvergängliches wie ein Tattoo in etwas so Vergängliches wie Haut? Und das größte Rätsel von allen: Was wollten diese Leute nur von ihm? Warum schauten sie ihn so umflort an? Nicht, dass der Barkeeper – André? Tom? Michi? – nicht nett und freundlich und … nett und freundlich wäre, aber Fex wusste nie, was er mit solchen Männern reden sollte. Also lächelte er und ließ seine Haare in der Hoffnung vors Gesicht fallen, unsichtbar zu werden. Doch je schweigsamer er war, desto mehr schienen die anderen sich für ihn zu interessieren, ein unbeschriebenes Blatt, auf das jeder seine ganz eigene Geschichte projizieren konnte.

Dabei sah er sich gar nicht als Schweiger. Dass Fex einem, wie Hahn manchmal behauptete, die Ohren abquasseln konnte, hielten viele für eine Pointe. Aber es stimmte. Seit ihrer Schulzeit befreundet, führten sie im Grunde seit mehr als zwanzig Jahren einen Dialog, der selten ins Stocken geriet – und wenn, dann durch Hahn.

„Hier, für dich", nuschelte Fex versöhnlich.

Hahn griff nach seinem Bier. „Danke. Hast du mal ein Feuerzeug?" Mit Fex' Wegwerffeuerzeug öffnete er seine Bierflasche, nahm einen Schluck und ließ ein befriedigtes „Aaaah!" hören.

Fex hielt ihm seine Flasche hin.

Hahn öffnete sie, klaubte die beiden Kronkorken vom Boden auf und steckte sie ordentlich in die Hosentasche. „Isa müsste bald kommen, läuft gut mit ihr." Er schaute Fex an, als hätte der danach gefragt.

Eine Weile betrachteten sie stumm die Szenerie. Paddler, Ruderer, Motorbootsportler waren unterwegs, beflaggte Ausflugsboote mit und ohne Klatschmarsch tuckerten vorbei. Aus der Ferne grüßte das rote Warnlicht des Fernsehturms. Die Beschallung der Strandbar hatte von blubbernder Trance zu Elektro gewechselt. Offenbar war der DJ eingetroffen. Auch um sie herum genoss man andächtig den schönen Abend.

Hahn seufzte. Das war eine der Überraschungen, die diese schorfige Stadt bereithielt: Aus heiterem Himmel konnte sie die Sanftheit eines träumenden Monsters an den Tag legen.

Fex stupste ihn an: „Guck mal, wer da kommt."

Hahn drückte sich mit den Handflächen hoch und schaute über die Schulter. Auf dem unwegsamen Gelände stakste Isa Richtung

Ufer. Offenbar trug sie hohe Schuhe, ihr Blick klebte jedenfalls am Boden. Neben einem imposanten Brennnesselbusch blieb sie stehen und hielt nach ihnen Ausschau.

„Wie macht sie das bloß?“, staunte Hahn. „Hat einfach nur einen Trenchcoat an und sieht aus wie die Königin von Saba.“

Isa stand kerzengrade da. Ihr Trench war eng gegürtet und bis oben geschlossen. Der hochgestellte Kragen erinnerte an niederländische Frauenporträts des siebzehnten Jahrhunderts. Ihre Haare waren streng nach hinten gekämmt und legten ein Gesicht wie mit dem Lineal gezogen frei. Mandelaugen, lange, aristokratische Nase, großer, schmaler Mund. Die einzige Unperfektheit, ein winziger Knick kurz vor der Nasenspitze, machte ihr Gesicht vollends schön.

„Der Trenchcoat ist garantiert ein Designerteil und kostet so viel wie eine Woche Lanzarote“, tippte Fex.

Hahn war baff. „Warum machst du nicht was mit Mode, wenn du glaubst, davon so viel zu verstehen?!“

„Ich verstehe nichts davon, ich registriere.“

Hahn sprang auf und federte auf Isa zu. Er zog sie am Revers zu sich heran, küsste sie und klappte dabei ihren Kragen nach unten, was sie sichtlich irritierte. Sie mochte es nicht, wenn jemand sich an ihrer Ästhetik zu schaffen machte.

„Hab ich dich lange warten lassen?“, fragte sie.

„Gar nicht. Ich sitze mit Fex da vorn am Wasser.“ Er bot ihr einen Arm an, den sie dankbar nahm. Auf halber Strecke gab sie trotzdem auf, zog ihre Schuhe aus und ließ sie am Zeigefinger über der Schulter baumeln.

„Die Probe wollte kein Ende finden“, entschuldigte sie sich. „Mal wieder ein Regisseur mit Ideen. Das sind die Schlimmsten.“

Als sie Fex erreicht hatten, beugte sie sich über die Lehne seines Liegestuhls und wuschelte ihm die Haare. „Hallo, mein Süßer.“

„Hahn hat dich schon sehnsüchtig erwartet“, behauptete Fex.

„Sicher doch.“

Fex wuchtete sich hoch. „Nimm reichlich Platz.“ Sie protestierte, doch er schob sie sanft in den Stuhl und hockte sich neben sie. Während sie die oberen Knöpfe ihres Mantels öffnete, schaute sie zufrieden auf die Männer zu ihren Füßen. Hahn hustete kräftig.

„Schon wieder erkältet?“, fragte Isa uninteressiert.

„Ich habe das Gefühl, da ist was im Anmarsch.“

„Sag mal, stand nicht in der Zeitung, ihr hättet heute Abend Vernissage?“, wandte sie sich an Fex.

„Die ist morgen. Heute bauen sie die ganze Nacht die neue Installation auf."

„Was wird gezeigt?"

„Des Kaisers neue Kleider. Ein Typ baut ganz viele schlecht gezimmerte, von hinten beleuchtete Holzvitrinen, in die er leere Konservendosen stellt, Gurken, Würstchen, Dosenmilch, so in der Art."

„Hohe Kunst", ätzte Hahn.

„Muss ja nicht unbedingt", verteidigte Fex die Galerie gegen seinen Willen, „aber wenn es mit diesem Kunstgeblubber daherkommt ..."

„Was wollen uns die leeren Würstchendosen denn sagen?"

„Im Begleittext heißt es, die Installation untersuche die Verdosung unserer Welt."

Hahn kriegte sich nicht wieder ein. „Ich fasse es nicht." Er warf sich auf den Rücken, riss die Beine hoch und strampelte wie ein Käfer. „Da muss man erst mal draufkommen – die Verdosung der Welt!"

Isa lächelte maliziös, hielt sich aber zurück. Obwohl Kostümbildnerinnen wie sie nicht automatisch als Künstler galten, behandelte sie die Sphäre der Kultur mit großem Respekt. In ihrem Blick auf den immer noch strampelnden Hahn mischte sich Amüsement mit leichter Missbilligung.

„Bin ich froh, Isa, dass deine Kunst etwas handfester ist", meinte der schließlich. „Apropos: Wo hast du den schönen Mantel her?"

„Von der Stadtmission."

Hahn warf Fex einen triumphierenden Blick zu. Dann kam ihm eine Idee: „Hast du noch was damit gemacht?"

„Enger genäht", kam es prompt zurück. „Gekürzt, den abgeschnittenen Rest zu einem Gürtel umgearbeitet und den Mantel in mehreren Durchgängen pflaumenblau gefärbt. Wieso?"

Jetzt war es Fex, der zufrieden grinste. „Hast du das gehört? Pflaumen-blau!"

„Was ist damit?", fragte Isa.

„Ach, nichts", tat Hahn unschuldig. „Woran arbeitet ihr eigentlich gerade?"

Isa strich mit den Handflächen ihre Haare nach hinten und berichtete von dem verkoksten Junggenie, das gerade dabei war, sich bei Ibsens *Nora* einen Bruch zu holen. Das Gute daran: Er war so gefordert, dass er ihr mit ihren Kostümideen freie Hand ließ. Sie hatte sich mit dem Bühnenbildner zusammengetan und ein radikales Farbkonzept entwickelt. Alles auf der Bühne sollte gelb sein. Sofa, Geschirr, Teppich, Kleidung, einfach alles. Keine Varianten von Gelb, sondern alles in exakt dem gleichen Ton, gelbe Ölgemälde, gelbe Zigaretten, gelbes Brot. Die Zuschauer sollten auf einen Trip kommen. „Nichts Butterblumiges", erklärte Isa, „sondern eine zweifelhafte Farbe, fahl, schwefelig. Dieser Effekt entsteht durch die Beimischung von grau und grün, wohingegen …"

„Ja, ja, wir haben das Stück in der Schule durchgenommen", warf Hahn ungeduldig ein. „Eine Metapher für das Irrewerden an der bürgerlichen Gesellschaft oder so ähnlich."

„Oder so ähnlich", riss Isa die Unterhaltung wieder an sich. Die Enge der Konvention, der emotionale und intellektuelle Geiz der Bourgeoisie werde erst durch ihr Konzept sichtbar. Normalerweise sprach sie mit präzis gesetzten Pausen, ging es aber um ihre Arbeit, nahm sie Fahrt auf. Sie konnte schwer verbergen, wie stramm sie an ihrer Karriere arbeitete.

Hahn störte das nicht, er mochte Zielgerichtetheit. Auch bei Frauen. Allerdings fand er, sie habe zur Lebenswelt des Parketts ein eher diffuses Verhältnis. Die Realität interessierte sie vorzugsweise als Material. Ihm missfiel diese Haltung nicht, sie langweilte ihn. Um dem Thema Gelb ein Ende zu setzen, schlug er vor: „Wollen wir mal was zu trinken besorgen? Du sitzt schon die ganze Zeit auf dem Trockenen."

Isas Mundwinkel zuckten kaum. „Sicher. Sollen wir dir was mitbringen, Fex?"

„Danke, ich hab noch."

Hahn half Isa aus dem Liegestuhl, legte eine Hand um ihre Taille und führte sie Richtung Bar. Auch Fex stand auf. Er klopfte sich den Staub von der Hose und ließ sich wie ein Plumpsack in den freien Liegestuhl fallen.

Mal sehen, wie lange es diesmal dauern würde. Hahns Beziehung mit Isa lief schon weit über ein Jahr, fast ein Rekord. Nicht, dass alle seine Liebesbeziehungen so früh endeten, aber nach elf, zwölf Monaten gab es gewisse Anzeichen. Von seinen Freundinnen stets sehr eingenommen, schlichen sich erste Dämpfer ein. Es konnte die Art sein, wie eine Frau den Ausschnitt ihres trägerlosen Kleids zurechtzupfte, die den ersten Ton der Abschiedssymphonie einleitete. Bei der Pizza unbescheiden den Rand abzuschneiden und liegen zu lassen reichte auch. Der erste Zweifel war gesät und begann mit seiner Zersetzungsarbeit.

Fex hatte Hahn nie länger als drei, vier Wochen ohne Freundin gesehen. Die Frauen verliebten sich schnell in sein solides Lachen und die unbekümmerte Geste, mit der er sein flachsblondes Haar rubbelte. Wer ihn ansah, dachte an Wind, Salzwiesen und Buttermilch. Seine Freundinnen waren immer schön und fast immer nett. Zu Gymnasialzeiten war Ulla von der gegenüberliegenden Mädchenschule die Erste gewesen. Mit siebzehn wirkte sie in ihren körperbetonten Kleidern wie eine Dame. Eine Frau unter Mädchen, eine unerreichbare Göttin für Jungs. Die schweren Brüste trugen ihren Teil dazu bei. Während des Studiums tauchte dann Annette auf, Rechtsanwaltstochter, Jurastudentin, Kleptomanin. Sie war neurotisch und extrem lustig, ein menschlicher Vergnügungspark. Aber wer will schon ständig Geisterbahn fahren? Dann kam Saskia, Biologin, spezialisiert auf die Kommunikation von Quallen. Und natürlich Theresa, unvergessen. Trotz ihres biederen Namens war sie ein Feger gewesen, eine geballte Ladung sexueller Munterkeit. Hahns Vater nannte sie nur „schwarze Zigeunerin" und schnalzte dabei feucht mit der Zunge. Einmal weigerte sie sich wochenlang, ihre sehr dunklen und zahlreichen Beinhaare zu rasieren, und trug dazu demonstrativ ihre kürzesten Miniröcke. Sandra, Isas Vorgängerin, war das intellektuelle Schwergewicht gewesen. Sie ließ sich nicht nur keine Butter vom Brot nehmen, sie hatte die Butter erfunden. Das Brot sowieso. Von ihr war gerade ein Buch über die Philosophie der Zeit erschienen.

Der Vollständigkeit halber gehörte Tina noch in diese Reihe. Selbst jetzt, mehr als zehn Jahre später, wurde Fex verlegen, wenn er an sie dachte. Tina war nicht nur auf Hahn scharf gewesen. Kein demonstratives Herumtunten konnte sie von gewissen Augenaufschlägen abhalten. Bei einem gemeinsamen Türkeiurlaub hatten sie sich nachmittags einmal besoffen aufs Hotelbett geworfen, alle drei, das Stechen der Sonne auf der Haut, das Prickeln türkischer Musik im Gemüt. Sie hatten herumgealbert und sich dabei – macht man das nicht so, wenn man ausgelassen ist? – ganz zufällig berührt, mal harmlos eine Haarsträhne von der anderen Stirn streichen oder das eigene Bein über ein fremdes schlagen. An verschwitzte Kniekehlen erinnerte er sich und einen Geruch wie Milch, kurz bevor sie sauer wird. Ihre Menage à trois war über ein betrunkenes Gefummel, halb lüstern, halb befangen, nicht hinausgekommen. Zum Schluss warf diejenige das Handtuch, die am wenigstens zu verlieren hatte. „*Ein* Mann ist Medizin, *zwei* sind eine Krankheit“, hatte Tina verkündet und war aufgesprungen. Niemand hatte gelacht.

Fex trank sein Bier aus und drückte die Dose an den Seiten ein. In den kommenden Monaten würde sich Hahns Krittelei an Isa häufen. Lief eine Beziehung auf die Zweijahresmarke zu, machte er sich langsam bereit für den Absprung. Die Frauen hatten nicht den Hauch einer Chance. Er schien seine Trennungen mit brutaler Direktheit abzuwickeln, jedenfalls hielt keine einzige seiner Exfreundinnen Kontakt mit ihm.

Er beobachtete diesen Reigen seit Jahren. Er kannte das Muster, nahm Variationen wahr, das unerwartete Aufbegehren einer Frau, Hahns halbherzigen Versuch, die Zweijahresgrenze hinauszuschieben, doch letztlich war Fex die Mechanik von Beziehungen ein Rätsel. Mehr noch, er legte Wert darauf, sie nicht zu begreifen. Hahns Liebesleben war eine feuchte tropische Insel voller Früchte und wilder Tiere. Fex dagegen sah sich selbst als Eiland im nördlichen Atlantik, wenige felsige Quadratmeter aus dunklem Gestein, dem Wind und Wetter wenig anhaben können, karg bewachsen mit niedrigen Wildblumen, die nur sechs Wochen im Jahr blühen.

Wo blieben die beiden eigentlich so lange?

Er schaute sich um. Keine Isa, kein Hahn. Der DJ war endlich in Fahrt gekommen, eine schwarze Frauenstimme schrie Erwartung in den Abend. Fex erhob sich und schlenderte zur Bar. Auch dort von den beiden keine Spur. Er peilte den blauen Plastikmülleimer an und versenkte seine Bierdose mit einem müden Plopp im Ziel. Einen Moment lang stand er unschlüssig herum. Sie würden nicht klammheimlich abhauen, das war nicht ihre Art. Dann hörte er ein abgehacktes helles Lachen, unverkennbar Isa. Es kam ganz aus der Nähe. Rechts von ihm standen ein paar verlorene Büsche, zwischen den Zweigen schon Nacht. Ohne es zu wollen, stellte er seine Augen auf scharf. Zuerst nahm er nur eine helle Bewegung wahr, daneben einen dunklen Fleck. Isas Mantel. Er wollte wegschauen, weglaufen, blieb aber stehen. Hahn lag auf Isa, sein weißer Hintern fuhr auf und ab, mit kräftigen Stößen pumpte er seinen Schwanz in sie.

Fex stolperte zum Liegestuhl zurück. Noch im Hinsetzen fummelte er seine Mentholzigaretten aus der Hosentasche und zündete sich eine an. Er konnte nicht anders, er stellte sich vor, wie Hahn pflaumenblaue Trenchcoats vögelte, Hunderte pflaumenblaue Trenchcoats auf schmutzigem Waldboden.

Die Zigarette zwischen die Lippen geklemmt, öffnete er den Knopf seines linken Hemdärmels und rollte ihn hoch. Er inhalierte tief, stieß den Rauch aus, zog erneut und drückte die rot glühende Kippe auf der Innenseite seines Oberarms aus.

Eine Viertelstunde später saßen sie in der alten Position, die Königin in der Mitte, die Knappen zu ihren Füßen. Fex rauchte Kette, Isa schwieg, Hahn hustete. „Hab doch gesagt, dass ich mir eine Erkältung gefangen habe."

Klar, dachte Fex. Beim Radfahren mit nacktem Arsch, oder was?

Isa, deren Hände immer beschäftigt sein mussten, griff Fex ins dunkle Haar, das ihm bis auf die Schultern fiel. Versonnen drehte sie eine seiner Locken um ihren Zeigefinger und begann mit beiden Händen einen dünnen Hippiezopf zu flechten.

„Hier liegt er nun, der kleine, liebe Pavian", knurrte Fex.

„Was?" Isa hielt erschrocken inne.

Blitzschnell griff Hahn ein: „Eines seiner Lyrikzitate, wollen wir wetten?"

„Lessing", nickte Fex. „*Auf den Tod eines Affen*."

„Ach so", sagte Isa, als sei damit alles geklärt, und nahm ihre Flechtarbeit wieder auf. „Der blonde Raver neben dem Lagerfeuer guckt schon die ganze Zeit hierher", ermutigte sie ihn.

Hatte sie ein schlechtes Gewissen? Fex gab keine Antwort. Dann riss er sich zusammen, er hatte schließlich kein Recht, den beiden Vorwürfe zu machen: „Hm, super."

Hahn lachte.

„Ich verstehe nicht, warum du keinen netten Freund hast. Bist doch ein hübscher Junge."

„Junge? Mit neununddreißig?"

„Äh ... Mann."

Fex schwieg. Mann oder Junge oder junger Mann – eigentlich war ihm das egal. Er hatte eine eher schulterzuckende Beziehung zu seinem Äußeren. Hellhäutig, mittelgroß und schlank bis an den Rand der Zierlichkeit. Ein Flirt aus den Vereinigten Staaten hatte ihn einmal als „Schwarz-Weiß-Fotografie eines intelligenten Körpers" beschrieben.

„Ich glaube, er ist ein heimlicher Verfechter des Zölibats", nuschelte Hahn. „Dabei hat er genügend Anbeter. Aber irgendwie scheint er sich rein halten zu wollen, oder?"

Entnervt sprang Fex hoch. Es waren nur ein paar Schritte bis zu dem Raverboy, einem stereotypen Fitnessschwulen, der auf individuell machte. Mit der Kraft der Frustration schlüpfte er in eine Rolle.

„Hast du Bock?“

Hahn war erst um neun aufgestanden, spät für seine Verhältnisse. Er hatte sich ein Sportlermüsli gemacht und war kauend auf und ab marschiert. Kein Problem in einer Wohnung, die aus nur einem einzigen, dafür sehr großen Raum bestand. Sein Vormieter hatte die Nachbarwohnung dazugenommen und die nicht tragenden Wände rausgerissen. Die Übersichtlichkeit von Leben, Kochen, Schlafen kam ihm entgegen. Er mochte die Dinge klar. Rüschen waren seine Sache nicht.

Obwohl er noch Zeit hatte, steckte er schon einmal den Sony Professional in seine Hülle. Er öffnete ein Plastiketui, in dessen dunkelblauer Schaumstoffvertiefung sein Allerheiligstes lag, das Mikrofon. Das Aufnahmegerät war nicht so wichtig, auf die Qualität des Mikros kam es an. Trotz unterschiedlicher Glaubensrichtungen gab es für ihn nur eine Marke, ein Sennheiser, sein Murkel, wie er es zärtlich nannte. Es lag perfekt in der Hand. Um Punkt elf würde er im Funkhaus aufschlagen und bei der Redaktionskonferenz wie immer einer der Ersten sein. Er war ungewohnt schwer aus dem Bett gekommen, die Beine wie Blei. Jetzt war er tatendurstig. Es war ihm schleierhaft, warum Menschen übellaunig zur Arbeit gehen. Man hatte sie sich doch ausgesucht, oder?

Schon an der Pforte lauerte der Feind. Er hatte viele Namen: Unlust, Angst, Faulheit, Überforderung, Berechnung, Dummheit. Seine Waffen: Muffigkeit, Motzigkeit, Genöle. Seit Jahren hielt Hahn tapfer dagegen an. Er riss die gläserne Eingangstür auf und schleuderte ein herzhaftes „Schönen guten Morgen!“ in das Gesicht des uniformierten Pförtners, das nach Haferschleim aussah.

Während er mit dem nostalgisch knatternden Paternoster in die Redaktion fuhr – ein weiterer Grund, gern ins Funkhaus zu kommen –, knöpfte er bereits seine Lederjacke auf. Die komplette Abwesenheit von Mumm verdünnte in den Gängen, Redaktionsstuben und Studios die Luft. Im Jammern waren hier alle Weltmeister. Die große Beschwerde, laut oder lautlos gen Himmel geschickt, beklagte die Unfähigkeit aller Redaktions- und Abteilungsleiter, das mangelnde Niveau des Programms, die Dummheit der Hörer, ihr albernes Unterhaltungsbedürfnis, ihre mangelnde Wertschätzung journalistischer Qualität. Die große Beschwerde drang bis in den letzten Winkel des Funkhauses. Selbst in der Toilette herrschte Not.

„Morgen zusammen“, grüßte Hahn, als er die Redaktion betrat.

„Morgen, Schatz“, rief Biggi, die Programmassistentin.

Der einzige weitere Anwesende, Redakteur Leberenz, hob wie üblich nur eine Augenbraue. Er war als großes Reportertalent in den Sender gekommen und hatte sich im Lauf der Jahre ein spektakuläres Niveau an Resignation erarbeitet. Hahn hatte nie in Erfahrung bringen können, was genau geschehen war, wer ihm jeden Schneid abgekauft hatte In bestimmten Momenten fühlte er für den Bruchteil einer Sekunde Leberenz' forschenden Blick auf sich ruhen. Schaute er hoch, nahm dessen Gesicht sofort wieder den Ausdruck eines trauernden Tieres an.

Biggi war groß, breithüftig, hager und hatte die große Klappe der Frauen, die so gut wie keinen Busen haben. Auf ihrer Haut lag selbst im Sommer ein gräulicher Schimmer. Ihr Herz aber hatte sich einen Schuss Rosarot und Himmelblau bewahrt. Hahn gab ihr einen Kuss auf die Wange. „Na, schönes Wochenende gehabt?“

„Klaro, mein Fernsehapparat und ich sind ganz verliebt ineinander.“

Er ging zur Kaffeemaschine und goss sich einen Becher ein. Im Nebenzimmer jaulte eine Bandmaschine. Bänder waren Auslaufmodelle, bald würden sie nur noch digital aufnehmen und schneiden. Durch die Tür hörte er ein paar Sekunden lang Musik, dann das autoritäre Stakkato eines Kommentars.

Hahn konnte sich keine bessere Arbeit vorstellen. Er durfte kreuz und quer durch die Stadt fahren, Geschichten finden und erzählen, Einfluss nehmen. Als Reporter lernte er alle möglichen Subkulturen kennen – Klärwerke, Fabriken für Erwachsenenwindeln, Stadtentwicklungsämter, Lesbenpuffs, Mandolinenorchester. Und er verhalf Menschen zu einer Stimme. Das musste nichts Weltbewegendes sein. Im Lauf der Zeit hatte er die wichtigste Lektion von allen gelernt: Der kleinste Tropfen Wasser beinhaltet ein ganzes Meer. Am besten gefiel ihm, dass er dabei unsichtbar blieb. Millionen Berliner konnten seine Stimme hören, verließ er aber das Funkhaus, erkannte ihn niemand.

In der Redaktionskonferenz stand der übliche Terminjournalismus auf der Tagesordnung. Programmvorstellung der Berliner Festwochen, Präsentation des neuen Mietspiegels, Pressekonferenz der Industrie- und Handelskammer. Die Blicke der fest angestellten Redakteure lagen in freundlicher Halbdistanz. Die Reporter waren frischer. Ihr „Lasst uns doch mal …" und „Wollen wir nicht …?" war ernst gemeint, kam aber schon mit der Erwartung auf ein skeptisches Kopfwiegen daher. Hahn war „fester Freier", was sich immer ein wenig unanständig anhörte. Ansonsten saßen heute noch fünf wirkliche Freelancer in der Runde.

Demonstrative Kollegialität gehörte zur Kleiderordnung. Man kannte sich, duzte sich, scheute offene Konkurrenz. Der Mehltau der Anstalt bedeckte nach und nach auch den Nachwuchs. Niemand prügelte sich um gute Themen, jeder suchte seine Nische. Der Mann fürs Politische, die Frau für die Kultur. Die Freaks besprachen Musik und Filme, die Sprachbegabten drechselten Glossen.

„Aktuell müssen wir den Brandstifter von Neukölln machen", erklärte der Redaktionsleiter. Nacht für Nacht wurden in Hausfluren Kinderwagen angezündet, Treppenhäuser standen in Flammen. Bisher war niemand ernsthaft zu Schaden gekommen, aber der Boulevard hatte die Glut fein geschürt und das „Neuköllner Feuermonster" ausgerufen. Nun blieb ihnen nichts anderes übrig, als nachzuziehen. Die Reporter blätterten angelegentlich in ihren Terminkalendern oder banden sich die Schnürsenkel ihrer Turnschuhe neu. Niemand hatte Lust, das obligatorische Interview mit dem drögen Pressesprecher der Feuerwehr zu machen. Es gab so gut wie keine Fakten. Und wer sprach schon gerne mit den „Asis" in Neukölln, hielt sein Mikro unter rote Alkoholikernasen, ließ sich von Arabermackern die Tür vor der Nase zuknallen?

„Ich mach das", schlug Hahn vor. Wie so oft landete er bei den Leuten, die weder Gewicht noch Stimme hatten. Dabei war es ganz einfach, man musste sich nur Zeit nehmen und bereit sein, den Glaser oder die Verkäuferin nicht als „bunten Tupfer" abzuhandeln. Die Leute rochen das sofort. „Lasst uns mal rausbekommen, was bisher solche Brandstifter zu ihren Taten getrieben hat. Und wir könnten doch auch einen Selbstversuch machen. Ich meine, ist es eigentlich leicht, einen Kinderwagen zum Brennen zu bringen?"

„Das war erste Sahne. Es hat mir ausgesprochen gut gefallen."

Hahn war zur Generalprobe von *Nora* eingeladen worden und musste nicht übertreiben. Isas Idee mit der Farborgie in Gelb hatte sich als schlagend erwiesen. Zwar verstand er nicht ganz, warum ein

Teil der Handlung hinter der Bühne spielte und per Video eingespielt wurde, aber spätestens als die Schauspieler zu einer Essensschlacht ansetzten – alle Gerichte und Getränke in Gelb –, war er hin und weg. Vor ihrem zweiten Rotwein saßen sie an einem runden Holztisch, der wüst mit Brandflecken übersät war. Theaterkantinen waren die Kathedralen der Raucher. Wand, Decke, Mobiliar, alles hatte von Millionen hektisch gequarzter Zigaretten eine rostbraune Patina angenommen. Es roch nach Fett, Streit und Schweiß.

Hahn nahm Isas Hand und hauchte einen Kuss darauf. „Du bist ein Genie."

Isa lächelte, schien aber nicht bei der Sache zu sein.

„Was ist?", fragte er. „Fandest du die Generalprobe nicht gut?"

„Doch, sicher. Aber im Kopf bin ich schon bei der nächsten Premiere. Oder eben nicht …"

„Muss ich das verstehen?"

„Wir haben einen neuen Hausregisseur, und ich weiß nicht, ob er mit mir klarkommt."

„Aber du bist gut, das konnten heute alle sehen."

Wie zur Bestätigung traten zwei Schauspielerinnen an ihren Tisch und lobten Isas Kostüme. Küsschen rechts, Küsschen links. Am anderen Ende der Kantine hatte der Star des Hauses einen Schwarm von Bewunderern um sich geschart. Er war berühmt für seine Kunst, seinen Wodkakonsum und seinen Hass auf Westkollegen. Schon vom Alkohol befeuert, brüllte er: „Zi-esar! Die Stadt heißt Zi-esar und nicht, wie die Damen und Herren Wessis flöten, Ziiiiiiiiisar. Zi-esar!"

Hahn lachte, Isa guckte irritiert. Die forcierte Leutseligkeit mancher Kollegen irritierte sie. Sie war niemand, mit dem man bei Bier und Buletten die nächsten Projekte auskungeln konnte. Isa hatte die Ausstrahlung junger Frauen, die man im mittleren Alter ganz selbstverständlich als Dame bezeichnen würde. Das hob sie auf einen Sockel, engte aber auch ein.

„Am Theater geht es nicht darum, ob du gut *bist*, sondern ob man dich gut *findet*", erklärte sie. „Mir geht es nicht anders als den Schauspielern: Du musst immer dafür sorgen, dass jemand dich will."

„So hart wird es schon nicht sein."

„Härter. Bei den Kostümbildnerinnen gibt es haufenweise Mädchen aus gutem Hause mit viel Geld von Papa. Die machen es im Zweifelsfall auch umsonst." Ihr Gesicht hatte einen Ausdruck angenommen, den Hahn nicht an ihr mochte, wie ein ärgerlich zusammengepresstes Papiertaschentuch. „Wer in diesem Job überleben will, muss beinhart sein."

„Nein, muss man nicht", blieb Hahn stur. „Man muss gut sein."

Isa schüttelte lachend den Kopf. „Ich würde dir so gern glauben. Auf jeden Fall weiß ich, warum ich dich liebe. Dein Idealismus steckt mich immer wieder an, auch wenn er unbegründet ist."

Falsch, dachte Hahn. Das ist kein Idealismus, sondern Erfahrung. Doch er lächelte nur und schwieg.

Beim Verlassen der Kantine fiel ihm an einem der hinteren Tische eine alte Dame auf, dünn und gelblich wie Pergamentpapier. Sie erinnerte ihn an überlebensgroße Porzellankatzen, wie man sie in Schaufenstern von überteuerten Einrichtungshäusern sieht.

„Ist das nicht ...?", stupste er Isa diskret an.

„Das ist", nickte sie. „Unsere Legende im Ruhestand. Alle paar Monate kommt sie vorbei, um ein wenig Theaterluft zu schnuppern."

„Hast du mal eben Stift und Papier?"

Den Umgang mit Prominenten war er gewohnt, doch als er an den Tisch der alten Dame trat, kam er sich wie ein Schulbub vor: „Bitte entschuldigen Sie die Störung. Ich möchte mich für Ihre Arbeit bedanken, für die intensivsten Theatererlebnisse meines Lebens. Ihre Medea ist unvergesslich, ich habe sie drei Mal gesehen." Abgesehen davon, dass er die Medea nur zwei Mal gesehen hatte, log er nicht.

„Haben Sie herzlichen Dank." Die Legende neigte den Kopf. „Aber wissen Sie, Theater lebt nur vom letzten Aufruf des Inspizienten bis zu dem Moment, in dem der Vorhang fällt. Verderbliche Ware, der ich mich gewidmet habe."

„Nein", widersprach er. „Ihre Kunst hat in jedem Ihrer Zuschauer Bestand." Speziell für sie ließ er seine Grübchen blitzen.

Die alte Dame schlug entzückt die Augen nieder. Sie freute sich und schien gleichzeitig ihre Freude zu spielen. Hahn hegte sogar den Verdacht, dass sie die leichte Röte, die sich auf ihre Wangen legte, mit immer noch hervorragender Technik selbst herstellte. Sie streckte die Hand aus: „Sie möchten ein Autogramm?!"

„Sehr gern."

„Wie ist Ihr Name?"

„Hahn."

„Und der Vorname?"

„Einfach nur Hahn."

„Sind Sie so eitel, dass Sie Ihren Vornamen nicht nennen?" Jede Silbe ein vergnügter Nadelstich.

„Im Gegenteil", stieg er auf ihr Spiel ein. „Ich bin nicht Masochist genug, den Vornamen, den meine Eltern verbrochen haben, zu benutzen."

Sie lachte und schrieb *für den Vornamensflüchtling Hahn*. „Sie sind ein attraktiver junger Mann", sagte sie zum Abschied. „Leben Sie gut."

Er hatte Springsteens neuestes Werk „Streets of Philadelphia" aufgelegt, die Schuhe in die Ecke gepfeffert und sich auf die Couch geworfen. Im Liegen reckte und streckte er sich, befühlte aufmerksam Schenkel, Arme, Brust. Alles noch da, aber matt.

„Du solltest Fex zur Premiere einladen", rief er Isa zu, die zur Feier des Tages eine Flasche Sekt öffnete. „Der versteht vom Theater viel mehr als ich."

„Schon komisch", sagte sie über die Schulter. „Er ist schwul, wohnt aber mit einer Frau zusammen, du bist es nicht und lebst alleine."

Jetzt müsste er reagieren, fragen, ob sie etwa bei ihm einziehen wolle. Doch er summte lieber ein paar unschuldige Takte mit Springsteen. Sie kam mit dem Sekt und reichte ihm ein Glas: „Du weißt schon, dass er in dich verliebt ist?"

„So ein Quatsch! Am Anfang vielleicht, wir kennen uns ja ewig. Und wenn du so willst, bin ich zwar nicht verliebt in ihn, aber ich liebe ihn. Es gibt niemanden, der mich besser kennt."

„Ist das jetzt so ein Männerding?" Sie fuhr sich mit beiden Händen durch ihre nach hinten geföhnten Haare und lockerte sie energisch auf. „Vielleicht verstehen wir Frauen ja nichts davon."

„Da gibt es nicht viel zu verstehen. Wir kommen aus ganz unterschiedlichen Familien und haben uns mal sehr geholfen. Wenn man sich mehr als zwanzig Jahre kennt, steht man dem anderen auf eine gute Art wehrlos gegenüber."

„Und das geht nur zwischen Männern?"

Sie hatte sich festgebissen. Warum ließ sie nicht locker?

„Vielleicht fällt das Männern untereinander wirklich leichter", überlegte er. „Sich Frauen auszuliefern ist jedenfalls gefährlicher, Frauen machen von ihrem Wissen Gebrauch."

Isas Augen wurden schmal. „Aha."

„Du bist doch nicht eifersüchtig? Hast du ein Problem mit Fex?"

„Gar nicht. Du weißt, wie sehr ich ihn mag." Sie zeigte das Lächeln, das er so sehr an ihr mochte, ein Lächeln mit Anlauf. Wenn sie sich ertappt fühlte, wurde aus der Königin von Saba ein rührend verlegenes Schulmädchen.

„Jetzt komm mal her." Er streckte die Arme nach ihr aus. Sie stellte ihr Glas ab und setzte sich zu ihm. Er hauchte einen Kuss auf den winzigen Knick ihrer Nase. Dann machte sie sich neben ihm lang. Er wusste, was nun von ihm erwartet wurde, hatte aber keine Lust. Er war einfach nur müde. Nachmittags hatte er sich für ein Nickerchen aufs Bett gelegt und war fest eingeschlafen. Das war ihm noch nie passiert. Isa kuschelte sich an ihn. Sie zog sein Hemd aus der Hose und fuhr mit den Fingerspitzen seine Wirbelsäule entlang. Als sie sich nach vorne tastete, zog er behutsam ihre Hand hervor. „Sei mir nicht böse, aber ich bin vollkommen erschlagen."

„Warum sollte ich böse sein? Ich wollte heute sowieso bei mir schlafen."

Wahrscheinlich lag er mit seiner Vermutung richtig, dass sie darauf aus war, bei ihm einzuziehen. Ein Vertrauensbeweis musste her.

„Die Freundschaft zwischen Fex und mir ist doch mit unserer nicht zu vergleichen." Er schaute ihr in die Augen. „Wir sind ein Paar, wir lieben uns, könnten sogar heiraten. Oder wir machen gleich drei bis fünf Kinder, dafür braucht man nicht mal einen Trauschein!" Ganz spontan war das gekommen, so wie er manchmal bei einer Livereportage nicht wirklich überblickte, was er ins Mikro sprach.

Doch so leicht ließ Isa sich nicht einwickeln: „Charmant", schnappte sie und sprang auf. „Wie überaus großzügig. Wir *könnten* sogar heiraten. Oder wir produzieren mal eben ein paar Kindlein, um die nervige Isa stillzustellen."

Sofort stand er neben ihr und nahm ihre Hände. Sie versuchte sich loszumachen, aber er hielt ihre Handgelenke fest. „Isa, ich habe mich einfach nur blöd ausgedrückt, es war nicht so gemeint." Sie wollte sich abwenden, doch er hielt sie fest. „Schau mich an. Es war ein wichtiger Tag für dich, ein Triumph. Ich möchte nicht, dass er wegen mir Idioten so garstig endet, bitte!" Er fasste sie unters Kinn und drehte ihr Gesicht sacht in seine Richtung. „Vergibst du mir?"

Sie gab keinen Mucks von sich, aber ihre Züge entspannten sich. Sie würde sich noch ein wenig zieren, doch der Abend war gerettet. Der Frieden hatte allerdings einen Preis. Er zog sie an sich und öffnete ihre Bluse. Seine Finger waren überall, seine Lust nicht.

Immer noch kein Frühling, dachte Fex. Er drehte sich zum allerletzten Mal auf die andere Seite. Vor einer Stunde war er vom Prasseln des Regens auf der Fensterbank aufgewacht. Ein Tag so deprimierend wie eine zerfledderte Taubenleiche. Punkt zwölf klingelte das Telefon. Mutter aus Lissabon. Stets rief sie so aufdringlich *nicht* früh an, dass er sich mehr darüber ärgerte, als hätte sie ihn wie jede normale Mutter um neun aus dem Bett geworfen. Während sie das übliche Vorspiel absolvierten – Wetter, Befinden, sonst was Neues? –, ließ er den Blick über seine frisch dekorierte Wand schweifen. Die restlichen drei hatte er schon vor Wochen im Rot eines pelzigen Bordeaux gestrichen. Am Abend zuvor war ihm beim Kartoffelkochen die Idee gekommen, der noch weißen Wand Nummer vier ein wenig auf die Sprünge zu helfen. Zwei Stunden später hatte er mithilfe geschnitzter Kartoffelhälften und eines Stempelkissens ein Band aus abstrakten Mustern auf die Wand gebracht.

„Schön für dich, dass du heute erst später arbeiten musst", sagte Mutter. Im Klartext: Gehst du überhaupt mal arbeiten?

Er nuschelte etwas von zweiter Schicht und betrachtete die afrikanische Maske, die der alte Scipio ihm als Trostpflaster geschenkt hatte. Damals war Mutter als Diplomatin an der Deutschen Botschaft und so die Familie für drei Jahre in Sambia gewesen. Fex hatte es mit seinen fünf Jahren als Abenteuer genommen, aber in der Realität wollten Banditen ihn entführen, um Lösegeld zu erpressen. Nur der Wachsamkeit ihres Gärtners Scipio und seines Hyänengeschreis war es zu verdanken, dass der Versuch fehlschlug. Zum Glück litt Scipio unter der Schlaflosigkeit der Alten. Wenn er nicht rauchte, schnitzte er Figuren und Masken, die es mit den Besten aufnehmen konnten. Fex' Maske, die einen gleichzeitig würdevoll und herausfordernd anblickte, war eines der wenigen Andenken, die er über sämtliche Umzüge seiner Kindheit und Jugend gerettet hatte. Mit dem Wort Heimat konnte er wenig anfangen, Heimat war für ihn immer nur ein Vorgang mit Verfallsdatum gewesen, aber Scipios Maske schlug in ihm stets einen sentimentalen Akkord an. Afrika war ihm ein Sehnsuchtsort, die ewige nicht in Anspruch genommene Alternative zu jedem anderen Platz, an dem er sich aufhielt.

Zu den anderen Erinnerungsstücken gehörten sein erstes tragbares japanisches Fernsehgerät, die sorgfältig gefettete Ledermappe aus Argentinien wie die Verpackung seines heiß geliebten norwegischen „Geitost", karamellisierter Ziegenmolke, einer Art Käse mit sehr speziellem Geschmack.

„Du verstehst doch so viel von Kunst, bist kulturell beschlagen. Warum kuratierst du nicht mal eine Ausstellung in dieser … Galerie?“, drängelte Mutter.

Er konnte sie verstehen, sie hatte ja recht. Irgendwann würde er sich für irgendetwas entscheiden müssen. Aber lag es nicht auch am Elternhaus, dass Beständigkeit nicht unbedingt zu seinen Stärken zählte? Die Mutter Diplomatin, momentan Botschafterin in Portugal, der Vater Reiseschriftsteller, bis er die Familie zwei Jahre nach dem Tod von Ferdi im Stich ließ, seinen Beruf an den Nagel hängte und in Australien als Winzer neu anfing. Wie sich herausstellte, war der Wein weiblich und hieß Mary-Ann. Fex hatte den Vater kaum vermisst. Alle fanden ihn hinreißend charmant, klug, eloquent und überaus engagiert. Der Mann interessierte sich für alles, nur nicht für seine Familie. Und wenn er sich mal mit seinen Söhnen unterhielt, hatten die immer das Gefühl, er probiere an ihnen nur neue Formulierungen aus.

Auch als halbierte Familie hatten Fex und seine Mutter den gewohnten Rhythmus beibehalten: drei Jahre an irgendeiner Deutschen Botschaft, anschließend drei Jahre Auswärtiges Amt in Bonn. Er hatte in Großstädten gelebt und in abgeschirmten Vororten, war mit Schnellbahnen zur Schule gefahren und mangels öffentlichen Nahverkehrs von Fahrern kutschiert worden. Er war in Privatkliniken behandelt worden und hatte stinkende Pulver von Medizinmännern geschluckt, in Klassenzimmern neben steinreichen wie sehr armen Kindern gelernt. Von Staatspräsidenten, Erzbischöfen und Außenministern hielt er bald dasselbe wie vom Rest des diplomatischen Corps: alles dicke Männer, die auf freundlich machten. Letztlich, so sein Resümee, waren die Menschen überall gleich. Sie tricksten, logen, betrogen, ganz gleich, ob es um das Brot in ihrer Hand ging oder die Sahne auf ihrem Kuchen.

Wandel war seine einzige Konstante gewesen. Konnte man es ihm also anlasten, wenn er es an Stetigkeit fehlen ließ?

„Ich will ja nicht zu katholisch klingen“, hörte er Mutter flehen, „aber du hast so viele Talente, da ist es fast eine moralische Verpflichtung, verantwortlich damit umzugehen.“

Fex steckte sich symbolisch einen Finger in den Hals. Dann platzte es aus ihm heraus: „Ja, ich weiß. Der Hallodri wird es nie zu etwas bringen. Wie schade, dass der Liebling der Familie unter die Räder gekommen ist. Da ist wohl der Falsche gestorben.“

Am anderen Ende der Leitung wurde es still. Es tat ihm leid. Er sah Mutter vor sich, wie sie mit einem herzzerbrechend kleinen Lächeln den letzten Schnappschuss von Ferdi in die Hand nahm, der egal wo auf der Welt immer in einem schlichten silbernen Rahmen auf ihrem Schreibtisch stand. Zwölf war Ferdi da gewesen, ein lustiger Bengel, ein Huckleberry Finn. Ferdinand, der sportliche Ferdinand, der ihm als Knirps den Namen Fex verpasst hatte, weil er Felix nicht aussprechen konnte.

Ferdi und Fex. Tag und Nacht.

Ausgerechnet im „sicheren" Deutschland war es passiert. Ferdi war mit seiner Jugendgruppe in einem Kleinbus unterwegs. Auf der Autobahn fiel die Lichtmaschine aus. An einem Winterabend. Sie stiegen aus. Von hinten näherte sich ein Lastwagen.

Ferdi und Fex. Einer von beiden lebt.

Die Ehe seiner Eltern war über der Katastrophe zerbrochen. Man konnte nur spekulieren, wie und ob Mutter den Tod ihres Jüngsten verarbeitet hatte. Sie ließ sich für drei Monate in eine Klinik einweisen. Danach kehrte sie mit gefasstem Lächeln zurück. Fex aber spürte, dass sie ihre Existenz mit einem Vorhang verhüllt hatte, einem ansprechend gemusterten, aber undurchdringlichen Vorhang.

Seine Pampigkeit am Telefon war ihm peinlich. Er hätte sich entschuldigen müssen, wusste, dass Mutter darauf wartete, brachte aber kein Wort heraus.

„Wenn man es genau nimmt, stirbt immer der Falsche", rang sie sich schließlich ab, Holzwolle in der Stimme.

Fex versuchte etwas zu sagen, schaffte aber nur ein Räuspern.

„Nun gut. Kommst du mich mal besuchen? Die Residenz liegt ausgesprochen hübsch."

„Gern. Der Herbst wäre eine gute Zeit", bemühte er sich. „So, ich müsste dann auch mal."

Ein Feigling und ein Schisser war er. Er würde sich per Brief entschuldigen, reden ging jetzt nicht mehr.

„Morgen."

„Morgen."

Johanna hockte auf dem Fensterbrett in der Küche, die Beine angezogen, das Kinn auf die Knie gestützt. In der Hand hielt sie einen ihrer Hexentränke. Jeden Morgen stellte sie mit einer Zentrifuge haarsträubende Mischungen aus Früchten und Gemüse her.

Gesund sollten sie sein, sahen aber aus und rochen wie Schlick. Aus ihren großen braunen Augen warf sie ihm einen Blick zu.

„Mutter?"

„Ein Glück, dass man nicht zwei davon hat."

Fex schmiss sich auf einen Stuhl und nahm die Tageszeitung zur Hand. Er wohnte erst seit knapp zwei Jahren mit Johanna zusammen, hatte aber das Gefühl, sie schon ewig zu kennen. Sie legte den Kopf in den Nacken und schüttelte ihr langes kastanienbraunes Haar. Mit trägen, aber präzisen Bewegungen raffte sie es zusammen und steckte einen Bleistift durch den so entstandenen Knoten. Manchmal sah das nach Geisha aus, manchmal nach Frau Lehrerin. Bei ihrer Bewerbung als Untermieterin hatte sie, nach ihrem Beruf gefragt, „Knöpfe" geantwortet. Fex war von ihrer Lakonie begeistert gewesen. In der Tat verkaufte sie in ihrem kleinen Kreuzberger Laden die schönsten, seltensten, ausgefallensten Knöpfe. Dafür graste sie Flohmärkte und Volksfeste ab, besuchte Geschäftsauflösungen und Sonderverkäufe von Nordhessen bis Bulgarien. Modeschöpfer kamen zu ihr, Filmteams, aber auch die dicke Kreuzberger Mutti mit ihrer ausgeflippten Tochter.

Es gab niemanden, mit dem es sich so gut schweigen ließ wie mit Johanna. Sie sprach, wie Quartalssäufer trinken: lange nicht, aber wenn, dann. Fex las das Feuilleton, Johanna starrte in ihren Zaubertrunk.

Die häusliche Stille wurde vom Läuten des Telefons unterbrochen. Tom war dran, der Surferboy, der den Tresen in der Strandbar geschmissen hatte.

„Du wolltest dich doch mal melden. Lust, heute Abend ein bisschen auszugehen?"

Fex zog eine Schnute, wollte aber nicht gleich noch jemanden enttäuschen. Davon abgesehen war Tom irgendwie ganz nett. Ein Drink also. Er sagte zu.

Johanna zog den Stift aus ihrem Knoten und schüttelte die Haare erneut.

„Stress?"

„Stress."

„In genau fünfzig Tagen wird der Reichstag verhüllt", hatte Leberenz ins Telefon genuschelt. „Wir haben da ein paar unkonventionelle Ideen."

Unkonventionelle Ideen, seit wann denn das? Und gleich im Plural?

Im Paternoster wünschte ein weißhaariger Kollege von der Kulturwelle schwungvoll einen schönen Tag. Seine gute Laune musste an der bevorstehenden Pensionierung liegen.

Hahn straffte sich und riss die Tür zum Arbeitszimmer der Morgenredakteure auf.

Leberenz hob nur andeutungsweise den Kopf: „Tach."

Hahn gab Biggi, die gerade telefonierte, einen Kuss auf die Schulter und griff nach dem Pressespiegel. Leberenz, das wusste er, musste man kommen lassen.

„Tja", sagte der nach einer Weile.

Hahn zog einen Stuhl vor seinen Schreibtisch: „Unkonventionelle Ideen?"

„Na ja. Das mit dem Reichstag müssen wir wohl oder übel machen." Seine Schultern fielen nach vorn.

Nein, dachte Hahn bei sich, wir *müssen* nicht. Das ist dein Programm. Du kannst es tun oder lassen. Aber wenn, dann mit Lust, du Penner! „Okay", sagte er laut. „Was darf es denn sein?"

„Im Reichstag selbst gibt es eine Pressekonferenz, die macht der Ü-Wagen. In einem zweiten Take kämmen wir die Chose mal gegen den Strich, es haben schließlich auch zweihundertdreiundzwanzig Abgeordnete *gegen* die Verhüllung gestimmt." Leberenz ließ sich in seinen Schreibtischsessel zurückfallen. Das hohe Maß an Originalität schien ihn erschöpft zu haben.

„Was machen wir konkret?"

„Ein Stück über eine Abgeordnete, die die Ehre des Parlaments beschmutzt sieht." Gequältes Hüsteln. „Oder so."

„Oder so gefällt mir. Habt ihr schon jemanden im Auge?"

„Die neueste Scheißhausparole der Wellenleitung lautet Ostbezug, so viel Ostbezug wie möglich. Also schnappst du dir eine … warte." Er blättert lustlos in seinen Unterlagen. „Eine Frau Gegenbauer. Sitzt für Erfurt im hohen Haus, ist gegen die Verhüllung, und der Dreh dabei: Sie ist selber Künstlerin."

„Ist ja wirklich mal was anderes", gab Hahn sich Mühe. „Aber ich verstehe nichts von Kunst!"

„Meinste ich?"

Als Hahn das Café Unter den Linden betrat, erhob sich eine ältere Dame halb von ihrem Stuhl und winkte ihm zu. Er hätte sie auch so erkannt. Es gab zwei Typen weiblicher Abgeordneter: karriereorientierte Hosenanzüge, meist aus dem konservativen Lager, und linksalternative Riesenohrringe. Bärbel Gegenbauer gehörte zu den Ohrringen. Im Bundestag für Bündnis 90/Die Grünen, demonstrierte sie durch betont feminine Kleidung ihr Selbstverständnis als Frau. Arbeitskleidung mit einem Hauch Feminismus. Die Abgeordnete war klein und rundlich, was eine Kaskade von bunten Stoffen zu kaschieren suchte. Ihre Locken waren wie bei vielen berufstätigen Frauen ab einem gewissen Alter kupferrot gefärbt.

„Herr Hahn vom SFB, wenn ich das Aufnahmegerät richtig deute?"

„Ganz genau, ich freue mich."

Er gab ihr, wie es im Osten Sitte war, die Hand. Nach dem Mauerfall war manches Gespräch alleine daran gescheitert, dass Westjournalisten ihre Interviewpartner mit „Hallo!" oder – schlimmer noch – mit „Hi!" begrüßten. Fester Händedruck, verbindlicher Blick. Die Frau war Profi. Dennoch spürte er eine Reserviertheit, die ihm bei vielen Ostdeutschen auffiel. Misstrauen wäre zu viel gesagt, aber die Notwendigkeit, Fremde abzuschätzen und erst einmal kommen zu lassen, hatte sich in vierzig Jahren Sozialismus zur Charaktereigenschaft verfestigt. Die Gegenbauer war nicht unfreundlich, aber auf der Hut.

„Worüber wollen Sie mich befragen?"

„Darf ich das Aufnahmegerät einschalten?"

„Erzählen Sie erst mal, worum es geht."

Als Hahn mit ein paar Sätzen und seinem probaten Lächeln das übliche Politikermisstrauen gemildert hatte, durfte er sein Gerät einschalten. „Die erste Frage versteht sich von selbst: Warum haben Sie sich gegen Christos Reichstagsverhüllungsprojekt ausgesprochen?"

„Wissen Sie, manchmal kommt es mir so vor, als wüssten die Bürger der BRD ihre Freiheit nicht mehr recht zu schätzen. Ein Parlamentsgebäude ist erfahrbar gemachte Demokratie, die, wie mir scheint, nicht als Spielmasse taugt."

Hahn ignorierte den hohen Ton. „Sie sind Malerin. Ich habe in Ihrer Vita gelesen, dass Sie einige Probleme hatten auszustellen. Da müssten Sie doch eine Verfechterin der Kunstfreiheit sein?"

„Das bin ich auch. Es geht doch nicht darum, Kunst zu verbieten, schließlich gibt es unzählige andere Bauwerke, die Herr Christo verhüllen kann. Aber ein Parlament einzupacken wird der Würde des Hauses nicht gerecht." Die Abgeordnete war gut vorbereitet. Sie nahm einen Schluck aus ihrer Kaffeetasse und sah zufrieden drein.

Jetzt ging Hahn in die Offensive: „Ist das nicht ein wenig zu theoretisch? Und warum spricht sich eine Künstlerin gegen Kunst aus? Erklären Sie *das* mal den Hörern. Das will auch mir nur schwer in den Kopf."

Die Gegenbauer nahm sich Zeit. Sie musterte ihn aufmerksam, schüttelte dann energisch den Kopf, dass die roten Löckchen nur so tanzten. „Gut, dann mal persönlich: Als Mensch und als Künstlerin habe ich mich in der DDR nach Freiheit gesehnt. Ich hätte alles dafür gegeben. Und dann sehe ich im Westfernsehen einen jungen Minister, der in Turnschuhen durchs Parlament latscht. Da habe ich mich gefragt: Wie sorglos, fast frivol, geht der eigentlich mit seiner Freiheit um? Ist die ihm so wenig wert, dass er damit seine Spielchen treibt?"

Hahn war erleichtert. Endlich eine Antwort ohne Papierrascheln. Er fragte nach, erkundigte sich genauer nach ihrer Kunst, klopfte ab, wie weit sie mit den Arbeiten Christos vertraut war. Letztendlich würde er von ihr nur zwei, höchstens drei Statements benötigen. Der sendertypische Merkspruch dazu lautete: Ist der Reporter noch so fleißig, es bleibt bei drei Minuten dreißig. Er würde einen Abriss der Vorgeschichte geben, versuchen, sich ein Statement der Bundestagspräsidentin zu holen, vielleicht sogar etwas von Christo, dann dem Moderator ein paar Fakten zur Anmoderation aufschreiben – und fertig war die Laube.

„Das war's schon, vielen Dank."

„Darf ich Sie auf eine Tasse Kaffee einladen?", fragte die Gegenbauer.

„Kaffee gerne, einladen nicht."

„Ach, das gibt es noch – Journalistenethos?", zog sie ihn milde auf und gab der vorbeihuschenden Bedienung ein Zeichen, zwei Kaffee zu bringen.

„Überschätzen Sie mich nicht", grinste Hahn. „Wenn man eine klare Trennlinie zieht – keine Einladungen, keine Freikarten, keine Geschenke –, muss man nicht ständig überlegen, ob man schon dabei ist, sie zu überschreiten. Im Grunde ist mein Ethos nur pure Faulheit!"

Bärbel Gegenbauer lachte auf. Erst jetzt fielen ihm ihre wachen Augen auf.

„Also offen gestanden war das kein leichtes Interview für mich", bekannte sie unvermittelt. „Mir ist klar, dass Ihre Hörer mich für eine staatstragende Krampfhenne halten müssen. Aber was ich gesagt habe, meine ich ernst. Hat es sich sehr verquast angehört?"

Nach all den Jahren beim Radio war Hahn immer noch erstaunt, wie schnell aus Interviewpartnern Menschen werden konnten. Plötzlich saß keine vorsichtig abwägende Abgeordnete mehr vor ihm, sondern eine unprätentiöse Frau. „Keine Bange, das war nicht verquast", beruhigte er sie. „Ein bisschen hüftsteif vielleicht. Aber das letzte Statement war ausgezeichnet. Kommt immer gut, persönlich zu formulieren."

„Ich weiß, was Sie meinen." Sie dachte einen Moment nach. „Aber kann man immer alles auf eine Anekdote runterbrechen? Außerdem seid ‚ihr' beängstigend geschmeidig darin, euer Innerstes nach außen zu kehren, wenn es einen Vorteil verspricht."

Hahn war klar, dass das „ihr" ihn als Westdeutschen meinte. „Sie spielen auf das Schauspieltalent der BRD-Bürger an?"

„Nun, auch wenn ich dieses Maß an Verstellung im Alltag oft hinderlich finde, weiß ich natürlich, dass man es manchmal braucht. Wir aus dem Osten haben neben vielem anderen auch an dieser Stelle Nachholbedarf."

„Wie ist es denn im Bundestag, gucken die anderen Parteien auf Sie herab? Schließlich bestand die Fraktion der Bündnisgrünen bis zum Herbst nur aus Ostdeutschen."

„Wir galten nur als Gruppe", korrigierte sie. „Mit acht Abgeordneten ist man zu klein für den Fraktionsstatus. Aber um Ihre Frage zu beantworten: Von den Kollegen wurden wir erstaunlich schnell akzeptiert, die waren sogar neugierig auf uns."

„Keine Häme von, sagen wir mal, der CDU?" Hahn beugte sich interessiert vor. Das liebte er an seinem Beruf, das Privileg, einen Blick in die Kulissen werfen zu dürfen.

„Ich nenne Ihnen ein Beispiel: Berichterstattergespräche in einem Ausschuss. Das heißt pro Fraktion ein Abgeordneter und dann das Ministerium, also Staatssekretär und Abteilungsleiter. Da werden Nachfragen gestellt, interne Papiere diskutiert und, und, und. Der Hauptberichterstatter erklärte: ‚Frau Gegenbauer, Sie können zwar etwas fragen, aber das zählt nicht. Ihre Kollegen und Sie haben keinen Fraktionsstatus, also kein Rederecht.' Da sitzt du und denkst: Hä? Und dann sagt ein Abgeordneter der CDU: ‚Jede Frage von Frau Gegenbauer gilt als von mir gestellt, und sie kriegt sämtliche Unterlagen!' Damit war die Sache geklärt."

„Hätte ich jetzt nicht gedacht."

„Natürlich sind nicht alle so, aber das Wasserwerk, wo wir uns treffen, ist ziemlich klein. Man hockt aufeinander, das hilft. Die wirklichen Probleme hatten wir in der eigenen Partei, aber das sage ich natürlich nur unter drei."

„Unter drei" war der journalistische Code für Hintergrundinformationen, deren Urheber weder preisgegeben noch zitiert werden dürfen.

„Sie wollen doch nicht andeuten, die grundguten, menschenfreundlichen, solidarischen Grünen hätten Ihnen das Leben schwer gemacht", lockte er.

„Beleidigte und Erniedrigte nicht zu vergessen", nahm sie seinen Ton auf. „Die Grünen haben den Wahlkampf '90 grandios in den Sand gesetzt. Während die ganze Welt über die Wiedervereinigung staunte, plakatierten sie flächendeckend *Alle reden von Deutschland – wir reden vom Wetter*!"

„Das nennt man wohl ins Knie gefickt, Pardon ..."

Sie kicherte. „Jedenfalls waren sämtliche Grüne mit einem Schlag ihr Mandat los. Das tut weh, alle zurück in die zweite Reihe. Und die zweite Reihe in die dritte."

„Dafür konnte doch Bündnis 90 nichts. Immerhin sind die Grünen auf dem Bündnis-Ticket durch eine komplette Legislaturperiode gesegelt."

Die Bedienung setzte im Vorbeigehen zwei Silbertabletts mit Kaffee und Wasser ab. Bärbel Gegenbauer rührte seelenruhig zwei Päckchen Zucker in ihre Tasse. Der westliche Schlankheitswahn hatte sie offensichtlich noch nicht erreicht.

„Unterschätzen Sie nie die Kraft einer Kränkung", holte sie aus. „Die Grünen hatten sich im Lauf der Jahre professionalisiert, und plötzlich nahmen wir Osttrullas ihnen die Plätze weg. Der Kontakt mit der sich auflösenden Bundestagsfraktion war für mich ein Schock. Der Ton war unglaublich rüde."

„Nach außen hin sah das aber einigermaßen harmonisch aus."

„Man nennt das PR", parierte sie. „Wir Ostdeutschen passten anfangs nicht so richtig ins grüne Milieu. Jede Meinungsverschiedenheit wurde zum Grabenkampf. Wir haben mal, um uns zu wehren, die Parole ausgegeben: Die Methode der missverstehenden Unterstellung lehnen wir ab."

„Schöne Formulierung", freute Hahn sich.

„Auf jeden Fall zutreffend. Aber auch das fand man wieder typisch DDR. Wir waren zu langsam, zu harmoniebedürftig, zu nachdenklich."

„Ziemlich arrogant.“

„Das kann man wegstecken. Aber wenn es unter die Gürtellinie geht, wenn der große Zampano der Partei einen von oben bis unten mustert, und aus jedem Knopfloch quillt Verachtung, dann sitzt man nach einem Zwölfstundentag im Büro und heult sich die Augen aus dem Kopf.“

„Aua.“

„Das geht vorbei. Heute lache ich drüber, dass er mich jahrelang als Thüringer Rostbratwurst bezeichnet hat. Gibt Schlimmeres. Wissen Sie, wie mein Spitzname in der Partei lautet? Die haben mich wegen meines Greisenalters in den Ausschuss ‚Familie und Senioren' abgeschoben. Sie denken zwar, ich weiß nichts davon, aber hinter meinem Rücken nennen sie mich Corega-Babs.“

Gegen seinen Willen musste Hahn lachen. Die Abgeordnete stimmte fröhlich ein. „Inzwischen finde ich den Spitznamen so gut, dass ich ihn in Wahlkampfreden einbaue. Gibt hundertprozentig einen Lacher.“

Hahn spielte Leberenz den Beitrag zur Abnahme vor. Er hatte im Archiv ein knackiges Statement von Christo gefunden, die ablehnende Meinung von Kanzler Kohl reingeschnitten und das launige Pro der Bundestagspräsidentin, dann zur Abgeordneten Gegenbauer übergeleitet.

Leberenz drehte seinen Schreibtischstuhl zum Fenster. Er schaukelte nervös hin und her, während er den Fünfminüter abhörte. „Ja, hm, okay.“ Mehr Lob war von ihm nicht zu bekommen. Als Hahn schon fast aus der Tür war, meldete er sich doch noch zu Wort: „Mann, Mann, Mann, wie mir die Ossis auf den Sack gehen! Sich als Dissidentin aufspielen und andere zensieren wollen. Was für eine bigotte Alte.“

„Ist sie nicht“, sagte Hahn und schloss die Tür betont leise.

Als er Isa von dem Interview erzählte, schüttelte sie energisch den Kopf. „Die Frau hat da was nicht verstanden. Zu Recht besteht Christo darauf, kein Verpackungskünstler zu sein. Bei ihm geht es ums Verhüllen.“

„Semantische Spitzfindigkeiten, oder? Wo ist der Unterschied?“

„Man verpackt etwas, und dann kommt es weg. Ein Paket oder ein Geschenk. Beim Verhüllen geht es ums Gegenteil, um das Herausheben.“

„Ich höre?“

„In der jüdisch-christlichen Tradition hat das Verschleiern und Verhüllen eine sakrale Funktion. Bei den Katholiken beispielsweise werden in der Karwoche die Kreuze verhüllt. In der gesamten Kunstgeschichte findest du Stoffe, Plissees, Draperien. Denk an die unzähligen Bilder und Skulpturen mit üppigen Faltenwürfen. Das geht bis zu den Darstellungen des Grabtuchs Jesu, das den Toten eben gerade nicht verbirgt, sondern ihn feierlich durchscheinen lässt.“

„Wow“, staunte Hahn. „Vor dem Interview ein Gespräch mit dir, und ich hätte der Frau Abgeordneten mächtig Zunder geben können.“

„Hättest du“, nickte Isa. „Übrigens wird auch bei einer Hochzeit die Braut erst durch den Schleier zu etwas Besonderem.“ Als sie seine betretene Miene sah, brach sie in ihr charakteristisches helles Lachen aus. „War nur ein Beispiel, ich wollte auf gar nichts anspielen, wirklich!“

Im Sender hatte es entsetzte Schreie gegeben. Für das Frühprogramm schnitt Hahn mit seinem Lieblingstoningenieur Yushi einen Beitrag seiner Reihe „Wohnen im neuen Berlin“. Eine Woche lang berichtete er zur Radio-Primetime morgens kurz nach sechs über die Verwerfungen des Wohnungsmarktes seit der Hauptstadtentscheidung. Als er mit dem Sendeband die Redaktionsräume betrat, fand er auf seinem Schreibtisch ein Paket mit roter Samtschleife vor.

„Eine Verehrerin?“, tippte Biggi.

Davon konnte keine Rede sein.

„Scheiße!“, rief Hahn, als er den Deckel öffnete.

„Was ’n los?“ Sogar Redakteur Leberenz hob den Kopf.

„Scheiße“, sagte Hahn noch einmal und verzog das Gesicht. Er hob den Karton an und ließ die Anwesenden hineinschauen: eine wohlgeformte, sorgsam kreisrund gelegte, schon leicht angetrocknete Kotwurst. Biggi kreischte und hielt sich die Nase zu, obwohl das Präsent nur noch schwach roch.

„Pfui Deibel“, schimpfte Leberenz, wurde aber gleich praktisch: „Ist ein Anschreiben dabei?“

Hahn schaute nach. Und wirklich klebte an der Innenseite ein doppelt gefalteter Zettel: *Für den Scheißsender SFB. Freies Wohnen für alle! Tötet die Yuppies!* Unterzeichnet war das Gekritzel mit *Die Kiez-Miliz*, daneben ein schwarzer Anarchostern. Offensichtlich war Hahns Anspruch, nicht nur mit betroffenen Mietern, sondern auch mit Hausbesitzern, Politikern und Investoren zu sprechen, nicht sonderlich gut angekommen.

„Gott schütze uns vor diesen Menschenbeglückern", stöhnte Biggi.

Am frühen Abend verließ Hahn den Sender, nicht ohne vom Pförtner mit einem ironischen „Scheißreporter" verabschiedet zu werden. Es hatte sich also schon herumgesprochen. Der Ehrentitel würde für ein paar Wochen an ihm kleben bleiben. Kopfschüttelnd ging er zur Bushaltestelle.

Kurz nach Mitternacht, viel zu früh für Berlin, winkte der Türsteher mit Piercings statt Augenbrauen sie apathisch durch. Fex wäre gerne noch früher ausgegangen. Er zog den sonntäglichen Gay Tea Dance vor, wo man zwischen sieben und elf vorbeischaute. Entspannter und weniger verdrogt ging es da zu. Aber mit Tom war neunzehn Uhr nicht zu machen, da hatte er nach der letzten Feiernacht plus Chill-out gerade mal drei Stunden geschlafen.

Da das „KPM" erst halb voll war, setzten sie sich an die Bar. Fex bestellte Bier, Tom einen Red Bull mit Wodka. Der Veranstalter der wöchentlichen Party hatte sich ein Juwel der DDR-Moderne unter den Nagel gerissen. Früher Edelrestaurant im kantigen Sechzigerstil, galt der angeschlagene kommunistische Chic nun als hip. Fex fragte nach Toms Französischstudium, dessen Semesteranzahl längst zweistellig sein musste, aber der winkte nur ab.

„Vielleicht mach ich im Herbst wieder was Ernsthaftes. Internet ist irgendwie spannend. Aber erst mal genieße ich das Leben", grinste er und flitschte eine Hand gegen Fex' Bauch.

Der versuchte sich an einem interessierten Gesichtsausdruck, aber seine Aufmerksamkeit rutschte immer wieder weg. Tom war ein netter Typ, doch wer sich bei welcher Party wie benommen hatte, welche Tresenschlampe was gesagt hatte und wo der Preis angesagter Designerdrogen momentan stand, kitzelte ihn wenig. Gegen ihren Ruf waren die Schwulen weniger schrill als uniform. Fex war immer wieder erstaunt, wie gleichförmig die Gesichter wirkten. Das lag nicht zuletzt am raspelkurzen Sträflingshaarschnitt, den ausnahmslos alle trugen. Herb männlich, selten mehr als fünf Millimeter. Aber sich dazu die Augenbrauen zupfen. Er war der einzige Mann im Raum mit langen Haaren. „Wenn du *so* rumläufst, kriegst du nie einen ab", hatte ihn ein Gutmeinender mal gewarnt.

Ab eins begann der Raum sich langsam zu füllen. In einer Stunde würde man hier Mühe haben, sein Glas an den Mund zu heben. Gott sei Dank spielte der DJ House und nicht Hip-Hop. Fex wippte im Takt der schnellen Beats.

„Tanzen?", brüllte Tom ihm ins Ohr und zog ihn, ohne eine Antwort abzuwarten, auf die Tanzfläche. Keine Ahnung, wie er das machte, aber mit kolibrihafter Geschwindigkeit hatte er sein T-Shirt ausgezogen und in den Hosenbund gesteckt. Die Arme zum flackernden Discohimmel erhoben, präsentierte er seinen imposanten Brustkorb.

Fex schloss die Augen und ließ sich von der Musik treiben. Irgendwann stupste ihn jemand an. Man musste nur lächeln, mehr war nicht erforderlich. Auch andere hoben grüßend die Hand, nickten ihm zu. Obwohl kein Pistengänger, kannte er jede Menge Leute, Nebenprodukt seiner vielen Jobs. Langsam wurde es eng auf der Tanzfläche, die Temperatur stieg. Außer einem dicklichen Jungen im silberglänzenden Technoshirt war er in seinem kurzärmeligen schwarzen Hemd der Einzige, der nicht den nackten Oberkörper zur Schau stellte. Weil die Musik purer Rhythmus war, verlor er sich, vergaß die Zeit. Die neuerdings beim Tanzen eingesetzten Trillerpfeifen störten ihn nicht. Sie passten.

Irgendwann gab er dem schweißglänzenden Tom ein Zeichen. Mit einer Flasche Bier von der Bar verzog er sich auf ein erhöhtes Sitzelement und ließ die Augen schweifen. Das war in der Szene sein bevorzugter Ort, ein wenig abseits. Er schaute an sich herunter und dachte: Fremdkörper. Die Musik peitschte jetzt. Kondenswasser tropfte von der niedrigen Raumdecke auf seinen Schädel. Auf der Tanzfläche pulste ein Knoten aus halb nackten Körpern. Nirgendwo in Berlin würde man heute Nacht so viel Männerschönheit finden. Makellosigkeit, wohin das Auge blickte, das Ergebnis täglicher Sportstudioschinderei. Ohne die sogenannten „Kuren" ging das kaum, illegale, aber leicht zu erhaltende Anabolika. Junge Helden aus dem Arno-Breker-Land. Und doch konnte niemand Hahn das Wasser reichen, obwohl der nie ein Fitnessstudio von innen gesehen hatte. Die Art, wie er einen Ball warf, sich mit maskuliner Grazie nach etwas bückte, einer Straßenbahn hinterherspurtete: Hahn lebte in seinem Körper, diese Männer stellten ihn aus.

Von hinten hielt ihm jemand die Augen zu. Tom. „Was guckst du so ernst? Komm tanzen!"

An der Bushaltestelle kotzte ein Partygirl säuberlich in einen orangefarbenen Abfallkorb. Einen Arm um Fex' Schulter, tänzelte Tom neben ihm her. Diverse Wodka-Red-Bulls hatten ihn überwach gemacht.

„In einem Liebesroman kommt nie eine Figur vor, die müde ist", sagte Fex. „Ist dir das schon einmal aufgefallen?"

Tom klatschte in die Hände. „Ich kann einfach nicht glauben, dass wir beide den gleichen Job haben und als Barschlampen hinterm Tresen stehen."

„Wieso?"

„Für mich kommst du rüber wie aus einer anderen Welt. Wie so ein genialer ... Opiumsüchtiger."

Fex musste lachen: „Ich verstehe sowieso nicht, was du von mir willst", meinte er aufrichtig. „Im Club haben dich doch genügend Typen angegraben."

„Das ist doch langweilig, Muckis hab ich selber."

Da war Tom offensichtlich eine Ausnahme. Die Regel besagte, dass Handelsklasse A nur mit Handelsklasse A schlief. Nur wenn gegen fünf Uhr morgens der Grabbeltisch eröffnet wurde, mischten sich in der Not auch schon mal die Klassen. Ansonsten blieb Model bei Model, Sixpack bei Sixpack, Bibliotheksausweis bei Bibliotheksausweis.

Fex hätte es wissen müssen. Als Tom ihn schon im Hausflur gegen die Wand klatschte und ihm die Zunge in den Mund presste, hätte er es wissen müssen. Doch er redete sich ein, Tom sei eben von der leidenschaftlichen Sorte. Vielleicht folgte er aber auch nur der neuesten Mode. Pornochic war angesagt. Man spielte den bösen Ficker und redete schmutzig. Auf dem Weg zu Toms schwarz bezogenem Bett hatten sie eine Spur aus Kleidungsstücken hinterlassen. Hänsel und Hänsel im dunklen Wald. Tom legte sich mit seinem ganzen Gewicht auf Fex. Um seinen rechten Bizeps zog sich tätowierter Stacheldraht, auf der Brust tummelten sich Delfine und Drachen. Er schnaufte laut, glitschte hin und her. Fex spürte die Ruhelosigkeit dieses Körpers, den Hormonen und dem Alkohol geschuldet. Je wilder Tom hechelte, desto spröder wurde Fex.

Plötzlich setzte Tom sich auf, im Gesicht die Gewitztheit des sexuellen Spezialisten. „Poppers?", grinste er und hielt ihm ein braunes Riechfläschchen unter die Nase. Fex schüttelte den Kopf. Er mochte das Zeug nicht, das für zwei, drei Minuten das Herz rasen ließ und einen zum kopflosen Bündel machte. Man konnte damit zwar einen bombastischen Orgasmus erreichen, aber der war das Ergebnis einer chemischen Verbindung, nicht der zweier Menschen.

„Ach, komm“, drängelte Tom.

Aber Fex wollte nicht. Schon dieser Schweißfußgeruch ging ihm gegen den Strich. Tom zuckte die Achseln. Er hielt sich die Ampulle unter jedes Nasenloch und sog das Aroma geräuschvoll ein. Dann schwang er sich rittlings auf Fex und grub seine Finger schmerzhaft in dessen Flanken. Er riss Fex’ Kopf an den Haaren hoch, haute die Zähne in seinen Hals und verpasste ihm einen schmerzhaften Knutschfleck.

„Nicht“, keuchte Fex.

Tom ließ nicht nach. Er drang in Fex ein, presste dabei seine Hände wie Schraubstöcke an sein Gesicht, zwang seinen Mund auf und spuckte hinein, während sein Unterkörper mechanisch pumpte.

„Nein, nicht!“

Tom ließ Fex’ Kopf los und schmiss ihn zurück auf das Laken. Dann griff er an seine Brustwarzen und kniff sie gemein.

„Schluss jetzt!“, rief Fex. „Es reicht!“ Wütend stieß er den keuchenden Tom von sich und sprang aus dem Bett.

„Was hast du denn?“, wunderte Tom sich.

Felix von Oertzen. Alle drei Jahre eine neue Schule. Jedes Mal neue Mitschüler, die den Neuankömmling begafften, jedes Mal Getuschel. Im Ausland ging der Daumen meist nach oben, in Deutschland unweigerlich nach unten. Ach, ein feines Diplomatensöhnchen, etwas Besseres. In den Siebzigern konnte man überall herkommen, nur nicht aus gutem Hause. Er war der Einzige, der keine Jeans trug, sondern Stoffhosen. Er hatte einen Mecki, während alle ihre Haare wachsen ließen. Und immer war er der Jüngste. Die Schulleitung machte einen Test zur Einstufung, und er landete unweigerlich in einer Klasse, in der sämtliche Mitschüler zwei Jahre älter waren als er.

So auch damals in Bonn. In den unteren Klassen gab es schon Mädchen, in der Oberstufe war das Traditionsgymnasium noch eine reine Jungenschule. Pech für Fex. Von Anfang an war der Wurm drin. Er hatte noch keine Schultasche und musste sich mit einem peinlichen Gürtel behelfen, den er um die neuen Lehrbücher schnallte. Seine Mitschüler kamen nicht auf die Idee, dass der junge Herr, Mutter vortragende Legationsrätin erster Klasse, Vater

Schriftsteller, scheu sein könnte. Er hatte etwas an sich, eine Art, den Raum ganz selbstverständlich einzunehmen, die sie maßlos ärgerte. So bewegten sich Menschen mit Stammbaum, Leute mit Geld. Was sie ebenfalls irritierte, waren seine Augen. Tiefbraun, sahen sie in fast jedem Licht schwarz aus. Sie hatten den Glanz und die harte Mehrschichtigkeit japanischer Lackarbeiten. Versuchte man, ihm in die Augen zu schauen, die nur aus Pupillen zu bestehen schienen, prallte der Blick ab. Niemand wurde aus diesem schweigsamen Jungen schlau.

Im Ausland war er allein durch Aussehen und Hautfarbe ein Exot, das half. In deutschen Schulen arbeitete er an seiner Unsichtbarkeit. Wer nicht auffiel, konnte auch nicht getriezt werden. Und wenn es zu schlimm kam, musste er nur an den nächsten Auslandsaufenthalt denken.

Im Bonner Gymnasium wurde es schlimm. Seine Klassenkameraden waren doch schon solidarisch mit den unterdrückten Massen Vietnams und El Salvadors, da konnte man einen Mitschüler ruhig mal ein bisschen quälen. „Prüfen“ nannten sie das. Er war sechzehn, die anderen achtzehn, er war in sich gekehrt, während die anderen hormongetrieben mit ihrer Kraft nicht wussten, wohin. Und dann kam das Diplomatensöhnchen auch noch mit diesem Gürtel um die Schulbücher an. Als spaziere er geradewegs aus einer amerikanischen Fernsehserie in ihr Gymnasium.

Am Anfang war das Wort „Homo“. Wollten sie besonders fies sein: „von Homo“. Ein Knuff hier, ein Tritt da. An einem Tag war seine Jacke verschwunden, am anderen fehlte sein Miniradio mit Kopfhörern.

Es geschah an einem Freitagnachmittag. Sportunterricht auf der Freiluftanlage. Darauf freute er sich. Er war gut im Hochsprung und ein talentierter Läufer. An diesem Nachmittag hatte der Sportlehrer sich verspätet. Die Jungs wussten nichts mit sich anzufangen. Da sie die Startphase beim Vierhundertmeterlauf üben wollten, trug Fex schon mal die Startblöcke auf die Aschebahn. Als er zur Umkleide zurückkehrte, fingen ihn vier der übelsten Rüpel ab. *Na, Homo, da hat der Kleine aber ein heißes Höschen an!* Ein paar Stöße, ganz leicht nur gegen die Schulter, aber kaum zu ignorieren. Er wollte darunter wegtauchen, aber sie ließen ihn nicht weg. *Sag mal, Süßer, wen von uns findest du denn geil? Willst du uns einen lutschen?* Die Stöße wurden gemeiner. Einer haute ihm auf die Leber, spielerisch noch, aber schmerzhaft. Oh, er kannte solche Situationen, konnte aber nie das rechte Maß zwischen Wegducken und Gegenwehr finden. Die warteten nur darauf, dass er sich wehrte, dann hatten sie einen Grund zuzuschlagen. Vier gegen einen. Aber Schweigen konnte solche Typen auch zur Weißglut treiben. *Guck mal, was für ein Feigling! Wehr dich! Hast doch auch den Mut, in der Scheiße zu orgeln!* Fex merkte, wie ihm Schweiß von den Achselhöhlen in den Hosenbund lief. Jemand trat ihm in die Kniekehlen. Er fiel, schrammte an der Wand entlang. Blut lief über seine Stirn. Die vier brachen in Gelächter aus. Daraus wurde ein Johlen.

Und das rief Hahn auf den Plan.

„Was geht denn hier ab?" Ganz ruhig, ohne die Stimme zu erheben. Hahn schaute erst Fex an, dann seine Klassenkameraden.

„Ist doch nur der Homo", meinte der dicke Bongartz mit anbiederndem Grinsen.

Hahn fixierte seine Mitschüler, einen nach dem anderen. „Und was seid ihr?" Keine Antwort. „Na? Das wisst ihr nicht? Dann werde ich es euch sagen: Memmen seid ihr. Schlappe, hinterhältige Memmen." Die vier traten von einem Bein aufs andere, würden sich gern verpissen, aber Hahn war noch nicht fertig: „Ihr wollt Männer sein? Zu viert auf einen Schwächeren losgehen und sich dabei stark vorkommen? Das ist so was von erbärmlich. Macht bloß, dass ihr wegkommt, ihr Mädchen!"

In der Zwischenzeit stand Fex wieder auf den Beinen.

„Alles in Ordnung, von Oertzen?"

„Klar."

„Tut was weh?"

„Alles in Ordnung. Danke." Mit gesenktem Kopf murmelte Fex etwas Unverständliches.

„Was hast du gesagt?"

Misstrauisch hob Fex den Kopf und nahm den blonden Typen mit Haaren wie ein Schrubber in Augenschein. Was war von dem zu halten? Gab den starken Mann, okay, aber konnte man ihm trauen? „Ich möchte jedem Einzelnen von denen einen Arm hinten reinschieben", sagte er zaghaft. „Bis zur Schulter."

Hahns Gesicht war wie schockgefroren. Dann japste er einmal, schnappte nach Luft wie ein sterbender Fisch und brach in schallendes Gelächter aus. Er kriegte sich nicht mehr ein, bog sich nach vorn, nach hinten, hielt sich die Seiten. Er lachte so sehr, dass Fex gegen seinen Willen einstimmen musste. Wie die Idioten standen sie da und führten einen Indianertanz auf. „Bis zur Schulter", rief

Hahn und schüttelte sich. „Scheiße, ich hab so was von Phantomschmerzen!“

„Ich erst“, kicherte Fex.

„Aber du machst so was nicht in echt, oder? Ich meine, du schiebst dir nicht so Sachen hinten rein?“

Fex landete schlagartig wieder in der Realität. Also doch. Jetzt wurde es eklig. „Das möchtest du nicht ernsthaft wissen“, sagte er vorsichtig.

„Klar“, rief Hahn munter, legte einen Arm um seine Schulter und schob ihn Richtung Lauf- und Springanlage. „Von mir aus kannst du machen, was du willst, aber ich bin neugierig. Ich will mal Reporter werden!“

„Das nenne ich mal einen Oschi“, feixte Hahn. „Ist der Knutschfleck von dem Raver an der Strandbar?“ So viel zu Johannas Bemühungen, das lästige Souvenir von Tom mit einem Abdeckstift zu kaschieren. „Komm, wir gehen Beachvolleyball spielen.“

„Red keine Opern“, knurrte Fex. „Und auf geht's.“

Es gab zu wenig Beachvolleyballanlagen in der Stadt, aber ein paar Freibäder hatten für den neuen Sport Sand aufgeschüttet. Hahn mochte Volleyball in stinkenden Hallen nicht, nur an der frischen Luft machte es richtig Spaß. Bald hatte er Fex angesteckt, und im Lauf der Zeit waren sie ein leidlich gutes Team geworden. Das Wetter gab sich launisch, deshalb wurde von den zwei Feldern im Schwimmbad nur eines bespielt. „Wir fordern den Sieger des Matchs heraus!“, rief Hahn gleich bei ihrer Ankunft und knallte seine Sporttasche auf den Rasen. Allgemeines Kopfnicken. Hahn und Fex schauten eine Weile zu. Sie hatten keinen Zweifel, wer hier gewinnen würde. Zwei Spanier spielten gegen zwei Weißbrote und rösteten sie zu Toast.

„Guck dir die kurzen Beine an“, machte Fex sich Mut. „Das sind keine Menschen, das sind Ponys.“

Es dauerte nicht lange, und sie standen zwei schwitzenden Andalusiern gegenüber. Hahn als der Größere machte den Blocker, Fex den Verteidiger. Hahn brachte Kraft mit, Fex die Schnelligkeit. Dazu hatten sie sich die geheime Zeichensprache der Profis abgeguckt. Ein ausgestreckter Zeigefinger: Ich blocke so, dass er nicht die Linie entlang schlagen kann. Zwei Finger: Pass auf, ich verhindere, dass er diagonal schlägt. Schließlich die Faust: Ich blocke überhaupt nicht, sondern laufe schnell zurück, um in der Abwehr zu helfen.

Anfangs schlugen sie sich in ihrer bewährten Mischung aus Konzentration und Albernheit wacker. Hahn stand breitbeinig am Netz und machte Bewegungen, als reite er ein Pony. Jedes Mal, wenn Fex einen Punkt holte, wieherte er diskret. Dann klatschten sie sich ab und feixten wie Fünfjährige. Das Grinsen sollte ihnen schnell vergehen. Die Spanier hatten zwar kurze Beine, es steckte aber enorme Sprungkraft darin. Und sie waren flink: Selbst Bälle, die normalerweise tot waren, gruben sie wieder aus. Hahn und Fex kamen mächtig ins Schwitzen. Eine Weile hielten sie sich tapfer, doch der Ausdauer ihrer Gegner waren sie nicht gewachsen. Dass die bei der Rackerei auch noch so laut und schnell schwätzen konnten, grenzte an ein Wunder. Am Ende waren Hahn und Fex in zwei Sätzen vernichtend mit 21 zu 18 und 21 zu 14 geschlagen.

„Sorry, ich war ein bisschen lahm“, entschuldigte Hahn sich später, als er mit Fex am Beckenrand saß und die Beine ins Wasser baumeln ließ. „Aber du hast super gespielt.“

„Hat doch Spaß gemacht. Du warst allerdings wirklich luschig. Gegen die Ponys warst du eher … ein Pferd!“

Hahn tat empört: „Du kleiner …“

„Scheißer?“

„Ja, genau! Ich war ein Lipizzaner, ein etwas sedierter Lipizzaner zugegebenermaßen. Und das mit dem kleinen Scheißer nehme ich zurück. Du warst ein *mittelmäßiger* Scheißer.“

Die letzte Silbe hatte er noch nicht ganz ausgesprochen, da flog er schon ins Wasser. Im Fallen riss er Fex mit. Prustend, die Handtücher noch um den Hals, spritzten sie sich gegenseitig nass.

Als sie über der Ablaufrinne ihre Handtücher auswrangen, fasste Fex nach. „Apropos luschig: Ist alles in Ordnung mit Isa und dir?“

„Was soll sein?“

„Dieser Ton kommt mir bekannt vor.“

„Kein Kommentar.“

So wie Fex nicht über Tom sprechen wollte, wiegelte nun Hahn ab.

Fex ließ nicht locker. „Erinnert mich an ein Gedicht von Celan: *Zwei Mundvoll Schweigen*.“

„Schön, wirklich ganz wunderschön“, bemerkte Hahn ironisch. „Und was machen wir jetzt?“

„Lust, mit mir aufs Dach zu kommen?“

Fex wohnte nicht weit vom Alexanderplatz im LSD-Viertel: Lychener, Schliemann-, Dunckerstraße. Verwohnt bis zum Verfall, aber unter rußgeschwärztem Grind feinster Historismus. Sie war eine gefährdete Spezies, aber immer noch lebte hier eine Mischung aus Prolls und Künstlern. Wenig Warmwasser, viel Alkohol. Gleich nach der Wende hatte sich hier allerlei Jungvolk ohne Geld, aber mit reichlich Tatendrang niedergelassen. Kleine Läden, illegale Clubs und Initiativen für alles und jeden. Das Viertel war im Zweiten Weltkrieg von Bombenangriffen weitgehend verschont geblieben. In Fex' Haus hatte nur der Dachstuhl gebrannt und war provisorisch durch ein Flachdach ersetzt worden. Dabei war es geblieben.

Durch eine Luke kletterten sie hoch, breiteten eine Decke aus, stellten ein paar Windlichter auf, öffneten eine Flasche Wein und ihre Pizzakartons vom russischen Italiener um die Ecke. Fex holte den Nachtisch aus einer Plastiktüte, eine halbe Flasche Grappa, die er aus der Galerie hatte mitgehen lassen. Kurz steckte auch Johanna ihren Kopf durch die Luke, aber nur um sich zu verabschieden. Sie ging wieder mal für ein paar Tage auf Knopfjagd. Hahn war charmant wie immer und erkundigte sich ausgiebig nach den Details ihrer Expedition. Fex fand sein Interesse ein wenig plötzlich.

Zwischen zwei Schornsteinen grüßte der erleuchtete Fernsehturm. Der Sonnenuntergang bemühte sich. Abendrot mit Streifen von Türkisblau, davor eine Wolkenstaffel, die dem Bild Tiefe gab.

„Geht es uns gut", seufzte Fex und goss ihnen als Appetitanreger zwei doppelte Grappa ein. Es war keine Frage gewesen.

Sie mampften und sprachen über die Kunst, zwei Stadthälften, zwei Landesteile zu vernähen. Wie schnell die Umarmungen sich in Gereiztheit verwandelt hatten. Die Lust, einander kennenzulernen, war innerhalb weniger Monate verflogen. Die Ostler sahen Oberflächlichkeit und schnöden Mammon, die Westler nichts als Untertanengeist und Stasi. Ostberlin und Westberlin existierten weiter auch ohne Mauer. Nur in wenigen Enklaven wie dem LSD-Viertel wehte ein etwas frischerer Wind. Die Zuzügler waren unternehmungslustig, in Feierlaune und süchtig nach der Freiheit, die so ein ruinöses Viertel im Übermaß bot. Solange kein Peek & Cloppenburg eröffnete, bestand Hoffnung.

Als Fex die zweite Flasche Wein entkorkte, gingen ihre Gedanken in angenehmere Gefilde: Urlaubsträume. Hahn fragte sich, wie es wohl auf den Seychellen aussehe. Und auf Mauritius. Für Fex war Exotik etwas anderes, nicht Ferne, sondern unbekannte Nähe.

Er mochte die deutsche Weserrenaissance und die Polderlandschaft von Noord-Holland.

„Manche Namen klingen schon so verheißungsvoll", kam Hahn ins Schwärmen, „da muss es traumhaft sein – St. Barth oder La Réunion. Das riecht geradezu, würzig irgendwie und sexy."

„Capri", trug Fex bei.

„Brindisi."

„Zella-Mehlis."

„Zella-Was? Spinnst du? Casablanca!"

„Klingt bloß gut, ist aber keine sonderlich hübsche Stadt", wusste Fex. „In Casablanca braucht man außerdem eine kitschige Liebschaft mit einem Dichter."

„Unsinn, Drogen und eine wüste Affäre."

„Apropos: Was war das eben mit Johanna? Du lässt schön die Finger von ihr, ja?"

Johanna lag ihm am Herzen, er wusste als Einziger um den zarten Schmerz ihrer Beziehung. Seit sechs Jahren war sie mit einem Mann zusammen, der ihr von vornherein erklärt hatte, unter keinen Umständen seine an MS erkrankte Ehefrau verlassen zu wollen. „Wie kann man so einen Mann nicht lieben?", hatte sie erklärt und ihre großen Augen noch weiter aufgerissen. Die Ehefrau wusste Bescheid. Johanna und er trafen sich am Wochenende und fuhren zweimal im Jahr für zwei Wochen in den Urlaub nach Menton.

„Unsinn", spulte Hahn sich auf. „Warum sollte ich Johanna ..." Dann fiel der Groschen. „Moment mal, du füllst mich kaltblütig mit Alkohol ab, um mich auszufragen, oder?"

„Mhm."

Hahn machte auf empört, war aber zu angetrunken, um das Gespräch in eine andere Richtung zu lenken. „Nur damit du Ruhe gibst: Das Problem ist nicht, dass mir bei Isa etwas fehlt, das ließe sich ändern, sondern dass nichts fehlt."

„Das ist unlogisch. Wenn du darunter leidest, dass nichts fehlt, dann fehlt was."

„Was weiß denn ich?", seufzte Hahn. „Alles steht, sitzt und liegt genau am richtigen Platz. Alles noch da, alles immer noch schön, aber irgendwann hat das Bild Farbe verloren. Ich freue mich wirklich, wenn ich Isa sehe. Aber ich vermisse sie nicht, wenn sie weg ist."

„Liebe ist doch kein Kinofilm."

Hahn stierte in sein leeres Glas. „Du liegst neben einer wunderschönen Frau und weißt, dass jeder Mann in der Stadt grün vor Neid wäre, aber von Lust keine Spur. Das ist doch ein Witz! Du kannst, aber du willst nicht.“

„Reichlich poetisch für deine Verhältnisse.“

Hahn lachte trocken auf. „Das bin nicht ich, das ist der Grappa.“

Fex blieb ernst. „Gut, dann setze ich noch einen drauf: Man kann sich ein Leben lang in sicherer Entfernung vom Feuer aufhalten, um sich nicht zu verbrennen. Dann wird man aber auch nur zur Hälfte gewärmt.“

„Komm du mir jetzt bloß nicht poetisch“, widersprach Hahn, ein Schleifen in der Stimme. „Du meinst dieses alberne Klischee von der Angst der Männer vor Gefühlen. Das trifft es nicht. Davon abgesehen: Gibt's in diesem Frittenpuff noch was zu trinken?“

„Du bist unglaublich. Aber keine falschen Hoffnungen, ich bin gleich wieder da.“

Während Fex sich durch die Dachluke quetschte, legte Hahn sich auf den Rücken und stierte in das nächtliche Blau des Himmels. Es leuchtete noch einmal intensiv, bevor es ausbleichen würde. Wie oft hatte er versucht, seinem Fluch auf die Spur zu kommen? Warum wuchs bei den anderen die Verliebtheit zur Liebe heran, nur bei ihm nicht? Bei jeder neuen Frau dachte er, wenn er nur entspannt genug bliebe, gewissermaßen pfeifend und auf Zehenspitzen agierte, würde sich das Flattertier Verliebtheit in Beständigkeit verwandeln. Es war nicht gelogen, Angst vor der Liebe hatte er nicht. Nur keine Ahnung, wie sie sich anfühlte. Verliebtsein? Ja, mit fliegenden Fahnen. Jede neue Freundin betete er an, vielleicht seine Art, sich für ihre Liebe zu revanchieren. Nie hatte er etwas tun müssen, stets wurde sie ihm geschenkt. Das machte ihn froh und verlegen, weil er sie nicht erwidern konnte. Und dann fragte er sich, ob es sie überhaupt gab, die Liebe? Vielleicht war sie nur Mimikry, Nachahmung einer Empfindung, die einen angeblich erst vollständig macht? Was, wenn sie sich als pure Sonntagsbehauptung herausstellte, wie das Glück oder das grundsätzlich Gute im Menschen?

Mit Isa war es nicht anders als bei den anderen: Wenn sie aus dem Bett stieg und nackt durchs Zimmer ging, um sich ein Glas Wasser zu holen, wollte er das Bild anhalten, zurückspulen und alles noch einmal in Zeitlupe betrachten, das reichte ihm. Das war seine kleine traurige Wahrheit.

Als Fex seinen Kopf wieder durch die Dachluke steckte, rief Hahn: „Bleib da, ich komme runter. Kann ich bei dir pennen?"

Hahn war in Windeseile weggeratzt. Fex machte kein Auge zu. Hahn zugewandt, lag er auf der Seite und starrte auf dessen Betthaar, das auch nicht zerwühlter aussah als tagsüber. Bevor seine Augen begannen, Hahns nackte Schultern abzutasten, die Wölbungen und Vertiefungen seiner Oberarme, die blonden Härchen auf den Unterarmen, wälzte er sich lieber auf die andere Seite. Zwei Jahrzehnte schon verharrte er im Zustand des Verlangens. Welche Wahl hatte er denn? Begehren ließ sich nicht vereisen wie eine lästige Warze. Er könnte wegziehen, ins Ausland gehen, Hahn nie mehr wiedersehen. Doch was hätte er damit erreicht? Er hätte nur seinen besten Freund verloren.

Im Lauf der Jahre hatte er vieles versucht: Er hatte sich Hahn auf Durchschnitt gemalt, von leicht vulgärer Attraktivität. Er war auf die Sache nach Charakterfehlern gegangen, hatte ihn heimlich der Oberflächlichkeit, mangelnder Intellektualität und ranwanzerischer Freundlichkeit bezichtigt. Nichts davon war glaubhaft. Gerade weil in jedem Verdikt ein Körnchen Wahrheit steckte, überzeugte es nicht. Dann hatte er sich losgerissen und Hahn wochenlang gemieden. Erfolglos. Schließlich führte er sich wie ein Vollidiot auf, wurde zänkisch, unzuverlässig, beleidigend, damit Hahn ihm die Freundschaft aufkündigte. Ebenfalls erfolglos. Er ging sogar so weit, sich mit Leandra, einer Diplomatentochter aus Mexiko, auf ein Techtelmechtel einzulassen, das über schlabberige Küsse und die Erkenntnis nicht hinausging, dass sich Herz und Unterleib so billig nicht betrügen lassen. Als letztes Mittel hatte er versucht, Hahn zu verführen. Bei einer Tramptour durch Korsika war er eines Abends einfach zu ihm in den Schlafsack gekrochen. Noch heute krampfte sein Herz sich vor Peinlichkeit zusammen, wenn er nur daran dachte. Nie würde er Hahns Gesichtsausdruck vergessen. Er hatte ihn wie einen jungen Hund angeschaut, der sich possierlich, aber treudoof an einem Gummistiefel schubbert. Was immer er versuchte, diese Liebe blieb. Sie war schmerzhaft, lächerlich, dumm. Sie war gegen jede Vernunft und verletzte seinen Stolz. Aber sie war, was sie war – eine Liebe.

Während Fex sich auf den Rücken drehte und in die Dunkelheit starrte, wanderten seine Gedanken zurück zu dem Tag vor mehr als zwanzig Jahren, an dem sie Freunde geworden waren.

„Ganz gleich, ob du nach dem Abi mit mir weiter durch die Welt ziehst oder irgendwo studierst, solange wir noch in Bonn sind, solltest du deine Impfungen auffrischen lassen“, hatte Mutter gedrängt. Fex maulte, bis ihm klar wurde, dass ein Arztbesuch einen Tag schulfrei bedeutete. Überraschend traf er im Wartezimmer des Arztes auf Hahn, der in der Schule schon seit Tagen fehlte. Fex war verlegen. Er schämte sich wegen der Geschichte in der Sportumkleide, nicht obwohl, sondern weil er das Opfer gewesen war. In den letzten beiden Wochen hatte er sich von Hahn ferngehalten, dankbar für dessen Eingreifen, aber er wollte nicht zu sehr an seine Demütigung erinnert werden. Merkwürdigerweise schien es auch Hahn peinlich zu sein, ihm über den Weg zu laufen. Er hatte eine Wunde am Ohr und Abschürfungen an der Stirn. „Was ist denn da passiert?“, wollte Fex wissen.

„Ach, beim Waschen vor den Boiler geknallt“, sagte Hahn.

Fex bekam von einer Assistentin seine Spritzen verpasst, während Hahn ins Sprechzimmer gerufen wurde. Am Empfang trafen sie sich wieder. „Gehst du noch in die Schule?“, fragte Hahn.

„Bloß nicht.“

„Ich auch nicht.“

Eine Weile standen sie unschlüssig herum, bis Hahn fragte: „Hast du vielleicht Lust auf eine kleine Radtour?“

Eine Viertelstunde später fuhren sie über die Kennedybrücke auf die andere Rheinseite nach Beuel und radelten von dort aus die Rheinwiesen entlang, gepflegte Natur auf der einen Seite, ein Spießeridyll auf der anderen. „Wie manierlich Deutschland ist“, staunte Fex. „Und so satt.“ Eine Stunde lang radelten sie, ohne viel zu reden. Dann machten sie Rast, schmissen ihre Räder hin und streckten sich im Gras aus.

„Hast du eigentlich Geschwister?“, wollte Hahn wissen. Fex ließ sich mit der Antwort Zeit und zündete sich eine Zigarette an. Dann erzählte er zum ersten Mal einem Außenstehenden von Ferdis Unfalltod vor einem Jahr. „Der Lieblingssohn tot. Jetzt ist nur noch der Freak da“, schloss er sarkastisch.

„Quatsch nicht so ’n Scheiß“, schimpfte Hahn und drehte sich ächzend auf den Bauch. Dabei rutschte sein Hemd ein wenig hoch. Für einen Moment waren zwei beeindruckende Blutergüsse zu sehen.

„Hm“, murmelte Fex. „Der Boiler, ja?“

Hahn legte den Kopf auf die Unterarme und guckte ins Gras. „Mein Vater, der Prolet."

„Hat er dich geschlagen?"

„Das Schwein verträgt nichts Hochprozentiges. Wenn er zu viel Schnaps tankt, sucht er immer Streit. Kein Maggi mehr im Haus, oder die Flurlampe brennt unnötig, scheißegal. Wenn ich mich nicht dazwischenwerfe, geht er auf Mutti los. So krieg nur ich was ab."

„Nur? Kannst du dem Typ nicht eine schmieren?"

„Würdest du auf deinen Vater losgehen, selbst wenn du ihn hasst?"

Fex schüttelte den Kopf.

Lange blieben sie stumm. Hahn richtete sich wieder auf und versuchte, auf einem Grashalm die Nationalhymne zu blasen, während Fex sich nicht entscheiden konnte, ob Erdmuthe oder Maud der blödere Name für einen Rheinschlepper sei. „Warum eigentlich nur Hahn", fragte er aus dem Nichts heraus. „Hast du keinen Vornamen?"

„Kommt drauf an."

„Hä?"

„Nicht lachen, okay?"

„Okay."

„Ludolf."

Fex schlug beide Hände vor den Mund. „Ludolf?", gluckste er schließlich. „Wie kommt man denn auf so einen bescheuerten Namen?"

„Ziemlich naheliegend, wenn man selbst Ludolf heißt und nur Grütze in der Birne hat."

„Mein Beileid übrigens", fügte er schüchtern hinzu. „Da hab ich mit Felix mehr Glück gehabt, aber zu Hause nennen mich alle nur Fex."

Von diesem Tag an waren sie beste Freunde.

Als ihr Wohnungsnachbar auf dem Balkon wieder seinen Panamahut trug, rief Isa offiziell den Sommer aus: „Los, Jungs, gehen wir tanzen!" Am frühen Abend hatten sie sich bei Hahn getroffen. Dessen Essenseinladung erwies sich wegen fehlender Kochkünste als Trilogie von Tiefkühlpizzen. Kaum stand das Essen auf dem Tisch, wurde Hahn auffallend einsilbig. „Ist dir nicht gut? Du bist ganz bleich", sorgte Isa sich. Hahn, der sich gerade eine winzige Ecke Pizza abschnitt, sprang auf und rannte ins Bad. Kurz darauf hörten sie unmissverständliche Geräusche.

„Diesmal ist es aber keine eingebildete Krankheit", konstatierte Fex.

Isa nickte. „Gestern musste er sich auch übergeben, obwohl er kaum was gegessen hatte. Und du weißt ja, wie er sonst zulangt."

Als Hahn wieder am Tisch saß, bemühte er sich um ein unbekümmertes Gesicht, aber er sah aus, als wäre seine Haut zu eng über den Schädel gespannt. „Irgendwas muss die Tage schlecht gewesen sein", knurrte er. „Wenn ich Essen nur rieche, kommt mir alles hoch."

Isa legte eine Hand auf seine Stirn. „Kein Fieber, aber langsam mache ich mir Sorgen. Vielleicht schaust du mal bei deinem Lieblingsarzt vorbei?"

„Mach ich, aber lasst ihr euch den Appetit nicht verderben, nur weil mein Magen spinnt."

Die Pizzen waren lausig, der Rotwein, den Isa spendiert hatte, dafür umso besser. „Ich habe übrigens einen neuen Job", verkündete Fex beim Kaffee. Isa und Hahn wechselten Blicke. „Ich soll für einen Verlag, einen kleinen Verlag zugegeben, eine Sammlung klassischer amerikanischer Short Stories herausgeben."

„Glückwunsch", rief Isa.

„Cool", sagte Hahn. „Auf jeden Fall besser als Bierzapfen und Cocktailmixen."

Isa sprang auf. „Also los, das will gefeiert werden." Dann biss sie sich auf die Lippe. „Kannst du überhaupt was trinken, Schatz?"

„Bei Alkohol kotze ich immer erst hinterher."

Das „Ostland" befand sich im Souterrain eines Hinterhauses. Der illegale Club schien winzig zu sein, hatte man jedoch den handtuchgroßen Vorraum passiert, tat sich eine Anzahl von Räumen auf, verblüffend weitläufig, aber mit extrem niedriger Decke. Die Leute qualmten, als sei Lungenkrebs etwas, um das man sich bewerben musste. Isa bestellte drei Sekt, und sie stießen auf Fex an.

Plötzlich stand Tom neben ihnen. „Bitte!", brüllte er Fex ins Ohr und machte dringliche Zeichen Richtung Vorraum. Widerstrebend ließ Fex sich abführen. Vor den Toiletten war es eng, aber leiser.

„Ich muss mich entschuldigen", flehte Tom. „Ich weiß auch nicht, was letztens in mich gefahren ist. Ich war einfach drüber."

Fex schob eine Haarsträhne hinter die Ohren. „Ach, schon gut."

„Nee, so nicht. Es liegt mir wirklich auf der Seele." Er lief rot an und machte Welpenaugen. „Du musst mir bitte, bitte vergeben!"

Süß ist er schon, dachte Fex, und außerdem habe ich mit dem Jobangebot riesiges Glück gehabt. Also beugte er sich vor und gab Tom einen Kuss auf die Nasenspitze. „Vergeben und vergessen."

Tom lachte erleichtert auf. Behutsam, als sei er aus dünnwandigem Glas, nahm er Fex in den Arm: „Versöhnungstänzchen?"

Auf der Tanzfläche trafen sie Ka, eine spirrelige Stadtpflanze mit herben Gesichtszügen, die wie ein Federball herumflog. Die Raverbraut hatte millimeterkurze weißblonde Haare. Sie trug eine schwarze Chaplinhose mit neonfarbenen Hosenträgern und ein weißes Feinrippunterhemd. Hätten sich darunter nicht kleine Brüste abgezeichnet, sie wäre problemlos als Junge durchgegangen. Fex mochte sie. Ka war eine der wenigen, die in Zeiten allgemeiner Coolness nicht auf Happy End und Sonnenschein machte. Sie verachtete den Massengeschmack und nahm nie ein Blatt vor den Mund. Als Fex sie vor ein paar Monaten auf dem Tea Dance kennengelernt hatte, waren sie sogar in eine politische Diskussion geraten, extrem selten in dieser Szene. Jeder war gegen Rassismus, Sexismus und Homophobie, aber die meisten ließen es bei Parolen-T-Shirts bewenden: Techno, Bomben, USA – Wodka, Peace und Antifa. Anders Ka. Sie benutzte bemerkenswert unmoderne Begriffe wie Wahrhaftigkeit und Verantwortung. Fex mochte das. Weil er nur an wenig glaubte, fühlte er sich zu skeptischen Idealisten wie Ka hingezogen.

Zu dritt führten sie eine Art Robotermenuett auf, bei dem Tom Regie führte. Fex stellte sich auf die Zehenspitzen und hielt Ausschau nach den anderen. Isa hatte sich mit einer Handvoll Jungschauspielern in eine Ecke verzogen, wo zweifellos gerade das Theater neu erfunden wurde. Wie schön sie war. Die Mandelaugen fest auf einen exaltierten Hünen mit fettigem Haar gerichtet, sah sie wie eine kapriziöse Filmschönheit aus. Hahn saß am Tresen und schien vor sich hin zu träumen, doch Fex kannte ihn zu gut. Seine Miene sollte Gleichmut ausdrücken, aber in ihm arbeitete es auf Hochtouren. Um ihn nicht zu lange alleine zu lassen, lud er Tom und Ka an die Bar ein: „Erfrischungsgetränk?"

Tom musste er nicht vorstellen, doch die Raverin war neu in der Runde. „Das ist Ka", erklärte er Hahn. „Das wird dir gefallen: Sie ist Elektromechaniker, wie es im DDR-Sprech hieß."

„Hört sich gut an." Als Ostlerin gab Hahn ihr selbstverständlich die Hand. „Ich arbeite fürs Radio."

„Schon gepeilt. Die Stimme kennt doch jeder."

„Was, du hörst die Öffentlich-Rechtlichen?"

„Logo. War übrigens ein gutes Teil von dir über diesen Typ auf Stütze. Ich fand den klasse!"

„Danke", strahlte Hahn.

Wie süß, dachte Fex. Er lässt sich zwar nichts anmerken, ist aber verdammt stolz auf seine Arbeit.

Tom war weniger feinfühlig: „Wer will denn so 'nen Sozialporno hören?"

„Stütze könnte dir auch passieren, Tommilein", sagte Ka nicht ohne Bosheit. „Egal", wandte sie sich wieder an Hahn, „dein Ding war jedenfalls spitze."

„Mein Abend ist gerettet. Und du bist wirklich Elektromechaniker?"

„War. Ich mach jetzt Frühstück in einem Hotel. Passt zeitlich besser mit dem Ausgehen. Bis fünf durch die Clubs, dann im Hotel ackern, anschließend pennen. Manchmal bin ich auch noch das Zimmermädchen."

„Hotels haben mich immer fasziniert. Man kriegt da einen ziemlich guten Einblick in den wahren Zustand der Menschheit, nicht wahr?"

„Vorsicht, Ka", warnte Fex. „Freund Hahn schaltet auf Reportermodus."

„Ich komme gut allein zurecht", sagte Ka grinsend. Niemand zweifelte daran. „Aber es stimmt: Wer mal vor einem Hotelbett gestanden hat, wo echt die Matratze geklaut worden ist oder die Vorhänge von oben mit Scheiße eingesaut sind, weil zwei Lederkerle irgendwelche Spielchen getrieben haben, der weiß: Der Mensch ist eine Sau."

Hahn gab Würgelaute von sich. Tom, sonst schwer zu schocken, verzog das Gesicht. Fex applaudierte.

„Das ist mein Mädchen. Ich bestell uns mal 'nen Schnaps."

Nachdem sie eine erste und eine zweite Runde Wodka gekippt hatten, wurden alle reichlich albern. Bis auf Ka. Sympathisch, aber ganz schön herb, entschied Hahn. Dann stieß eine weitere Frau zu ihnen.

„Missy!", strahlte Ka.

Faszinierend, mit anzusehen, wie in Sekundenbruchteilen aus dem halben Jungen ein junges Mädchen wurde. Da er keinen Schwulenradar wie Fex besaß, dauerte es eine Weile, bis bei Hahn der Groschen fiel: Ka war lesbisch und offensichtlich in Missy verliebt. Ein Paar schienen sie aber nicht zu sein, Missy gab Ka nur einen keuschen Kuss auf die Wange. Den anderen nickte sie freundlich zu. Enge weiße Lederhose, gute Figur, er schätzte sie auf Mitte dreißig. Aus dem Ausschnitt ihres T-Shirts blitzte eine Tätowierung in Form einer Halskette hervor. Lesbe, aber untypisch. Missy strahlte Humor und Wärme aus. Ka stellte sie als die Frau vor, die jeden Sonntagabend im „Eldorado“ den SKIN KLUB veranstaltete. Das „Eldorado“ war Hahn natürlich ein Begriff. Er war zwar noch nie dort gewesen, aber der Szeneclub, in dessen Gastraum neben einem gepflegten Drink mit legendärer Beiläufigkeit gevögelt wurde, war berühmt-berüchtigt. Cooler ging es nicht. Es galt als versaute Mutprobe, hier vor allen Leuten Sex zu haben.

Ein paar Höflichkeitsfloskeln, dann fragte er Missy nach allen Regeln der Reporterkunst aus. Beim SKIN KLUB gehe es etwas heftiger zur Sache. Hetero, Homo, Bi, Trans – alles fröhlich durcheinander, die ganze Palette von Streicheln bis Peitschen. Und ja, sie mache auch schon mal mit, sei aber in der Hauptsache für die Atmosphäre zuständig, also ganz altmodische Gastgeberin. Hahn war erfreut, dass sie ohne die üblichen Plattitüden auskam, nichts von sexueller Befreiung, Selbstfindung, Sichausleben. „Ist doch bloß Sex“, winkte sie lächelnd ab. Trotzdem, oder gerade deshalb, hatte sie eine Mission: „Der Name SKIN KLUB ist Programm. Bei mir sollen die Leute sich in ihrer Haut wohlfühlen. Niemand muss rumvögeln, aber wer aktiv werden will, wer etwas wagen will, umso besser.“

Hahn war Feuer und Flamme. „Meinst du, ich könnte mal mit meinem Aufnahmegerät vorbeikommen“, fragte er vorsichtig an. „Würden ein paar deiner Gäste mit mir reden?“

„Klar“, sagte Missy. „Warum nicht?“

Innerlich führte Hahn Freudentänze auf. Reporterglück, dachte er, ein klassischer Fall von Reporterglück.

Isa war von ihren Schauspielkollegen zurück und hatte sich nach einem Seitenblick auf Missy bei Hahn untergehakt: „Dann passt du mir in deinem Club aber gut auf ihn auf“, sagte sie mit demonstrativer Beiläufigkeit zu Missy.

„Nee, Schätzchen, sind alles Erwachsene bei mir“, kam es prompt zurück. „Du kannst ja mitkommen, da würden einige sich mächtig freuen.“

„Vielleicht, mal sehen.“

Hahn lachte und gab Isa, die vor Verlegenheit rote Flecken bekommen hatte, einen Kuss.

Ka erinnerte Missy daran, dass sie gehen mussten.

„Ach ja", lachte die und wollte sich nicht mehr einkriegen. „Wir sollen bei einem Videodreh mithelfen. Ka und ich spielen mörderische Coladosen. Fragt bloß nicht, was das bedeuten soll."

Nachdem die beiden Frauen sich verabschiedet hatten, wollte auch Tom los. „Kommst du mit nach Schöneberg?", fragte er Fex. Der hatte keine Lust auf die Straße mit der höchsten Homobardichte. „Nee, ich bin nicht so scharf auf Jungs, die den ganzen Abend über Madonna und amerikanische Sitcoms quatschen."

„Manno", stöhnte Tom. „Immer noch sauer auf mich?"

„Wirklich nicht." Um dies zu unterstreichen, umarmte er Tom kurz und wünschte ihm eine schöne Nacht. „Vielleicht komme ich nach."

„Das war wahnsinnig überzeugend." Tom verabschiedete sich auch von Hahn und Isa. „Könnt ihr nicht dafür sorgen, dass er sich öfter mal bei uns Schwuletten sehen lässt? Wir brauchen so Fehlfarben wie ihn nämlich dringend." Freches Grinsen, einen Klaps auf Fex' Hintern, und weg war er.

„Tom hat völlig recht", sagte Hahn.

Aus heiterem Himmel ging Fex ab wie eine Rakete: „Sicher doch, dann darf ich mich zwischen Fetischmackern mit Knobelbechern und KZ-Schnitt und ‚Skaterboys' mit Hängehosen und Basecap entscheiden. Opernschwuchteln mit spitzem Mündchen sind auch noch im Angebot!" Ob er das ironisch oder ernst meinte, war nicht auszumachen.

Isa entschied sich für Spott: „Ich bin für Theaterschwuchtel."

„Ach, Unsinn", protestierte Hahn. „Das Schlechtreden deiner Leute ist einfach nur Selbsthass. Das kennt man von den Juden, von allen Minderheiten eigentlich."

Fex schaute von Isa zu Hahn und schnappte nach Luft. „Was soll ich denn in diesem Homogetto? Wollen Gleichberechtigung, verbringen aber ihr gesamtes Leben zwischen Schwulenbars, schwulem Arzt, schwulem Rechtsanwalt, schwulem Restaurant, dem Sommerschwuppenurlaub in Miami Beach und dem Winterschwuppenurlaub bei der bescheuerten ‚Gay Ski Week'."

„Es jault nur der Hund, der getroffen ist." Hahn, der sich bisher auf einem Barhocker gelümmelt hatte, sprang angriffslustig auf. „Immer wenn ich mit dir unterwegs war, habe ich interessante Leute getroffen, freundlich, engagiert, aufgeschlossen. Und für mich auch schön, dass man mal über etwas anderes reden kann als über

Kinder und Versicherungen. Und vor allem haben die Jungs etwas, das dir momentan vollkommen abgeht: Humor!"

„Die sind so zuckersüß zu dir, weil sie scharf auf dich sind", sagte Fex wie zu einem Kind. „Sie küssen den Boden, auf dem du wandelst. Davon abgesehen muss ich nicht automatisch Madonna lieben und an jeder Fußgängerampel Sex haben wollen, nur weil ich auf Männer stehe."

Isa wusste immer noch nicht, ob dieser Wortwechsel ernst gemeint war oder die beiden ein hinlänglich bekanntes Spiel spielten. „Ich schlage vor …", begann sie, doch Hahn ließ sie nicht zu Wort kommen: „Nee, mein Lieber, du hältst dich für einen Freigeist, aber im Grunde bist du stockkonservativ. Deine Leute setzen sich für etwas ein, kriegen den Arsch hoch, erreichen was, während du für irgendeine verschwiemelte Normalität plädierst. Das ist absurd, selbst die Normalen wollen diese Normalität nicht mehr."

„Sie erreichen also was, *meine* Leute, ja?" Fex sprach so überakzentuiert, dass trotz der lauten Musik einige Hälse lang wurden. „Sie kämpfen für die Homoehe und die Ehre, zum Militär zu dürfen, beispielsweise. Na toll, äffen wir also Mama und Papa nach. Und auf Menschen schießen dürfen wir dann endlich auch, das ist mal ein Fortschritt. Drei Schwule allein halten ein Sonnenstudio am Laufen. Der Fick vom letzten Wochenende ist ‚mein Exfreund' und der Grand Prix Eurovision wichtiger als der Jugoslawienkrieg. Wer nicht …"

„Homohasser, du bist ein veritabler Homohasser", fuhr Hahn ihm in die Parade.

Doch Fex war zu sehr in Rage, um sich aus dem Takt bringen zu lassen. „Außerdem finde ich es eine Zumutung, dass jedes Homomagazin, jede Anzeige, jede Bar mit diesem hässlichen Regenbogen verunziert ist. Ein Kapitalverbrechen gegen die Ästhetik ist das!"

Isa konnte nicht anders und brach in schallendes Gelächter aus. Die beiden Männer standen mit hochroten Gesichtern dicht voreinander und ignorierten sie. „*Ich* muss deine Jungs verteidigen, das ist wirklich verkehrte Welt", provozierte Hahn. „Kapierst du es nicht? Ganz tief drinnen schämst du dich für das, was du bist."

„Falsch", sagte Fex, plötzlich sehr ruhig. „Ich habe mich nie verleugnet und nie geschämt. Aber ich will keine wohlriechende, gut angezogene Paradeschwuchtel mit Geschmack sein, das ist alles."

„Und heraus kommt so etwas Perverses wie ein heterosexueller Schwuler", sagte Hahn. „So, aber jetzt muss ich mal dringend irgendwohin, Entschuldigung."

„Deserteur", rief Fex ihm noch hinterher, aber Hahn war schon weg. Nach seinem Abgang blieben Fex und Isa eine Weile still. Er schätzte es, dass sie Neutralität gewahrt hatte und auch jetzt nicht in ihn drang. „Ich weiß schon, es ist nicht gut, sich ausgerechnet da fremd zu fühlen, wo man eigentlich zu Hause sein sollte", gab er schließlich zu.

Isa strich ihm übers Haar. „Auch in Familien gibt es die, die jedes Familienfest vorbereiten, und andere, die nur an Weihnachten vorbeischneien. Das ist normal", gab sie zu bedenken. „Komm mal her." Sie zog ihn zu sich heran und schloss ihn in die Arme. Dann nahm sie seinen Kopf in beide Hände und schaute ihn ernst an. „Weißt du was? Du bist richtig so, wie du bist. Du solltest nicht versuchen, jemand anderes aus dir zu machen."

„Ich versuch's. Aber sag mal, wo bleibt denn Hahn so lange? Muss der schon wieder kotzen?"

Der Geruch von Essen bereitete Hahn zunehmend Schwierigkeiten. Besonders bei gekochtem Gemüse würde ihm speiübel. Obwohl er in der Kantine versuchte, durch den Mund zu atmen, drehte sich ihm der Magen um. Er rannte dann auf die Toilette und musste würgen. Meist kam nichts. Bleich und nach Luft japsend, hing er über der Schüssel und nahm sich vor, etwas zu unternehmen. Auch an Gewicht schien er verloren zu haben. Eine Waage besaß er nicht, aber seinen Gürtel musste er schon ein Loch enger schnallen. Ansonsten mit jedem Wehwehchen beim Arzt, war es ihm dieses Mal peinlich, über Ekel vor Essen zu klagen. Doch als die Übelkeit nicht nachlassen wollte und er schon nach kleinsten Anstrengungen in Atemnot geriet, machte er einen Termin beim Arzt.

Ein paar Tage vor dem Arzttermin musste er eine Urin- und Stuhlprobe abgeben. MTA 1 verfrachtete ihn auf eine Liege, um ein EKG anzufertigen. Schon in der U-Bahn – fürs Rad fühlte er sich zu schlapp – hatte er gehofft, von ihr verarztet zu werden. MTA 2 war eine dicke Filipina, die sich in spitzem asiatischem Stakkato pausenlos beklagte, MTA 1 dagegen war ein Geschenk. Obwohl aus Tübingen, sah sie mit ihren langen blonden Haaren, den blauen Augen und dem weißzahnigen Lächeln wie eine nordische Göttin aus. Weil er ein nicht gerade seltener Gast war, hatte er ihr erfolgreich weisgemacht, Angst vor Spritzen zu haben. Also legte sie auch diesmal ihre Hand auf seine Schulter und ließ sie dort ruhen, was er mit einem zufriedenen Lächeln quittierte. Sie zapfte ihm eine furchterregende Menge Blut ab, bis zehn Ampullen in der Blechschale klapperten. „Anfang nächster Woche sind die Ergebnisse da", versprach sie und gab ihm einen neuen Termin.

Der Hausarzt, Herr Richardy, – sie kannten sich so gut, dass er den Doktor weglassen konnte – hatte ihm von Anfang an Vertrauen eingeflößt. Dessen gute dreißig Kilo Übergewicht hinderten ihn daran, Gesundheitspredigten zu halten. Hahn gefiel auch, dass er weder die Gemütlichkeit noch den Zwangshumor der Dicken an den Tag legte. Richardy war ein sachlicher Mann, der ohne Geplänkel zur Tat schritt. Er schaute Hahn in Ohren und Hals, klopfte mit dem Hämmerchen hier und dort, befühlte Hals, Achselhöhlen und Leistengegend. Er maß den Blutdruck und horchte schließlich Herz und Lunge ab, wobei Hahn sich einbildete, er verharre etwas zu lange bei der Lunge. Als Amateurhypochonder machte ihm eine Untersuchung Eindruck, die er noch nicht kannte: Mit einer Art Nadel fuhr der Arzt ihm über Oberschenkel, Schienbein, Waden und Fußsohlen, bis Hahn seine Beine kichernd wegzog. „Ein simpler, aber effektiver neurologischer Test", erklärte Richardy knapp.

„Eine Bronchitis?", vermutete Hahn. Dann erinnerte er sich daran, dass der Fachmann vor ihm stand. „Pardon, das ist natürlich Ihr Terrain."

„Ich fürchte, Bronchitis trifft es nicht ganz", sagte Richardy. „Ihre Lunge macht mir Sorgen."

„Was hören Sie denn?"

„Es knistert, ein Geräusch, als würde man über trockenen Schnee gehen. Ein Zeichen, dass die Luftbläschen verklebt sind." Richardy ließ sich ächzend auf seinem Schreibtischstuhl nieder und gab Hahn ein Zeichen, ebenfalls Platz zu nehmen. „Wir haben in der Zwischenzeit Ihr Blut im Labor untersuchen lassen, und es finden sich Entzündungswerte. Ich tippe auf eine leichte Pneumonie, aber zur Bestätigung sollten wir eine Röntgenaufnahme anfertigen lassen."

Hahn war erleichtert. Ein lateinischer Name war ihm die halbe Heilung. „Gut, das mach ich." Er wollte sich erheben, doch der Arzt gab ihm mit einer Handbewegung zu verstehen, dass er noch nicht entlassen war.

„Da ist noch etwas.“ Richardy setzte seine Brille ab und rieb sich umständlich die Nasenwurzel. „Wir haben Ihr Blut auch auf HIV getestet und festgestellt, dass Sie Antikörper im Blut haben. Das bedeutet, dass Sie Virusträger sind.“

„Unmöglich“, sagte Hahn. „Das kann gar nicht sein. Ich bin in dem Thema recht fit, seit Jahren schickt mich der Sender mit dem Ü-Wagen zum Welt-Aids-Tag los. Ich gehöre keiner Risikogruppe an, bin nicht schwul und kein Junkie. Eine Bluttransfusion habe ich auch nicht bekommen. Und Prostitution“, fügte er grinsend hinzu, „dürfen Sie ebenfalls ausschließen!“

„Die Werte sprechen eine andere Sprache.“

Hahn ließ sich nicht beirren. „Da muss etwas schiefgelaufen sein. Es gibt doch sicher falsche positive Befunde, oder?“

„Das kommt vor“, bestätigte der Arzt. „Selten, aber es kommt vor.“

„Können wir einen zweiten Test machen?“

„Selbstverständlich. Ihre Lymphknoten im Nacken sind leicht angeschwollen, aber vielleicht haben Sie ja recht. Typische Symptome wie Soor oder starken Pilzbefall der Zunge kann ich bei Ihnen jedenfalls nicht feststellen.

„Sehen Sie.“

Hahn war erleichtert. Eine Lungenentzündung. Er würde zum Röntgen gehen und ein Breitbandantibiotikum schlucken müssen. Das machte zwar müde, aber danach würde es ihm besser gehen.

2

„Das Maskottchen, es war das Maskottchen!“

Das Dach und Teile der Reichstagsfassade waren schon verhüllt. Für die Schaulustigen sah der Faltenwurf sacht wie Seide aus, aber für ihn und seine Kumpel war der Stoff extrem schwergängig. Er schnitt in die Finger, ohne Arbeitshandschuhe verletzte man sich schnell. Obwohl das Gewebe recht fest war, musste es bis zu einem gewissen Grad flexibel bleiben, um elegant über die Hunderte Ecken und Kanten zu fallen. Das alles war so klug ausgetüftelt, dass seine Achtung vor Christo noch einmal stieg. Anfangs hatte er gedacht: Der Meister schwebt über uns, wir sind ja nur einfache Arbeiter. Aber letzten Endes war Christo auch nur ein Handwerker, allerdings einer, der sein Fach aus dem Effeff beherrschte. Spätestens als die Monteure und Kletterer den Stoff zum ersten Mal mit den Fingerspitzen prüften, ihn rafften, rieben, daran zogen, hatten sie kapiert, dass der Mann eine Klasse für sich war. Er musste eine geniale 3-D-Vorstellungskraft haben, genau überblicken, wie so ein Stoff gewebt und verarbeitet sein sollte, wie schwer oder leicht, wie beweglich oder robust das Gewebe zu sein hatte. Ein Stoff wie bei der Verhüllung dieser Brücke in Paris wäre hier nicht gegangen. Viel zu leicht und die Falten zu kleinteilig. Hätte gar nicht gewirkt. Das für Berlin hergestellte Gewebe war sozusagen ein Unikat.

Heute war der Himmel bewölkt, aber laut Wetterbericht waren weder Wind noch Regen zu befürchten. Seit dem Schreck vom ersten Tag, als Helle vor lauter Aufregung ein paar Meter in die Tiefe gerauscht war, lief alles wie geschmiert. Sowieso setzte am zweiten Tag meistens Routine ein. Nicht Nachlässigkeit, aber der Puls normalisierte sich. Zusammen mit sechs Kollegen balancierte er auf der ersten der beiden Stoffwürste, die sie heute schaffen wollten. Sicherer bewegten sie sich jetzt, selbstverständlicher. Dabei halfen auch die Turnschuhe, die sie nun statt festem Schuhwerk trugen. Mit den dünnen Sohlen hatte man ein besseres Gefühl für den weichen Untergrund, machte auch weniger kaputt. Er blickte kurz nach oben, um zu kontrollieren, wie die Helfer synchron den Stoff hinunterließen.

Die Leute dachten immer: Wenn man so hoch oben arbeitet, erst recht bei etwas so Sensationellem wie der Reichstagsverhüllung, müsste einem von morgens bis abends das Herz überlaufen. Der Blick! Das Spektakel! Sie waren dann ganz enttäuscht, dass er von alldem nichts mitbekam, nichts mitbekommen durfte. Beim Arbeiten am Seil musste man Ruhe bewahren. Ein Zuruf vielleicht, eine Anweisung, das war aber auch schon alles. Gewerbekletterer waren keine aufgeregten Hühner. Klar gab es Spaß, aber in der Freizeit, wenn sie privat irgendein Gebirge unsicher machten.

Keine Frage, er war froh, sich für diesen Ausnahmejob beworben zu haben. Im Januar hatte er gerade eine Anstellung beendet und wollte erst mal Arbeitslosengeld kassieren, um sich später selbstständig zu machen. Dann hieß es in der Szene: Christo will sein Reichstagsding mit Gewerbekletterern durchziehen. Wie auch sonst? So eine komplizierte Verhüllung war nur mit Manpower zu schaffen, Maschinen nutzten da nichts. Auch wenn er eigentlich andere Pläne hatte, konnte er sich diese Nummer nicht entgehen lassen. Montageleitung und Kletterer kamen, wie er, fast alle aus dem Osten. Mit dem Reichstag hatte vorher keiner was am Hut gehabt. Der war nur interessant, wenn auf der Wiese davor ein Konzert lief, Barclay James Harvest oder so. Dann standen sie so nah an der Mauer wie erlaubt und hatten die Ohren gespitzt.

Zu DDR-Zeiten hatten sie ihr eigenes Ding durchgezogen. Kletterer waren Individualisten. Weg konnten sie nicht, also waren sie fast jedes Wochenende in die Höhe geflüchtet. Wie die meisten seiner Kumpels war auch er Mitglied im Sportverein „Lok Schöneweide". Der gehörte zur Reichsbahn, und das war praktisch, denn so gab es die Fahrscheine umsonst. Raus also in die Sächsische Schweiz und ab in die Berge. Finanziell war das kein Problem, denn eine Unterkunft brauchten sie nicht, geschlafen wurde unter Felsüberhängen. Abends saß man dann am Feuer, hatte im Schlafsack gepennt, und am nächsten Tag ging's weiter. Vorausgesetzt, man hatte nicht zu viel gesoffen. Es ging nicht nur ums Klettern, wichtig war das Erlebnis des Zusammen-draußen-Seins. Damals hatten sie tatsächlich geglaubt, sie hätten dem System ein Schnippchen geschlagen, da oben gäbe es keine Kontrolle mehr. Im Nachhinein hatte sich herausgestellt, dass selbst dort Leute von der Stasi mit dabei waren. Aber egal, so war damals ihr Lebensgefühl: weniger arbeiten, mehr klettern gehen. Man brauchte ja nicht viel Geld zum Leben. Von daher war diese Zeit wunderbar gewesen.

Die meisten von ihnen waren nicht nur zum Vergnügen geklettert. Gewerbekletterer, oder Technosport, wie das bei ihnen hieß, wurden dringend gesucht: Nach fünf, sechs Jahren war durch die Sonneneinstrahlung an vielen Plattenbauten der Fugendichtstoff versprödet. Alles bröckelte, die Fugen mussten erneuert werden. Nur gab es im Land nicht genügend Baugerüste. Hier waren dann Kletterer gefragt, von denen es auch nicht so viele gab. So wie er hatten viele seiner Kumpel nach Feierabend oder am Wochenende an Plattenbauten gearbeitet. Da war mindestens der doppelte Verdienst drin. Man konnte sich in seinem Betrieb auch mal krankschreiben lassen und dann heimlich eine Woche am Seil arbeiten. Jeder wusste, wie das lief.

Der Reichstag war natürlich die größte Herausforderung. Wer hätte gedacht, dass er mal bei so einem Kunstwerk dabei sein würde? Allein die Tausende von Schaulustigen, die Kopf an Kopf die schon verhüllten Gebäudeteile anstaunten. Am Morgen hatten sie sich durch ein Spalier von Zuschauern kämpfen müssen, als wären sie die Fußballnationalmannschaft. Ein bisschen Magengrummeln verursachten die einem schon, man wollte sich schließlich nicht zum Affen machen. Hatte alles ein bisschen was von Rock 'n' Roll. Nur dass man nicht vor der Bühne stand, sondern mittendrauf.

Momentan hielt ein Bauzaun noch die Leute zurück. Der Montageleiter hatte zu Christo gesagt: „Den musst du aber die ganze Zeit stehen lassen, wir sind hier in Berlin! Die machen dir alles kaputt, zerschneiden das, besprayen das." Christo darauf: „Bleib ganz ruhig. Du wirst sehen, es passiert nichts. Der Zaun wird auf jeden Fall weggenommen. Die Leute sollen das anfassen können, sonst wäre es nicht meine Kunst." Ob das hinhaute in einer Stadt, wo alles sofort zu Klump geschlagen wurde?

Das war Party hier, die Leute übernachteten auf der Wiese, vögelten zwischen den Hecken, und wenn die Sonne unterging, kamen die Trommler. Wenn es stimmte, was die Wachleute sagten, hatten die Mädels der Trommler sich gestern Nacht splitterfasernackt ausgezogen und vor den Scheinwerfern getanzt. Nicht ein blöder Kommentar soll gefallen sein, keine Anmache. Kein geiles Geblöke – konnte man gar nicht glauben.

Ein Blick auf die Uhr. Bald war die erste Hälfte der Schicht um, dann hatte er vier Stunden Pause, bis es weiterging.

Im Geiste biss er schon in eine von Jennys Klappstullen, als ein gellender Schrei ertönte. Sein Herz raste, als wollte es den Brustkasten sprengen. Nicht schon wieder! Dieser Auftrag sollte eine Spitzennummer werden, und jetzt das. Kann doch nicht wahr sein, dass ausgerechnet hier ständig was passierte. Schnell checkte er seine Kollegen. Die hingen heil neben ihm. Ein Blick nach oben, alles in Ordnung. Im Innenhof lag ebenfalls niemand.

Ratlose Mienen, verdrehte Köpfe.

Auf dem Dach wurde schon hektisch Hilfe eingeleitet. Und dann – nicht zu fassen, es ist einfach nicht zu fassen – ein fröhlicher Ruf: „War nur Spaß!"

Man konnte nicht ausmachen, woher es kam, aber eins war sicher: Kein Kollege, der diesem Arschloch nicht eine fette Tracht Prügel wünschte. Wusste der Vollidiot nicht, dass er die ganze Truppe in Angst und Schrecken versetzte? Oder musste da ein Irrenarzt ran, war das eine kranke Art, mit der Gefahr fertig zu werden? Vielleicht war es ein bisschen eingebildet, aber von Bergsteigern und Höhenarbeitern hatte er immer die Welt gehalten. Das waren keine Hallodris mit nichts als „fun" in der Birne, sondern Typen, die es draufhatten. Aber ein Bekloppter war wohl immer dabei. Auf dem Dach überschlugen sich die Stimmen. Dann schrie einer: „Das Maskottchen, es war das Maskottchen!"

Als ob er es geahnt hätte. Beim Probeklettern in Werneuchen hatte sich einer beworben, der war aus dem tiefsten Bayernland. Ein dürrer, lustiger Kerl in kurzen Hosen, aber er brachte nicht alles. Er wusste noch genau, wie er damals gewarnt hatte: „Wir können keine Leute brauchen, die sich selber gefährden und dadurch uns." Aber es hieß nur: „Lass doch, den nehmen wir als Maskottchen." Das hatten sie jetzt davon.

„Macht erst mal Feierabend", rief jemand von oben. Es war zwar noch hin bis zum Schichtende, aber eine Pause könnten sie jetzt echt brauchen. Oben angekommen, ließen alle Dampf ab. Er konnte jetzt nicht reden. In sich gekehrt verließ er das Gebäude und suchte sich ein Plätzchen an der Spree. Auf die Rückseite des Reichstags zog es nur wenige Schaulustige. Er hockte sich auf die Uferbefestigung und schaute lange auf das träge fließende Wasser.

Die meisten kriegten romantische Augen, wenn er seinen Beruf nannte. Bergsteigerarbeiten am Seil – klingt doch doll, was? Dabei war es oft der größte Mist. Immer waren es gefährliche, dreckige Arbeiten in hässlichen Industriegebieten. Beim Sprengen von Türmen Dynamit anbringen, Aschesilos beräumen, Kraftwerke reinigen – alles so nette Sachen. Sicher, er übertrieb. Eine riesige Fahne hatte er mal zwischen zwei Schornsteine hängen dürfen oder Riesenposter anbringen vor einem Dom. Aber sonst? Schmutzige Knochenarbeit in trister Umgebung. Ausnahmsweise bot sich mal die Chance, so was Spektakuläres wie den Reichstag zu machen, fantastisch, und dann kommt so eine doofe Weißwurst daher …

Seufzend stemmte er sich hoch. Er musste etwas Futter fassen gegen den Frust. Hinter der Absperrung knubbelte es sich. Hoffentlich hatte das Volk nichts mitbekommen. Man wollte ja nicht morgen in der Zeitung lesen, dass sich einer der Kletterer wie ein Dummlack aufgeführt hatte.

Er hob den Kopf und schaute zur Spitze des Giebels. Was sie hier machten, war wirklich einmalig, Bayern hin oder her. Man hatte ihnen zwar verboten, einen Fotoapparat mit aufs Dach zu bringen, aber bei so einer einmaligen Aktion mitmischen und nicht knipsen? Ging nicht. Vielleicht sehe ich ehrlich aus, aber ich bin es nicht, dachte er und kicherte in sich hinein. Als DDR-Bürger hatte er oft genug Sachen gemacht, die verboten waren. Und eines wusste er schon jetzt: Das würden die schärfsten Fotos seines Lebens.

Geschichten, kurze und lange

Johanna hatte ihre Haare zu einem Pferdeschwanz zusammengefasst und sich eine Schürze umgebunden. Mit gekräuselter Nase ließ sie unter der röchelnden Abzugshaube Öl in einer Pfanne heiß werden. Obwohl sie Fex fast so weit hatte, auf gesunde Ernährung zu achten und Lebensmittel nur noch im Bioladen zu kaufen, war sie heute auf seinen Wunsch eingegangen: Fischstäbchen mit Ketchup und Kartoffelpüree – Kinderessen. Fex saß am Küchentisch und schnitt Zwiebeln für den Salat. Johanna schüttelte es innerlich, denn er hatte angekündigt, den Salat wie seine Oma mit Essig, Öl, Zucker und Dosenmilch anzumachen.

„Wann geht's los?", wollte sie wissen.

„Um neun nach den Nachrichten."

Wie erwartet, hatte Hahn sich mit Missy verabredet und bei deren Sexparty SKIN KLUB Interviews geführt. „Da ist mir ganz schön die Muffe gegangen", hatte er hinterher erzählt. „Ich musste saufen, ein bisschen kiffen und auch ein paar unmoralische Angebote ablehnen." Es schien ihm also gefallen zu haben. Für einen Beitrag in der üblichen Kürze waren die vielen Eindrücke dieser Nacht zu schade. Also hatte er ein Feature daraus gemacht, eine Dreiviertelstunde, die wegen des „heiklen Themas" erst nach neun laufen durfte.

Fex trug seinen Pyjama nicht schon, sondern noch. Umgeben von einem fragilen Gebirge aus Büchern, hatte er den Tag im Bett verbracht, um an der Auswahl für seine Anthologie zu arbeiten.

Mit einem Blick auf sein kaffeebesudeltes Oberteil fragte Johanna: „Kommst du voran?"

„Geht gut."

„Wonach suchst du aus?"

„Die Wahrheit? Wofür wir die Abdruckrechte bekommen."

„Das ist auch ein Auswahlkriterium."

„Ich fange mit den Klassikern an, Fitzgerald, Twain und Konsorten, und gehe bis Carver, Edmund White, Paula Fox. Ich suche nach Storys, die in der Privatheit einer Wohnung oder eines Hauses spielen."

„Mikrokosmos?"

„Mikrokosmos, der den Makrokosmos spiegelt."

Johanna fand, dass ihm diese Herausforderung guttat. Er war ausgeglichener und rauchte weniger von diesen scheußlichen Mentholzigaretten.

Das Essen schmeckte fabelhaft, sogar der Salat mit Dosenmilch. Nichts gegen panierte Kohlrabischeiben mit Raclette, aber ein wenig Junkfood war hin und wieder auch nicht zu verachten. Zum Dessert – Schokoladenpudding mit Vanillesoße – schalteten sie das Radio ein. In einer Collage aus Interviewfetzen, Musik, Geräuschen und Kommentar nahm Hahn seine Hörer mit in eine Berliner Nacht, die vielen äußerst bizarr vorkommen musste. Verworfen, aber faszinierend. Johanna und Fex waren beeindruckt, wie leicht es Hahn fiel, die sexuellen Anarchisten zum Reden zu bringen. Obwohl von Gruppensex, Exhibitionismus und Fetischismus die Rede war, von Transsexuellen, Crossdressern und Sadomasochisten, wirkten diese Leute überraschend sympathisch.

„Die hören sich alle so – wie soll ich sagen? – normal an", staunte Johanna. „Wie macht er das nur?"

„Er strahlt irgendwas aus wie: Du kannst mir vertrauen, ich tu dir nichts. Und dann natürlich die Grübchen."

„Wie geht es ihm eigentlich?"

„Der ist happy. Hat eine Lungenentzündung und darf Antibiotika schlucken."

Johanna hörte nur mit halbem Ohr zu. Sie kam immer noch nicht über die sexuellen Vorlieben ihrer Mitmenschen weg: „Wenn man sich anhört, was die Leute so alles treiben, kommt man sich echt prüde vor." Am meisten verblüffte sie ein Mann, der den Sex im SKIN KLUB „ziemlich blümchenhaft" fand. Auf Hahns Nachfrage, was man sich denn unter nicht blümchenhaft vorzustellen habe, berichtete er von seiner Passion, mit einer Partnerin im Wald Zigaretten zu rauchen und die Kippen in der freien Natur zu entsorgen. „Das ist eine *sexuelle* Fantasie?", staunte Johanna.

„Kann gut sein, dass solche Leute Begriffe wie Kuscheln obszön finden."

„Nichts gegen Kuscheln."

„Finde ich auch, aber ich kriege bei den Schwulen ja schon Probleme, wenn ich keine Lust habe, beim Sex jemandem ins Gesicht zu spucken und ihm Tiernamen zu geben." Fex zündete sich eine Zigarette an. Schweigend hing jeder seinen Gedanken nach. „Ist schon bemerkenswert", überlegte Fex, „dass Hahn sich ohne größere Macken diese Offenheit bewahrt hat. Bei der Familie."

„Wieso?"

„Seine Jugend war nicht gerade ein Feriencamp. Er hatte einen üblen Vater."

„Das finde ich eher logisch", meinte Johanna und begann, den Tisch abzuräumen. „Menschen mit schlimmer Kindheit haben oft das Talent zu versöhnen. Das ist, glaube ich, eine Art Wiederherstellung von Harmonie."

„Johanna, warum bist du nur so klug?"

Es war ein später Freitagabend. Fex lag schon im Bett und hörte Musik, als es an der Tür ihres Hauses in Bad Godesberg klingelte. Seine Eltern besuchten wie fast jeden Abend einen Empfang. Wer kam um elf Uhr noch zu Besuch? Bevor das Dienstmädchen aufwachte, schlüpfte er schnell in den Bademantel und lief nach unten. Hahn stand mit so versteinertem Gesichtsausdruck vor der Tür, dass Fex unwillkürlich nach Blut oder blauen Flecken Ausschau hielt. Hahn war unverletzt, aber Fex' Ahnung trog ihn nicht. Nachdem er Hahn in die Küche gelotst und ihm zur Beruhigung einen Whisky aus Papas Hausbar hingestellt hatte, kam der stockend mit der Sprache heraus.

Freitagabends ging er prinzipiell nie zum Sport, verabredete sich nicht mit Freunden. Sein Vater fuhr Heizöl aus und traf sich am Ende der Arbeitswoche stets mit Kollegen „auf ein Bierchen". Das Bierchen war nicht das Problem, es war der Schnaps. Mutter und Sohn bangten den ganzen Tag über, ob er sich wenigstens vom Hochprozentigen fernhalten konnte. An diesem Abend war er torkelnd nach Hause gekommen. Schon im Flur hatte er nach etwas gesucht, worüber er sich aufregen konnte. „Dein Essen steht im Ofen", hatte Mutter ihm beruhigend zugerufen. „Ich mach's dir gleich warm." Weil sie am Bügelbrett stand und noch eines seiner Arbeitshemden fertig machen wollte, nahm er das als Anlass. *Wie sieht es denn hier aus! Überall Wäsche! Kann man nicht wenigstens am Wochenende seine Ruhe haben? Und überhaupt, was glotzt der Herr Sohn so blöd?*

Mutter huschte in die Küche, Widerworte brachten ihn noch mehr in Rage. Keine Widerworte leider auch. *Was soll das, Frau? Redest du nicht mehr mit mir? Bin ich nur das Arschloch zum Geldverdienen?* Er lief ihr hinterher, packte sie hart am Arm, schüttelte sie. Als sie nicht antwortete, schleuderte er sie rabiat gegen die Küchentür.

In diesem Moment setzte in Hahn etwas aus. Aus sicherem Abstand hatte er die Szene verfolgt, um bei Bedarf Sandsack zu spielen. Doch heute war seine Geduld am Ende. Ohne zu überlegen, hechtete er nach vorn, packte den Alten beim Latz und schlug ihm die Faust ins Gesicht. Ein Treffer am Kinn, sein Kopf flog nach links, ein Hieb auf die Nase, sein Kopf flog nach rechts. Seine Knie knickten ein, er verlor das Gleichgewicht, konnte sich aber gerade noch am Küchentisch festhalten. Blut schoss aus seiner Nase. Halbherzig hob er die Arme, um sich zu schützen. Doch Hahn war blind vor Wut. Sein jahrelang aufgestauter Hass machte sich in einem Trommelfeuer von Schlägen Luft. Noch als der Alte am Boden lag, trat er ihm mehrmals in die Seite.

„Aufhören!", flehte Mutter. „Sofort aufhören!"

Hahn hatte Mühe, sich zu beruhigen. Mit hochrotem Kopf stand er da, rang nach Luft. Ein dicker Tropfen Blut lief langsam die Kühlschranktür hinunter. Es sah aus wie ein Ausrufezeichen. Dann geschah etwas Merkwürdiges: So schnell wie Hahns Zorn aufgewallt war, verflog er wieder und machte kalter Entschlossenheit Platz. Er beugte sich hinab, sein Gesicht ganz nah am Gesicht des Vaters: „Wenn du Mutter noch einmal anrührst, ein einziges Mal, dann mache ich dich kalt." Keine Ahnung, woher das kam. Der Alte wimmerte und zog verschreckt die Nase hoch. Weinte er? Hahn wollte es nicht wissen. Er lief in den Flur, griff nach seiner Jacke und verließ die Wohnung.

„Und jetzt?", fragte Fex.

„Ich gehe morgen nach Mutter gucken, heute würde es nur Mord und Totschlag geben. Kann ich bei dir schlafen?"

„Du kannst bleiben, so lange du willst."

Am nächsten Tag ging Hahn noch vor Schulbeginn zu Hause vorbei. Mutter war nichts geschehen. Nachdem er aus der Wohnung gestürmt war, hatte sie ihrem Mann aufhelfen wollen, doch der schlug nur unwirsch ihre Hand weg. Diesen Anblick würde sie nie vergessen. Wie zusammengefaltet lag er zwischen Sitzecke und Küchentisch, Gesicht, Hemd und Hose blutverschmiert. Sie wollte das nicht, wollte ihren Mann so nicht sehen. Nachdem er sich ächzend aufgerichtet hatte, war er ins Schlafzimmer geschlichen. Im Bett hatte er ihr den Rücken zugekehrt. Bis er morgens zur Arbeit ging, sprach er kein Wort.

„Ich weiß, du meinst es nur gut, Ludolf“, sagte sie und legte eine Hand auf Hahns Schulter, „aber du versündigst dich. Es ist nicht richtig, wenn ein Sohn seinen Vater schlägt.“

„Wer hat sich denn hier versündigt?“, begehrte Hahn auf. „Wie oft ist das Schwein schon auf dich losgegangen? Damit ist jetzt Schluss.“

Mutter fing an zu weinen. „Du bist so lieb“, schluchzte sie, „aber …“

Er schloss sie in die Arme. „Mama, wein doch nicht.“

Aber sie konnte sich nicht beruhigen. Sie wünschte nur, sie hätte das Gesicht ihres Mannes nicht gesehen, als er so hilflos am Boden lag. Wut hatte sie erwartet, einen Gewaltausbruch, aber in seinen Augen stand blanke Angst. Dieser Mann, der ständig alles unter Kontrolle haben musste, der schrie und tobte und zuschlug, war ein Schisser. Als Frau begriff sie sofort, dass ihre Entdeckung gefährlich war. Bisher hatte sie immer einen Weg gefunden, mit seinen Tobsuchtsanfällen klarzukommen. Aber ein gedemütigter Mann war unberechenbar. Deshalb hatte sie in der Nacht einen Plan geschmiedet: „Wenn du noch eine Weile bei deinem Freund unterkommen könntest, Ludolf, wäre das gut“, schlug sie vor. „Hier muss erst wieder Friede einkehren, da sorge ich schon für. Und dann kommst du zurück.“

„Ich kann dich doch nicht alleinlassen.“

„Tu es mir zuliebe, bitte! Zwischen zwei Kampfhähnen, das halte ich nicht aus. Ich bin schließlich diejenige, die es ausbaden muss.“

Die Eltern von Fex hatten keine Einwände gegen den neuen Gast, im Gegenteil. Aus beruflichen Gründen führten sie allemal ein offenes Haus, da kam es auf einen mehr oder weniger nicht an. Auch waren sie froh, dass Fex nach dem Tod seines Bruders jemanden hatte, dem er sich anvertrauen konnte. Der nette Junge mit dem komischen Namen konnte eines der beiden Gästezimmer haben.

Der Umzug war schnell erledigt. Hahn und Fex liehen sich den giftgrünen R4 eines Klassenkameraden und brachten die wenigen Habseligkeiten nach Bad Godesberg.

Anfangs fand Hahn keine Ruhe. Jeden Morgen rief er als Erstes seine Mutter an, um zu kontrollieren, ob es ihr gut ging. Doch ihr Plan war aufgegangen. Obwohl ihr Mann tat, als sei nichts geschehen, erhob er nie wieder die Hand gegen sie. Doch es war etwas geschehen. Sie wusste nun, dass sie stärker war als er. Wie konnte das nur sein?

Fast ein Jahr lang lebte Hahn bei den von Oertzens, so lange, bis er zur Journalistenschule ging und Fex mit den ersten beiden seiner zahlreichen Studiengänge begann. Zum ersten Mal lernte Hahn eine Familie kennen, in der nicht geschrien, sondern diskutiert wurde, hart manchmal, aber gepflegt. Anfangs fiel es ihm schwer, mit Dienstpersonal umzugehen („Was hätten Sie gerne zum Frühstück, Herr Hahn?"), ohne Herzklopfen mit Eminenzen und Exzellenzen zu plaudern, einen Fisch kundig zu entgräten oder bei Tisch eine Banane mit Messer und Gabel zu verspeisen. Da die von Oertzens häufig Essen gaben, saß er neben Künstlern und Wirtschaftsvertretern, Kommissionspräsidenten und Diplomaten. Nachdem er seine Scheu überwunden hatte, genoss er das Interesse all dieser Menschen, selbst wenn es nur diplomatischer Höflichkeit geschuldet war. Am lustigsten fand er das sogenannte Placement, eine in teures Leder gefasste grafische Darstellung des Esstisches, die Fex' Mutter in einem Bonner Fachgeschäft für Diplomatenbedarf erstanden hatte. Damit die Gäste den Tisch nicht umständlich nach Platzkarten absuchen mussten, stand am Eingang des Raumes auf einem Beistelltisch ebenjenes Placement, auf dem mit handgeschriebenen Zettelchen der Sitzplatz eines jeden Gastes ausgewiesen war.

Das Jahr bei den von Oertzens wurde sein Lehrjahr. Danach wusste er, wie man zuhört und antwortet, weghört, smalltalkt und debattiert, wie man flirtet und sich bei einem furztrockenen Gegenüber formvollendet aus dem Staub macht.

Normalerweise erledigte er alles mit dem Rad, doch dafür war er zu kurzatmig. Das Antibiotikum, das er seit sechs Tagen schluckte, hatte seine Wirkung noch nicht ganz entfaltet. Im Bus stand die Luft. Hatte Dunst die Stadt in den letzten Tagen mit einem Vorhang aus Grautönen geärgert, war aus dem Süden plötzlich stickige Schwüle aufgezogen. Hahn setzte sich auf einen der erhöhten Sitze über den Rädern und sondierte, was die Leute lasen, aßen, worüber sie redeten. Es dauerte nicht lange, bis er das erwartete „Muss dit denn jleich *so* heiß werden?" hörte. Fast hätte er laut losgelacht, die typische Berliner Meckerfreude!

Das anrüchige Paket war unappetitlich gewesen, bewies aber gleichzeitig, dass seine Arbeit nicht ohne Wirkung war. Was wollte man mehr? Hahn war bester Laune. Falls kein Gewitter aufzog, würde er Isa irgendwo hübsch im Freien zum Essen einladen. Er musste nur noch schnell den Arztbesuch hinter sich bringen. Eine zweite Blutprobe hatte er schon abgegeben, und auch die Röntgenbilder seiner Lunge sollten bereits vorliegen.

Normalerweise musste man sich im Wartezimmer von Dr. Richardy in Geduld üben, er verplauderte sich gern. Heute aber wurde Hahn gleich durchgewunken. Ein gutes Zeichen, man würde ihn mal eben zwischendurch verarzten.

Der Arzt wuchtete seine zwei Zentner aus dem Schreibtischsessel, watschelte auf ihn zu und begrüßte ihn mit Handschlag. Am erleuchteten Lichtkasten klemmte die Röntgenaufnahme von seiner Lunge.

„Wie ich vermutet habe, handelt es sich um eine leichte Lungenentzündung", sagte Richardy und wies auf mehrere helle Stellen. „Hier können Sie die entzündlich gewordenen Lungenbereiche erkennen." Er zog die Aufnahme unter der Klammer hervor und steckte sie umständlich in einen großen braunen Umschlag. Schwer ließ er sich auf seinen Stuhl fallen. „Was nun Ihre Blutwerte angeht …"

„Ja?"

„Wir haben die zweite Blutentnahme umfangreich bestimmen lassen."

„Gut." Hahn stützte seine Hände auf den Oberschenkeln ab und lehnte sich nach vorn.

„Es tut mir sehr leid, Herr Hahn, aber der erste Befund hat sich bestätigt. Sie sind zweifelsfrei Träger des HI-Virus."

Hahn starrte unter den Schreibtisch des Arztes. Die Rollen seines Drehstuhls hatten den roten Teppichboden so durchgescheuert, dass er fadenscheinig geworden war. An mehreren Stellen war der Estrich zu sehen.

„Herr Hahn, haben Sie mich verstanden?"

Hahn schaute nicht hoch. Ihm war, als flöge er mitsamt Stuhl zur Tür hinaus. „Also Aids?", brachte er schließlich heraus.

„Erst mal haben Sie nur das Virus. Zu full-blown Aids, wie wir es nennen, müssten noch weitere opportunistische Infektionen dazukommen. Sie wissen vielleicht, dass das Virus die Antikörper ausschaltet. Wir haben uns deshalb Ihre T-Lymphozyten, die Helferzellen, genauer angeschaut. Bei Gesunden liegt die Anzahl etwa zwischen achthundert und tausendzweihundert pro Milliliter Blut. Bei Ihnen sind es etwas über zweihundert. Das sieht leider nicht gut aus."

Unter großer Anstrengung hob Hahn den Kopf. Etwas presste ihm den Atem zusammen. Er brachte keinen Ton heraus.

„Zuallererst sollten wir eine Bronchoskopie vornehmen lassen, eine Spiegelung Ihrer Bronchien." Richardy kannte ihn gut. Sein Ton war mitfühlend, aber er sprach ohne Gefühlsduselei. „Wir müssen herausfinden, ob sich unter Ihrer leichten Lungenentzündung eine zweite, weit gefährlichere verbirgt, eine Pneumocystis Carinii Pneumonie. Das ist bei Patienten mit dieser Symptomatik leider häufig der Fall. Danach sehen wir weiter."

Hahns Mund war trocken, er räusperte sich. Dann rettete er sich in das Einzige, wozu er fähig war. Er ging in den Reportermodus. „Die Diagnose ist unzweideutig, also ist es Aids?"

„Das ist eine Frage der Definition", wand der Arzt sich. „Wir sollten die kommenden Untersuchungen abwarten."

„Nächste Frage: Stimmt es, dass es so gut wie keine Therapie gibt?"

„Eine Heilung gibt es nicht, noch nicht. Wir können nur gegen die jeweiligen Infektionen angehen. Außerdem steht uns als Wirkstoff AZT zur Verfügung, eigentlich ein Krebsmedikament, das den Krankheitsverlauf unter Umständen etwas aufhalten kann, bis das Virus sich dem Wirkstoff durch Mutation entzieht. Sie müssen opti…"

„Wie lange? Wie lange hat man durchschnittlich zu leben, wenn die Krankheit ausgebrochen ist?"

Richardy hatte jeden seiner Sätze sorgsam abgewägt und versucht, wenn schon nicht Hoffnung, wenigstens Besonnenheit auszustrahlen. Nun aber verzog sich sein Gesicht zu einer gequälten Maske. „Der Krankheitsverlauf hängt von vielen verschiedenen Faktoren ab. Bei jedem Patienten ist das Virus unterschiedlich aktiv. Es kommt auf die Konstitution an, die Vorerkrankungen, die Psyche. Und vielleicht findet die medizinische Forschung ja …"

„Wie lange?"

„Nein, tut mir leid." Der Arzt schüttelte energisch den Kopf. „Es wäre unverantwortlich, Ihnen eine Prognose zu geben."

„Verzeihen Sie, mir ist vollkommen bewusst, in welche Lage ich Sie bringe. Ich verlange keine exakte Angabe, aber ich brauche einen

Rahmen, Herr Dr. Richardy. Bitte verstehen Sie, dass ich so nicht gehen kann."

Ein Blick in Hahns Gesicht genügte, um zu sehen, dass seine Höflichkeit nicht höflich gemeint und seine Bitte keine Bitte war. Dieser bis ans Herz beherrschte Mann würde die Praxis nicht eher verlassen, als bis er ein realistisches Bild seiner Überlebenschance hatte. Richardy betrachtete seine Hände. „Sie bringen mich in eine unmögliche Lage." Er nahm einen Stift zur Hand, legte ihn wieder weg. Hahn blickte ihn unverwandt an. „Sehr unterschiedlich", rang er sich schließlich ab. „Der Verlauf ist sehr unterschiedlich. Es gibt Patienten, die sterben nach einigen Monaten. Andere leben mit ihrer Infektion ganz gut mehrere Jahre. Es ist fraglich, ob Sie das Vollbild schon entwickelt haben, und bei Ihrer robusten Konstitution …"

„Danke", sagte Hahn und erhob sich. „Ich danke Ihnen wirklich sehr."

Als er das Sprechzimmer verließ, verstummte im Wartezimmer das übliche Tuscheln. Jeder schien der Miene des jungen Mannes das Unheil anzusehen.

Auf dem Gehweg stakste Hahn ein paar Schritte nach rechts, blieb dann stehen. Er musste alleine sein, doch überall glitten Passanten durch die zähflüssige Luft. Schutz suchend trat er in die nächstbeste Toreinfahrt, presste seinen Rücken an die grob verputzte Wand und schloss die Augen. Sein Inneres war bis zur Barriere der Haut wie mit Blei ausgefüllt. Kein Hohlraum vorhanden, in den Furcht eindringen könnte, nicht die winzigste Luftblase Hoffnung. Bis ans Ende der Zeit könnte er so stehen, sich nie mehr rühren, keinen Stein verrücken, keinen Satz sprechen, keinen Ast knicken.

Stunden später schloss er die Tür zu seiner Wohnung auf. Kilometerlang war er gelaufen. Öffentliche Verkehrsmittel? Undenkbar. Auch einen sabbelnden Taxifahrer hätte er nicht ertragen. Irgendwann musste er losgegangen sein. Er hatte nach unten geschaut und registriert, wie seine Füße ihn vorwärtstrugen. Dieser Wahrnehmung vertrauend, hatte er sich von ihnen durch die halbe Stadt leiten lassen. Dunkel erinnerte er sich an misstrauische Blicke, an Zwangspausen aus Atemnot. Irgendwann hatte er keine Empfindung mehr für die atmende Existenz um ihn herum.

Es war dunkel geworden, doch er machte kein Licht. Er wollte seine Jacke aufhängen, merkte erst jetzt, dass er sie in der Praxis vergessen hatte. Wennschon. Er setzte sich an den Küchentisch, sprang aber gleich wieder auf. Nicht sitzen. Im Hängeschrank suchte er nach Alkohol, fand eine Flasche Rotwein, entkorkte sie. Er nahm einen Schluck, spuckte den Wein aber sofort wieder in den Ausguss. Als ob Alkohol helfen würde. Nichts würde helfen.

Hahn wusste nicht, wie lange er schon im Dunkeln am Küchentisch saß. Es konnte nicht sein, dachte er nur, das konnte nicht sein. Der Tod füllte nicht nur jede Sekunde seines Denkens aus, sondern alles zwischen Himmel und Erde.

Das Telefon schrillte. Er fuhr zusammen, als hätte er in ein Feuer gefasst. Ein Weckruf. Noch war er am Leben. Dieser Körper zuckte, der Atem ging schnell, das Herz pumpte Blut und Adrenalin durch seine Versorgungsbahnen. Isa würde dran sein.

Was sollte er ihr sagen? Wie würde sie reagieren? Und was, wenn er sie angesteckt hatte? Weil sie für Kinder noch nicht bereit waren, hatten sie Kondome benutzt. Aber was hieß das schon? Schließlich hatte auch er sich das Virus eingefangen, irgendwann, irgendwo. Immerzu ging er im Kopf seine Freundinnen durch. Welcher von ihnen traute er zu, ihn angesteckt zu haben? Sandra, seine vorletzte Beziehung, kam kaum infrage. Sie war mehr von ihrer Wissenschaft als vom Sex besessen. Tina schon eher, frei- und großzügig. Aber keine seiner Freundinnen war ein Flittchen gewesen, und selbst wenn: Man konnte doch nicht alle Frauen verdächtigen, die Spaß am Sex hatten. Blieben nur ein paar Bettgeschichten zwischen seinen Beziehungen. Nach einem Konzert von Chris Isaak war er mal bei dieser Halbasiatin gelandet, doch außer ihren drahtigen Haaren war ihm nichts im Gedächtnis geblieben, kein Name, keine Adresse. Dann die Kollegin vom Hessischen Rundfunk, mit der er auf einer Fortbildung ein wenig rumgemacht hatte. Gott, eine halbe Stunde vielleicht. Zu vernachlässigen. Und natürlich die Blonde auf Usedom bei seiner ersten Erkundungsreise in den Osten nach dem Mauerfall. Zwei, höchstens drei Mal gab es auch Absturzsex nach langen Ausgehnächten, wobei er sich kaum an die Frauen erinnerte. Das war schon alles. Keine dieser Frauen war … ja was? … auffällig? Aussätzig? Wie auch? Außerdem viel zu lange her, oder?

Als Erstes muss er herausfinden, welche Inkubationszeit das Virus hat. Aber egal, wer ihm diese Pest an den Hals gehängt hatte, Tausende, vielleicht Hunderttausende oder Millionen Killerviren kreisten in seinem Blut und würden ihre Abrissarbeit nicht einstellen, nur weil er mit dem Finger auf jemanden zeigen konnte: Du bist schuld! Nicht mal der schale Trost der Leugnung blieb ihm. Er wusste durch seine Arbeit nur zu gut, dass Aids ein sicheres Todesurteil bedeutete. Die Maschine seines Körpers würde ihren Dienst aufkündigen. Bald würde hier ein Aggregat versagen, dort ein Rädchen, würden irgendwelche chemischen Prozesse Amok laufen und lebenswichtige Funktionen ausfallen.

Er riss das Fenster auf und saugte die Luft in sich rein, als müsse er sie für Jahre speichern. In den erleuchteten Wohnungen auf der anderen Straßenseite konnte er eine Familie am Esstisch erkennen, ein Stockwerk darüber saß ein alter Mann vor dem Fernseher. Zwei Jugendliche standen auf dem Balkon und teilten sich verstohlen eine Zigarette. Wie beiläufig die alle essen, atmen, streiten. Das Leben noch vor sich, sogar der alte Mann.

Und wenn unverhofft ein Mittel gefunden würde? Es gab die unwahrscheinlichsten Zufälle. Irgendein Forscher musste nur eine Eingebung haben, oder einfach Glück, eine unvorhergesehene Reaktion in der Petrischale. Es gab doch schließlich einen Robert Koch. Jemand hatte die Wirkung des Insulins entdeckt, ein anderer Polio mit einer simplen Schluckimpfung besiegt. War es denn so abwegig, dass doch ein Medikament gefunden wurde?

Er schloss das Fenster und machte das Licht an. Alles noch da. Sein Reich, seine Welt, sein Leben.

Aber nicht mehr viel Zeit.

Beklommen tigerte er auf und ab, versuchte sich an einer Rechnung: Wie viele Jahre noch? Wie viele Stunden davon Schmerzen, wie viel Verzweiflung? Alles ungewiss, nichts als Lotterie. Er wusste nur eins: Die letzte Stunde würde ihn töten.

Er legte eine Hand auf seine Brust, fühlte sein Herz hämmern. Er betastete Arme, Oberkörper, Beine. Er war immer so stolz auf seinen Körper. Muskeln, Sehnen, Knochenbau, Blut. Abrupt rannte er ins Bad, schnappte sich den Rasierer, nahm die Klinge heraus, ritzte wie von Sinnen mehrmals seinen Unterarm ein. Er musste es anschauen, dieses vergiftete Blut. Konnte man ihm das Unheil ansehen? Die Schnitte gingen nicht tief, aber der Schmerz war intensiv. Zuerst bildeten sich schnurgerade rote Linien, dann quoll das Blut, tropfte auf den Boden. Rote Tränen, dachte er. Wenn ich schon nicht weinen kann, dann eben so.

Jemand bollerte heftig an die Wohnungstür. Vor Schreck stieß Fex eines seiner drei Anchovisgläschen um, wodurch das kunstvolle Arrangement auf dem Küchentisch zusammenbrach.

Draußen stand Isa. Ihre Frisur war ein wenig außer Fasson geraten, ihre Wangen glühten.

„Weltuntergang?“, fragte er.

„Im Gegenteil“, tat sie nebulös. „Entschuldige, ich habe ewig geklingelt, aber da tat sich nichts.“

„Ach, die Klingel hat hier noch nie funktioniert. Du bist im wilden Osten.“

Isa trat ein und zauberte hinter ihrem Rücken eine Flasche hervor: „Champagner?“

„Super.“ Fex hasste Champagner.

„Gut, dass du da bist. Ich brauche jetzt jemanden, der mit mir trinkt.“

Sie folgte ihm in die Küche und stutzte. Der Tisch war mit einer Installation aus Lebensmitteln bedeckt. Aus Marmeladengläsern, Quarkpackungen, Bierdosen, Senfgläsern, Joghurts, Brühwürfeln und Dosenmilch hatte Fex eine halb fertige Stadtlandschaft errichtet. „Habe ich dich bei der Bastelstunde gestört?“

„Ich war gerade bei einem Portikus für den Kinopalast.“

„Aha.“ Isa war sich nicht sicher, ob er sie veräppelte.

„Nein, wirklich“, erklärte Fex. „Ich habe zum hundertsten Mal *Die tote Stadt* von Stefan George gelesen und bin dann ins Spielen geraten, habe das Gedicht sozusagen in Szene gesetzt.“ Er nahm ein Buch vom Kühlschrank und deklamierte:

Die weite bucht erfüllt der neue hafen
Der alles glück des landes saugt – ein mond
Von glitzernden und rauen häuserwänden –
Endlosen straßen drin mit gleicher gier
Die menge tages feilscht und abends tollt

„Faszinierend.“ Isa hatte nur mit halbem Ohr zugehört.

„Geschrieben 1907. Für mich die beste Beschreibung unserer sogenannten Zivilisation.“

„Und wie kommt es von Stefan George zum ‚Kühne Senf mittelscharf‘?“

Fex lief rot an. „Ach, das ist nur ein Spielchen.“

„Nein, ich finde es toll“, meinte Isa aufrichtig. „Die Stadt, die feilscht und …“
„Tollt.“
„Und tollt. Da könnte man was draus machen. Das Bühnenbild ist jedenfalls schon da. Ziemlich originell, du hast Talent.“
„Ja“, seufzte Fex theatralisch. „Talente habe ich viele.“
„Armer schwarzer Kater.“ Sie schwenkte die Flasche: „Champagner?“
„Champagner, richtig.“
Fex holte zwei Sektflöten aus dem Küchenschrank und hielt ihr die Tür zu seinem Zimmer auf. Sie ließ sich auf einem eckigen Sechzigerjahre-Sessel aus Kunstleder nieder. Fex nahm ihr die Flasche aus der Hand und ließ den Korken ploppen.
„Was feiern wir denn?“
Isa richtete sich feierlich auf: „Das Schauspielhaus Hamburg will mich als Kostümbildnerin.“
„Das ist Bundesliga plus Tabellenführung, nicht? Herzlichen Glückwunsch.“
Sie prosteten sich zu. Fex fiel auf, dass sie sich schön gemacht hatte. Ein körperbetonter Overall in Purpur, darüber ein wild bestickter dunkelgrüner Schal.
„Und was sagt Hahn dazu?“
„Ich wollte ihn mit der Nachricht und dem Champagner überraschen, aber er geht nicht ans Telefon, und im Sender ist er auch nicht.“
„Dann musst du mit mir vorliebnehmen.“
Sie berichtete von ihrer Bewerbung, die sie schon vor einem Jahr losgeschickt hatte. Das Schauspielhaus war die größte Sprechbühne des Landes und prächtig alimentiert. Aufregendes Programm, exzellente Schauspieler, gar nicht mal so schlechte Regisseure. Jeder wollte an dieses Haus. Die prompte Absage hatte sie nicht gewundert. Und heute dann aus heiterem Himmel ein Bettelanruf, der Intendant persönlich. Man habe große Hoffnung in einen Kostümbildstar aus Zürich gesetzt, sich aber schon bei der Planung der Saisonpremiere heillos zerstritten. Künstlerische Differenzen. Isa musste sich auf die Zunge beißen. Sie kannte den Kollegen und wusste, dass er nicht nur eine Diva von Format war, sondern berühmt dafür, kalt lächelnd jedes Budget zu sprengen. Feinster Batist, edelste Seide, handgestickte Pailletten- und Perlenorgien.

Isa musste nicht lange überlegen. Sie würde sich dem allerdings mit Haut und Haaren verschreiben müssen, denn die Spielzeit begann schon in wenigen Wochen.

Fex mochte es, wenn sie so begeistert erzählte. Die beherrschte Kühle, die normalerweise von ihr ausging, war dann wie weggeblasen. Die Augen leuchteten, die Füße legten unbemerkt von ihrer Besitzerin ein Tänzchen hin.

Er wühlte in seinem CD-Regal und legte etwas Flottes von den Red Hot Chili Peppers auf. Die Kalifornier passten gut zu Isas Stimmung.

„Dann ziehst du also nach Hamburg?", fragte er.

„Das ist der Wermutstropfen." Sie hievte sich aufs Fensterbrett und ließ die Knöchel aneinanderschlagen wie ein kleines Mädchen. „Ich möchte Hahn nicht alleinlassen, aber so eine Chance bekommt man nur einmal im Leben."

„Gilt Abstand nicht als Aphrodisiakum?"

Sie zog eine Schnute. „Ich weiß nicht recht."

„Ach komm, die Sehnsucht ist doch immer das Schönste."

Isa hob ihr Glas und betrachtete die Luftbläschen, die sich zu winzigen, aufsteigenden Ketten formten. „Wenn man es romantisch betrachtet. Meinst du …" Sie suchte nach Worten, setzte dann erneut an: „Du kennst Hahn doch so gut, kann es sein, dass ihm mein Umzug nicht ganz unrecht käme?"

Fex zog ein Gesicht, das sie offensichtlich als Vorwurf empfand. „Tut mir leid", sagte sie schnell. „Ich möchte dich nicht in die Bredouille bringen." Ein befangenes, kleines Lachen. „Ich habe nur manchmal das Gefühl, er würde hervorragend ohne mich auskommen."

Fex beugte den Kopf nach vorn und ließ seine Haare wie einen Vorhang vors Gesicht gleiten. Da klopfte jemand ungewohnt deutlich auf den Busch. Er verstand Isa ja, aber was sollte er ihr sagen? Von dem verbalen Dunst, den Hahn letztens auf dem Dach abgelassen hatte, glaubte er jedenfalls kein Wort. Er litt unter zu viel Perfektion in seiner Beziehung? Schwachsinn. Der Mann war einfach nie zufrieden. Vielleicht war das die Kehrseite der Attraktivität: zu viel Auswahl, zu viel gestreicheltes Ego, zu viele Fluchtmöglichkeiten. Warum sollte man sich einer Frau gegenüber nackt machen, wenn an der nächsten Ecke schon eine andere zwinkerte?

„Selbstverständlich bist du loyal, ich weiß das wirklich zu schätzen", beendete Isa abrupt das Thema. Schwungvoll sprang sie von der Fensterbank und erlöste ihn von seinem Unbehagen als Doppelagent. „Bitte vergiss, was ich gesagt habe. Ich bin nur froh, dass du da bist. Ich musste es einfach jemandem erzählen. Das mit Hamburg wohlgemerkt."

„Allzeit bereit." Er umarmte sie herzlich. „Noch mal Glückwunsch. Und jetzt wird getollt."

Hahn war nur mangels Alternative ins Bett gegangen, auf Schlaf hoffte er nicht. Obwohl er jetzt niemanden neben sich ertragen könnte, sehnte er sich nach Isa. Wie gern hätte er sich von hinten an sie gekuschelt, die Nase in ihrem Haar. Er zog die Überdecke zwischen seine Beine und vergrub das Gesicht im Kopfkissen. Lange wälzte er sich von einer Seite auf die andere. Immer, wenn er sich zwang, an etwas anderes als den Tod zu denken, machte seine Fantasie ihm einen Strich durch die Rechnung. Die arkadische Landschaft, die er heraufbeschwor, wurde sofort von einem Erdbeben heimgesucht. Die Gesichter seiner Freunde, so tröstlich vertraut, zerfielen zu kleinen Kegeln aus Sand. Also versuchte er sich dem Tod zu stellen, ihn sich auszumalen. Wie sah er aus? Wo hatte er seinen Wohnsitz? Und schließlich eine ganz unerhörte Frage: Gab es ihn überhaupt, den Tod?

Am nächsten Morgen wachte er erquickt auf. Die letzten Stunden hatte er traumlos tief geschlafen. Er reckte sich, seufzte, sprang mit einem gewaltigen Satz aus dem Bett und konnte sich gerade noch am Fensterbrett festhalten. Alles drehte sich, sein Atem ging schnell und flach, die Lunge rasselte. Hechelnd stand er mit gesenktem Kopf da. Das Narkotikum des Schlafes hatte ihn nicht nur seine Lungenentzündung vergessen lassen. Unvermittelt setzte der Mahlstrom aus Tod, Schmerz, Verfall wieder ein: Warum ich? Wie lange noch? Wie viele Schmerzen?

Erst nach ein paar Minuten gelang es ihm, sich aufzurichten und den Vorhang zu öffnen. Ein Bilderbuchtag kündigte sich an. Für die anderen, nicht für ihn. Für ihn war es ein Tag, der den Rest seines Lebens verkürzte.

Er schaute an sich herab, betrachtete lange diesen fremden Körper, nicht mehr so muskulös, sehnig schon. Der Abstieg hatte begonnen. Dann fiel sein Blick auf das Pflaster an seinem Arm. Die kopflose Aktion mit der Rasierklinge war kindisch. Er musste solche Panikattacken vermeiden, musste einen Weg finden, bei Verstand zu bleiben. Aber wie sollte das gehen? Er war einundvierzig Jahre alt, hatte, wenn überhaupt, an seinen Tod nur als Schuldschein gedacht, in ferner Zukunft einzulösen, Konditionen offen. Und plötzlich war seine Zukunft auf eine verlängerte Gegenwart geschrumpft. Fürs Erste nahm er sich vor, einen Fuß vor den anderen zu setzen, jeden Moment zu nehmen, wie er kam. War es nicht das, was man Süchtigen, Depressiven und Schwerstkranken riet?

Also ging er ins Bad und versuchte beim Waschen und Rasieren nicht das Wort „vergeblich" zu denken. Er kleidete sich an, stopfte das schwarze Hemd, das er schon in der Hand hatte, in den Kleiderschrank zurück und entschied sich für ein blaues. Er schmiss die Kaffeemaschine an und schnitt sich zwei Scheiben Brot ab, weil er nagenden Hunger verspürte. So viel zum Thema „vergeblich".

Nach dem Frühstück musste er entscheiden, wann er es Isa und Fex sagte. Und wie. Schon bei dem Gedanken wurde ihm flau. Schwer einzuschätzen, wie sie reagieren würden, ob sie zusammenbrechen und es ihm damit noch schwerer machen oder die Tapferen spielen würden. Schrecklich, sowohl Mitleid als auch Caritas. Das packte er noch nicht, es war zu früh dafür. Er musste sich Zeit verschaffen, bis er sich einigermaßen unter Kontrolle hatte.

Kurz entschlossen griff er zum Telefon. Es war kurz vor acht, Fex würde noch fest schlafen. Erwartungsgemäß sprang der Anrufbeantworter an. „Hi, ich bin's", bemühte er sich um einen unverdächtigen Tonfall. „Ich muss kurzfristig für ein paar Tage nach Brandenburg. Die üblichen Ausflugstipps für die Sommerferien, du weißt schon." Dann kam ihm eine Idee: „Gibst du bitte auch Isa Bescheid? Sag ihr, dass ich mich melde, sobald ich etwas Luft habe. Hier geht es gerade drunter und drüber."

Letzteres war nicht mal gelogen. Wenigstens ein paar Tage hatte er sich gestohlen. Bei diesem Gedanken huschte aus Versehen ein Lächeln über sein Gesicht.

Wenn er schon dabei war, konnte er gleich noch ein unangenehmes Telefonat hinter sich bringen. Aus seiner Jackentasche zog er die Nummer der Klinik, die Richardy ihm empfohlen hatte. Abstrich der Bronchien, das hörte sich übel an. Doch die Untersuchung musste sein. Der Arzt hatte ihm eingeschärft, dass eine versteckte zweite Lungenentzündung lebensgefährlich sein konnte.

Im Krankenhaus wusste man schon Bescheid, Richardy hatte ihn angekündigt. Die Schwester schlug einen Termin gleich morgen vor. „Wir nehmen Sie außer der Reihe dran", flötete sie, als hätte er eine

Mittelmeerkreuzfahrt gewonnen. „Dafür müssten Sie aber um halb acht hier sein, geht das?" Warum die Eile? Stand es so schlecht um ihn?

Da war noch etwas. Lange musste er überlegen, bis er draufkam: natürlich, die Arbeit. Er musste den Sender informieren, dass er eine Weile ausfiel. Eigenartig, sonst immer schon im Kopf bei der nächsten Reportage, beim nächsten interessanten Thema, hatte er nicht ein einziges Mal an seinen Beruf gedacht. Was bisher das Zentrum seines Lebens ausgemacht hatte, war vollkommen unerheblich geworden.

Nachmittags zwang er sich, die Wohnung zu verlassen, um Lebensmittel einzukaufen. Draußen zitterte die Luft immer noch vor Schwüle. Der brausende Verkehr, die Leute in ihrem Sommerschlendrian, das Geplapper über Wetterkapriolen und Parkplatznöte – was ging ihn das an? Bis zum Supermarkt schaffte er es noch, doch als er den überfüllten Laden betrat und sich vorstellte, zwischen Schinken oder Roastbeef wählen zu sollen, gab er auf. Keuchend schleppte er sich durch die feuchte Luft nach Hause.

Schnell rächte sich seine Dünnhäutigkeit. Er hatte Hunger und außer einem Kanten Brot nichts im Haus. Also bestellte er per Telefon eine Pizza. Normalerweise brauchte der Bote eine halbe Stunde, heute aber dauerte es. Inzwischen war der Himmel pechschwarz, Wind war aufgekommen. Jede Minute konnte ein Gewitter losgehen. In der Zwischenzeit legte er ein Album von Youssou N'Dour auf. Die hohe, melodiöse Stimme des Senegalesen beruhigte ihn. Der Mann schien auch Talente als Regenmacher zu haben. Kaum erklang der zweite Track, wurde der Himmel von einem gewaltigen Blitz zerrissen. Übergangslos klatschte ein tropischer Guss herab. Hahn trat ans Fenster und beobachtete nicht ohne Schadenfreude, wie Passanten zuerst noch versuchten, mit beschleunigten Schritten ihren Weg fortzusetzen, sich aber bald geschlagen geben mussten und in Hauseingängen und unter Markisen Schutz suchten. Nur ein kleines Mädchen blieb wie in Trance auf dem Bürgersteig stehen, die Hände zum Himmel erhoben, als regne es Sterntaler.

In diesem Moment klingelte es Sturm. Hahn eilte zur Tür, um den armen Pizzaboten ins Trockene zu lassen. Nachdem er den Türöffner betätigt hatte, schnappte er sich vom Schreibtisch seine Geldbörse und war mehr als verblüfft, als auf halber Treppe nicht der Mann vom Lieferservice erschien, sondern Wolle. Für einen

Moment war er versucht, kommentarlos die Tür zuzuknallen. Besuch war das Letzte, was er jetzt brauchen konnte. Aber Wolle sah in seinen triefenden Klamotten so erbarmungswürdig aus, dass er es nicht übers Herz brachte, ihn abzuweisen. Die mittellangen dunklen Haare ins Gesicht geklatscht, klebten Jeans und T-Shirt so eng an seinem Körper, dass sich die hängenden Schultern, der massige Brustkorb und die stattlichen Rollen um seine Hüften deutlich abzeichneten. Vielleicht war es ja nicht falsch, den ersten Kontakt nach seiner Diagnose mit jemandem zu haben, den er nur flüchtig kannte. Übungsmaterial sozusagen. Dabei wusste er erstaunlich viel über den dicklichen Fünfziger, der ihm mit einem devoten Grinsen gegenüberstand. Es geschah häufig, dass Menschen einem Reporter Dinge anvertrauten, die sie mit den nächsten Angehörigen niemals besprechen würden. Der Grund war einfach: Jemand hatte gefragt.

Hahn hatte mit Wolle ein halbstündiges Feature produziert, Teil seines Projekts, Zuzügler zu porträtieren, die Berlin etwas gegeben hatten, ein Museum, einen Club, eine Stadtautobahn oder eine neue Brötchensorte. Irgendwann, so sein Traum, würden die gesammelten Biografien einen Spezialtag ergeben, ein Kaleidoskop gelernter Berliner und ihrer Geschichten. Ausstrahlung der Sendung mit Wolle war vor zwei Wochen gewesen. Wie lange das her zu sein schien.

Er konnte seinen Gast gerade noch davon abhalten, die Schuhe auszuziehen. Der Mann müffelte, und er musste nicht unbedingt das Aroma seiner Socken kennenlernen. Hahn lief ins Bad und holte ein großes Handtuch, damit Wolle sich abtrocknen konnte. Er legte ein weiteres Handtuch auf einen Stuhl und bat ihn, Platz zu nehmen. Hoffentlich war das kein Fehler, Interviewpartner erwiesen sich oft als Kletten. Die plötzliche Aufmerksamkeit schmeichelte ihnen, und dann wollten sie mehr.

Aber welche Wahl hatte er schon? Er konnte diesen nassen Hund doch nicht im Treppenhaus stehen lassen. Ob er ein Bier haben wollte? Ja, gerne. Er holte zwei Flaschen aus dem Kühlschrank und goss Wolle, ohne zu fragen, zusätzlich einen Wodka ein. Er selbst verzichtete auf Hochprozentiges, nahm nur das Bier. Zu groß die Angst, in das Verzweiflungsgejammer eines Betrunkenen zu verfallen.

Während Wolle über die Vor- und Nachteile diverser Wodkasorten philosophierte, stellte er erschrocken fest, wie tadellos seine Fassade funktionierte. Die schwarze Wolke über seiner Existenz hinderte ihn nicht daran, ein guter Gastgeber zu sein, höflich zu lächeln, interessiert nachzufragen. Unheimlich, aber das Funktionieren tat ihm gut. Außerdem erinnerte Wolle ihn daran, dass er nicht der einzige Mensch mit Kummer war. Da draußen existierte eine Welt, in der niemand ungeschoren davonkam. Menschen verspielten ihr Hab und Gut, wurden süchtig, machten sich schuldig, verloren Stolz, Würde, Ansehen. Es gab Mord und Totschlag, Unfälle, Scheidungen, Arbeitslosigkeit, Krankheiten. Nichts an seinem Sterben war außergewöhnlich. Er war ein minderes Teilchen im Spiel von Werden und Vergehen. Der Tod war ein Allesfresser. Merkwürdige Gedanken. Ob ihm die paar Schlucke Bier schon zu Kopf gestiegen waren? Er fühlte sich wie in einem Traum, nur dass er als Einziger wach war, während alle anderen schliefen.

Fast wäre ihm entgangen, wie Wolle demonstrativ mit seiner leeren Bierflasche spielte. Er bot ihm noch eine an, einen Wodka dazu. Hatte Wolle die Ausstrahlung im Radio gehört? Der nickte und setzte zu einer zu dick aufgetragenen Lobrede auf seine Reportage an, wie wichtig sie war, was seine Freunde gesagt hatten, wie komisch es war, sich selbst im Radio zu hören.

Hahn lächelte vage und brummte an gebotener Stelle zustimmend. Dann erhob Wolle sich unvermittelt, bedankte sich wortreich für Obdach wie Alkohol, und schon war er aus der Tür. Perplex stand Hahn im Flur. Die plötzliche Stille schlug über ihm zusammen. Sein öffentliches Gesicht saß noch, immerhin.

Ein Schritt nach dem anderen. Der Besuch war überstanden, er war noch am Leben.

Hahn ließ seinen Blick durch die Wohnung schweifen. Großzügige Leere, davon hatte er schon in den elterlichen sechzig Quadratmetern in Bonn geträumt. Gemildert wurde die Strenge seiner Stahlrohrmöbel durch drei bunte Theaterplakate, die Isa ihm hatte rahmen lassen. Molières „Menschenfeind“, „Die Perser“ und von der Jelinek „Raststätte“. Zwischen den Fenstern ein Geburtstagsgeschenk von Fex, zwölf Polaroids, „Gaga Berlin“, kuriose Momentaufnahmen aufgereiht wie ein Storyboard. Sein Blick tastete die silberglänzende Einkaufstüte hinter Glas ab, die in großen goldenen Lettern *Mäßigung* schrie. Wehmütig betrachtete er das Regal mit den unzähligen Sendebändern, die sich im Lauf der Jahre angesammelt hatten. Er trat näher und nahm das gerahmte Foto seiner Mutter zur Hand, ein Schnappschuss. Mutter auf dem Balkon, der einzige Ort, wo sie frei walten durfte. Sie goss ihre geliebte Klematis und zeigte der Kamera ausnahmsweise das kleine Lächeln, das sonst nur ihr gehörte.

Hahn stellte das Bild sorgsam zurück. Ein Problem gab es noch: Vater. Musste er dem Choleriker, der ihm Kindheit und Jugend so sauer gemacht hat, reinen Wein einschenken? Zwei Jahre war es her, dass er ihn besucht hatte. Isa und er wollten zwei Wochen Spanienurlaub machen, und weil günstige Flüge nur noch ab Düsseldorf zu bekommen waren, hatte er am Nachmittag vor ihrem Abflug aus Pflichtgefühl einen Abstecher nach Bonn gemacht.

Wäre es nach ihm gegangen, er hätte diesen Proleten nie wiedergesehen. Seitdem er ihm die Lektion mit der Faust erteilt hatte, war der Mann ganz klein geworden. Sein Jähzorn, der so viele Jahre ihr Familienleben vergiftet hatte, machte einer Resignation Platz, die fast schwerer zu ertragen war. „Versöhne dich doch mit Vater, deine Verachtung bringt ihn noch ins Grab“, hatte Mutter ihn oft beschworen. „Er kann es nicht zeigen, aber er hält viel von dir.“

Versöhnt hatten sie sich nicht, aber einen Weg gefunden, mit desinteressierter Höflichkeit Klippen zu umschiffen. Sie sprachen über Urlaub, Sport und Ölkrisen, und weil Hahn in seinem Beruf viel Drolliges erlebte, gab es genügend Anekdoten, um den Eindruck eines Gesprächs vorzutäuschen. Sein Vater war zwar auf Normalgröße geschrumpft, aber gestorben war er nicht. Gestorben war Mutter.

Dass sein Vater höchstpersönlich zum Hörer griff, hätte ihn stutzig machen müssen. Er gehörte zu der Sorte Mann, die dem Telefon misstrauten und, wenn überhaupt, nur die allernötigsten Informationen in den Hörer knarzten. An dem bewussten Morgen aber hatte er wie ein Kind geklungen: „Du musst sofort her, die Frau ist krank. Kommst du? Bitte!“ Sein Vater hatte noch nie um etwas gebeten.

Hahn war gerade noch rechtzeitig gekommen, um seine Mutter bei Bewusstsein anzutreffen. Aplastische Anämie, Knochenmarksversagen mit lebensgefährlicher Verringerung der Blutzellen. Eine seltene Krankheit, deshalb hatten die Ärzte die Symptome Kopfschmerzen, Übelkeit, Müdigkeit, Gewichtsabnahme lange Zeit nicht ernst genommen. Mutter war immer schmal und blass gewesen, doch als ihre Haut von Kopf bis Fuß eine schneeweiße Färbung annahm und schon bei kleinster Berührung großflächige Blutergüsse entstanden, stellte man sie auf den Kopf. Zuerst nahm man ihr Blut unter die Lupe, dann das Knochenmark. Über all das verlor sie kein Wort. Die Ärzte teilten ihr mit, dass sie wegen des Verschwindens der weißen Blutkörperchen extrem gefährdet sei.

Eine Infektion könne innerhalb weniger Stunden oder Tage einen lebensbedrohlichen Verlauf nehmen. Man legte ihr dringend eine Knochenmarkstransplantation nahe, musste aber zugeben, dass die Erfolgsaussichten gering waren. Immer noch machte Mutter alles mit sich selbst ab. Mann oder Sohn um eine Knochenmarksspende zu bitten kam für sie nicht infrage. Eines Abends bekam sie über vierzig Grad Fieber, der Notarzt musste gerufen werden. Mit Blaulicht ging es ins Krankenhaus. Erst jetzt kam die Wahrheit über ihren Gesundheitszustand ans Licht.

„Warum hast du denn nichts gesagt, wir wären vielleicht als Spender kompatibel gewesen", flüsterte Hahn an ihrem Krankenbett.

Mutter schüttelte nur sacht den Kopf. Ganz geschrumpft sah sie aus, ihr Gesicht so weiß, dass es sich kaum vom Kopfkissen abhob. Mit einer fast nicht wahrnehmbaren Handbewegung bat sie ihren Sohn näher zu sich heran: „Kümmere dich um deinen Vater", wisperte sie. „Alleine kommt er nicht klar." Kurz darauf fiel sie ins Koma. Sie starb noch am selben Abend.

Lange konnte Hahn sich nicht entscheiden, ob sie angesichts ihrer Krankheit schwach oder stark gewesen war. Letztlich war die Frage überflüssig. Offensichtlich hatte sie sich nicht für wichtig genug erachtet, um gerettet zu werden. Sie hatte ihr Leben nicht gelebt, sie hatte es ertragen.

Auf eine perverse Art war er froh, dass Mutter seine Krankheit nicht miterleben musste. Die Ordnung der Welt stand auf dem Kopf, wenn Eltern ihre Kinder zu Grabe trugen. Ihr war dieser Kummer erspart worden, aber wie stand es mit Ludolf senior? Bei der Vorstellung, diesen verholzten Mann am Krankenbett ertragen zu müssen, stülpte sich ihm der Magen um.

Hahn fuhr zusammen, als es Sturm klingelte. Der Pizzabote, den hatte er ganz vergessen. Ein Türkenjunge federte die Treppe hoch, entschuldigte seine Verspätung mit dem Wolkenbruch und war schon wieder auf dem Weg nach unten. Hahn öffnete den Deckel des Pappkartons, stierte auf den Schinken, der sich am Rand schon wellte, die grauen Champignons und die fettig glänzenden Käseflatschen. Er schloss den Deckel und beförderte alles in den Mülleimer.

WOLLE

Ist herrlich gewesen gestern Abend. Hatte zwar was von Kochen nach Buchstaben – Avocado und Artischocke –, war aber so lecker, dass ich noch beim Aufwachen den Geschmack auf der Zunge habe. Die Artischocke in angemachtes Avocadomus gedippt: Meersalz, frische Chilistückchen, ein bisschen Koriander, ein halber Löffel Honig, das Ganze verlängert mit Wein. Im Grunde interessiert Kochen mich nicht besonders, aber wer gut essen will, muss halt kochen können. Ein guter Mensch bin ich vielleicht nicht, ein guter Koch schon. Schade nur, dass gerade noch eine halbe Flasche Wein da war.

Heute soll es heiß werden, nichts wie raus. Fragt sich nur, wohin? Vielleicht mal wieder Baustellen gucken. Potsdamer Platz, da bin ich lange nicht gewesen. Obwohl, Platz ist nicht mehr, das ist jetzt das größte Loch Europas.

Also Linienstraße lang, an der Ostplatte vorbei, dann Oranienburger, noch nuttenfrei um die Zeit. Die kommen frühestens nachmittags. Bei schönem Wetter kannst du die nackten Beine hochgucken bis ins Allerheiligste.

Dann Friedrichstraße, weiter mit der U-Bahn bis Möckernbrücke und runter zum Reichpietschufer, wo bis vor ein paar Jahren noch jedes Wochenende Flohmarkt war. Da bin ich oft gewesen, meine halbe Plattensammlung kommt da her. Singles fünfzig Pfennig, LPs zwei Mark. Sonst habe ich da selten was geholt. Viele Händler machten auf Privatverkauf, waren aber nur verkappte Profis. Klüger, bis Weihnachten zu warten, wenn die Kirchengemeinden ihre Basare machen. Die genieren sich schon, überhaupt Geld zu nehmen. Und die Sachen sind echt gut. Meinen Toaster hab ich daher, eine Eins-a-Thermoskanne und ein elektrisches Fußbad mit Entspannungsmassage.

Nach dem Mauerfall haben die Polen den Flohmarkt gekapert. Hieß dann auch Polenmarkt: keine Buden oder Tische mehr, sondern Tücher oder eine Matte auf den Boden und fertig. Alles ausgebreitet, was sich für Westgeld verscherbeln lässt: Selbst genähte Puppenkleidung, Nudeln, nachgemachtes Parfüm, Privatpornos und natürlich jede Menge Wodka und unverzollte Zigaretten. Kamen die Bullen, solltest du mal sehen, wie die gesprintet sind! Und die deutsche Mischpoke hat alles geklaut, was nicht niet- und nagelfest ist.

Dann wurden die Polen von den Baggern vertrieben. Erst ein Monsterloch, so weit das Auge reicht, dann überall Kräne, Kräne, Kräne. Aber was mich wirklich kickt, ist die Landschaft aus Armiereisen. Wie eine Raumstation im Science-Fiction. Könnte mich dran totgucken.

Und jetzt? Unsere Käseglocke futsch, und statt der Pupswärme kalter Wind wie in München nach Olympia, eine schweineteure Stadt und alles mit dem Kehrbesen raus, was nach Mensch riecht? Dann muss unsereins nach Wedding ziehen. Obwohl, da hab ich auch schon mal gewohnt, und so schlecht war's nicht.

Kurz vor dem Tiergarten das größte Loch, hier sollen irgendwelche Japaner bauen. Dahinter der Reichstag, aber den will ich nicht sehen. Wenn ich da länger hingucke, kriege ich *so* einen Hals. Lieber zum Humboldthafen, wo das wahre Herz des Potsdamer Platzes schlägt: das Logistikzentrum. Was die Jungs in den Containern da alles zaubern! Supercracks, wie sie die Abläufe eintakten. Allein die Masse Aushub, komplett per Lastkahn aus der Stadt geschifft. Ziemlich clever. Dann die Verteilung von Kies, Sand, Zement – Riesenmengen. Ultrakomplizierte Pläne für Anfahrt, Laden, Abtransport. Deutschland geht mir am Arsch vorbei, aber organisieren können die Deutschen. Logistik, Köpfchen, klarer Verstand – das kickt mich total, das hätte ich machen sollen, statt alles auf eine Karte zu setzen und zu verlieren. Aber hinterher ist man immer klüger.

Unten am Spreebogen hocke ich mich einen Moment ans Wasser. Seit dem Tropenregen gestern fühlt die Stadt sich wie Südsee an.

Hätte ich vielleicht nicht machen sollen gestern Abend, bei dem Hahn zu klingeln. Aber als der Guss runterkam, war ich nicht so weit von seiner Wohnung weg. Warum nicht, hab ich mir gedacht? Wenn er da ist, ist er da. Und ich könnte bei ihm unterkriechen.

Er war auch da. Ich wollte die Schuhe ausziehen, aber das war ihm nicht recht. „Tach, komm rein, schön, dich zu sehen." Höflich und freundlich, das schon, aber auf mich gewartet hat der bestimmt nicht. Bierchen gab's, Wodka sogar auch. Er: „Na, wie läuft's denn so?" Hab ich eben berichtet, dass ich ein paar Leuten Bescheid gesagt habe. Passiert ja nicht alle Tage, dass ich im Radio komme.

„Ach, schön, dass du Reklame machst", sagt er, guckt mich dabei aber nicht an. Wahrscheinlich auch einer von denen, die auf scheißfreundlich machen, solange sie was von dir wollen. Dabei wirkt er gar nicht wie ein Pappaufsteller. Eher normal. Ich hab in seiner Wohnung fast Panik geschoben. Altbau, Riesenzimmer, hohe Decke – und nichts drin. Nichts ist übertrieben, aber nur das Nötigste. Hat mich ganz hibbelig gemacht. Schrecklich, da kann man sich an gar nichts festhalten. Ein zweites Bier hab ich noch genommen, war aber dann froh, wieder in meine vier Wände zu kommen. Obwohl, geschmackvoll war seine Wohnung schon. Das Kleingeld dazu hat er ja, ist schließlich immer im Radio. Man kennt die Stimme.

Das hatte ich mir früher für mich auch so ausgedacht, ich wollte mir einen Namen machen. Einer sagte mal: Mensch, Wolle, du wärst der perfekte Typ für einen geilen Club! Hab ja wirklich mein halbes Leben in Kneipen und Dissen verbracht, oft als Zwischending aus Stammgast und Aushilfe. Für die Taxiklitsche, bei der ich die Bücher gemacht hab, war ich nun wirklich überqualifiziert. Es fing mit einer Barkraft an, die nicht erschienen war. Da bin ich eben eingesprungen. Wenn du ein guter Gast bist und deinen Verstand nicht weggesoffen hast, weißt du ziemlich genau, wie so ein Laden zu führen ist. Mir war von Anfang an klar, dass ich einen Club machen würde, wo es nur Kerzenlicht gibt. Damit war schon mal der Name da: Candlelight. Dazu rote und weiße Plastiksessel und -tische, an den Wänden zig runde Spiegel, so richtig schön spacig.

Plötzlich hieß es: In Schöneberg ist ein Laden zu haben, gute Lage, vergleichsweise preiswert. Micha, Sebbi und ich nichts wie hin. Die zwei hatten aber kein Geld. Ich schon. Sparsam war ich immer, hatte was zurückgelegt und kam mit dem Bausparvertrag, den meine Mutter vor hundert Jahren für mich abgeschlossen hatte, auf zwanzigtausend. Dann zur Bank, die noch mal zwanzigtausend drauf, und wir konnten die Räume übernehmen.

Bei der Eröffnung ging es ab. Volle drei Tage. Aber abhängen war nicht, ich musste mich ums Personal kümmern, Musik, Licht, Fässer anstechen, die Kundschaft bespielen, Bestellungen machen. Micha und Sebbi weniger. Es sollte ein Kollektiv sein, aber die machten lieber Party. Jede Nacht ging das so bis sechs, sieben morgens, dann weiter zu den Kollegen, die noch aufhatten. Fast immer auch ein paar Schnecken mit dabei, die es gern mit dem Chef von einem angesagten Club machen. Ein Sektchen hier, eine Nase da – das reichte.

Dann kam die Sache mit den Rockern. Ich hatte versucht, eine Politik der offenen Tür zu fahren. Die Rocker haben sich gefreut, dass sie irgendwo problemlos reinkommen, und für mich war das schließlich auch Kultur. Ja, ja, schon gut, ist wohl meine Liebe zu den Menschen, meine urchristliche Einstellung. Aber für mich gilt: Wer sich benimmt, ist willkommen. Die haben auch zunehmend untereinander für Ordnung gesorgt. Wenn einer ausgerastet ist, haben die anderen ihn vor die Tür gestellt. Passieren tut überall mal was. Wir hatten ein paar Prügeleien, und zwei Mal waren wir kurz davor, abgefackelt zu werden.

Mein Konzept ist von Micha, Sebbi und den meisten Angestellten nicht mitgetragen worden. Die hatten außerdem einen regen Drogenkonsum. Koks ist teuer gewesen in den Siebzigern, also haben sie sich selbst bedient. Die Kasse war wie ein offener Topf, es wurde überhaupt nicht kontrolliert. Wir haben nicht gebongt und nicht abgelitert. Schön blöd, aber für mich war es das Grundvertrauen, das ich allen entgegenbringen wollte.

Klar, es gab Leute aus London oder New York, die waren vierzehn Tage in Berlin, davon vierzehn Nächte bei uns. Aber unterm Strich war es ein Fehlschlag auf ganzer Linie. Bei den ersten Schwierigkeiten hätten wir anfangen müssen, einen Käufer oder neuen Pächter zu suchen, jemand, der den Namen weiterführen will. Heute würde ich so einen Betrieb auch anders führen, aber damals …

Dann haben Micha und Sebbi mich sitzen lassen. Kein eigenes Geld drin, aber die Musikanlage und sämtliche Schallplatten mitgehen lassen! Ich hab's dann noch anderthalb Jahre durchgezogen, mehr schlecht als recht.

Eines Tages stand der Gerichtsvollzieher auf der Matte: alles dicht. Natürlich war das keine Überraschung. Ich hab's gewusst, bin nur immer weiter nach unten gerutscht. Versucht habe ich schon noch was. Gleich hin zur Bank, meinen Kredit verlängert: „Ich bin zahlungsunfähig und bitte um Aufschub, ein Moratorium für acht Monate." Moratorium – heißes Wort, was? Ich hatte auf eine Umschuldung zum Ratenkredit spekuliert, aber da war nichts zu machen. Ich hätte ja keine Sicherheiten. „Dann bin ich auch nicht zahlungs*willig*", habe ich gesagt. Eidesstattliche Versicherung, und ich bin eben nicht mehr geschäftsfähig, auch egal.

Auf meiner Rechnung stehen jetzt vierzigtausend Miese. Anfangs waren es nur zwanzigtausend, aber wegen Zinsen und Mahngebühren hat sich das verdoppelt. Tröstlich wenigstens, dass jeder Titel nach dreißig Jahren verjährt. Zehn Jahre noch, dann kann ich … wollte schon sagen: neu anfangen, das wohl nicht. In zehn Jahren bin ich sechzig. So ist es nun mal.

Ich sollte los, kann ja nicht den ganzen Tag an der Spree vertrödeln. Und Hunger habe ich auch. Vielleicht in den Wedding zum Essenfassen? Müsste ich nur wieder am Reichstag vorbei, den gerade ganz Berlin umkreist wie das Goldene Kalb. Keine Zeitung, kein Fernsehen ohne die verpackte Kiste. Oh! Ah! Uh! Das Wunder von Berlin! Von wegen Wunder: Die haben Leute gesucht, die den Besuchern Auskunft geben, kommen ja Massen jeden Tag. Man kriegt ein T-Shirt mit Aufdruck, dazu eine Umhängetasche mit Infoblättern, darf auch mal Schnipsel von dem silbernen Verhüllungsmaterial verschenken, insgesamt eine Million. Zeit hatte ich ja, Lust auch. Die aber nicht. „Ach, vielen Dank, kein Bedarf mehr.“ Komisch, sag ich, links und rechts werden Leute genommen, warum ich nicht? Nach langem Rumgedruckse kam dann schließlich: Ich wasche mich nicht, ich stinke.

Was denken die sich eigentlich? Sind die was Besseres? Egal. Übersehen lässt sich das Trumm zwar nicht, aber ich kann ja bis zur Weinmeisterstraße einen großen Bogen drumrum machen. Von da mit der U-Bahn in die Bernauer. Eigentlich darf ich mir da nichts mehr zu essen holen, aber in meinem Ausweis steht als Adresse immer noch Wedding, obwohl ich jetzt in Mitte wohne.

Im alten Kiez hat sich nicht viel verändert. Die ganze Straße lang zehnstöckige Klötze in Orange und Braun, komplett Siebziger. Die Pavillons davor waren bis zum Mauerfall vermietet, jetzt stehen sie leer. Es gibt nur noch das Nötigste: Tabak, Döner, Automatenkasino, Getränkemarkt. Alles Morgenland hier, sind noch mehr Türken da als früher. Ich hatte die immer gern, besonders die Musik. Hab sowieso nicht ungern hier gewohnt. Bis die Ratten kamen, dünn und bissig. Der Pissegestank in den Fluren, der Krach, der Dreck – geschenkt. Aber Ratten? Im dritten Stock? Das geht nicht, da hab ich Theater gemacht.

Es war dann kein Problem, schnell was in Mitte zu kriegen. Wenn ich sage, wo ich wohne, meinen die Leute, ich wäre reich. Die haben die Linden im Kopf oder die Hackeschen Höfe. Kaum einer weiß, dass Mitte, das Mitte, wo die normalen Leute wohnen, einer der ärmsten Berliner Bezirke ist. Ich habe zwar nur ein Zimmer, und auch nur Hinterhof Parterre, aber immerhin ohne Ratten. Deswegen habe ich meine wöchentliche Lebensmittelration auch gestern schon in Mitte besorgt. Aber wie gesagt: Wedding geht auch noch, ich muss ja nicht päpstlicher sein als der Papst. Gut in der Zeit bin ich. Es empfiehlt sich nämlich, eine Stunde vor der Essensausgabe vor Ort zu sein, weil zuerst die guten Sachen weg sind. Wer nicht zeitig aus der Poofe kommt, falls er eine hat, ist angeschmiert.

Sonst steh ich ja nicht so drauf, aber an einem so drückenden Tag wie heute ist es ein Glück, dass die Verteilung von der Kirche übernommen wird. Der Kirchenraum ist angenehm kühl, man sitzt nur ein bisschen hart auf den Holzbänken. Hat sich mächtig geändert, wer hier so aufläuft. Früher waren es Obdachlose, Säufer, Junkies, aber seit die Mauer weg ist, kommen auch andere. Die erkennt man sofort. Stehen blass am Rand und versuchen sich unsichtbar zu machen. Eine hübsche junge Frau ist auch dabei, explodierte rote Locken. Der ist vielleicht die Fabrik unterm Arsch abgewickelt worden, oder sie hat einfach nur drei Kinder, das reicht auch.

Die Rothaarige erinnert mich an Irene. Ist schon eine Weile her, dass wir uns gesehen haben. Wahrscheinlich hat sie es persönlich genommen, dass ich sie nicht in meine Wohnung lassen wollte. Mal sehen, wenn es hier flott geht, guck ich noch am Helmholtzplatz vorbei, ob sie da abhängt.

Wenn der Pfarrer die Leute begrüßt, geht es los. Nummern werden aufgerufen, aber bevor man sich bedienen darf, muss ein Wisch unterschrieben werden. Es gibt zwar auch frische Sachen aus Bäckereien und Restaurants, aber viele Lebensmittel sind über dem Verfallsdatum. Das geht meistens klar. Im schlimmsten Fall kriegt man die Kotzerei oder Scheißerei. Mit der Unterschrift wird bestätigt, über die Risiken aufgeklärt worden zu sein. Dann geht es neben dem Altar in einen Nebenraum, wo die Waren lagern. Immer komisch, wenn es in einer Kirche wie im Supermarkt riecht.

Kein Glückstag heute. Eher das Übliche: Brot und Obst in Abfallqualität satt, eben das, was sonst weggeworfen würde. Da muss man großzügig abschneiden, darf nicht zimperlich sein. Dann haufenweise tote Salate, abgelaufene Joghurts und heute auch Berge von kleinen, extrem harten roten Äpfeln. Immer noch besser als die matschigen Pfirsiche und angeschimmelten Weintrauben, von denen man sofort drei Viertel wegschmeißen kann.

Im Wedding gibt es selten Gemüse, in Mitte schon eher. Butter, Aufschnitt und Fleisch gar nicht, weil sie hier keine Lagerkapazitäten haben, beziehungsweise keine Kühlräume. Beklagen tue ich mich nicht, ich bin froh, dass ich überhaupt was finde. Manche können sich nicht mal was zum Kochen holen, weil man ihnen Gas oder Strom abgestellt hat.

Ich nehme Kartoffeln, Champignons und die harten Äpfel, da kann ich Kompott draus machen, zwei Maiskolben dazu. Bisschen Butter drauf, das kommt gut. Eine drei viertel Plastiktüte voll, nicht gerade reiche Beute, aber eigentlich dürfte ich hier ja gar nicht anstehen. Eigentlich dürfte ich auch aus einem anderen Grund nicht hier sein: Im Prinzip lehne ich die Armenspeisungen und Lebensmittelausgaben nämlich ab. Sie verschleiern die Armut. Aber ich brauche sie.

Draußen ist es inzwischen so bullig heiß, dass ich nicht direkt zum Helmi kann, ich muss erst den Kram im Kühlschrank verstauen. Ein kühles Bier wäre auch nicht schlecht. Ziemlich gut, davon runter zu sein, schon morgens was zu zischen. Momentan bin ich auf frühen Nachmittag. Ja, okay, später Mittag. Bald schaffe ich es bis zur Dämmerung. Komplette Abstinenz aber nicht, irgendeine Freude muss der Mensch ja haben. Klar bin ich abhängig, das lässt sich nach fünfunddreißig Jahren Alkoholmissbrauch nicht vermeiden. Aber guck dir mal die Bauarbeiter an oder sonst wen: Die sind es auch, nur wissen sie es nicht.

Wenn ich keinen Stoff habe, schwitze ich wie ein Schwein, die Hände zittern ein bisschen, ich kann nicht schlafen. Ist aber schon viel besser als nach der Pleite mit dem Candlelight. Da kam ich nicht drüber weg, wie die lieben Mitarbeiter mich abgelinkt haben. Bis heute weiß ich nicht, ob der Barkeeper mit der letzten Wochenendeinnahme durchgebrannt ist oder wirklich beklaut wurde, wie er behauptet hat. Die haben mich komplett hängen lassen, alle Mitarbeiter, alle Freunde. Die haben sich, als ich pleitegegangen bin, richtig gefreut: Ätschbätsch!

Damals bin ich in meine Wohnung, Tür hinter mir zugeschlagen, und habe sie vier Jahre nicht verlassen. Nur noch zum Alkholen. Im Intershop auf dem Bahnhof Friedrichstraße kostete der Wodka nur vier Mark. Das war meine Hauptbeschäftigung, bedröhnt in der Ecke hocken und Wunden lecken. Ich habe mich um nichts gekümmert, auch keine Post mehr aufgemacht. Ständig kam der Gerichtsvollzieher, aber was konnte der schon pfänden? Die letzte Gerichtsvollzieherin ist gar nicht mehr in die Wohnung gekommen. Sie ist einfach in der Tür stehen geblieben, hat Stielaugen gemacht und von da aus geredet. Sie fand die Wohnung unzumutbar, verwahrlost.

Wahrscheinlich hätte ich mich langsam dumm gesoffen, aber ich bin zu fett geworden, hab nicht mehr in meine Kleider gepasst, brachte bestimmt so hundertzwanzig, hundertdreißig Kilo auf die Waage. Als ich die Schuhe nicht mehr zubinden konnte, hab ich angefangen, wieder vor die Tür zu gehen. Spazieren, schwimmen, abnehmen. Mehr raus, weniger trinken. Hatte auch genug Wunden geleckt all die Jahre. Dass ich nicht mehr in die Klamotten passte, war nur der Auslöser.

Eine Zeit lang habe ich dann schwarz geputzt, war auch in ein paar Arbeitsbeschaffungsmaßnahmen. Als ich auf die vierzig zuging, kam die große Panik: Da sitzt du auf deinen dicken Schulden und bist ganz allein. Eine richtige Beziehung hatte ich noch nie, war nie mit jemand ein Paar. Ich hatte mich also angestrengt, auf dem zweiten Bildungsweg das Abi nachzumachen, aber zu oft geschwänzt. Dann eine Ausbildung zum Industriekaufmann angefangen, dieses Mal ernsthaft. Und abgeschlossen.

Dann habe ich sogar jemand kennengelernt. Sie saß nachts in einer Kneipe am Nolli. Junkie, okay, aber groß Ansprüche stellen konnte ich nicht. Mo war zwar spindeldürr, aber Augen hatte die wie das Meer. Die große Liebe war es nicht, außer wenn wir Schnaps intus hatten, aber wenigstens war da jemand. „Bist intelligent", hat sie immer gesagt. „Intelligenz ist mehr wert als alles andere. Dicke Titten oder eine geile Fresse vergehen, aber wer weiterkommen will, braucht Köpfchen." Mo war mal da und mal nicht. Kam aber immer wieder zurück. Guckte dann aus ihren blauen Augen, und gut war. Zwei Jahre ging das so. Mit meiner Intelligenz war es in Wirklichkeit nicht so doll: Sie hat mich beklaut, ziemlich gewieft sogar. Manchmal brachte sie Fremde mit, und hinterher immer Chaos in der Bude. Da fiel es nicht so auf, wenn ein Zwanni fehlte. Wenn doch, waren es eben die Junkie-Typen gewesen. Richtig kapiert habe ich das erst, als ich sie endgültig rauswerfen musste. Zwei Kumpel waren mit ihr aufgeschlagen, und mit dem einen hat sie mich betrogen. Die klassische Nummer, heimlich auf dem Klo. Auf meinem Klo. Egal, ich war ja sowieso immer allein gewesen.

Bei einer Montagefirma in Ostberlin war ich dann im Einkauf tätig. Für wenig Geld, aber immerhin drei Jahre. Die konnten nach der Wende nicht mithalten und gingen pleite. Danach hab ich nichts mehr gefunden. Mal Schulungen, mal Probezeit, mal ABM, aber im Grunde bin ich seit dreizehn Jahren wieder arbeitslos.

Bei uns im Hausflur ist es wunderbar kühl. Im Briefkasten steckt eine Benachrichtigung, dass ich eine Lampe gewonnen habe, die man an Bücher klemmen kann. Ich nehme regelmäßig an Preisausschreiben teil, allerdings nur an solchen, bei denen man keine Postkarte braucht. *Gebühr bezahlt Empfänger* lautet das Zauberwort. Ein Salatbesteck habe ich schon gewonnen, eine Riesentonne Waschpulver, ein CD-Set von irgendeiner Italocombo, ein Strandtuch, sieben Kuchengabeln, ein Set mit Vierkantschlüsseln. Kleidung ist mir am liebsten, wie das T-Shirt von der „taz", das qualitativ beste in meinem Kleiderschrank und fair gehandelt. Das Tollste aber war eine Dauerkarte für ein Science-Fiction-Filmfestival. Seit zwanzig Jahren war ich das erste Mal wieder im Kino. Da habe ich mir eine Woche lang jeden Tag drei, vier Filme reingezogen.

In der Bude steht die Luft, kaum auszuhalten. Ich stopfe die Lebensmittel in den kleinsten der Kühlschränke. Auspacken und sortieren kann ich später. Schnell den Kopf unter den Wasserhahn gesteckt, herrlich. Beim Blick in den Spiegel fällt mir auf, dass ich dringend einen Haarschnitt brauche.

Mit dem Haareschneiden zu lange gewartet zu haben rächt sich jetzt. Nicht, dass ich wie ein Öko aussehe, aber bei allem über anderthalb Zentimeter versagt meine Haarschneidemaschine. Friseursalons sind unbezahlbar. Also muss jetzt wirklich Irene ran, die macht das richtig gut. Einmal mit der Schere durch, dann kann ich wieder selber drüber mit der Maschine.

Hier müsste dringend mal gelüftet werden, aber wenn ich gleich weiter zum Helmi will, muss es reichen, zwei Oberlichter zu öffnen. Das mache ich ungern, hat mir letzten Sommer ziemliche Probleme gebracht: Wir hatten eine Benachrichtigung im Kasten, dass ein spanischer Investor das Haus übernehmen und an einem bestimmten Tag sämtliche Wohnungen angucken wollte. Die standen aber schon vier Wochen vor der Zeit auf der Matte. Zwei jüngere Frauen. Sie haben geklingelt, geklopft und nicht damit aufgehört, eben weil ein Oberlicht offen stand. Ich war zwar da, hab aber nicht aufgemacht. Bis zu dem angegebenen Termin hätte ich schon noch ein bisschen aufgeräumt, aber so? Ich also auf tot gemacht, die Tussen weitergebollert, bestimmt eine Stunde lang. Vom Sofa aus habe ich gesehen, wie sie immer wieder versucht haben, in die Wohnung zu linsen. Dann sind sie weggegangen. Es dauerte nicht lange, dann kamen sie mit zwei Uniformierten zurück. Die leuchteten mit einer Taschenlampe in die Wohnung. Ich lag auf dem Sofa und hab mich nicht gerührt. Dann haben sie gerufen, immer wieder, ich solle mal zum Fenster kommen. Das hab ich dann auch gemacht. War wie im Film. So ein Berliner Eingeborener mit aufgezwirbeltem Kaiser-Wilhelm-Schnurrbart: „Entschuldigen Sie bitte die Störung, aber wir sind gerufen worden, weil sich hier in der Wohnung möglicherweise eine hilflose Person befindet. Sie frönen wohl der Sammelleidenschaft? Personen in stark möblierten Wohnungen sind unserer Erfahrung nach besonders gefährdet."

Ich hab mir vor Lachen fast in die Hose gepullert. War das nicht eine tolle Formulierung? Stark möbliert! Dazu der Typ mit seinem Kaiserbart. Das war ein echtes Erlebnis. Erst dachte ich natürlich: Alles nur ein Trick von den Frauen, damit sie die Wohnung inspizieren können. Wenn sie den Bullen sagten, da wäre eine hilflose Person, dann müssten die handeln. Vielleicht stimmte das aber nicht, denn hinterher hatte ich gehört, jemand im Haus hätte sich umgebracht. Konnte also wirklich Sorge gewesen sein.

Stark möbliert – so kann man es auch sagen. Außer in der Küche ist alles hoch wie breit total zugestapelt. Na ja, in der Küche stehen drei Kühlschränke, aber ich finde da zum Kochen und Essen noch gut Platz. Im Zimmer ist das anders: Momentan gibt es nur einen Gang durch den Raum. Nicht so lange her, da hatte ich noch zwei. Zurzeit gibt es nicht mal mehr einen Platz, wo ich meine Yogaübungen machen könnte.

Auf jeden Fall bin ich für alles gerüstet: Wenn die Kaffeemaschine kaputtgeht, habe ich mindestens zweieinhalbmal Ersatz, wenn der Wasserhahn tropft, stehen professionelles Klempnerwerkzeug und Armaturen zur Verfügung, und wenn ich Lust hätte, könnte ich auf vier Schreibmaschinen gleichzeitig klappern. Es gibt jede Menge zu lesen, vom Werbeprospekt bis zu einer halben Enzyklopädie. Ich sammle Blechdosen, Sofakissen, Plastikeimer, Stoff, Tupperware, Flaschen, Vasen, Elektronikabfall und so weiter. Die drei kaputten Fernsehapparate nehmen zwar viel Platz weg, aber zum einen bräuchte ich jemanden, der mir hilft, sie rauszuschleppen, zum anderen müsste ich den Weg dorthin erst mal freischaufeln. Momentan könnte ich von der Psyche her sogar aufräumen, aber mir fehlt die Zeit. Egal, irgendwann krieg ich das hin. Heute ist es sowieso zu warm. Lieber mache ich mich zum Helmi auf, ist schattig dort unter den Bäumen, und oft trifft man auch einen. Irene zum Beispiel.

Wenn ich drüber nachdenke, müsste ich eigentlich ein reguläres Gehalt beziehen. Die Logistik, von den paar Kröten im Monat zu leben, und gut zu leben, ist nämlich ein Job für sich. Zuerst habe ich mir eine Musterrechnung gemacht: Für die Miete sorgt das Amt. Davon abgesehen trudeln jeden Monat Strom-, Gas- und Telefonrechnung ein, dann zwei Versicherungen und die neunundzwanzig Mark für das BVG-Abo, „Gelbe Karte S". Ich habe eine Zeitschrift abonniert und bin neuerdings in einem Sportverein. Nach staatlicher Vorgabe soll ich für größere Ausgaben etwa fünfunddreißig, vierzig Mark im Monat zurücklegen. Für Haushalt, Essen, Trinken, Wäsche, Kleidung und Kultur bleiben so etwa dreizehn Mark pro Tag.

Allein das mit dem Konto ist trickreich, denn ohne bist du kaum handlungsfähig. Wenn du bar einzahlst, musst du jedes Mal Überweisungsgebühren blechen. Das läppert sich, da hast du schon wieder Geld verloren. Ich suche mir also eine Bank, wo Überweisungen frei sind. Das Problem ist, überhaupt eine Bank zu finden, die aufgrund der Einträge bei der Schufa ein Konto nicht verweigert, beziehungsweise nicht deswegen gleich die doppelte Kontoführungsgebühr verlangt. Dann gibt es Konten, die erst ab einem monatlichen Mindesteingang von tausend Mark kostenlos sind. Hab ich natürlich nicht. Also simuliere ich den Mindesteingang, indem ich das Geld, das vom Amt kommt, vom Konto aufs Sparbuch und vom Sparbuch aufs Konto schiebe. Früher, als die noch nicht auf unbarem Zahlungsverkehr bestanden, bin ich zum Schalter, hab mir das Geld auszahlen lassen, es sofort wieder eingezahlt, dann wieder auszahlen lassen und wieder eingezahlt, bis die nötige Summe zusammen war. Heute lasse ich mir den größten Teil des Geldes in Zehnmarkscheinen geben, den Rest in Ein- und Zweimarkstücken. Bei mir in der Küche liegt ein Profi-Terminkalender, bei dem man die ganze Woche im Blick hat. Mit Tesafilm klebe ich auf jedes Tageskästchen einen Zehnmarkschein, so komme ich nicht in Versuchung. Daneben notiere ich meine Termine: Behördenbesuch, Arbeitsamt, Arzt, Sportgruppe. Ist also nicht so, dass ich nichts zu tun hätte. Manchmal muss ich mir auch selbst ein Darlehen geben. Wenn es zum Beispiel irgendwo einen Sonntagsverkauf mit zehn Prozent Rabatt auf alles gibt, muss man zuschlagen.

Auf der Schönhauser mache ich kurz bei Netto halt, um Prospekte abzugreifen. Am Eingang liegen aber nur die Angebote von letzter Woche, die habe ich schon. Am besten ist es, wenn die Prospekte mit dem Briefträger kommen. Leider stecken die meisten als Beilage in der Zeitung, das ist mir zu teuer. Deswegen checke ich Papierkörbe und Wartehäuschen an Bushaltestellen, da liegen oft ausgelesene Zeitungen rum.

Mit den paar Pfennigen hinzukommen ist keine Frage von Kunst, sondern von Köpfchen. Die Miete macht den größten Brocken aus, aber dafür gibt es Wohngeld. Schwieriger ist es mit Essen und Trinken. Wer da keinen Plan hat, kriegt Probleme. Ich bin von Haus aus Non-Konsumist und versuche nichts zu kaufen, für das heftig geworben wird. Außer bei Sonderangeboten, versteht sich. So ziehe ich nichts mit einem Logo an, außer wenn es sich abtrennen oder übermalen lässt. Na ja, Ausnahme ist mein gutes „taz"-T-Shirt, aber egal. Inzwischen bin ich Spezialist für No-Name-Produkte, die billig, aber gut sind. Ich könnte Geld damit verdienen, Leuten einmal im Monat Einkaufstipps zu schicken, eine Broschüre auf Abobasis. Eine andere Idee wäre ein Kochbuch für Arme.

Wer sich von Markenartikeln verführen lässt, hat schon verloren. Selbst im Angebot kosten die das Doppelte oder Dreifache von No-Name-Produkten. Aber auch Sonderangebote haben einen Haken: Sie sind genauso begrenzt wie Tonnenwühlen oder Lebensmittelspenden. Letztens habe ich bei REWE einen Zehn-Kilo-Sack Kartoffeln geholt, das war geil, aber es gab insgesamt nur zwei davon. Und natürlich kann man sich die Sorte nicht aussuchen, den Geschmack, die Größe, die Kocheigenschaften. Man muss es nehmen, wie es kommt. Hier liegt auch das Problem mit meiner Broschüre für Arme: Je öffentlicher so was wird, desto mehr Leute müssen es sich teilen.

Die Grundregel lautet: Bei allem, was billig oder lange haltbar ist, sofort zuschlagen: Pfefferminztee, Nudeln, haltbare Schlagsahne, Kartoffelpüree. Sachen mit Verfallsdatum sind komplizierter. Mittlerweile ist Fleisch fast billiger als Gemüse. Man muss sich nur anschauen, was Brokkoli kostet. Vorsicht ist auch angesagt, wenn Kartoffeln vom Discounter spottbillig angeboten werden, du aber wegen der schlechten Verarbeitung und fehlerhafter Stellen ein Viertel davon in die Tonne treten musst. Dasselbe gilt auch für Fleisch, da ist manchmal die Schweinerolle aus der Schulter ohne

Knochen und Schwarte für drei Mark günstiger als die mit Knochen und Schwarte für zwei.

Auf eine perverse Art macht mir die Pfennigfuchserei sogar Spaß. Kommt bestimmt von meiner Mutter. Die lebte als Nachkriegstraumatisierte genauso sparsam wie ich jetzt. In allen Trinkgläsern war mal Senf gewesen, jeder Teebeutel wurde dreimal aufgegossen, jeder Brotrest zu armer Ritter oder Paniermehl verarbeitet. Hätte ich als Kind nicht ihre Sparküche mitbekommen, ich könnte heute nicht so haushalten. Im Prinzip lebe ich ja wie nach dem Krieg. Außerdem mag ich diese Bettelmönchphilosophie, Franziskus, Diogenes, die sind irgendwie Vorbilder. Besitz an sich ist mir nie wichtig gewesen. Früher habe ich manchmal fünfhundert Mark nur für Lebensmittel ausgegeben, aber auch die Reste von Tabletts in Fast-Food-Restaurants gegessen, kein Problem. Die einzige Motivation, noch mal an so was wie Geldverdienen zu denken, ist die Fressabteilung vom KaDeWe. Und einmal im Leben ein Drei-Sterne-Restaurant.

Ich hab ein Händchen fürs Haushalten, bin wahrscheinlich der einzige Mensch in Deutschland, der mit der Stütze hinkommt, aber manchmal knirscht es doch. Wenn zum Beispiel die Lebensmittelpreise anziehen, merke ich das sofort. Man muss aber einfach nur alt sein und nicht mehr gut zu Fuß, dann hat man schlechte Karten. Ich kann zur Lebensmittelausgabe oder von Laden zu Laden latschen, bis ich das billigste Angebot finde. Ich gehe zur Bahnhofsmission oder zur Suppenküche im Franziskanerkloster Kartoffelbrei holen, Nudeln mit was drauf oder eben Suppe. Alte Frauen mit Wasser in den Beinen schaffen das nicht. Wenn du dann keinen hast, der billig für dich einkaufen geht, bist du gezwungen, dein Geld im nächsten Kaiser's zu lassen. Das sind dann die Leute, die abends im Dunkeln sitzen, um wenigstens Strom zu sparen. So verbringen die ihre letzten Tage.

Sogar kulturell bin ich ein bisschen auf dem Laufenden. Bei den Museen Preußischer Kulturbesitz ist der Eintritt frei. Manchmal gehe ich zur Erfrischung durch die Neue Nationalgalerie. Ich guck mir nicht groß die Ausstellung an, laufe nur die Gänge auf und ab und finde das schön. Dass unsereins umsonst reinkommt, wird aber nicht bekannt gemacht. An der Kasse ausgeschildert sind nur der normale und der ermäßigte Eintritt, aber wenn man seinen Sozialausweis vorlegt, bekommt man ein Ticket mit dem Aufdruck 0,00 DM.

Quer über die Danziger und rauf auf den Helmholtzplatz, ein großer, rechteckiger Platz mit alten Häusern und viel Grün. Es gibt Turngeräte für die Kinder, Bänke, sogar eine Bedürfnisanstalt. Wenn ich hier wohnen würde, hätte ich viel Gesellschaft. Obwohl, ist nicht immer vom Feinsten, was sich da versammelt, eine Menge Typen ohne Unterkunft, viele knapp davor.

Vorn beim Sandkasten halte ich nach Irene Ausschau, da ist sie gern, momentan aber nicht. Ich würde sie schon von Weitem erkennen. Sie wollte sich die Haare rot färben, es ist aber irgendwie ein Orange draus geworden, mit dem man den Verkehr aufhalten kann. Irene und ich haben uns bei der Bahnhofsmission kennengelernt. Ich war da zum Essenfassen, sie wegen einer Frauengeschichte. Die konnten ihr nicht helfen, aber ich. Von früher kannte ich noch eine Ärztin in Kreuzberg, die samstagnachmittags Leute ohne Geld behandelt. Ich weiß nicht, ob es ein Gnadenfick war, jedenfalls sind wir anschließend zu ihr und haben es gemacht. Ungewohnt. Einen Adoniskörper habe ich nicht mehr zu bieten. Sie auch nicht. Ein bisschen aufgeschwemmt vom Alk, aber immer noch eine gut aussehende Frau. Seitdem treffen wir uns manchmal ohne Verabredung, nur wenn es sich ergibt. Ich weiß, dass sie oft zum Helmi kommt, und wenn ich Lust habe, sie zu sehen, versuche ich hier mein Glück. Manchmal lässt sie mich ran, manchmal nicht. Egal, ich rede auch gern mit ihr.

Am Pissoir sitzen ein paar Bekannte, gleich zwei Bänke voll. Ich mag die nicht besonders, immer nur Zank und Streit. Aber manchmal braucht man Gesellschaft, und wenn sie noch nicht komplett dicht sind, kann man sich mit denen sogar unterhalten.

„Die Irene? Gestern. Gestern war die da. Heute noch nicht gesehen. Kommt aber bestimmt noch. Setz dich doch."

Keine Lust auf die Typen heute. Einmal noch gehe ich zum Sandkasten, und da sehe ich was orange aufleuchten. Irene kommt.

Austern, Champagner, Gnadensex

Um fünf in der Früh ist Hahn hellwach. Die Angst vor der Bronchoskopie hatte ihn aus dem Schlaf gerissen, der diesmal nicht tief und traumlos, sondern durchwirkt war von Bildern abstruser medizinischer Apparaturen.

Das Krankenhaus, in dem die Untersuchung stattfinden sollte, lag im Norden der Stadt. Er nahm ein Taxi. Geld spielte jetzt keine Rolle mehr, der Tod hatte auch seine guten Seiten. Vom Empfang wurde er in ein Krankenzimmer dirigiert, wo er sich ausziehen und in eins dieser hinten offenen Krankenhaushemdchen schlüpfen sollte. Mit klopfendem Herzen streckte er sich auf dem Bett aus, deckte sich aber nicht zu. Der Guss des gestrigen Abends hat so viel Feuchtigkeit in die Stadt geschwemmt, dass ihm schon zu dieser frühen Stunde Schweißperlen auf der Oberlippe standen. Angstschweiß war wohl auch dabei.

Er war zwar nur ambulant hier, brauchte aber Zimmer und Bett, bis er aus der Narkose aufwachte. Ein mürrischer polnischer Pfleger betrat den Raum, ohne anzuklopfen, und rollte ihn mitsamt Bett auf den Flur. Vor dem Aufzug kam ihnen ein weiteres Bett entgegen, darauf ein rotgesichtiger alter Mann, der mit fleischloser Vogelkralle sein Betttuch bis ans Kinn zog. Es ging abwärts. Während der Pole ihn im Kellergeschoss durch einen schmalen Gang bugsierte, wünschte Hahn sich inständig, schon sediert zu sein. Oberirdisch wirkte das Gründerzeitgebäude wie eine Schule, der Keller aber war Transsylvanien. Auf dem Rücken liegend, sah er ein düsteres Kreuzgewölbe aufragen.

An der Tür des Operationssaals wurden sie von einer Anästhesistin erwartet, jünger als Hahn und sehr hübsch. Er straffte sich und zauberte seine Grübchen ins Gesicht. Der Pfleger parkte sein Bett parallel zum Operationstisch und bat ihn, rüberzurutschen. Hahn war darauf bedacht, sich keine Blöße zu geben.

„Danke, Leszek", lächelte die Ärztin den Polen an, der puterrot anlief. Dann wandte sie sich Hahn zu: „Guten Morgen. Ihre erste Bronchoskopie?"

„Nee. Weil's so schön ist, jeden ersten Mittwoch im Monat."

„Na klar, die Stimme!", rief sie. „Ich wusste doch, dass ich Ihren Namen von irgendwoher kenne, aber auf das Radio bin ich nicht gekommen. Was Ihre Untersuchung betrifft: Keine Angst, Sie werden nur ein bisschen träumen."

„Ich bin schon dabei." Dann fiel ihm noch etwas ein: „Tut die Lunge hinterher … weh?"

„Nein, vielleicht wird Ihr Hals ein wenig gereizt sein, das ist aber alles. Der Chirurg fährt mit einem Bronchoskop durch Rachen und Hals in einen Lungenflügel. Über einen Arbeitskanal gibt er ein bisschen Wasser ein und saugt es wieder ab. Das ist die Probe für die Bakteriologie. Und das wär's auch schon."

„Sie glauben gar nicht, wie mich das beruhigt."

Die Ärztin lachte und hielt ihm eine Art Inhalator hin. „Einmal weit aufmachen, bitte."

Hahn öffnete den Mund und saß kurz darauf keuchend aufrecht, einen Geschmack auf der Zunge, als hätte er einen halben Liter Haushaltsreiniger geschluckt. „Scheiße", rief er mit hochrotem Kopf. „Was war das denn? Können Sie mich nicht vorwarnen?"

„Tut mir leid, aber bei einer Warnung verkrampfen Sie zu sehr. Das ist eine zusätzliche Betäubung, damit unterdrücken wir den Schluckreflex."

Stöhnend ließ Hahn sich auf den Behandlungstisch zurückfallen.

Mit einem beherzten „Dann woll'n wer mal" betrat ein großer, hagerer Mann im grünen Kittel den Raum und stellte sich als Dr. Wroblewski vor. Ulkige Erscheinung. Gesicht wie ein Kamel, Augen wie ein Labrador.

„Haben Sie Angst, dass ich Ihnen weglaufe", fragte Hahn mit belegter Stimme, als die Anästhesistin sein rechtes, der Arzt sein linkes Handgelenk mit breiten Lederbändern am Operationstisch festschnallten.

„Man weiß nie", gab der Arzt zurück. „Ich habe da so meine Theorie: Bei dieser leichten Form von Narkose offenbaren einem viele Menschen ihr wahres Ich."

„Wie das?"

„Die Betäubung ist ein bisschen wie schlafen. Sie sind nicht komplett weggetreten, können noch reagieren, auch wenn sie sich hinterher an nichts erinnern. Scheinbar entspannte Kunden erweisen sich da manchmal als äußerst renitent, wohingegen manche Angstpatienten vollkommen fügsam sind. Letztens hatte ich einen guten Bekannten hier, den ich nur als friedliebenden Zeitgenossen kenne, aber in der Narkose hat er sich wie ein störrischer Esel gewehrt."

„Eine Portion Selbsterkenntnis gibt es also gratis obendrauf?"

Der Arzt lachte und legte dabei große gelbe Zähne frei. Während er einen Sensor an Hahns Zeigefinger steckte, um den Sauerstoffgehalt des Blutes im Blick zu haben, setzte die Narkoseärztin ihm eine Spritze. Hahn wurde ganz anders. Wie süß sie war! Sie bemerkte seinen Blick und schenkte ihm ein aufmunterndes Lächeln. „Und jetzt bitte von zehn an rückwärts zählen."

Schlagartig war er wach. Für einen Moment wusste er nicht, wo er sich befand. Dann fiel sein Blick auf eine südliche Herbstlandschaft. Ah, das Krankenhaus. Prächtig fühlte er sich, herrlich erfrischt. Von der Untersuchung hatte er nichts gespürt. Versuchsweise räusperte er sich. Die Stimme war da, Halsschmerzen hatte er auch nicht. Er bettete sich etwas höher und nahm das Krankenzimmer in Augenschein, das unbezogene Bett neben ihm, die gelblichen Nachttische mit ihren angeschlagenen Ecken, den Fernsehapparat an einer Teleskopstange. Daran sollte er sich schon mal gewöhnen.

Nach einer Weile erschien eine Krankenschwester mit einem Tablett. „Hier ist etwas Stärkung für Sie. Kaffee, Schrippen und ein Joghurt."

„Gute Nachrichten noch dazu." Unbemerkt hatte auch Dr. Wroblewski den Raum betreten. „So, Herr Hahn, wie es aussieht, ist es ‚nur' eine Lungenentzündung. Wir müssen natürlich die Ergebnisse der Bakteriologie abwarten, die haben wir in ein paar Tagen. Aber nach einer Pneumocystis Carinii sieht mir das nicht aus."

Vor Erleichterung konnte Hahn nur nicken.

„Sie hauen jetzt erst mal rein, und wenn Sie sich fit fühlen, können Sie nach Hause."

„Und? Wie sieht mein wahres Gesicht aus?", wollte Hahn noch wissen.

„Sie waren die reinste Freude. Im Innersten Ihres Herzens sind Sie ein Lämmchen."

Hahn wusste nicht recht, ob er das als Kompliment nehmen sollte, bedankte sich aber trotzdem.

„Wo wir gerade bei friedliebenden Geschöpfen sind", sagte der Arzt und setzte sich zu ihm auf die Bettkante. „Ich bin durch und durch Naturwissenschaftler, weiß aber, dass das menschliche Immunsystem stark von der Psyche beeinflusst wird. Mein Rat an Sie:

Regen Sie sich nicht auf, versuchen Sie gelassen zu bleiben. Meiden Sie alles, was Ihnen Ärger bereitet. Vor allem aber tun Sie nichts, was Sie nicht tun wollen."

„Von Oertzen?"

„Hallo Fex, hier ist Isa. Sag mal, hast du was von Hahn gehört?"

„Nicht seit seiner Nachricht auf meinem AB. Ich hatte dir doch gesagt, dass er sich irgendwo in Brandenburg rumtreibt."

„Er müsste längst zurück sein, nicht?"

„Keine Ahnung. Ich habe immer nur seinen Anrufbeantworter dran."

„Langsam mache ich mir Sorgen."

„Ach, er ist ja schon ein großer Junge. Aber ich muss morgen sowieso in die Bibliothek. Da schaue ich bei ihm vorbei."

„Sagst du mir Bescheid?"

„Klar. Bist du noch in Hamburg?"

„Ja, übermorgen komme ich zurück."

Der steinalte, sich sehr aufrecht haltende Kellner reichte ihm noch einmal die Speisekarte.

„Darf es ein Nachtisch sein?"

Normalerweise war er keine Naschkatze, aber heute entschied er sich für die Feigen in Schokolade. „Dazu einen doppelten Espresso und einen guten Armagnac, bitte."

„Perfetto."

Kein Stress, hatte das Kamel mit den Hundeaugen verordnet. Also hat er sich ein Abendessen in der „Bar Centrale" gegönnt, halb entspannter Ort zum Kaffeetrinken und Zeitunglesen, halb exzellentes Restaurant. Luxus hatte ihn nie gekitzelt, aber die Mischung aus italienischer Gelassenheit und guter Küche passte heute gut zu seiner Stimmung. Prophylaxe gewissermaßen. Jeden Tag etwas Schönes tun – wenn das kein guter ärztlicher Rat war. Also hatte er sechs Austern und ein Glas Champagner bestellt, anschließend Hühnchen mit Orangen und Oliven, dazu einen frischen Weißwein aus Kampanien. Kein Gedanke an seine Antibiotika. Spätestens beim großzügig ausgeschenkten Armagnac geriet die Welt in eine angenehme Schieflage. Er musste nichts mehr, gar nichts.

Auf der breiten Yorckstraße hing er die Tragetasche mit der Flasche Wein, die er sich für zu Hause mitgenommen hatte, an den Lenker seines neuen Fahrrads, ein gebrauchtes Hollandrad, das er im Vorübergehen erworben hatte. Mehr lohnte sowieso nicht. Bemüht, sich nicht durch Schlangenlinien zu verraten, fuhr er ausnahmsweise auf dem Bürgersteig.

Zu Hause schmiss er eine CD ein, Miles Davis, stoppte die Musik aber gleich wieder. Zu verblasen. Stattdessen legte er Suede ein, etwas melodramatisch vielleicht, aber beschwingter. Der Wein war schon etwas lau, machte nichts. Während er sein Glas in einem Zug trank, kamen ihm die Inlineskater in den Sinn, die ihm auf dem Heimweg fast ins Rad gerollt wären. Ein junges Paar, tapsig, unverkennbar Anfänger. Lachend hatten sie einander bei der Hand gehalten, so verliebt, so voller Lebenslust, dass es ihm schmerzhafte Stiche versetzte. Nun bloß nicht weinerlich werden, hatte er sich gesagt, aber die Tatsache, dass ihm das Glücksflimmern in den Augen der Frau, die fliegenden Locken des Jungen immer noch klar vor Augen standen, erzählte eine andere Geschichte.

Der Alkohol half. Normalerweise sah er sich als fein gespannte, durchlässige Membran, stets neue Eindrücke ansaugend. Er war ein Wirklichkeitssammler, der seine Fundstücke reinigte, polierte, aufbereitete und sie als Reportage, Feature oder Glosse präsentierte. Seit Tagen aber kreisten seine Empfindungen nur um sich selbst. Er schmeckte sich nach, lauschte seinem Hören, schnüffelte seiner Nase hinterher. An den Sender hatte er kaum einen Gedanken verschwendet.

Bei Glas drei kippte seine Stimmung. Warum gerade ich? Was habe ich verbrochen? Warum ist dieses Scheißschicksal so verdammt unfair? Immer derselbe Strudel, nie eine Antwort. Fahrig griff er nach dem Wein, erwischte das Glas aber so unglücklich, dass es zu Boden fiel und in tausend Stücke zerbarst. Ein Geruch nach Kneipe stieg auf. Fetzen einer Erinnerung sprudelten hoch, dunkel, dumpf, aber kaum zu greifen. Da war zerbrochenes Glas, Feierlaune, Musik, stampfende Hysterie, Lachen. Eine Weile saß er reglos da, versuchte, einen Zipfel dieser Erinnerung zu fassen.

Die große Party, als Fex seinen Dreißigsten feierte.

Ernst und sehr ernst gemeinte Reden, das finale Erwachsenwerden des verantwortungsfreien Freundes beklatschend, Widerreden, er möge noch lange das talentierte Spielkind bleiben, das er war.

Gläser gehoben und auf ex gekippt, Freundschaftsschwüre, Liebesbekundungen, Tanz, Satz und Sieg.

Die Luft voller Schadenfreudengeheul, als der dicke Petrusch sich auf die Kante der provisorischen Bar hockte, das Türblatt von den Holzböcken rutschte, Flaschen, Gläser, Eisbehälter in die Höhe katapultiert wurden und für einen Moment wie eingefroren in der Luft hingen.

Dann Polterabendgeklirr und heiliges Staunen über das Feuchtbiotop aus Alkoholpfützen, Scherben und Splittern. Fex und er, gut eingestimmt, wie immer als Putzkolonne. Sie waren Tim und Struppi, Kirk und Spock, Woodward und Bernstein. Ein klebriger Besen, mit spitzen Fingern die größten Scherben aufgelesen, die Hände angeritzt, süßer, saurer, stechender Geruch. Schließlich Wasser drüber, Papier, Tücher, Feudel.

Dann waren alle weg, kein Alkohol mehr, keine Feier, Hahn unter die Dusche, um den Gestank nach Eckkneipe abzuschrubben. Sogar im Bad ein Berg aus Geschenkpapier, Gratulationskarten, Zierbändern. Und weil sein Geschenk für Fex es nicht rechtzeitig über den Ärmelkanal geschafft hatte, eine Keats-Erstausgabe, band er sich eine große weiße Schleife um den Hals, riss besoffen grinsend die Tür zu Fex' Zimmer auf, tataaa, hier ist dein Geschenk, nimm mich!

Ja, ja, toll, super, kicherte Fex. Schwanz und Arsch hab ich selber, aber danke trotzdem. Sonderlich ernst gemeint war das Angebot nicht, vielleicht ein bisschen, schließlich war Fex der Allerbeste, und Hahn wusste natürlich, dass das Jubelkind seit Ewigkeiten in ihn verliebt war. Eine allerletzte Flasche Alkohol gab es noch, eingeschlagen in goldenes Spießerpapier. Sake ausgerechnet, aber her damit.

Dann eine Bildstörung, schräg laufende schwarze Streifen, Krisseln, Flimmern. Sie beide vom Sofa auf den Boden gerutscht, er immer noch nur in Schleife, scheiß drauf, was kostet die Welt, Götter sind wir. An Fex' Bartstoppeln beim Küssen konnte er sich vage erinnern, an die ungewohnte Härte eines Männerkörpers, sonst Filmriss.

Fex. Fex?

Konnte es sein …

Absurd …

Das war doch gar nicht so …

Irrsinn, nein …

Doch nicht von Fex …

Wie soll denn bei diesem Quatsch …?

Fex? Von Fex?

Am nächsten Morgen lag Hahn vollkommen bekleidet auf der Couch. Wellen von Übelkeit. Sein Körper verweigerte sich, kam nur millimeterweise hoch. Dann blieb ihm keine Wahl. Trotz hämmernder Kopfschmerzen sprang er auf, das Brennen der Säure schon in der Speiseröhre. Er schaffte es gerade noch bis zur Küchenzeile, kotzte sein Entsetzen in den Ausguss.

Er schlich ins Badezimmer, spülte sich den Mund aus und kramte im Spiegelschrank nach Tabletten. Fehlanzeige. Stöhnend schlüpfte er in seine Schuhe und machte sich auf Wattebeinen auf zur nächsten Apotheke. Er kaufte eine Großpackung Alka Seltzer, fragte nach Wasser, löste gleich vor Ort zwei Brausetabletten auf. Er hatte nicht einmal die Kraft, sich zu genieren.

Als das Pochen in seinen Schläfen endlich nachließ, drängte der gestrige Abend wieder in sein Bewusstsein. Konnte es wirklich sein, dass er sich das Virus bei Fex geholt hatte? Es war doch nur ein Spiel, ein Scherz. Und nun wurde daraus eine monströse Lächerlichkeit mit tödlicher Pointe?

Seit Tagen schon feilte Fex am Vorwort für seine Anthologie, ein schönes Hineinknien, aber kräftezehrend. Gleich nach dem Frühstück war er in die Bibliothek gefahren, um Sekundärliteratur zu Saul Bellow zu exzerpieren. Einem der größten Stilisten amerikanischer Prosa gerecht zu werden war kein Picknick. Nach drei Stunden Hochkonzentration ging er in die Cafeteria, doch der Geruch von Kartoffelsuppe schlug ihn in die Flucht. Er wollte sowieso noch bei Hahn vorbei, da gab's auch einen Kaffee, und mit Sicherheit einen besseren.

Die Haustüre war wie immer unverschlossen. Als er die Treppe hochstieg, hörte er schwere Schritte im Treppenhaus und nahm jetzt zwei Stufen auf einmal.

„Hahn“, rief er in den Rücken seines Kumpels. „Du bist zurück, da habe ich ja Glück!“

Langsam drehte Hahn sich um. Die Augen blutunterlaufen und schmal, der Kiefer angespannt, saugte er geräuschvoll Luft ein.

„Du Arschloch!“, brüllte er unvermittelt mit sich überschlagender Stimme. „Du beschissenes Arschloch hast mir dein Aids angehängt!“

Der erste Fausthieb traf Fex am Ohr.

„Was für ein Witz, einmal mit 'ner Schwuchtel rumgemacht, ausgerechnet!“ Noch ein Treffer, diesmal auf die Nase. Dann griff Hahn ihm in die Haare und schüttelte ihn, wie ein Dachskind eine Ratte schüttelt. „Ich bring dich um", schrie er außer sich. „Dich bring ich um!"

Fex taumelte gegen das Geländer und knickte lautlos in der Mitte ein. Vibrierend vor Wut stand Hahn einen Moment lang ratlos da, kein Ziel mehr für seine Faust. Ein halbherziger Tritt noch in Fex' Seite. Der stöhnte auf, ließ aber die Hände vom Gesicht sinken, mit denen er versucht hatte, sich zu schützen. Mit dem Blick eines Tieres lieferte er sich aus.

Keuchend hielt Hahn inne. Hilfe suchend schaute er sich um. „Nein, das wollte ich nicht, das wollte ich nicht." Er streckte eine Hand aus, um Fex hochzuhelfen, doch der wich zurück, als hätte ihn eine Schlange gebissen. Hahn wollte sich entschuldigen, um Verzeihung flehen, kriegte aber keinen Ton heraus. Mit ausgebreiteten Armen stand er da, sah zu, wie Fex sich ächzend aufrappelte und die Treppe hinabhumpelte, ohne sich umzudrehen.

Hahn überlegte einen Moment, hinterherzurennen. Sinnlos. Er schloss seine Wohnung auf, zog die Tür leise ins Schloss und wischte sich mit dem Hemdärmel das schweißnasse Gesicht ab. Sein gesamtes Sein hatte er danach bemessen, sich vom Vater abzuheben. Und jetzt musste er feststellen, dass er keinen Deut besser war. Er war wie sein schlimmster Feind, er war wie sein Vater.

Johanna stand auf einer Trittleiter und sortierte Hirschhornknöpfe ein, als die altertümliche Ladenglocke ertönte. Beim Anblick ihres blutverschmierten Mitbewohners sprang sie von der Leiter, drehte das Schild an der Eingangstür von „open" auf „closed", legte vorsichtig einen Arm um seine Schulter und führte ihn in den Hinterraum.

„Bist du angegriffen worden?"

„Das war Hahn."

Johanna schüttelte ungläubig den Kopf. Ohne nachzubohren, öffnete sie einen ihrer zahlreichen Schränke, holte den Erste-Hilfe-Kasten heraus und riss eine Lage Watte ab. Einen Teil davon befeuchtete sie unter dem Wasserhahn und tupfte vorsichtig das Blut in Fex' Gesicht weg.

„Fex, was um Himmels willen ist passiert?"

„Ich habe Aids."

Johanna hätte fast laut aufgelacht. „Was redest du für dummes Zeug? Warst du beim Arzt?"

„Nein."

„Na also."

„Hahn behauptet, ich hätte ihn angesteckt. Und dann ist er auf mich los."

Tränen stiegen ihm in die Augen, und er schaute so erbarmungswürdig, dass Johanna jetzt doch lachte, wenn auch nur aus Verwirrung. „Bist du jetzt völlig durchgedreht? Dann müsstet ihr ja miteinander geschlafen haben."

„Ja."

Johanna schaute auf den blutverschmierten Wattebausch in ihren Händen und zuckte unwillkürlich zusammen. Den Rücken zu Fex, beförderte sie mit spitzen Fingern die Watte in den Müll. Sie zog einen Stuhl heran und setzte sich neben ihn: „Jetzt mal langsam."

Fex druckste lange herum, doch Johanna war für ihre Geduld berühmt. Er zuckte mit den Schultern, setzte ein paarmal an, brachte schließlich nur ein „Ich weiß es nicht, das ist es ja" heraus.

„Was weißt du nicht?"

„Sieht so aus, als wäre Hahn positiv. Er denkt wohl, es hätte was mit mir zu tun."

„Aber dann wärst du ja auch positiv."

„Das denkt Hahn."

„Ich höre."

„Ein einziges Mal haben wir miteinander geschlafen, an meinem Dreißigsten, beide hackedicht. War eher Gnadensex."

Was damals passiert war, hatte er gefühlsdicht in seiner Erinnerung verschlossen. Er wollte nicht wissen, wie scharf sich die Bilder von Hahns Körper eingebrannt hatten, seine eckigen Schultern, das feine Haar auf den Oberschenkeln, sein Lachen beim Gerangel auf Sofa und Boden, die Küsse ohne Scheu, die umso deutlicher seine Heterosexualität bewiesen. Erst recht wollte er nicht an sich selbst erinnert werden, an seine peinliche Bedürftigkeit. Am liebsten hätte er Hahn damals in kleinen Schlucken getrunken.

„Fex?", holte Johanna ihn sanft in die Wirklichkeit zurück.

„Wenn ich ihn angesteckt habe, werde ich mir das nie verzeihen."

„Quatsch!" Johanna wurde ärgerlich und packte ihn bei den Schultern. „Es geht doch nicht um Schuld. Erst mal musst du herausfinden, ob du überhaupt infiziert bist."

Vorsichtig schloss sie ihn in die Arme, hoffte, dass er seinen Gefühlen freien Lauf ließ und weinte. Aber Fex lag in ihren Armen wie Holz.

An diesem Nachmittag musste Fex Abbitte leisten. Wie oft hatte er über die schwule „Community" gespottet, ihre diskriminierungsbegeisterten Funktionäre, die schwulen Sportgruppen, Chöre, Managervereine, den ganzen emanzipatorischen Regenbogenkitsch. Doch als er beim Infoprojekt „Mann-O-Meter" anrief, vermittelte man ihm innerhalb weniger Minuten einen Termin in einer Aids-Schwerpunktpraxis.

„Labor ist zwar nur bis elf", hatte die Sprechstundenhilfe gesagt, „aber wenn es nicht anders geht, können wir den Boten noch einmal bestellen."

Der Arzt war jünger als er. Mit seinen blondierten Strähnchen und der engen weißen Hose sah er eher wie ein Model aus. Dennoch schien er die Panik hinter der blassen, leicht lädierten Fassade seines Patienten zu spüren. Betont gelassen begann er die Untersuchung, tastete und hörte Fex ab, stellte Fragen zu dessen Sexualverhalten und Safer Sex.

Kondome? Immer. Eigentlich. Konnte sein, dass er es im Überschwang mal vergessen hatte. Müdigkeit, Nachtschweiß, Fieber, Gewichtsverlust? Fehlanzeige.

Eine Assistentin füllte so viele Ampullen mit seinem Blut, dass er noch blasser wurde. Ihm entging nicht, dass sie Gummihandschuhe trug.

Fast so wichtig wie der Zustand seines Immunsystems war ihm die Frage nach der Inkubationszeit. Der Arzt hielt sich bedeckt. Zu kurz der Beobachtungszeitraum, zu spärlich die Datenlage. Mit aller gebotenen Vorsicht könnte man einen Zeitraum von sieben bis zehn Jahren annehmen, bevor die Infektion sich zur manifesten Aids-Erkrankung auswuchs. Fex musste nicht lange rechnen. Die bewusste Geburtstagsfeier war neun Jahre her. Er rutschte in einen Abgrund, hörte kaum noch, wie der Arzt ihn vor voreiligen Schlüssen warnte.

Als hätte sein Körper schon aufgegeben, blieb er am Ende der Konsultation reglos sitzen. Erst als der Arzt ihm mit einem aufmunternden Lächeln versprach, die Ergebnisse der Blutprobe schon in drei Tagen statt der üblichen Woche zu besorgen, verließ er mit knappem Dankesnicken den Behandlungsraum.

3

„I am very happy, so give me a kiss!"

Von Anfang an hieß die Parole: Wenn das Wetter nicht mitspielt, gehen wir kein Risiko ein. Deshalb gab es auch keinen Fertigstellungstermin, nur der Tag des Abbaus stand fest. Christo hatte gesagt: „Selbst wenn das Gebäude nur zwei Tage verhüllt ist, reicht es für das Kunstwerk. Es wird nicht besser dadurch, dass es länger steht."

Als gestern Abend Regen aufzog, hatte sie das wenig gejuckt. Solange es sich nicht um Starkregen handelte, kamen sie damit klar. Wind fürchteten sie mehr, der konnte schnell gefährlich werden. Hing man weit unten am Seil, bestand die Gefahr, dass man von einer Windböe gegen die Fassade geklatscht wurde. In der Nacht hatte es dann noch weitergeschifft. Regen war bei der Planung natürlich mitbedacht worden, die Stoffballen waren mit Folie abgedeckt. Die Kollegen würden in ein paar Minuten mit der Verhüllung des ersten Turms beginnen, eine kniffelige Angelegenheit, weil die vier Ecktürme so viele Vorsprünge und Schrägen hatten. Die Paneele müssten oben schmal und unten breit sein, damit sie exakt über die schützenden Stahlkäfige fielen.

Er hatte noch Zeit, bis seine Schicht begann, und wollte sie nutzen, um ein paar Fotos zu schießen. Auf dem Dach hatte er schon heimlich fotografiert, verblüfft, wie der Blick durch den Sucher alles veränderte. Ihre Arbeit bekam dadurch einen Rahmen, man sah sie in ganz anderem Licht. Das war wortwörtlich so: In einem Moment sah das verhüllte Dach wie die arktische See aus, abweisend kühl, graublau, im nächsten kam die Sonne raus, und aus dem Eismeer wurde ein riesiger schmelzender Goldbarren.

Die Kamera vor der Brust, stiefelte er zur Tribüne am Ende der Reichstagswiese. Obwohl es noch früh am Morgen war, drängelten die Schaulustigen sich schon wieder. Rundum babylonische Sprachverwirrung, aber im Gegensatz zu anderen Großereignissen waren die Stimmen gedämpft. Ehrfurcht lag in den Kommentaren. Nur ein ältlicher Berliner nölte: „Det soll also jetzte Kunst sein, ja?" Hände in den Rücken gestemmt, Plauze rausgedrückt, schaute er sich Beifall heischend um. Weil niemand sich mit ihm anlegen wollte, versuchte er es erneut. „Wat soll denn jroß dabei sein, einfach 'ne Decke über det Ding zu werfen? Vasteh ick nich." Als immer noch keine Reaktion kam, machte er kleine, böse Augen und legte noch einen drauf: „Wat der Scheiß kostet – allet von unseren Steuerjeldern."

Obwohl vom Naturell her Kaltblüter, platzte ihm jetzt der Kragen: „Ich arbeite mit bei diesem ‚Scheiß', wie Sie sagen." Er tippte auf sein T-Shirt mit der Aufschrift *Wrapped Reichstag*. „Und falls Sie sich Sorgen um Ihr Geld machen: Die Künstler bezahlen das alles aus eigener Tasche." Der Meckerer schnappte nach Luft, aber er ließ ihn nicht zu Wort kommen: „Schauen Sie sich lieber mal an, was sonst auf dieser Welt mit Geld so alles angerichtet wird! Wenn man bedenkt, was dieses Kunstwerk mit den Leuten macht, die jeden Tag begeistert hierherkommen – davon wird man noch in ein, zwei Generationen reden. Und ich sage Ihnen noch was: Ich bin verdammt stolz drauf, hier mitzumachen."

„Na ja, ick meen ja nur …", grummelte der Mann und trat von einem Fuß auf den anderen.

Bevor er sein Gesicht ganz verlor, rettete ihn ein spitzer Ruf: „Christo, da kommt Christo!" Alle Köpfe flogen herum. Christo, sogar mit Jeanne-Claude. Kameras wurden hochgerissen, Stimmen überschlugen sich – „Christo, hierher!" –, hektisches Kramen überall nach Stift und Papier für ein Autogramm.

Eine Weile ging das so, bis einer der Männer vom Sicherheitsdienst rief: „Bitte räumen Sie die Tribüne." Christo und Jeanne-Claude wollten ihr Werk einen Moment in Ruhe betrachten. Die Fans setzten sich murrend in Bewegung, nutzten aber selbst den aussichtslosesten Winkel für einen allerletzten Schnappschuss. Als die Tribüne endlich leer war, konnte ein Pressefotograf es nicht lassen. Wie ein Klammeraffe baumelte er am Geländer und schoss mit surrendem Motor Foto über Foto. Dann ein winziger, sehr menschlicher Moment: Durch Christos Gesicht fährt ein Zucken. Für den Bruchteil einer Sekunde sieht man seine Heidenlust, dieser Nervensäge kräftig in den Hintern zu treten. Jeanne-Claude scheint es auch bemerkt zu haben. Leger schiebt sie ihre Hand in die seine und flüstert ihm ein beruhigendes „Okay, Mr Christo" ins Ohr. Der grient, entdeckt dann ihn, seinen Kletterer in Arbeitshemd und Schutzhelm, ruft: „Guttten Tag!" Jeanne-Claude nickt ihm zu und wedelt mit dem Fingern. „Guten Tag", grüßt er zurück.

Nicht zum ersten Mal wunderte er sich über Christos Akzent. Sein Englisch und Französisch hörte sich normalerweise recht flüssig an, auch die paar Brocken Deutsch kamen ihm einigermaßen über die Lippen. Ging es aber um die Arbeit, heftete er Wörter zu Sätzen aneinander, als wäre seine Zunge ein Tacker.

Schiss vor dem berühmten Paar hatte er nicht, Respekt schon. Bei den Vorbereitungen in Werneuchen hatte er ihnen zum ersten Mal die Hand geschüttelt. Jeder von beiden hatte etwas, wofür der Begriff Ausstrahlung nicht reichte, jeder auf seine Art. Christo mit seinen langen Haaren und der großen, schwarzen Hornbrille – mager, blass, ein so feines, kluges Gesicht – sah aus wie der ewige Gymnasiast. Sympathisch ruhig und beherrscht, aber in seinen Augen brodelte ein Vulkan. Jeanne-Claude dagegen sah man den Vulkan zehn Kilometer gegen den Wind an. Alles an ihr stülpte sich nach außen: die Augen, der Mund, die Art, wie sie sprach, sich bewegte. Auf den ersten Blick sah man ihren Eigensinn, ihr Temperament, ihren Humor, auch ihre Härte. Die Frau konnte eine Furie sein, aber wenn man so ein Mammutprojekt durchzog, kam man als Mimose wohl auch nicht weit.

Er wollte sich gerade davonmachen, als Christo ihm ein Zeichen gab, zu bleiben. Zusammen verfolgten sie die Vorbereitungen am Turm. Nach einer Weile legte Jeanne-Claude einen Arm um Christo, und der sagte: „I am very happy, so give me a kiss!“ Beide lachten und gaben sich einen Kuss. Wie es aussah, hatten sie eine Sprache für die Liebe und eine für den Streit. Wenn sie sich zankten, fielen sie stramm ins Französische mit vielen „Oui, Chéri“ und „Non, non, non, Chéri“. Oft hatte er sich gefragt, wo die Sechzigjährigen ihre Energie hernahmen? Vierundzwanzig Jahre wie die Mulis geackert, bis sie den Reichstag verhüllen durften, vierundzwanzig Jahre eine Abfuhr nach der anderen kassiert, jeden Bundestagspräsidenten bequatscht, jeden Kanzler, jeden Abgeordneten einzeln bearbeitet.

Plötzlich begannen sämtliche Funkgeräte zu quäken. Es war so weit, endlich sollte mit der Verhüllung des ersten Turms begonnen werden. Die Kollegen auf dem Dach schoben das Paneel über den Turmrand. Kurz darauf hingen fünf Kletterer im Seil. Sie hatten gerade die Rolle mit den Füßen erreicht, als der Pappkern in der Mitte der gewaltigen Geweberolle brach. Was sie unbedingt vermeiden wollten, war eingetreten: Die Mitte sackte ab, die Rolle baumelte wie ein gigantisches V in der Luft. Verzweifelt versuchte die Dachmannschaft, sie auf eine Linie zu bringen. Vergebens. Über die Ursache musste nicht lange spekuliert werden: Obwohl mit Folie abgedeckt, hatte der Pappkern beim gestrigen Regen Wasser gezogen.

Während er auf der Tribüne wie benommen stehen blieb, rannten Christo und Jeanne-Claude schon über die Wiese, die Sicherheitsleute im Schlepptau. Jetzt machte auch er sich auf die Socken, folgte der wilden Prozession bis zum Hauptportal des Reichstags. Die Montageleitung war schon da und diskutierte lautstark.

Wie kriegte man einen gebrochenen Pappkern dazu, wieder in die Horizontale zu kommen? Der Stoff war störrisch, neigte dazu, sich zu verhaken, aber irgendwie musste er in Position gebracht werden. Hochziehen und mal eben neu wickeln ging nicht. Eintausendachthundert Kilogramm ließen sich nicht drapieren wie ein Wohnzimmervorhang. Alles war präzise vorgezeichnet, jedes Loch im Stoff, jede Verankerung, und nun das.

Christo war mit den Lösungsvorschlägen seiner Monteure nicht zufrieden. „No“, schimpfte er. „No, this is not what I want.“

Er würde gern helfen, kam aber im Englischen nicht mit. Da machte er sich lieber zum Turm auf. Zwei Männer von der Montageleitung begleiteten ihn nach oben.

„Und? Was ist der Plan?“, wollte er wissen.

„Kein Plan. Aber irgendwie kriegen wir das schon hingefummelt.“

Wie der häusliche Fernseher oder Staubsauger manchmal nur einen Tritt brauchte, kannten auch die Mitarbeiter von komplizierten Hightechprojekten den Moment, in dem nur noch Tricksen, Fummeln, Beten half. Das silberne Gewebe lag in vier Seilen, die von den Helfern mit einer Art Bremse gesteuert wurden. Weil ihnen keinerlei Maschinen zur Verfügung standen, hielt ein Teil der Dachmannschaft die mittleren Seile fest und versuchte so, die Rolle an der Bruchstelle zu arretieren. Die restlichen Kollegen ließen nun zentimeterweise die äußeren Seile nach, um den Pappkern einigermaßen in die Horizontale zu bugsieren. Niemand sprach ein Wort. Nur die hervortretenden Halsschlagadern und der stoßweise Atem verrieten die Anspannung. Wenn es ihnen nicht gelang, das Paneel planmäßig zu entfalten, war die ganze Verhüllung in Gefahr.

Ihre Tüftelei erforderte Fingerspitzengefühl und sehr viel Kraft. Nach mehreren Versuchen hing die Rolle einigermaßen gerade. Nun waren die Kletterer am Zug. Der Stoff verfing sich leicht in den Rückhalteseilen, sodass sie ihn immer wieder befreien mussten. Wie lebende Marionetten hingen sie dort. Nicht nur die weißen Rückhalteseile, auch die roten Arbeits- und die grünen Sicherungsseile mussten ständig im Auge behalten und entwirrt werden, damit kein Kuddelmuddel entstand. Sie zogen und zupften, rafften und spannten, bis sie sicher waren, das Paneel heil und ordentlich entfaltet nach unten zu bekommen.

Zum Schluss – die Plane endlich unten, die Kletterer wieder oben – fielen sie sich in die Arme. Es war die bisher schwierigste Aufgabe, aber sie hatten sie gelöst. Nicht gerade elegant, aber gelöst.

Gut, dass so viele sich von früher kannten. Das machte Tage wie diesen einfacher. Man war natürlich froh, Freunde mit Arbeit versorgen zu können. Eine interessante Erfahrung: Man durfte es nicht laut sagen, aber nicht jeder, mit dem man prima seine Freizeit verbringen konnte, eignete sich auch als Arbeitskollege. Das hatte sich erst im Lauf der Zeit ergeben. An einem regnerischen Tag kurz vor Ostern waren alle Bewerber vor die Tore Berlins gefahren. Auf dem alten Flugplatz in Werneuchen war ein Hangar angemietet worden, in dem sämtliche Stoffpaneele lagerten. Zum Üben hatte man sogar ein Stück Reichstagsfassade nachgebaut. Dort stand er auch zum ersten Mal Christo und Jeanne-Claude gegenüber. Das Wetter war übel, nasskalt, windig. Die Christos waren ja nicht mehr die Jüngsten, aber wie die stundenlang in der Kälte standen und aufmerksam zuschauten, da hatte er gedacht: Die sind echt gnadenlos mit sich.

Bis zum frühen Nachmittag durfte jeder zeigen, was er draufhatte. Schließlich hieß es, die Künstler führen nun zurück in die Stadt. Einer von ihnen hatte sich dann ein Herz gefasst: „Ich möchte jetzt gerne wissen, ob meine Kumpel und ich dabei sind."

Jeanne-Claude blieb stehen, überlegte einen Moment und sagte dann: „Okay, aber nur, wenn du mir versprichst, dass eine Frau mitklettert." Man gab sich die Hand – und das war der Vertrag. Deswegen waren auch acht Frauen dabei.

Weil momentan alle die Aktion mit der Geweberolle bequatschten, machte er ein paar Schritte nach vorn und stellte sich auf einen der Stahlkäfige, die die Verzierungen am Turm, die Vasen, Wappen, Skulpturen schützten. In dreiundvierzig Meter Höhe stand er breitbeinig wie ein Eroberer, unter sich die stecknadelkopfgroßen Köpfe Tausender Gaffer, vor sich das Panorama der Stadt wie eine Papierkulisse vor blauem Kasperletheaterhimmel. Richtig feierlich war ihm zumute.

Kurz kontrollierte er das sperrige Paneel, das ihnen so viel Mühe gemacht hatte. Elegant wie ein Wasserfall schoss es nach unten. Hunderttausend Quadratmeter Stoff wurden für die Verhüllung benötigt, sechzigtausend Kilo Gewebe, und nur vier Kilo Aluminium, um es komplett in Silber erstrahlen zu lassen.

Eine Woche hatten die Installationsarbeiten gedauert, dann war es geschafft: Nach einem Anlauf von vierundzwanzig Jahren war der Berliner Reichstag unter der Haube.

Auch international hatte die Sache sich herumgesprochen. Nur einer kam nicht: der Kanzler. Der hatte verkündet, mit der Verhüllung nichts anfangen zu können. Gestern – das lief in der „Abendschau" – musste Kohl nach Berlin und hatte sich damit gebrüstet, das Reichstagsgebäude nicht eines Blickes gewürdigt zu haben. Nicht mal aus dem Flugzeug hätte er hingeschaut. Ist sein gutes Recht, gegen die Aktion zu sein, aber müsste er nicht wenigstens mal gucken? Komisch, dass jemand sich was drauf einbildet, eine Sache *nicht* zu kennen. Den Kohl hatte er 1994 noch gewählt, beim nächsten Mal war er sich da nicht mehr so sicher.

Lustig war dagegen, was sie über Jeanne-Claude gebracht hatten. In dem Interview hatte sie davon erzählt, wie sie als Göre auf Rollschuhen durch den Louvre gebrettert war: „Die hatten das beste Parkett dafür." Und dann hatte sie laut gelacht. Das passte dermaßen gut zu ihr, eine echte Pippi Langstrumpf der Kunst.

Nach Schichtende zog es ihn weder in die Kantine noch in ihre Unterkunft. Er wollte sich das Ergebnis ihrer Arbeit noch einmal von Weitem ansehen. Während er sich zwischen bunten Decken, Schlafsäcken und improvisierten Zelten ans Ende der Wiese schlängelte, über die schönen Mädchen und merkwürdig friedlichen Kerls staunte, ging ein Grinsen über sein Gesicht. Er musste an das Donnerwetter der Geschäftsführung denken: Ein paar der jüngeren Kollegen hatten auf dem Dach Abend für Abend eine Party gefeiert. Nicht nur das, sie hatten auch Frauen auf die Türme gelotst und da oben rumgevögelt. Als Anmachspruch ist das natürlich unschlagbar: „Willste mal mit auf den Reichstag?" Für kein Geld der Welt zu haben. Einer hatte den Schlüssel, und dann hatten sie es jeden Abend krachen lassen. Aufgeflogen war es nur, weil der offizielle Fotograf frühmorgens mit dem Hubschrauber drübergeflogen war, um Aufnahmen im Morgenlicht zu machen. Und dann hatte der Pärchen in Schlafsäcken vor der Linse. Es gab einen Mordskrach, und jetzt hatten nur noch zwei Leute einen Schlüssel für das Dach.

Zum Ende der Wiese hin lichteten sich die Reihen ein wenig. Der Silberklotz saugte die Leute an wie ein Riesenmagnet. Alle wollten mal anfassen. Der Bauzaun stand noch, aber wenn er morgen fiel, würden sie losstürmen wie eine Horde Affen und alles antatschen, da war er sich ganz sicher. Anfangs hatten sie noch in Habachtstellung gestanden, aber längst saßen, hockten, lagen sie. Überall kleine Lager. Sie hatten Essen dabei, Getränke, Musik und natürlich einen Fotoapparat. Den hatte auch er mitgebracht, um das Gebäude von dieser Entfernung aus einmal ganz draufzukriegen. Jenny hatte die letzten Fotos, die er geknipst hatte, entwickeln lassen und vor ein paar Tagen vorbeigebracht. Es hatte ihn umgehauen. Atemberaubend, was er da auf dem Dach, in den Innenhöfen und an den Türmen eingefangen hatte. Eine Welt für sich, ein Märchen. In ihrer Unterkunft hatte er lange wach gelegen und sich gefragt, was diese Bilder so einzigartig machte. Dann war er draufgekommen: Sie waren einzigartig, weil es so etwas nur einmal auf der Welt gab. Es waren Aufnahmen dabei, da standen seine Kumpel oben auf dem Dach mitten in einer Landschaft aus flüssigem Silber. Dieser Christo war verrückt, hatte er kurz vor dem Einschlafen gedacht, genial verrückt.

Er schoss Fotos, bis der Film voll war. War schließlich ein bisschen auch sein Werk. Anfangs hatte er nur aluminisiertes Gewebe gesehen, die Logistik der Verhüllung, jedes einzelne Stück mit den Problemen seiner Montage. Jetzt war etwas anderes daraus geworden. Wenn er die Augen über diesen Gletscher aus Stoff schweifen ließ, fühlte er sich mit jeder Faser lebendig. Warum das so war, wusste er nicht.

Beim Sonnenuntergang gestern hatte ihn der Anblick an seinen Urlaub erinnert, an die Städte der Berber, ein tiefes marokkanisches Rosa. Momentan schimmerte alles taubenblau wie eine Skulptur aus Blech. Wind kam auf. Man hatte das Gefühl, als würde das Gebäude unter seiner Bekleidung Atem holen. Ein Wunder, dachte er, es war ein Wunder. Und ein Rätsel.

Als Kletterer war er gekommen, nicht als Kunstfreund. Alle wussten: Das wird der Wahnsinn! Dass die Aktion Kunst sein sollte, hatte ihn wenig gejuckt. Er war ein sachlicher Mensch, Techniker, Zahlenmann, jemand, der Verantwortung trug. Die Bewältigung der Aufgaben hatte ihn beschäftigt, nicht Betrachtungen über den Wert des Ganzen.

„Das wird komisch sein“, hatte er zu Jenny gesagt. „Wochenlang in einer ganz eigenen Welt gelebt, und wenn es vorbei ist, soll ich brav in die Kaufhalle gehen und Brot und Butter kaufen?“

Jenny fand das lustig: „Seit wann gehst du in die Kaufhalle? Auf jeden Fall wird es noch mal spannend, wenn die Verhüllung wieder runterkommt."

„Ich glaube, ich kann nie mehr einfach so den Reichstag sehen", hatte er geantwortet. „Oder sagen wir mal so: Schon das Wort Reichstag wird für mich immer verhüllt sein."

Fegefeuer

Tagelang verließ Fex das Haus nicht. Als Erstes hatte er sich bei einem Bekannten dessen tragbaren Zweitfernseher geborgt. Abwechselnd ließ er sich vom laut plärrenden Apparat und der CD-Anlage bespielen, manchmal von beiden gleichzeitig. Sinnlos, sich vor dem Ergebnis der Blutprobe verrückt zu machen, aber was hat in seiner Lage der Verstand zu melden? Also drei Tage Fegefeuer. Mehrfach musste er sich zurückhalten, bei Hahn anzurufen. Er vermisste seinen Freund. Ausgerechnet jetzt, da er ihn so dringend bräuchte, war Hahn der Letzte, bei dem er Trost suchen konnte. Es gelang ihm nicht, die Faustschläge und Tritte aus dem Kopf zu bekommen, Hahns Gesicht dabei so grotesk verzogen und voll primitiver Wut.

„Ich habe eine gute und eine schlechte Nachricht“, sagte der Arzt drei Tage später.

Immerhin, er lächelte. Kein Lächeln, das man für Todkranke auflegte, kein Mitleidsplüsch.

„Dann die schlechte zuerst.“

„Sie sind in der Tat infiziert. Aber“, setzte der Arzt rasch nach, „Sie zeigen keinerlei Symptome, alle Werte befinden sich im Normbereich. Besonders die Anzahl ihrer T-Helferzellen liegt mit über tausend pro Milliliter Blut satt im grünen Bereich.“

Sollte er sich darüber freuen? Dieses Virus steckte in ihm, tat aber nichts, noch nicht?

„Ist das denn … normal?“

„Ich habe mehrere Patienten, die seit über einem Jahrzehnt positiv sind, bei denen das Virus aber gewissermaßen ruht. Und wissen Sie, normal ist bei dieser Krankheit gar nichts.“

„Können Sie denn sagen, wann es … zuschlägt?“

„Nein, und Sie sollten sich, wenn irgend möglich, von solchen Spekulationen frei machen. Ihr Immunsystem funktioniert ausgezeichnet. Sorgen Sie dafür, dass es so bleibt.“

„Ich kann aber“, druckste Fex herum, „jemanden infizieren, oder nicht?“

„Ja, aber die Regeln für Safer Sex kennen Sie sicher?“

„Schon. Noch eine Frage: Könnte ich in den letzten Jahren jemanden angesteckt haben?“

„Das ist nicht auszuschließen."

„Auch bei einem einmaligen … Kontakt?"

Ein Lächeln huschte über das Gesicht des Arztes. „Herr von Oertzen, ein Mal, hundert Mal – dem Virus ist das schnuppe. Es verbreitet sich über Körperflüssigkeiten und benötigt dazu eine Eintrittsstelle, eine kleine Wunde im Mund, im Analbereich oder sonst wo. Eine minimale Verletzung, die man mit bloßem Auge gar nicht wahrnimmt, reicht da schon aus."

„Jetzt bin ich auch nicht klüger als zuvor", sagte Fex mehr zu sich selbst.

„Doch, das sind Sie. Akut müssen Sie sich keine Sorgen machen. Allerdings sollten Sie Ihr Immunsystem pflegen wie einen Schatz: viel Schlaf und Bewegung an der frischen Luft, ausgewogene Ernährung und eine positive Grundeinstellung, Alkohol in Maßen, keine Zigaretten."

„Fit halten für den Tod."

„Keineswegs." Der Arzt schüttelte energisch den Kopf. „Es klingt vielleicht schal in Ihren Ohren, aber Sie befinden sich in genau derselben Lage wie alle anderen auch: Irgendwann werden Sie sterben."

Ein Superspruch, den der blondierte Doktor da rausgehauen hatte. Stinksauer schwang er sich aufs Rad. Er fühlte sich wie jemand, der großen Anlauf genommen hatte, abgesprungen war und unverhofft in der Luft stecken blieb. Da hatte er nun diese beschissene Krankheit und auch wieder nicht. Was fing man damit an? Auch was Hahn betraf, war er kein Stück weiter. Möglicherweise hatte er ihn angesteckt, und konnte deshalb noch nicht einmal den Schmerz mit ihm teilen.

Beleidigt strampelte er die Straße des 17. Juni entlang. Man war ihm die meisten Antworten schuldig geblieben. Hatte er Hahn angesteckt? Vielleicht. War er krank? Vielleicht. Würde er leben? Vielleicht. Über den Baumwipfeln des Tiergartens erhob sich der verhüllte Reichstag. Wieder mal ein Spektakel, wie es die vergnügungsgeilen Berliner liebten. Groß musste es sein und glitzern, auch wenn das Silber, wie man hörte, nur Aluminium war. Und die Kunst? Na ja. Dieser krähenhafte Bulgare sollte ruhig seinen Plan durchziehen und den hässlichen Klotz verhüllen. Aber Kunst? Ob es dem Mann nicht langweilig wurde? Zeugte nicht gerade von Ideenreichtum, ein Leben lang alles, was einem unter die Finger kam, einzupacken, oder? Fex drehte nach rechts ab und umfuhr das Brandenburger Tor, noch so eine Ikone, verblüffend unüberwältigend, wenn man davorstand. In hohem Tempo radelte er die Linden entlang über den Alex bis in sein Viertel.

Zu Hause war er so außer Puste, dass wenigstens ein Teil seiner Frustration verrauscht war. Als er die Tür ins Schloss knallte, kam auch schon Johanna in den Flur geschossen. Er sah ihr übernächtigtes Gesicht und begriff erst jetzt, wie sehr auch sie dem Ergebnis der Untersuchung entgegengefiebert hatte.

„Und?", flüsterte sie.

„Die Kacke ist am Dampfen." In Johannas Augen blitzte eine Warnung auf, doch Fex bekam vor lauter gespielter Schnodderigkeit nichts mit. „Ich bin geliefert, aber irgendwie auch nicht."

„Was wird hier eigentlich gespielt?" Eine angsterfüllte Stimme, hoch, spitz. Fex fuhr herum und sah Isa in der Tür zum Wohnzimmer stehen. „Was hier gespielt wird, will ich wissen! Wie siehst du überhaupt aus, was sind das für Blutergüsse in deinem Gesicht?"

„Isa", stammelte Fex.

Johanna zog entschuldigend die Augenbrauen hoch.

Zu dritt standen sie im Flur, ein fragiles Dreieck. Blicke flogen, niemand sprach ein Wort. Das Schweigen wurde so unerträglich, dass Johanna die Initiative ergriff: „Alle ab ins Wohnzimmer."

Fex ließ sich in einen Sessel fallen. Isa wandte kein Auge von ihm. Er würde ihr nicht entkommen. Aber was sollte er ihr sagen? War es nicht Hahns Aufgabe, sie aufzuklären?

Während Isa ihn weiter fixierte, setzte Johanna sich zu ihm auf die Sessellehne. „Meinst du nicht, es wäre Zeit für ein paar klärende Worte?"

Fex ließ die Haare vors Gesicht fallen und knabberte an seiner Unterlippe. „Ich bin HIV-positiv." Und als er hörte, wie Johanna scharf die Luft einsaugte: „Ich habe aber keine Symptome. Es geht mir … gut."

Isas Gesicht, eben noch wild entschlossen, wurde weich. „Das tut mir so leid, Fex."

„Kein Grund zur Panik. Momentan bin ich ganz gesund."

Johanna wischte sich eine Träne aus den Augen und legte einen Arm um seine Schulter.

„Ist das der Grund …", setzte Isa an. „Ich meine, hat es etwas damit zu tun, dass ich Hahn seit Tagen nicht erreiche? Ich mache mir große Sorgen."

Fex rang mit sich. Was immer er jetzt sagte, es würde ihr Leben verändern. Falls Hahn wirklich positiv war, könnte auch Isa infiziert sein. Aber sie abzuwimmeln und ohne Erklärung nach Hause zu schicken, dazu war es zu spät. Er atmete einmal tief durch und erzählte von Anfang an. Es wurde eine Geschichte, die hauptsächlich aus Fragezeichen bestand. Isas Augen flackerten immer panischer. Sie hielt es auf dem Sofa nicht mehr aus, sprang auf, lief durch das Zimmer. „Das ist doch ein schlechter Traum. Ihr … ihr … vögelt rum, und dabei soll er sich Aids geholt haben? Absurd. Obwohl“, hielt sie inne. „Hahn denkt sich so etwas doch nicht aus, so ist er nicht.“

„Nein“, sagte Fex. „So ist er nicht.“

Isa griff nach ihrer Handtasche, klaubte ein Taschentuch heraus und putzte sich die Nase. „Kann ich eine Zigarette kriegen? Ich rauche seit Jahren nicht mehr, aber jetzt brauche ich eine.“

Fex bot ihr eine seiner Mentholzigaretten an. Er nahm sich auch eine, steckte sie aber nach kurzem Zögern wieder in die Packung. Isa beugte sich über das Feuer, das er ihr gab, nahm einen tiefen Zug, gleich noch einen hinterher. Dann drückte sie die Kippe mit einer nervösen Drehung im Aschenbecher aus.

Johanna schlug vor, Tee zu machen. Isa und Fex antworteten nicht, folgten ihr aber in die Küche. Während Johanna Wasser aufsetzte, trat Isa ans Fenster. Sie guckte lange hinaus, schüttelte wie bei einem inneren Zwiegespräch immer wieder den Kopf. Plötzlich drehte sie sich um und schrie mit hochrotem Kopf: „Das ist so unfair, Hahn kann doch nicht einfach sterben. Und ich? Was ist mit mir? Habe ich es auch?“

Johanna wollte sie in den Arm nehmen, doch Isa stieß sie ärgerlich von sich.

„Habt ihr Kondome benutzt?“, forschte Fex scheu nach.

„Haben wir. Zwar nur wegen Verhütung, aber immerhin.“

„Dann wird alles in Ordnung sein. Das Virus überträgt sich nicht so leicht.“

Isa sah nicht beruhigt aus. „Warum gerade Hahn?“

„Du solltest nicht vergessen, Fex hat es auch“, erinnerte Johanna sie mit mühsam beherrschter Stimme.

„Ja, und Hahn hat es sich bei ihm geholt.“

„Fex hat sich das sicher nicht gewünscht.“ Ungewöhnlich scharf hatte das geklungen, gar nicht die sanfte Johanna.

„Oh Gott, bitte entschuldige, Fex. Es tut mir leid. Ich bin nur so …"

„Ich kann das nicht", flüsterte Fex und wollte die Küche verlassen.

„Nein!" Johanna legte ihm eine Hand auf den Arm. „Geh jetzt nicht. Wir müssen vernünftig überlegen, wie es weitergehen soll."

„Vernünftig?", schnaubte Isa.

Dann seufzte sie gottergeben und setzte sich mit durchgedrücktem Rücken an den Tisch. Auch Fex nahm wieder Platz. Johanna goss Tee auf und stellte drei Tassen auf den Tisch.

Isa schüttelte langsam den Kopf. „Wenn das alles stimmt, warum redet Hahn dann nicht mit mir, warum geht er nicht ans Telefon? Wo steckt er überhaupt?"

„Hast du es in seiner Wohnung versucht?", fragte Johanna.

„Was denkst du denn? Drei Mal schon."

„Hast du keinen Schlüssel?"

„Nein."

„Aber ich", sagte Fex. „Ich habe einen Schlüssel."

Nach seinem Ausfall gegenüber Fex hatte Hahn lange wie betäubt in seinem Flur gestanden. Er hätte ihm hinterherlaufen müssen, aber sollte er sich bei dem Mann entschuldigen, der ihm diese Scheiße eingebrockt hatte? Ein Scherz war diese Nacht damals gewesen. Auch Fex musste sich im Klaren darüber gewesen sein, dass es eine einmalige Sache war, schließlich verschenkte niemand ein Geburtstagspräsent zweimal. Ein Geplänkel, mehr nicht. Und ausgerechnet das sollte ihn seine Zukunft kosten? Ja, er hatte sich wie ein Schwein benommen, er würde sich entschuldigen müssen. Aber im Moment könnte er Fex nicht ertragen. Fex war seine Krankheit, ihr Gesicht.

Weil er die Stille, weil er sich selbst nicht ertrug, flüchtete er am nächsten Tag aus seiner Wohnung und ging zum Landwehrkanal. Er brauchte Luft, obwohl nicht nur die abklingende Lungenentzündung ihm den Atem nahm. Um jeden Preis musste er seine Furcht bändigen. Einen Schritt nach dem anderen zu tun, damit war er bisher ganz gut gefahren. Also nahm er diesen Rat wörtlich, folgte über eine Stunde den Windungen des Kanals, konzentrierte sich auf Bäume, Boote, Wasser, bis sein Puls fast wieder im Normaltakt schlug.

An der Staatsbibliothek kam ihm eine Idee. Warum nicht das tun, was er immer tat, wenn die Dinge unübersichtlich wurden: recherchieren? Er musste es genau wissen, die Ursachen der Krankheit, die Wirkungsweise des Virus, Verlauf der Infektion, Stand der Therapie. Weil er sich sowieso auf die Innenstadt zubewegte, beschloss er, bei der Berliner Aids-Hilfe vorbeizuschauen. Dort kannte man ihn, es würde keine unangenehmen Fragen geben.

Bepackt mit einer Tüte – nicht nur Broschüren, auch mehrere Bücher hatte man ihm fürsorglich mitgegeben –, legte er zwei Stunden später am Neuen See im Tiergarten eine Pause ein. Die Tatkraft tat gut, schon fühlte er sich weniger als Opfer. Abseits von einem Café für schöne Jungmenschen ließ er sich auf dem Rasen nieder und schaute auf den See, der seinen Namen nicht verdiente. Weder neu noch See. Am liebsten würde er niemanden um sich haben, nur echtes Wasser, wirkliche Natur.

Und was spräche dagegen, ans Meer zu fahren? Das Klischee, sicher. Das machten Todgeweihte immer, sie erfuhren von ihrem Lungenkrebs, ihrem Gehirntumor und tuckerten ans Meer. Ein Roadmovie mit todsicherem Ausgang, das Unvermeidliche wurde umarmt, Einsatz der Streicher, Abblende.

Hahn saß auf der Wiese am Neuen See und grinste. Das Gute an seiner Lage war, dass er sich nicht mehr zu schämen brauchte. Lust auf ein peinliches Klischee? Ja bitte! Er wollte der Stadt entkommen, wo alles ihn an seine verlorene Normalität erinnerte. Er klopfte auf seine Windjacke, befühlte das Portemonnaie mit seinem wichtigsten Bestandteil, der Kreditkarte. Bis zum Bahnhof Zoo waren es nur wenige Hundert Meter.

Idylle sah anders aus. Hahn blickte vom Vorplatz des kleinen Bahnhofs auf Plattenbauten made in GDR. Bildete er sich das ein, oder lag in der Luft neben dem Benzingestank wirklich ein Hauch Meersalz? Die Plastiktüte der Aids-Hilfe als einziges Gepäckstück in der Hand, lief er ins Ortszentrum. In Berlin hatte er auf einen Zug Richtung See nur anderthalb Stunden warten müssen. Ostseebad Binz – das hörte sich doch gut an.

Im „Haus des Gastes“ wollte man ihm ob der Plastiktüte die preiswerte „Pension Walhalla“ andrehen, doch er entschied sich für ein villenartiges Hotel an der Promenade. Auch ein Plus: Zu sparen brauchte er nicht mehr.

Nachdem er sein Zimmer mit Panoramafenster und Balkon inspiziert hatte, machte er einen Rundgang durch den Ort. Wie eng die Scheuklappen anlagen, ohne dass man es merkte: In den sechs Jahren nach der Wende hatte er in zahlreichen Beiträgen die Schwierigkeiten beschrieben, zwei Deutschlands in eine Nation zu pressen. In Berlin, wo das östliche Berlin-Mitte nur in Spuckweite vom westlichen Wedding lag, wo Friedrichshain von Kreuzberg nur durch die Spree getrennt war, sah er die wichtigste Nahtstelle der Republik. Nun begriff er, dass derselbe Prozess auch in einer Stadt wie dem DDR-Ferienparadies Binz ablief. Der Badeort zeigte in schöner, manchmal brutaler Offenheit die Ablagerungen seiner Vergangenheit: Als eines der ersten Seebäder des Landes prunkte es immer noch mit weißer Bäderarchitektur, holzverkleideten Bauten mit umlaufenden Balkonen. Gleich daneben billig hochgezogene Ferienheime des Freien Deutschen Gewerkschaftsbundes, groß, anspruchslos und praktisch. Dazu typische DDR-Wohnhäuser mit Plastedachrinnen und zerbröselnden Fensterkreuzen. Und zwischen diese Sedimente schob sich langsam, aber resolut die D-Mark in Form von Supermärkten, Drogerieketten und italienischen Restaurants. In zehn Jahren würde hier die Reisebürolyrik von Ambiente, Flair und Luxus sprechen. Er war dankbar für diese Geschichtsstunde, sie ließ ihn ein paar Minuten seine Probleme vergessen.

In der Hauptstraße kaufte er Rasierzeug, Unterwäsche, Socken, zwei T-Shirts und zwei Hemden. Beim ersten Herrenausstatter am Platze ließ er sich sogar zu einer sündteuren schwarzen Hose überreden. Dass manche Leute für ihr Leben gern shoppen, hatte er nie verstanden. Meist suchte Isa seine Sachen aus. Aber als er die Hose anprobierte, war er vom luxuriösen Gefühl des seidenweichen Stoffes begeistert. Der Gedanke, zu guter Letzt doch noch Geschmack an Klamotten zu finden, erheiterte ihn.

Einen Haufen Einkaufstüten in der linken, ein Fischbrötchen in der rechten Hand, setzte er sich auf eine Bank am Ende der Seebrücke und genoss die Aussicht. Der Räucherfisch war hervorragend, die Touristen im Rentenalter stierten maulfaul vor sich hin, und die Möwen gaben dazu ihr atonales Konzert. So, wie man nicht lange direkt in die Sonne schauen konnte, konnte man auch nicht ständig dem Tod ins Auge blicken. Er leugnete nichts, genoss aber seine kleine Flucht.

Nachdem er seine Einkäufe im Hotelzimmer verstaut hatte, zog es ihn ans Wasser. Barfuß hüpfte er über Promenade und Dünen zum Meer. Der Sand zwischen seinen Zehen ließ Kindheitserinnerungen aufsteigen. Ferien an der See, Sommertage zu einer Zeit, in der Vergangenheit nicht mal ein Wort war.

Breitbeinig stand er da, die Hand als Sonnenschutz vor den Augen, und betrachtete die elegant geschwungene Bucht. Rechts wurde sie von bewaldeter Steilküste begrenzt, linker Hand in der Ferne lag Saßnitz, etwas weiter der berühmte Königsstuhl. Er mochte das Behütende in diesem Bild, mochte, wie das Land die See umfasste und sie zu bändigen versuchte.

Nahe der Seebrücke standen klassisch gestreifte Strandkörbe in Reih und Glied, sämtlich der Sonne zugewandt. Kinder mit ihren Sandburgen, dösende Erwachsene, knutschende Halbwüchsige. In der Luft der Geruch von Sonnenmilch. Hahn ging nah am Wasser entlang, spürte bei jedem Abrollen seiner Fußsohlen der Festigkeit und Nachgiebigkeit des Sandes nach. Was sich unter seine Füße schmiegte und nur für einen Wellenschlag seine Spur festhielt, war einmal Gestein, ein Fels vielleicht, durch Wasser und Zeitläufte zu Pulver gemahlen.

Alle paar Schritte blieb er stehen und schaute aufs Wasser. Wie der Schulbub von früher versuchte er die Unendlichkeit dieses Bildes zu begreifen. Was kam nach dem Horizont? Und dahinter? Und dahinter? Der Trost der Unendlichkeit und ihre Unbegreiflichkeit. In der oberen Hälfte dieses Panoramas das Universum, unten das erdumspannende Wasser, das allem, was fest war, bewies: Es gab nur Wandel, nichts blieb.

Drei Stunden lief er am Strand entlang, atmete tief die Seeluft ein, die sich mit dem Duft von Kiefern vermischte. Gern würde er sich furchtlos dem stellen, was auf ihn zurollte, doch leider war er kein Filmheld, nur ein ängstliches Menschenkind.

Auf seinem Balkon hatte Hahn den Sonnenschirm aufgespannt, ein maritim gestreiftes Polster in den Korbstuhl gedrückt und sich aus der Minibar einen Orangensaft geholt. Eine Idylle für Sommerfrischler, läge nicht der Stapel Aids-Literatur auf dem weißen Metalltisch. Um sich Sachlichkeit zu verordnen, nahm er einen Kuli zur Hand und begann mit seiner Lektüre.

Aids, erworbene Immunschwäche, hervorgerufen durch das Humane Immundefizienz-Virus, kurz HIV. Familie der Retroviren.

Eine ansprechende Illustration zeigte die äußere Hülle des Virus, die einer Kastanienhülle glich. Erinnerte an eine mittelalterliche Waffe, den Morgenstern. Die zahlreichen Stacheln der Virushülle (Spikes) sind Andockstellen, mit denen es eine Verbindung zur Wirtszelle herstellte. HIV konnte nur an Zellen andocken, die ein bestimmtes Protein aufwiesen (CD4-Zellen). Das Perfide: Genau diese Zellen, die Helferzellen, verteidigten das Immunsystem gegen Krankheitserreger. HIV griff nicht nur diese Schutztruppe des Körpers an, es schleuste auch seine Erbinformationen in die Wirtszelle und nutzte die gekaperte Zelle, um seine Informationen wieder und wieder zu kopieren und Proteine für weitere Viren zu produzieren. Hochintelligente Kriegsführung, fand Hahn: Die gesamten Abwehrwaffen wurden nicht nur kaltgestellt, sondern auch noch umgedreht. Alle Versuche, das Virus unschädlich zu machen, waren bisher gescheitert: Um sich unangreifbar zu machen, änderte HIV beständig seine äußere Hülle.

Hahn lernte viel über RNA und DNA, Hüllproteine und Enzyme, Protease und Reverse Transkriptase. Ihm schwirrte der Kopf, aber er musste wissen, was in seinem Körper vor sich ging. Nach internationaler Klassifizierung befand er sich in Kategorie B, wobei Kategorie A eine Infektion ohne Symptome anzeigte, Kategorie C das Vollbild. Sollte es ihn trösten, nach wissenschaftlicher Definition noch kein Aids zu haben? „Woran leiden Sie?“ – „An Kategorie B.“ Als wäre seine Krankheit sprachlicher Natur.

Seufzend stand er auf, trat aus dem Schatten des Schirms in die Sonne und spürte erst jetzt, wie verspannt er am Tisch gekauert hatte. Er reckte sich, wollte gern die Broschüren Broschüren sein lassen, hatte aber das Schlimmste noch vor sich. Wenn er jetzt nicht weiterlas, würde er es nie tun.

Es kostete ihn Überwindung, ein Buch aufzuschlagen, das sich speziell mit dem Krankheitsverlauf beschäftigte. Einige Symptome waren ihm bereits vertraut: Abgeschlagenheit, Fieber, Appetitlosigkeit. Lungenentzündungen standen ebenfalls ganz oben auf der Liste, auch die PCP, der er glücklicherweise entkommen war. Erst jetzt begriff er, wie gefährlich sie war, weil das von ihr befallene Organ den lebenswichtigen Gasaustausch nicht mehr leisten konnte. Weitere Symptome: Infektionen mit einer Vielfalt von Erregern wie Parasiten, Pilzen, Viren und Bakterien. Aids konnte das Herz befallen, Leber, Bauchspeicheldrüse, den Magen-Darm-Trakt, Lunge, Blut und Knochen. Geschwüre traten auf, Blutungen, Infektionen des Herzmuskels, Leber- und Nierenabszesse. Unbegrenzte Möglichkeiten, wie ein Organsystem nach dem anderen von immer neuen Mikroben und bösartigen Tumoren befallen wurde. Häufig anzutreffen waren bösartige Lymphknotenvergrößerungen, die Toxoplasmose, eine Infektion des Gehirns, und das Kaposi-Sarkom, eine Art Hautkrebs. Nach und nach war der ganze Körper mit linsengroßen dunklen Flecken übersät, später konnten auch die inneren Organe befallen werden.

Hahn war dankbar, als der Ratgeber von der Aufzählung der Geißeln zur Behandlung überging. Besonders umfangreich war das Kapitel allerdings nicht. Der größte Erfolg bestand bisher darin, die Ursache der Immunschwäche vergleichsweise rasch entdeckt zu haben. Inzwischen wusste man eine ganze Menge über Ansteckungswege, Krankheitsverlauf und Therapiemöglichkeiten. Die auftretenden Infektionen hatte man besser im Griff, Mittel wie das berühmte „AZT" konnten ihre Auswirkungen eine Weile mildern. Fortschritt ja, aber von Sieg keine Rede. Jede Infektion endete mit einem Totalschaden der Maschine Mensch.

Nachdem Hahn mehrere Stunden gelesen hatte, stopfte er Bücher und Broschüren in die Plastiktüte zurück und schaute auf die Binzer Bucht. Es war noch hell, aber Richtung Saßnitz blinkten erste Lichter.

Im besten Fall mehrere Jahre hatte Richardy ihm gegeben, vermutlich eher am unteren als am oberen Rand. Was bedeutete das? Zwei, drei, sogar vier Jahre? Ärzte wollten stets Hoffnung verbreiten, Hoffnung war Teil der Therapie, da kannte er sich aus. Trotz allem machte ihm die Lektüre paradoxen Mut. Die größte Angst hat man stets vor dem Unbekannten. Von Furchtlosigkeit konnte zwar keine Rede sein, aber er spürte die Ruhe, die einkehrte, wenn man im Angesicht der Katastrophe die Augen nicht verschloss. Er konnte niemand anderen für sich sterben lassen, also würde er versuchen müssen, den Kopf oben zu halten, solange es ging.

Leichter Wind war aufgekommen, die bisher glatte See schob schmale weiße Schaumkronen vor sich her. Auf der Insel war es frischer als im frühsommerlichen Berlin. In seinem Sommerhemd wurde ihm langsam kalt. Er nahm seine Windjacke aus dem Schrank und beschloss, sich ein Restaurant zu suchen. Ein Bier wäre jetzt auch nicht schlecht.

Die „Pizzeria Milano“ sah noch am vertrauenerweckendsten aus. Die Wände mit südlichen Acryllandschaften dekoriert, gab sich die restliche Ausstattung mit ihren Stahlrohrstühlen und roten Plastikpolstern putzleicht deutsch. Das Restaurant war nur halb gefüllt, also bekam er sicher einen Platz mit Aussicht. Bei einer mäßig gelaunten sächselnden Kellnerin orderte er ein Pils und eine Pizza Margherita, damit konnte man nicht viel falsch machen.

Vielleicht einige Jahre. Gleich zwei Unbekannte in einem Satz. Durch seine Lektüre war er auf dem Grund angekommen. Von dort aus würde er wichtige Entscheidungen treffen müssen, vor allem in Bezug auf Isa. Bisher hatte er sich gedrückt, feige vielleicht, aber es ging nichts anders. Er musste entscheiden, ob er ihr einen Mann zumuten konnte, der in absehbarer Zeit zum Pflegefall würde. Wahrscheinlich war es das Beste, wenn er sich von ihr trennte. Doch war das Sorge um Isa oder nur Edelfurnier, um sich elegant aus ihrer Beziehung zu stehlen? Und schließlich die Zentnerfrage: Traute er es sich zu, seine Restzeit allein durchzustehen?

Die Kellnerin knallte ein flott gezapftes Pils auf den Tisch, und er nahm die ersten Schlucke in tiefen Zügen. Herrlich. Alles kleine Fluchten, das Bier wie die Reise. Mal eben ausbüxen, sich verstecken vor der Welt, aber wennschon. Draußen studierten ältere Ehepaare unentschlossen die Speisekarten. Es hatte leicht zu regnen begonnen, der Niesel war aber so fein, dass man ihn nur an den hellgrauen runden Flecken neben den immer noch aufgespannten Sonnenschirmen erkannte.

Als die Bedienung seine Pizza servierte, stand sogar der Anflug eines Lächelns in ihrem Gesicht. „Einen guten!“

Mit stumpfem Messer säbelte er ein Stück ab. Ziemlich trocken. Systematisch arbeitete er sich zur saftigeren Mitte vor. Diesen Geschmack kannte er doch? Konnte es sein, dass die hier Fertigpizza servierten? Verdächtig perfekt sah sie jedenfalls aus, so gar nicht handgemacht. Mit den Fingern hob er den Teig an, um nachzusehen, ob darunter noch ein Stück industriellen Backpapiers zu finden war.

„Tiefkühlpizza, nicht?“ Ein einzelner Herr am Nebentisch schaute ihm amüsiert zu, vor sich ebenfalls eine Pizza, halb verzehrt und beiseitegeschoben.

„Das kann doch nicht sein“, sagte Hahn grinsend.

„Dr. Oetker, würde ich vermuten.“

„Genau. Deswegen kommt mir der Geschmack so vertraut vor.“

„Mit der kulinarischen Wiedervereinigung dauert es wohl noch eine Weile."

Der Mann im silbergrauen Anzug und offenem weißem Leinenhemd sah ein wenig zu gut für diesen Laden aus. Aber er schien Spaß an der Unfähigkeit, Improvisation oder schlicht Frechheit dieses Urlaubsparadieses zu haben. „Sind Sie auch allein? Wollen Sie sich nicht zu mir setzen?"

Normalerweise würde Hahn keine Sekunde überlegen, jede Gelegenheit zur Wirklichkeitsberührung war ihm recht. Heute zögerte er, doch der Mann mit seinen schlohweißen Haaren – um die sechzig mochte er sein – sah mit seinen wasserhellen Augen nicht uninteressant aus.

„Gern", antwortete Hahn und zog um.

Eine Weile machten sie Konversation. Urlaub? Wann angekommen? Hotel, Apartment? Kennen Sie Rügen? Hahn staubte ein paar Ausflugstipps ab – die Fahrt im historischen Dampfzug nach Putbus, die Feuersteinfelder kurz vor Saßnitz. Als Inselneuling konnte er allerdings nichts beitragen. „Sie sind auch alleine gereist?", fragte er schließlich neugierig.

„Meine Frau kommt nach. Sie arbeitet als Bibliothekarin und hat erst ab übermorgen ein paar Tage Urlaub."

„Ist Ihnen nicht langweilig?"

„Nur beim Abendessen", lachte der Mann, der sich als Lehmann aus Leipzig vorgestellt hatte. „Und warum sind Sie allein wie eine Mutterseele, wenn ich fragen darf?"

„Ich bereite mich aufs Sterben vor", hörte Hahn sich sagen und mochte die Worte am liebsten sofort wieder in seinen Mund zurückstopfen. Was ging das den armen Mann an?

„Warum die Eile?"

Hahn musste lachen, halb der prompten Reaktion wegen, halb aus Verlegenheit. „Ich habe leider keine Wahl."

„Eine Krankheit?", tippte Lehmann.

„Bingo."

Eine lange Pause entstand. Hahn bedauerte es, den Fremden in diese unangenehme Lage gebracht zu haben. Der Tod war nicht gerade ein adäquates Thema für eine Urlaubskonversation. Doch der Mann schaute ihn sehr direkt an: „Gut für Sie, gut für Ihre Angehörigen."

„Wie bitte?"

„Ich glaube, es hat aufgehört zu nieseln. Wollen wir ein paar Schritte gehen?"

Von dem sogenannten Restaurant waren es nur wenige Schritte bis zur Promenade. Die Promenade hinter der Düne war verwaist. Kaum hatten sie sich von der Seebrücke entfernt, begann der Leipziger von seiner Tochter Julia zu erzählen. Bis 1989, da war sie einundzwanzig, hatte sie wenig für den Sozialismus übrig. Kaum war die Mauer gefallen, ekelte sie der auftrumpfende Westen jedoch an, die Fanfaren des Sieges, der Hochmut den Bewohnern der DDR gegenüber, besonders aber der westliche, aggressiv verteidigte Mangel an politischem Engagement. Mit einem Mal begann sie sich für den Sozialismus zu interessieren, nicht nur theoretisch. Mit einer Nichtregierungsorganisation ging sie in das vom langen Bürgerkrieg verwüstete Mosambik, wo ebenfalls 1989 der Marxismus-Leninismus als Staatsideologie abgeschafft worden war.

Jahrzehntelang hatte die DDR die Befreiungsbewegung FRELIMO unterstützt und sich besonders im Aufbau des Bildungswesens engagiert. Weil die Ergebnisse dieser Hilfe in Gefahr waren, half Julia mit anderen Freiwilligen bei Ausbau und Erhalt des Schulwesens. Kein leichtes Unterfangen bei dreiundneunzig Prozent Analphabeten. Vor drei Jahren dann die Schreckensnachricht: Als vollkommen unbeteiligte Passantin war sie in eine gewaltsame Auseinandersetzung zwischen korrupten Polizisten und Kriminellen geraten und dabei erschossen worden.

„Wir konnten nichts tun, wir waren weit weg", sagte Lehmann leise. „Seither ist für uns nichts, wie es war."

„Das tut mir sehr leid."

„Ich kenne Ihre gesundheitlichen Probleme und Ihre Lebensumstände natürlich nicht, aber ich halte es, in Anführungszeichen gesprochen, für ein großes Glück, dass Ihre Angehörigen die Chance haben, sich vorzubereiten. Es ist ein Geschenk, sich verabschieden zu dürfen. Sie glauben nicht, was ich dafür gäbe, wenn ich nur fünf Minuten mit unserer Tochter hätte sprechen dürfen, wenn ich ihr hätte sagen können, wie lieb wir sie haben."

Hahn fühlte sich ertappt, wusste nicht, was er sagen sollte. Lange gingen sie schweigend nebeneinanderher, lauschten dem Klang der See. Der Wind hatte zugenommen, die Brandung schlug geräuschvoll, aber mit beruhigender Regelmäßigkeit an den Strand. Möwen schrien aufgeregt oder freudig, wer wusste das schon.

„Ich wollte hier mit mir ins Reine kommen", erklärte Hahn schließlich. Wenn der Fremde schon so offen sprach, konnte auch er aufrichtig sein. „Aber möglicherweise bin ich nur davongelaufen."

„Ein Deserteur?“

„Wäre nicht das Schlechteste“, sagte Hahn sarkastisch. „Deserteure werden erschossen.“

Lehmann blickte ihn von der Seite an, war aber zu diskret, weiterzubohren.

„Wie haben Sie den Verlust Ihrer Tochter bewältigt?“, fragte Hahn. „Sie wirken so souverän.“

„Ob ich es bewältigt habe, ist die Frage. Meine Frau und ich standen kurz vor der Scheidung. Die Ehe hat die Trauer nicht auffangen können, sondern verdoppelt. Aber wir haben noch eine Tochter, der mussten wir beistehen. Das hat geholfen. Und irgendwann ist uns klar geworden, dass Julia eine Trennung ihretwegen nie gewollt hätte. Also haben wir versucht, uns in ganz kleinen Schritten aus der Negativität zu befreien und wenigstens einmal am Tag die Schönheit zu suchen.“

„Wie meinen Sie das?“

„Kleinigkeiten. Ein noch warmes Brötchen vom Bäcker, die ersten Forsythien im Jahr, die späten New Yorker Bilder von Mondrian. Übermorgen ist der Jahrestag von Julias Tod, und wir wollten ihn nicht eingeigelt zu Hause verbringen, sondern hier am Meer. Sie hatte das Wasser geliebt, es war für sie das Schönste.“

„Schönheit ist ein so großes Wort. Eine Tiefkühlpizza von Dr. Oetker gehört eher nicht dazu.“

„Doch“, sagte der Fremde lächelnd. „Wenn sie zu einem guten Gespräch führt, schon.“

In den nächsten Tagen hielt Hahn immer mal wieder nach Lehmann Ausschau, vermochte ihn aber nirgends zu entdecken. Das Schöne suchen, das sagte sich so leicht. Schönheit war Hahns Sache nicht, dafür war immer Fex zuständig gewesen. Natürlich besuchte er Museen und Galerien, ging er ins Theater, allein schon wegen Isa. Aber was ihn wirklich berührte, fand er nicht in der Kunst, sondern in seinem Beruf. Für ihn gab es nichts Bewegenderes als die reichhaltige, immer wieder überraschende Palette menschlichen Verhaltens. Max und Marion Mustermann, das hatte er schnell begriffen, gab es nicht. Lernte man die menschliche Rasse im Singular näher kennen, entpuppte jeder sich als Sonderausgabe. Nichts begeisterte ihn mehr als der unverhoffte innere Reichtum, die Originalität oder der scharfsinnige Humor einer Allerweltsperson, der man das nie zugetraut hätte. Deshalb schaute Hahn so selten fern, er zog den großen Apparat Wirklichkeit vor. Das wäre sein ganz persönlicher Begriff von Schönheit: solange es ging, mit allen Sinnen auf Empfang gehen, Tag für Tag das Leben wittern.

Was seine Unentschlossenheit Isa, Fex und dem Vater gegenüber anging, hatte Lehmann ihm unwissentlich die Leviten gelesen. Vater war noch die leichteste Übung: Ihn würde er informieren, wenn es aufs Ende zuging, vorher nicht. Vor Isa aber durfte er nicht länger weglaufen, allein schon wegen der möglichen Ansteckung musste er sie ins Vertrauen ziehen. Schluss auch damit, sich aus ihrer Beziehung zu mogeln. Eine Trennung wäre die Verlockung eines anderen Lebens – doch für ihn gab es kein anderes Leben mehr.

Fex … Fex war ein echtes Problem. Jedes Mal, wenn er an ihn dachte, spürte er blanke Wut. Wie sollte er ihm jemals wieder in die Augen sehen, ohne zu denken: Du warst das, du bist schuld?

In den folgenden Tagen unternahm er lange Strandspaziergänge, immer barfuß, die Nase im Wind, die Augen aufs Meer. Dann wanderte er die Kreideküste entlang bis zum Seebad Sellin, durchstreifte die Buchen- und Eichenwälder der Granitz, er stieg auf den Turm eines Jagdschlosses und staunte über die Weite des Blicks. Seen und Kesselmoore lagen ihm zu Füßen, Wälder gingen in sanfthügelige Wiesen und Felder über, ein wild gezackter Bodden spiegelte das Sonnenlicht, als wäre er mit einer Glasscheibe abgedeckt. Wäre er gläubig, diese Natur würde ihn mit religiöser Inbrunst erfüllen. Doch er hatte immer nur ein laues Verhältnis zu Gott gehabt. Jetzt war es kalt. Dennoch durchzuckte ihn bei solchen Bildern eine atemlose Liebe zum Leben. Es war nicht Verzweiflung, die so wehtat. Es war die Hoffnungslosigkeit.

Eines Nachmittags ging er in eine Bäckerei, um sich ein belegtes Brötchen zu kaufen. Ein Ehepaar mit einem etwa fünfjährigen Sohn konnte sich beim Kuchen nicht entscheiden. Der Junge hüpfte hin und her, klammerte sich schließlich verträumt an Hahns Bein und starrte Löcher in die Luft. Der ließ ihn eine Weile in Ruhe und sagte dann: „Ich glaube, du hast den falschen Papa erwischt." Der Kleine schaute erschrocken hoch und flüchtete sich schleunig an die Beine seines Vaters. Diese Episode versetzte Hahn einen Stich: Da würde nie jemand sein, der Papi zu ihm sagte.

Er mochte Kinder. Sein nie ausgesprochener Plan hatte darin bestanden, irgendwann beim Sender in eine Festanstellung zu wechseln, um die finanzielle Sicherheit für eine Familie gewährleisten zu können. Mit Isa war das aber kaum möglich, als Kostümbildnerin gehörte sie zum „fahrenden Volk". Und nun war sein Sperma verseucht.

Er bemühte sich, es Lehmann nachzutun. Auf seinen Spaziergängen fertigte er eine mentale Liste von Dingen und Momenten an, die er liebte: Käsekuchen und Pflaumenmus. Bachs Brandenburgische Konzerte. Die Vespa, die er sich nie geleistet hatte. Frauen mit echten langen blonden Haaren. Den Bahnhof von Florenz, Radtouren auf holländischen Deichen, eine eiskalte Cola an einem Hochsommertag. Zu-Bett-Gehen vor dem ersten Urlaubstag. Das Wort Straßenkreuzer. Wie Kinder sich über Kacke-Witze beömmeln. Die Hingabe der Frauen beim Eincremen.

Eine Vespa könnte er sich immer noch zulegen …

Parallel dazu erstellte er eine zweite Liste. Plagen des Alltags, von denen er von nun an verschont bleiben wollte: Zahnarztbesuche. Die bei Freiberuflern so vertrackte Steuererklärung. Anzüge kaufen. Die Notwendigkeit, an eine Altersvorsorge zu denken. Ärger mit jeder Art von Vorgesetztem. Vaters Geburtstag. Bierbauch, Krampfadern, Falten und Runzeln, das Älterwerden halt. Was er bisher unbefragt als Dasein genommen hatte, hatte urplötzlich einen hohen Ton angenommen, war zum Schicksal geworden.

Nach fünf Tagen Rügen stellte sich ein Gefühl ein, das er als gutes Zeichen nahm: Langeweile. Es wurde langsam Zeit, nach Hause zurückzukehren.

Fex hatte nicht lange überlegen müssen. Im Gegensatz zu ihm hatte Isa nie die Zweitschlüssel für Hahns Wohnung erhalten, wahrscheinlich eine spätpubertäre Unabhängigkeitserklärung. Ob es Hahn nun passte oder nicht, Fex hatte das Paar von seinem Schlüsselbund entfernt und Isa in die Hand gedrückt. Sie hatte das Recht auf eine Erklärung. Ganz uneigennützig war seine Handlung nicht: Auf diese Weise konnte er diskret in Erfahrung bringen, wie es um Hahn stand.

In diesen Tagen sprach Fex kaum ein Wort. Während Hahn vermutlich bis zur Halskrause in der Scheiße steckte, schwebte er selbst im Nichts. Johanna meinte es gut, aber ihre ständigen Ermahnungen, dass es hier nicht um Schuld ginge, hatten den gegenteiligen Effekt. Sie mochte ja recht haben, doch je vehementer sie ihn freisprach, desto schuldiger fühlte er sich. Um ihr zu entkommen, saß er stundenlang auf dem Dach und schaute in den Himmel. Zutiefst erschrocken ertappte er sich dabei, Hahn in Gedanken sterben zu lassen, um endlich frei zu sein. Frei von dieser Liebe, frei von Verantwortung. Beschämt griff er dann nach seinem Notizblock und schrieb. Die Arbeit an seiner Anthologie ruhte. Was er auf dem Dach dem Papier anvertraute, waren Gefühlssplitter, die seiner Seelenlage näher kamen als jedes Grübeln über Schuld, Scham und Medizin.

noch ein paar Tage
bis zu den Blättern
g r ü n rufst du und
wir werden uns nicht mehr sehn

Solange er denken konnte, nahm er in stürmischen Zeiten einen Stift zur Hand und versuchte sich an kleinen Gedichten. Ob sie gut waren, kümmerte ihn nicht, wichtig war nur, in ihnen einen Gesprächspartner zu finden.

Hielt er die Einsamkeit auf dem Dach nicht mehr aus, streifte er durch die Straßen seines Viertels oder ging ins Museum, um auf andere Gedanken zu kommen. Besonders lieb waren ihm die Sammlungen außereuropäischer Kunst in Dahlem. Ihm taten die Holzschnitte und Masken, Tonfiguren, Amulette und Kultgeräte gut, sie ließen ihn wieder die Wanderjahre seiner Kindheit und Jugend fühlen. Afrika – die Verheißung, das Trostpflaster. Nirgendwo sonst hatte er trotz der dramatischen Lebensumstände Menschen so lachen sehen, ein Lachen, das sich vom Bauch ausgehend bis in die Zehenspitzen fortsetzte.

Eine der afrikanischen Holzskulpturen hier sah ganz und gar nicht freundlich aus, vielleicht zog sie ihn deswegen so in ihren Bann. Mit furchterregendem Grinsen saß ein junger Krieger in der Hocke, gebleckte Zähne nicht nur im Gesicht. Auch um Handgelenke und Fußknöchel wanden sich je zwei Reihen großer, weißer Zähne. Lange konnte er die Augen nicht abwenden, bis er begriff: Der schrecklich grinsende Mann war der Tod.

Obwohl das Hotel ihm die Nacht voll berechnete, verließ Hahn noch am Sonntagabend Binz. An den Rügener Abenden war er todmüde ins Bett gefallen. Wie eine Gnade hatte er den ungewohnt tiefen Schlaf empfunden, ein Kräftesammeln vor der langen Reise. Vielleicht war es die gut gewachsene junge Frau in seinem Zugabteil, den vielen Büchern nach eine Studentin auf dem Rückweg von zu Hause, die ihn daran erinnerte, dass sein Körper noch etwas anderes als ein Schlachtfeld war. Verstohlen beobachtete er, wie sie ihre Tasche auf der Gepäckablage nach ihrem Walkman absuchte, registrierte, wie ihr T-Shirt hochrutschte und eine Handbreit Haut freigab. Sie war sehr hübsch, und obwohl er sich dagegen wehrte, reagierte sein Körper auf die gewohnte Art, als wäre nichts geschehen. Einmal noch eine Frau im Arm halten, einen vitalen Körper spüren, das Herzklopfen, die schmerzhaft verlängerten Sekunden vor dem Orgasmus.

Als er kurz nach Mitternacht am Bahnhof Zoo eintraf, ging er zur U-Bahn, um nach Hause zu fahren, doch seine Schritte wurden immer zögerlicher. Es war Sonntagnacht, da veranstaltete Missy ihren SKIN KLUB. Hieße das nicht, zwei Fliegen mit einer Klappe zu schlagen? Er könnte den Anblick seiner leeren Wohnung noch eine Weile hinauszögern und gleichzeitig seine Lust, zumindest die seiner Augen, füttern.

Der glatzköpfige Muskelberg am Eingang schien ihn noch von der Reportage her zu kennen. Freundlich winkte er ihn aus der Schlange raus und hielt ihm die Tür auf. Die dralle Garderobenfrau machte ihm schöne Augen, während sie einen Kleiderbügel über den Tresen schob. Das hatte er ganz vergessen: Hier brauchte man ein sexy Outfit oder musste viel Haut zeigen. Panisch überlegte er, welche Unterhose er anhatte. Er öffnete den obersten Knopf seiner Hose und schaute diskret nach. Der rote Slip, der auf retro machte. Das musste reichen. Er hing Hose und Hemd auf den Bügel und gab zusätzlich sein Reisegepäck ab, eine große Plastiktüte von „Drospa". Skeptisch schaute er an sich herunter. Hatte er schon zu viel abgebaut, oder konnte er sich noch sehen lassen?

„Schöner wirste nich", feixte die Garderobenfrau. „Is aber auch nicht nötig, für mich reicht's."

„Ach, die Schuhe", sagte Hahn und zeigte auf seine Botten, die mit dem Slip einfach nur blöd aussahen.

„Warte mal, ich hab hier eine Kollektion vergessener Latschen. Weiß der Himmel, wie diese Leute nach Hause gekommen sind. Geflogen?"

Kurz darauf schlappte Hahn in etwas zu großen Flipflops ins Allerheiligste des SKIN KLUBS. Eine Welle von Musik, Zigarettenrauch und Geschwätz schlugen über ihm zusammen. Beinahe hätte er kehrtgemacht: Der Wechsel von der Kaffeekränzchenruhe an der See zu diesem Kessel siedender Hormone war so abrupt, dass ihn Schwindel erfasste. Sicherheitshalber hockte er sich mit dem Rücken zum Geschehen an die Bar und bestellte erst mal ein Bier.

Danach ging es ihm besser, und er schaute sich in Ruhe um. Das schwarz gestrichene Souterraingelass war schon gut besucht. Jede Form von Fetischoutfit war zu sehen, von Camouflage bis Gummi, von Gasmaske bis Fantasieuniform. Wer keine sexuelle Spezialität signalisieren wollte, war mehr oder weniger nackt. Frauen oben ohne, dazu winzige Röckchen, Männer in Hosen, die Arsch und Schwanz freiließen. Auf der kleinen Bühne zeigte ein Paar eine Fesselungsnummer. Hier und da wurde in Zweier- und Dreiergruppen so heftig herumgemacht, dass er nicht entscheiden konnte, ob es noch Fummeln oder schon Sex war. Doch die meisten Gäste warteten mit der professionellen Ungerührtheit von Nachtschattengewächsen einfach ab.

Eine Frau im Lederkorsett setzte sich neben ihn, bestellte ein Wasser, wendete sich ihm zu und lächelte. Hahn lächelte zurück, schüttelte aber fast unmerklich den Kopf. Die Lady nickte, erhob sich und verschwand zwischen den sich windenden Körpern auf der Tanzfläche. Schon bei der Reportage war ihm aufgefallen, wie nonchalant hier die Signale von Gunst und Ablehnung akzeptiert wurden.

Hahn trank sein Bier aus, drückte sich an der Tanzfläche lang und schaute eine Weile dem überdimensionalen Makramee der beiden Bondagekünstler zu. Er spürte interessierte Blicke von Frauen wie Männern und warf sich unwillkürlich in die nackte Brust. Absurd das alles. Was hatte ihn nur geritten, ausgerechnet hier aufzuschlagen? Er gehörte nach Hause ins Bett. Andererseits konnte es ihm scheißegal sein, was man tat oder nicht, Regeln galten für ihn sowieso nicht mehr. Trotzig betrat er den Darkroom, den er beim ersten Mal gemieden hatte. Komplett finster war es dort nicht, schemenhaft konnte man die Akteure erkennen. Zu seiner Rechten war eine Kleinorgie im Gange, links knutschte ein Frauenpaar in einer Ecke, und mitten im Raum kniete ein nackter Mann mit weit aufgerissenem Mund auf dem Boden. Die Dunkelheit schmiegte sich verlockend an seinen Körper.

Wie aus dem Nichts tauchte neben ihm eine Frau auf, vollkommen nackt, wie es schien, die ihre Hand über seinen Bauch fahren ließ, ein Fragezeichen aus Fleisch und Blut. Er wusste nicht, wie reagieren, blieb einfach stehen. Als sie vor ihn trat, erwartete er, dass sie ihm an die Unterhose ging, aber sie griff in sein Haar und küsste ihn lange. Hahn ließ auch das geschehen. Nur mit den Fingerspitzen strich er über ihren Körper, fühlte ihre jugendlichen Brüste. Jetzt griff sie doch an seine Unterhose. Er war erregt, aber nicht steif. Die Frau schien das nicht zu stören, beherzt nahm sie sich, wonach ihr der Sinn stand. Hin- und hergerissen zwischen Widerwillen und einer verzerrten Lust schloss er die Augen. Was tat er hier? Er hatte sich nach der atmenden Nähe eines Körpers gesehnt, aber wie er da in Flipflops und Schlüpfer in diesem engen, stinkigen Raum mit niedriger Decke stand, das war einfach nur erbärmlich.

Es war ihm furchtbar peinlich, die junge Frau so stehen zu lassen, aber er hielt es keine Sekunde länger aus. Bestürzt flüchtete er aus dem Darkroom. Einen Moment lang vom Licht geblendet, entdeckte er eine dunkle Nische am Ende der Bühne. Zitternd hockte er sich dorthin, den Kopf zwischen den Knien. Hatte er wirklich geglaubt, so leicht noch einmal in sein altes Dasein schlüpfen zu können? Nie wieder würde er mit einer Frau schlafen können, ohne dabei an den Tod denken zu müssen. Die Verbindung von Eros und Thanatos, dieses Feuilletonistenblabla, traf auf ihn ausnahmsweise einmal zu.

„Hahn!"

Die unverkennbar muntere Stimme von Missy. So gut es ging, bemühte er sich, ein neutrales Gesicht aufzusetzen. Er wollte sich keine Blöße geben, etwas lächerlich für einen Mann in Unterhosen.

„Wie schön, dass du dich mal wieder blicken lässt", begrüßte Missy ihn freundlich.

„Äh, ja. Es ist … also eigentlich wollte ich nur …"

„Du warst auch schon mal redegewandter."

Etwas besorgt musterte sie ihn, bugsierte ihn dann energisch zur Bar und bestellte bei der Tresenfrau ein Danziger Goldwasser, hochprozentiger Alkohol für die schwereren Fälle. Das schockierend süße Gesöff stieg ihm sofort zu Kopf. Er riss sich zusammen, bedankte sich für den seltsamen Schnaps und fragte artig nach, ob das echte Goldplättchen waren, die in dem Likör schwammen.

„Echtes Blattgold."

„Noch einen?", fragte Missy.

Jetzt war eh alles egal. „Aber so was von."

Das leicht vulgäre Mädel hinter der Bar füllte sein Glas erneut. Missy stieß so temperamentvoll mit ihm an, dass die Hälfte des

Hochprozentigen überschwappte und ihm die nackten Beine hinablief. Missy war untröstlich, rannte hinter den Tresen und kehrte mit einer Schüssel Wasser und einem Lappen zurück. Es war ihm unangenehm, aber sie kniete nieder, zog ihm die Flipflops aus und begann, seine Waden und Füße mit dem feuchten Lappen abzuwischen.

Wie er da auf seinem Hocker saß, diese lebenspralle Frau zu seinen Füßen, und ihre ganze ungekünstelte Zärtlichkeit spürte, konnte er die Tränen nicht länger zurückhalten. Die Schleusen einmal geöffnet, ließ er erstmals seit der Diagnose seinen Tränen freien Lauf. Er genierte sich nicht einmal, als Missy hochschaute und dieses jammervolle Bündel Mann entdeckte. Missy erhob sich, nahm ihn in den Arm und drückte seinen Kopf an ihre Brust. Er begann hemmungslos zu schluchzen.

Zu Hause war er froh, sich wieder in vertrauter Umgebung zu befinden. Todmüde schmiss er seine Plastiktüte auf den Küchentisch und ging schnurstracks ins Schlafzimmer. Als er das Licht einschaltete, entfuhr ihm ein leiser Schrei. Es dauerte einen Moment, bis er begriff, dass es Isa war, die da in seinem Bett lag.

Aus Schlafaugen musterte sie ihn lange, nuschelte schließlich: „Gott sei Dank."

Isa. Mit ihr hatte er nicht gerechnet. Augenblicklich meldete sich sein schlechtes Gewissen zurück. Was wusste sie? Wusste sie überhaupt schon etwas? Er hatte sie angelogen und ausgeschlossen. Sie würde entsetzt sein. Er hockte sich auf die Bettkante.

„Wie bist du denn reingekommen?"

„Fex."

„Dann weißt du es?"

Isa nickte matt.

Immerhin blieb ihm so ein Geständnis erspart. Es war ein schlechter Zeitpunkt, er war müde und niedergedrückt, aber um eine Erklärung würde er nicht herumkommen: „Bitte verzeih mir, ich musste zuerst mit mir selbst ins Reine kommen. Es ging nicht anders, tut mir furchtbar leid."

Isa richtete sich halb auf. „Mir auch, Hahn. Alles."

Wenigstens machte sie keine Szene, das könnte er jetzt nicht ertragen. „Ich bin so weit in Ordnung, aber das Wichtigste ist, dass wir dich sofort untersuchen lassen."

„Schon passiert, Fex hat einen guten Arzt. Ich habe es nicht."

Ein Ton löste sich tief in Hahns Eingeweiden und musste raus, ein harter, metallischer Laut. Freispruch. Erleichtert sackte er in sich zusammen.

„Komm her." Isa zog ihn in ihre Arme.

Zum zweiten Mal in dieser Nacht wurde er von einer Frau gehalten. Diesmal weinte er nicht. „Ich habe eine Heidenangst", stammelte er.

„Ich bin da", murmelte Isa. „Ich bin doch da."

MISSY

Im Gegensatz zum Rest der Welt bin ich sonntags beim Aufstehen traditionell mies gelaunt. Wenn ich auf Vorrat geschlafen habe, sieht mein Gesicht aus wie eine Pampelmuse. Gar nicht so leicht, ein paar Stunden später die Dompteurin schöner Bestien zu geben.

Ich bin nicht wie üblich zum Schrippentürken gegenüber geschlurft, sondern extra drei Blocks weiter ins Wiener Kaffeehaus, um mir deren überteuerte Croissants zu gönnen.

Nach dem Frühstück muss ich Luft tanken, ganz wortwörtlich, denn in den kommenden zweiundsiebzig Stunden wird meine Umgebung deftig mit Zigarettenqualm, Alkoholausdünstungen, Schweiß, Poppers und Marihuanaschwaden angereichert sein – in dieser Reihenfolge.

Luft gibt es an der Krummen Lanke zur Genüge, ansonsten kann man da nicht viel mehr machen, als drum herum zu laufen. Ich finde das beruhigend. Außerdem mag ich diese Pseudonatur der Großstädte, obwohl, oder vielleicht gerade weil, ich vom Land komme. Aus der Nähe von Kleve, um genau zu sein.

Während ich meine Runde drehe, stößt mir der Nachbar von zwei Etagen höher wieder auf. Als ich frühmorgens die Treppe hochstieg, ging der Sack gerade auf Schicht und machte wie immer seine giftigen Schweinsäuglein. Diesmal gab es noch ein gezischtes „Drecksnutte!" als Zugabe. Ohne stehen zu bleiben, habe ich gerufen: „Ich kann dich auch gut leiden, du Sonderangebot!" Diese empörte Spießerfresse – herrlich! Falsch lag der Typ auch noch: Eine Nutte kassiert Geld für sexuelle Dienstleistungen, das würde ich nie tun. Ich verdiene meinen Lebensunterhalt damit, Menschen zu helfen, Freude aneinander zu haben.

Das war nicht immer so. Früher habe ich berufsmäßig dem Staat geholfen, seine Bürger zu triezen. Selbst als kleine Sachbearbeiterin auf dem Arbeitsamt hat man Macht über Menschen. Die meisten Kollegen denken lieber nicht darüber nach, weil sich damit schlecht leben lässt. Ablehnende Bescheide, falsche Auskünfte, schlecht oder nicht vermittelte Stellen können ein ganzes Leben ruinieren. Es war aber nicht das Unbehagen an der Amtsmacht, das mich genervt hat, so heilig bin ich nun auch wieder nicht, sondern die Langeweile. Publikumsverkehr ist schön und gut, aber nach der fünfzigsten Sozialoperette steckt auch die engagierteste Sachbearbeiterin in der Wiederholungsschleife.

Und erst die Kollegen! Durchaus nette dabei, aber die meisten waren lebensbedrohend durchschnittlich. Nie hätte ich gedacht, dass die Schwere eines Amtsgebäudes einen regelrecht umprogrammiert, der Geruch in den Toiletten, die Funktionsmöbel in Beige und Kotzgrün, die Katzenkalender. Du redest wie Arbeitsamt und denkst wie Arbeitsamt. Übertrieben gesagt: Irgendwann pupst und lachst du sogar wie Arbeitsamt.

Was hatte ich früher den Kopf über Leute geschüttelt, die abends nur noch zu der Entscheidung fähig sind, welches Fernsehprogramm sie einschalten sollen. Ich war schlimmer. Ich war am Feierabend so alle, dass ich wie ein Zombie in die Glotze starrte, unfähig, auch nur umzuschalten.

Freitags ab drei begann dann mein Leben. Fünf Tage lang war die Uhr gekrochen, jetzt raste sie. Aber der Exzess am Wochenende war genauso krank wie die Ödnis der Arbeitswoche. Partys, Geburtstage, Kneipentouren, immer zackig alkoholisiert, das wilde Leben für zwischendurch.

Ich bin nicht abergläubisch, aber ausgerechnet im dreizehnten Berufsjahr ging meine Welt in Scherben. Ich war in die Ausländerkartei versetzt worden, wo die Monotonie ungeahnte Ausmaße erreichte. Zuständig unter anderem für Korea, lautete der Name meiner gesamten Klientel Kim. Kims, wohin das Auge blickte. Kim, Kim, Kim. Kim Chung-hee, Kim Jong-il, Kim Gwang-jo! Jeder einzelne dieser gottverdammten Koreaner hieß nicht nur Kim, er hatte auch ziemlich verhandelbare Vornamen, wusste sein Geburtsdatum „zufällig" gerade nicht mehr und die Stadt seiner Geburt schon mal gar nicht. Heimatlose, ahnungslose Kims! Wer von ihnen schon wie lange in Deutschland war, welche Arbeitserlaubnis sie wann, wie, wo und von wem bekommen hatten, ließ sich unmöglich herausfinden. Ich war umringt von Kims, sie fesselten mich, lähmten mich, drückten mir die Luft ab. In dieser Situation tat ich das einzig Vernünftige: Ich erteilte allen Kims sämtliche Erlaubnisse und Genehmigungen. Mag sein, dass man mir in Korea dafür Denkmäler baut, aber meine Amtsleitung in Kleve war nicht so begeistert. Man leitete ein Verfahren ein, stufte meine Handlungsweise als Dienstvergehen ein und setzte mich vor die Tür. Es war das große Glück meines Lebens, ich wusste es nur noch nicht. Hätte mir jemand geweissagt, ich würde ein paar Jahre später mehr oder weniger vergnügt an einen

See in der Hauptstadt fahren und mich auf eine Nacht voller Sex vorbereiten, ich hätte seinem Vögelchen Wasser gegeben.

Glück ist auch nur Arbeit, Freiheit sowieso. Es hat eine Weile gedauert, bis ich das kapiert habe. Zurück in Reih und Glied kam nicht infrage, also blieb nur die Flucht. Ich musste dem Tratsch entkommen, den scheelen Blicken, auch meiner Scham.

Es war nicht schön, das erste Berliner Jahr in fünfundvierzig schäbig möblierten Quadratmetern Moabit zu verbringen. Ich mochte dieses Berlin nicht, die Stadt drehte mir den Rücken zu. Notgedrungen habe ich flott neue Begriffe gelernt – Eventagentur, Location, Catering – und als schlecht bezahlte bessere Kellnerin auf Empfängen und Kongressen gejobbt: „Noch ein Millefeuille für die Dame?" Ich habe mir Plattfüße dabei geholt, eine Sehnenscheidenentzündung und die Erkenntnis, dass einen nichts so duckt wie die Einsamkeit.

Bei meinen Einsätzen fand ich nach und nach heraus, wer sich alles unter den schwarzen Hosen und weißen Hemden beziehungsweise schwarzen Röcken und weißen Blusen verbarg: spannende Existenzen, Maler, Studenten, Spinner, Musiker, Lebenskünstler, Dichter, Partytypen. Manche waren verrückt, andere nur verschroben, aber die meisten trugen ihre Ecken und Kanten mit Stolz. Nach und nach fanden meine Füße Halt. Offenbar hat die garstige Tante Berlin mich akzeptiert. Ohne es groß zu merken, bin ich angekommen. Wie ich in meinen weißen engen Lederhosen und dem pinken Top um den See spaziere, ein polynesisches Kettenmuster rund um den Hals tätowiert, bin ich längst festes Mitglied des Berliner Menschenzoos geworden, Abteilung nächtliches Gefieder, glücklicherweise eher Paradiesvogel als Schnapsdrossel.

Wieder zu Hause, guckt ein Din-A4-Umschlag aus meinem Briefkasten. Sonntags? Ein handgeschriebener Zettel flattert mir entgegen: *War sich falsch in mein Briefkasten, Snejana.* Meine süße tschechische Nachbarin. Der Inhalt des Briefes ist weniger süß. Eine Anwaltskanzlei in Kleve. Mein Exmann hat seine Drohung wahr gemacht und will mich vor Gericht zerren, damit ich ihm Unterhalt zahle. Ich ihm! Einem Vierunddreißigjährigen im vollen Saft! Bisher habe ich das alles für Blabla gehalten, jetzt muss ich mich nach einem Anwalt umhören. Schämt der sich nicht, ein gesunder, kräftiger Mann, der sich von einer Frau aushalten lässt? Glücklicherweise habe ich bei der Eventagentur nur eine halbe Stelle, mein Engagement als Königin der Nacht wird schwarz abgerechnet. Nicht ganz die feine Art, ich weiß, aber einerseits komme ich sonst nicht über die Runden, andererseits bedeutet meine potenzielle Zahlungsunfähigkeit das Aus für die Erpressungsversuche meines ersten und letzten Ehemanns. Manchmal stellt sich durch eine Schummelei eben doch Gerechtigkeit ein.

Nach einem Imbiss bin ich zur Sicherheit noch mal kurz unter die Dusche, habe mir die Beine rasiert und bei der Gelegenheit auch den Busch in Form gebracht. Selbst ist die Frau. Ich habe in den vier Jahren Berlin weiß Gott Furchtlosigkeit gelernt, aber nach dem ersten Waxing der Bikinizone, wie das so harmlos heißt, kommt mir keine von diesen Schamhaarsadistinnen mehr da ran. Es fühlt sich an, als würde einem die Möse über die Ohren gezogen.

Im Winter zum „Eldorado" aufzubrechen ist wunderbar, man stapft durch Kälte und Dunkelheit und wird im Club sofort von einem warmen, weichen Mutterbauch aufgesogen. An hellen Sommerabenden aber ist der Kontrast hart. Draußen laue Brise, drinnen die Ranzigkeit einer nächtlichen Schummerhöhle.

Das „Eldorado" ist nicht leicht zu finden. Keine Lichtreklame, keine Hinweisschilder. So sollen die Spanner, Langweiler und Angsthasen abgeschreckt werden. In der hintersten Ecke eines zweiten Hofs geht es ein paar Stufen runter, wo eine unscheinbare schwarze Eisentür in den Laden führt.

Sonntagabend ist die Tür noch dicht, denn es kommt häufig vor, dass plötzlich eine „Gang" von kichernden Türkenpubertisten in der Bude steht. Auf mein Klopfen hin öffnet Richie die Tür und umarmt mich. Ein Körpergeruch, mit dem man auf Flaschen gezogen ein Vermögen machen könnte, eine unwahrscheinliche Mischung aus Vornehmheit und Versautheit. Er ist bis auf eine zerrissene schwarze Cargohosc, dic kaum etwas verhüllt, nackt. Seine blond gefärbten Dreadlocks hat er mit einem Haarband noch oben gezurrt. Sachte schlunzt er zum Tresen zurück, wo Moni und Peer gerade die Zapfanlage einsatzbereit machen. Eile ist für Richie ein Fremdwort. Er ist schmächtig, dünn sogar, aber wenn er sich bewegt, kann man jeden einzelnen Muskel tanzen sehen. Ich habe nie wieder jemanden getroffen, der sich so elegant bewegt und dabei gleichzeitig so viel Männlichkeit ausstrahlt.

Ich deponiere meine blaue IKEA-Tasche auf zwei Barhockern, gebe Peer einen Klaps auf den Arsch und umarme Moni, die laut quiekend zusammenzuckt.

„Was denn? Ich hab dich doch kaum berührt?“

„Skippy hat gestern Abend zwei Stunden an meinem Tattoo weitergearbeitet, ist noch verdammt frisch!“

„Sorry.“

Moni lässt sich nach und nach eine komplette Weltkarte auf den Rücken tätowieren und will später für jeden Ort, den sie besucht hat, ein kleines M hinzufügen.

„Hilfst du mir mit der Reklame?“, bitte ich Richie.

Ich ziehe das Schild mit der Aufschrift SKIN KLUB aus der Tüte und öffne die Eingangstür. Richie schnappt sich einen Stuhl und hüpft affenleicht hoch. Ich weiß nicht, wie lange ich über den Namen meines Clubs gebrütet habe. BANG BANG oder GANG BANG und BOOM BOOM waren mir zu männlich, bis jemand fragte, wofür der Club denn eigentlich stünde. Berührung, habe ich gesagt, die Leute sollen sich nahekommen, Haut an Haut. So entstand der Name SKIN KLUB.

„Die Halterung ist ziemlich ausgeleiert, müsste mal erneuert werden“, stellt Richie fest.

„Soll ich dir helfen?“

„Nicht nötig.“ Er fummelt kurz rum, dann hängt das Ding.

Als wir die Tür wieder verrammeln wollen, kommt Udo über den Hinterhof gestöckelt, unsere Garderobentranse, die zwar ihren Schwanz loswerden will, nicht aber ihren geliebten Vornamen.

„Geile Titten!“, ruft sie schon von Weitem, umarmt mich und streichelt wie gewöhnlich meine Brust. „Geile Titten“, grinst sie auch Richie an und kneift ihm in die Nippel.

Ich ziehe einen Stapel Flyer aus meiner Tasche, um sie am Eingang auszulegen. Alle zwei Wochen lasse ich sie verteilen, das ist billig und effektiv. Eine Zeit lang habe ich es selber gemacht, bin mit einer Freundin durch Bars und Clubs gezogen, habe sie haufenweise bei Raves, auf Partys, in der Schwulen- und Lesbenszene abgeworfen und war baff, wie schnell sich der SKIN KLUB rumsprach. Die Sonntagstermine für den jeweiligen Monat stehen drauf, die gebuchten DJs, das ist alles. Wichtig sind nur die Angaben zum Dresscode. Da müssen wir uns immer irgendwas zwischen *Sexy Fantasy* und *Pervy Outfit* zusammendichten, wurscht im Grunde, aber es sollte klar sein, dass mit Dresscode nicht Plisseeröckchen und Bundfaltenhosen gemeint sind. Einer von meinen Agenturkellnern, ein ziemlich talentierter Fotograf eigentlich, nutzt meine Flyer, um für seine Arbeiten Werbung zu machen. Anfangs waren der Fotograf und ich sogar höchstpersönlich abgebildet, ohne Kopf allerdings, ist ja am PC leicht zu machen. Bald fragten die Leute von sich aus, ob sie mal vorne drauf dürften. Natürlich ist viel nackte Haut zu sehen. Die Models tragen gerne mal eine Gasmaske oder hantieren mit Gerätschaften, deren Einsatzbereich man nicht unbedingt ergründen sollte.

Ich beginne mit den üblichen Vorbereitungen: Als Deko ein paar Tarnnetze drapiert. Zwei Slings an der Decke befestigt, von denen ich einen sogar selbst gebastelt habe. Die Matratzen im Darkroom gerichtet, damit niemand sich die Hacksen bricht. Einmal feucht über den gynäkologischen Stuhl gewischt. Aschenbecher verteilt, Licht gedämpft und ein letztes Mal die Spiegel abgestaubt – das Auge vögelt schließlich mit. Wenn noch eine Bierlieferung ansteht, muss ich helfen, aber sonst bin ich für die Stimmung zuständig. Ich bekomme den Eintritt, zehn Mark pro Person, der Rest geht mich nichts an. Ich bin sozusagen Untermieter.

„Soll ich uns was Dampf machen?", schlägt Peer vor. Ich will noch sagen: „Ja, aber was Leichtes bitte", doch Richie führt schon den DJ der ersten Schicht rein, DJ Destiny. Wir hocken uns an die Bar, besprechen das Line-up und nuckeln zwischendurch an Peers Joint. Ich habe mal gelesen, die letzten großen Diven seien Dirigenten und Architekten. Da fehlen aber die DJs! Destiny ist noch relativ leicht zu händeln, weil er auf die sanftere Introphase von Partys spezialisiert ist. Im Lauf der Nacht wird es musikalisch heftiger knallen, und das gilt auch für die DJs: erste Schicht handzahm, zweite Schicht Raubtier, zu füttern nur mit bunten Pillen und Hektolitern von Mineralwasser. Destiny will mit Trance anfangen, dann als Verbeugung vor Richie ein bisschen Goa Trance spielen und schließlich Minimal Techno oder Minimal House. Ich nicke, habe auch keine andere Wahl, denn ich verstehe nicht viel von Musik. Das darf hier allerdings keiner wissen.

Ein Knochenjob ist es nicht, sondern klassische Partyarbeit, ziemlich relaxt. Nie ist es so gemütlich wie in der letzten Stunde, bevor es losgeht. Als Kind habe ich oft bei meiner Oma unterm Küchentisch gespielt, während sie kochte oder aufräumte. Dieses Gefühl von Geschütztsein, von bombensicherer Liebe, hatte ich im „Eldorado" von Anfang an. Der Grund heißt Richie, genauer gesagt: Goa.

Wie viele Ostler hat er sich nach dem Fall der Mauer ein, zwei Jahre Weltkunde vorgenommen, in seinem Fall eben Goa. Keine Selbstfindung, so ein Wort würde ihm nie über die Lippen kommen, aber heimlich glaube ich, dass es genau das war. Wie sonst hätte er seine legendäre Tiefenentspannung erreicht? Wenn jemand Ärger macht, egal ob Gast, Lieferant oder Bulle, kann Richie sehr bestimmt sein. Ein Tonfall wie Eisregen, und das Gegenüber knickt ein. Ich habe sogar mal gesehen, wie Leute wegen seiner hochgezogenen Augenbraue ins Stottern kamen. In den Strandnächten von Goa hat er Orgien von Wärme, Musik, Licht und freier Liebe gefeiert und beschlossen, die Großstadtvariante davon in Berlin aufzuziehen. Ohne Richie kein „Eldorado", das weiß hier jeder, und deshalb wird er von allen verehrt wie ein blauer Elefant.

„Sti-hi-lle Nacht, hei-li-ge Nacht!" Lauthals krähend kommt Moni aus dem Aufenthaltsraum, in einer Hand eine brennende Kerze, Christstollen in der anderen.

„Das glaub ich jetzt nicht", stottert Destiny. „Du kommst mit Christstollen an?"

„Wenn es nach meiner bekloppten Ma ginge, wäre jeden Tag Weihnachten. Sie hat mir ein Carepaket geschickt. Es wäre doch noch so furchtbar lange bis zum Advent."

Wir können es nicht fassen, greifen aber trotzdem zu und müssen zugeben, dass der Stollen erste Sahne ist.

„Bevor hier noch ein Krippenspiel aufgeführt wird, mach ich mal lieber den Laden auf", sagt Richie.

„Sekunde noch, ich muss mir eben ein frisches Top überziehen." Ich streife das pinke Teil ab, greife in die IKEA-Tüte und hole mein enges Gummitop heraus.

Moni verzieht ihre puderzuckerverschmierte Schnute. „Boah, ist das nicht zu heiß?"

„Kannst du laut sagen. Man schwitzt ordentlich drunter, aber heiß und glitschig, da steh ich drauf."

„Deine Titten kommen jedenfalls mördergeil", plärrt Udo.

Der maulfaule Peer hat ausnahmsweise auch eine Meinung. „Mensch Udo, wenn man dich so hört, könnte man denken, du bist 'ne Lesbe."

„Ich und Lesbe? Falsch, mein Hase! Erstens habe ich Humor, und zweitens bin ich ein ganz normales Heteromädel, das auf Schwänze steht."

„Und als ganz normales Heteromädel selber einen hat", ergänzt Richie trocken. „Okay, alle zum Abflug bereit?"

Er sperrt die Tür auf und steckt seinen Kopf kurz in den Hinterhof. Es ist erst kurz vor Mitternacht. In den kommenden anderthalb

Stunden werden die Gäste nur kleckerweise einlaufen. So ab halb zwei ist es rappelvoll, Höhepunkt zwischen drei und fünf. Gegen halb acht, acht ist langsam Chill-out angesagt, es kann aber immer auch länger gehen.

Udo hievt sich auf seinen Garderobentresen, schlingt die schlanken Beine umeinander und zündet sich eine Zigarette an. Er trägt Flipflops mit Absätzen, einen roten Lackmini, dazu einen schwarzen Wonderbra. Irgendwie sind seine Hormonbrüste auf halber Strecke stecken geblieben. Ich finde sie niedlich, aber Udo träumt wie alle Transen von Superklopsen: „Echte Mäusetittchen, oder?", verzieht er den Mund.

„Sei nicht so maßlos", ärgere ich ihn. „Reicht dir dein kleiner Knackarsch nicht?"

Wenn sie nicht allzu große Bitches sind, komme ich mit Transen gut zurecht. Nur die Sache mit dem Arsch ärgert mich. Während unsereins mit breitem Hintern, fetten Oberschenkeln und Cellulitis zu kämpfen hat, ist die Rückseite der Schwanzmädchen immer vom Feinsten. Udo kann es nicht wissen, niemand weiß es, aber jeder Blick in den Spiegel ist für mich eine Prüfung in Demut. Ein intellektueller Verehrer hat mich mal als „Frau von bemerkenswert subtiler Hässlichkeit" bezeichnet.

„Bin gleich wieder da", sage ich zu Udo, aber der hat schon die erste Kundschaft zu verarzten.

In unserer pechschwarz gestrichenen Toilette stelle ich mich vor den großen Spiegel, der an den Rändern nur noch von Aufklebern zusammengehalten wird. Die Frisur sitzt. Irgendwann habe ich herausgefunden, dass mir ein Zwanzigerjahre-Bob am besten steht. Meine Brüste sind wirklich nicht zu verachten, aber sonst … Quasimodo bin ich nicht, „subtile Hässlichkeit" trifft es jedoch ziemlich auf den Punkt. Am schlimmsten fand ich immer schon meine Fesseln, beziehungsweise deren Abwesenheit. An sich sind meine Beine leidlich in Ordnung, aber wo sie unterhalb der Waden damenhaft schlank in den Fuß übergehen sollten, sieht es bei mir nach Kartoffelstampfer aus. Röcke ade, High Heels auf Nimmerwiedersehen!

Durch meine Stampfer habe ich immerhin mein Erkennungszeichen gefunden: weißes Leder. Weil ich bei den kurz berockten Ravergirls nicht mithalten kann, habe ich so ziemlich alle Hosenformen durchprobiert. Moni war diejenige, die auf die Idee kam, dass es gar nicht um den Schnitt, sondern ums Material geht. Sie schleppte mich zu einem Fetischschneider im wilden Osten, und siehe da, ein Anzug aus dünnem Leder schrie richtiggehend nach mir. Es wurde eine große Liebesgeschichte: weiß und weich. Dazu der Geruch. Die Hose tief geschnitten, die Jacke kurz und eng.

Moni stürzt ins Klo, in der Hand schon ihre gläserne Ampulle: „Lust auf Beschleunigung, Missy?"

„Sagen wir mal so: von null auf fuffzig."

„Feigling, aber okay."

Moni legt für sich eine Line, für mich eine halbe. Sie bedient sich und reicht mir mit Knicks einen gerollten Zwanzigmarkschein. „Ob wegen dem Superwetter überhaupt einer kommt?"

„Wird proppevoll heut Nacht. Wenn die Sonne scheint, sind alle grundlos geil. Erfahrungswert."

Im Club sind die ersten Gäste eingetrudelt. Ich begrüße ein paar bekannte Gesichter, checke dann den Einlass. Endlich ist auch Stulle auf Posten, unser Doorman. Ein glatzköpfiger Anabolika-Schrank, fast taub durch jahrelangen Roadieeinsatz bei einer Metal-Band und ausgesprochen glücklich deswegen: „Gibt nichts Besseres als 'nen tauben Doorman. Da kann der Plebs noch so viel labern – Stulle nix verstehen! Stulle einfach nur … stulle!" Ich umarme ihn und gebe ihm einen Kuss auf die Glatze. Eigentlich beginnt seine Schicht um Mitternacht, aber er kommt immer zwanzig Minuten zu spät – auf die Zehntelsekunde genau. Alle haben es längst aufgegeben, das Rätsel um diese pünktliche Unpünktlichkeit zu lösen, denn Stulle ist ein warmherziger Fels in der Brandung, sogar von der Schlange geliebt. Warum also ein Fass aufmachen?

„Ab auf deinen Posten, dann kann ich mich endlich auch umziehen", lacht Richie und markiert ein paar Boxbewegungen in Richtung von Stulles Athletenbrust.

Umziehen ist etwas viel gesagt. Er zieht seine zerfetzte Hose aus und legt sich einen Harness um den sehnigen Oberkörper. So wird er die ganze Nacht auf seinem Barhocker im Eingangsbereich sitzen, bekleidet nur mit ein paar Lederschnüren und einem halben Dutzend Sackpiercings. Thronen müsste es eigentlich heißen, denn Richie und nicht Stulle ist die letzte Instanz des „Eldorado". Er achtet wie ein Höllenhund darauf, dass nur die richtigen Leute reinkommen. Eine einzige Krampfhenne, das weiß er, kann die ganze Stimmung verderben, ein versauter Paradiesvogel zur rechten Zeit die Nacht unvergesslich machen. Freundliche Bedienung, freundliche Gäste – das ist der Geist des Ladens. Richie erkennt mit einem Blick, wer Gold ist und wer Plastik. In einer ruhigen Minute habe ich ihn mal gelöchert, woher er diese Gabe hat. „Ist keine Gabe", hat er gesagt. „Man muss es nur aushalten können, absolut nichts zu tun. Udo lässt ihre Sprüche ab, Moni wackelt mit dem Arsch, und du küsst alle ab. Ich mache nichts, sitze nur da. An der Art, wie ein Neuankömmling auf den dünnen Mann mit dem dicken gepiercten Sack reagiert, sehe ich alles: Geilheit oder Schiss, Verklemmtheit oder Herz, je nachdem."

Richies Nichtstun bescherte uns den Ruf, schwierig zu sein, der beste Ruf, den man sich im Nightlife erwerben kann. Genau deswegen fühlt sich jeder, der an ihm vorbeigekommen ist, zum Laden gehörig.

Drei Gäste kommen laut kreischend reingestolpert, alle drei gute Bekannte, die gern früh auf der Matte stehen, um noch in Ruhe ein paar Worte wechseln zu können. Nach einem demonstrativen Seitenblick auf Richie begrüße ich jeden mit einem fetten Kuss, während Udo drei Bügel über den Tresen schiebt. Zum Glück ist es warm. Mit sechs Personen ist es hier auch jetzt schon eng, aber wenigstens müssen nicht so viele Klamotten gewechselt werden wie im Winter. Tatja zieht nur ihr Sommerfähnchen über den Kopf und steht vergnügungsfertig im Tanga da. Auf die Brust hat sie sich Paillettenhütchen mit angeschlossenen Goldquasten geklebt. Karsten gibt wie immer seine Bomberjacke ab, trägt ansonsten rote Springerstiefel, eine weite Tarnhose und ein zerfetztes weißes Unterhemd. Sollte das die Nacht überleben, wäre die Party scheiße gelaufen. Frédéric zieht sein schlabberiges T-Shirt aus und wirft einen bangen Blick auf Richie. Der nickt nur kurz. Ohne Fantasyklamotten ist ein freier Oberkörper das Mindeste, was verlangt wird, unter der Bedingung, dass man wirklich gut aussieht. Weißes T-Shirt und Jeans sind mein Fetisch – diesen Spruch haben wir so oft gehört, dass wir nicht einmal mehr darüber lachen können. Dabei braucht Frédéric sich gar keine Sorgen zu machen. Er ist so hübsch, dass Stulle ihn sogar im Dreiteiler mit Aktentasche durchgewunken hätte. Wunderschöne dunkle, lange Indianerhaare, Heldennase und ein Lächeln, das Polkappen zum Schmelzen bringt. Er kommt fast jeden Sonntag, schaut aber meistens nur zu. Einmal, wir schmusten gerade ein bisschen rum, einfach nur so, fragte ich ihn, warum er nicht öfter mitmacht, die Frauen stünden schließlich auf ihn. „Ah, Sex ist die Guillotine der Begierde", lautete seine Antwort. Der Mann redet wie in einem dieser Franzosenfilme.

„Was mache ich denn jetzt mit meinen Turnschuhen?“, nölt Tatja, die in goldene Plateauschuhe geschlüpft ist.

Udo zieht seine Augenbrauen bis zum Haaransatz hoch: „Zusammenbinden und um den Kleiderhaken legen. Bist nicht gerade eine begnadete Hausfrau, was, Liebes?“

„Kommt rein, Kinder, ich geb ’ne Runde Jägermeister aus“, schlage ich vor.

Jägermeister und Woodini (halb Wodka, halb Bitter-Lemon im Schnapsglas) waren die Freigetränke der Wahl. Zwischendurch würde ich mir immer mal wieder ein Tablett fertig machen lassen und damit durch den Laden wackeln. Die Leute lieben es, einen ausgegeben zu kriegen.

„Auf euch drei von der Tankstelle“, rufe ich, und wir stoßen an.

Karsten schwenkt ein Döschen mit Ecstasy. „Smarties, viele, viele bunte Smarties?“

Jeder schmeißt eine, nur Tatja nicht: „Ich muss vorsichtig sein, hab morgen früh eine extrem wichtige PK.“

Sie arbeitet in der Pressestelle der Oper und muss am nächsten Tag der Berliner Journalistenmeute einen weltberühmten Regisseur zum Fraß vorwerfen.

„Ein bisschen Speed zur Abrundung?“, bietet Karsten noch an, aber niemand will. Kein klassischer SKIN-KLUB-Beginn, denn normalerweise schmeißt man beides in Kombi, das Speed hält als Grundlage wach, auf der das Ecstasy sich entfalten kann.

Destiny kommt langsam auf Touren. Die Bässe pulsen, die Tanzfläche füllt sich. „So, Kinners, Mutti muss arbeiten“, rufe ich und lasse als Abschiedsgruß Tatjas Brustquasten kreisen. Ich schnappe mir bei Peer eine eiskalte Pulle Wasser und bringe sie zur DJ-Kanzel. Über die laute Musik hinweg wünsche ich Destiny in Zeichensprache viel Spaß und zuckele weiter zur Tanzfläche. Rundherum stehen Sitzwürfel und Tischchen, dahinter befindet sich ein Podest zum Chillen, wo schon mächtig gefummelt wird. Zum Takt der Musik hüpfe ich herum, hier ein Küsschen, da ein Kuss, dort ein kurzes Palaver. Die meisten Gäste kenne ich schon eine Weile, von den wenigsten weiß ich den Beruf – falls sie einen haben. Ich zweifele auch, dass ich jemanden bei Tageslicht wiedererkannt hätte. Das hier ist eine Welt für sich, mit eigener Ästhetik, eigener Moral, eigenen Umgangsformen. Wenn man so will, hat jeder seine Aufgabe: Manche sind fürs Schönsein zuständig, andere für das Animalische, wieder andere für das Abgedrehte, Groteske. Es gibt Personal fürs

Lachen und für den Ernst, Exhibitionisten und Voyeure, Hypermacker, Hyperweibchen, Hyperhomoletten – und das jeweilige Gegenteil davon. Am häufigsten vertreten ist die beliebte Spezies Feierschwein, die jedes Wochenende ein gewaltiges Vergnügungspensum zu absolvieren hat. So wie Mirko, einer der vielen Ostler, die seit dem Mauerfall ein nie zu stillendes Nachholbedürfnis an den Tag legen.

Mit hängenden Augenlidern schiebt er seinen Kopf an meine Brust und ruht sich ein bisschen aus. Seit Freitagabend ist er „urst hammermäßig" unterwegs. „Hab nur vier Stunden draußen auf'ner Wiese im Tiergarten geschlafen, bis ein Schwuler mir am Arsch gefummelt hat."

„Da bist du in der Homoecke gelandet", mischt Dietmar sich ein, der klassische Fetischschwule in perfekt kopierter Uniform der New Yorker Polizei. „Bei deinem Fahrgestell kann ich das nachvollziehen." Jeder weiß, dass Dietmar ein hoher CDU-Bonze ist, niemand findet etwas dabei. Falls es Gott gibt, würde er über diesen Makel cool hinwegsehen, da ist man sich einig. Und apropos Gott: Wer hängt denn da halb nackt am Sadomasokreuz?

Ich setze mich einen Moment zu Karl, einer Hardcorelesbe, in ihrem Standardoutfit: schwarze Stiefel und Kreuze aus schwarzem Isolierband auf den Brustspitzen. „Ach, Missy", tut sie verzweifelt. „Ich war schon in der Poofe, wurde aber so geil auf ein paar aufgestrapste Weiber, dass ich wieder rausmusste."

„Sieht nicht gut aus mit Strapsen momentan, aber später haben wir bestimmt was für dich."

„Och, ich fick die auch ohne Strapse", grinst Karl. „Wie wär's, Lust auf'ne Nase Speed?"

„Warum nicht?!"

„Dann ab in die Siffzelle."

Als wir uns über die Tanzfläche gegroovt haben, inklusive eines Stehtänzchens mit Servant, dem blutjungen Kerl, der ausschließlich mit Ganzkopfledermaske ausgeht und dessen Gesicht noch niemand gesehen hat, müssen wir uns zur Damentoilette fast gewaltsam Zutritt verschaffen, so voll ist es. In einer Kabine wird nicht nur laut gestöhnt, die Tür bricht fast aus den Angeln, weil ein Körper rhythmisch dagegendonnert. Derweil wird in der Nachbarkabine gekotzt. Es riecht wie im Enddarm der Hölle.

Karl hält sich die Nase zu. „Pfui Deibel, stinkt das hier. Was hat die gemacht, ein Begräbnis gefressen?"

Anfangs fand ich die Toilette im „Eldorado“ romantisch-verkommen, dann nur noch eklig. Aber wo Nacht für Nacht nicht nur normal gesoffen, gekokst und gekifft, sondern auch hardcore gevögelt wird, als gebe es kein Morgen, ist die Kontaminierung mit Abfällen jeder Art, tot oder lebendig, nicht zu vermeiden.

„Sag mal, Missy, der Typ mit der Ledermaske, geht der auch auf Frauen ab?“, haut ein Mädel mit Zöpfen mich von der Seite an.

„Ja. Ein ganz Lieber, der! Aber er ist schüchtern, den muss man führen.“

„Mist“, stöhnt ein Typ, der gerade über dem Abfallkorb ein dünnes Mädel leckt. „Den fand ich schon immer geil.“

„Weiß nicht, ob der auch auf Kerls steht“, sage ich. „Aber red halt mal mit ihm, scheinst ja eine talentierte Zunge zu haben.“

Die zwei eisernen Gesetze des SKIN KLUBS. Erstens: Jeder darf jeden anmachen. Zweitens: Eine Ablehnung ist sofort zu akzeptieren. Wenn eine ungebetene Hand einen berührt, braucht man sie nur zart beiseitezuschieben, und niemand ist beleidigt. Ich habe Ablehnungen von so viel Zärtlichkeit gesehen, die schöner waren als mancher Sex.

„'ne Nase?“, will Karl wissen.

„Hatte ich bereits. Weißte was, ich schone das Näschen und nehme es oral.“

„Okay, bin dabei.“

Sie greift in ihre Stiefel, holt die nötigen Utensilien heraus, reißt ein Eckchen Zigarettenpapier ab, füllt es mit Speed, dreht ein Bömbchen und befördert es hinter meine Halskrause. Während sie die Prozedur für sich wiederholt, hört das Gerammel in der Kabine endlich auf. Dafür beginnen zwei Männer vor dem Spiegel laut und schnell wie Maschinengewehre eine Diskussion über … Europa? Ja wirklich: Mitten in diesem Chaos streiten die beiden mal eben darüber, wie Europa zu definieren sei. „Ist doch ganz simpel“, behauptet der eine. „Auf Sizilien ist das Trinkwasser ungenießbar. Trotz aller Kultur kann das ergo nicht Europa sein. Du musst wissen, Europa befindet sich nur dort, wo man problemlos das Wasser trinken kann, denn Wasser ist gleich Kultur.“

„Ey, ihr Kokser“, brüllt Karl wenig ladylike. „Führt eure Diskussion gefälligst aufm Männerklo!“

„Ich finde sowieso, dass Koks eine schlechte Wahl ist“, lache ich und schiebe die beiden aus der Toilette. „Ich meine, was ist das für eine Partydroge, bei der man alle halbe Stunde aufs Klo rennt, nur um einen Laberflash zu kriegen?“

In der Zwischenzeit geht im Club der Punk ab. Die Party tanzt ihrem Höhepunkt entgegen. Vom Speed beflügelt, schieße ich an die Bar, schnappe mir ein Tablett mit Woodinis und begrüße die Neuankömmlinge mit einem Drink. Zwei, drei Leuten muss ich den Drink verweigern, die haben genug im Tee. In allerletzter Sekunde kann ich noch ein aufgetranstes Schwanzmädchen Richtung Ausgang schieben, wo sie bald im hohen Bogen kotzen wird, so grün wie die im Gesicht ist. Zum Schluss nehme auch ich einen Drink, bringe das leere Tablett zurück und gehe eine Runde tanzen. Selbst Salondamen müssen sich mal austoben. Musikalisch kann von Trance nicht mehr die Rede sein. Jetzt wummert Techno, vier Viertel aus der ganz großen Kanone. Ich breite die Arme aus und lasse mich vom Rhythmus tragen.

Ka ist auch da. Sie tanzt mit leuchtenden Augen auf mich zu und ist, wie es aussieht, mächtig drauf. Sie hat eine neue Haarfarbe, knallrot, die zu den orangefarbenen Federn passt, die an einer Kette an ihren kleinen Brüsten hängen.

„Ich liebe dich, Missy!"

„Ich liebe dich auch."

Ich streiche über ihren Irokesenschnitt und lasse mich weitertreiben.

Ein wunderschöner blutjunger Raverboy tanzt mich an, bodenlanger Wickelrock, schwere Botten an den Füßen, freier Oberkörper. Wir lassen uns von Destiny hochpeitschen und schweben über den wahnwitzigen Teppich seiner Beats. Es gibt Leute, die werden die nächsten drei, vier Stunden weitertanzen, bis sie in einer anderen Dimension sind.

Natürlich weiß ich, dass Musik in der Szene wie eine Geheimwissenschaft oder Offenbarung behandelt wird. Ka kann stundenlang über ihre „love nation" reden, über Toleranz und Respekt, darüber, dass der Rave an sich schon eine neue Art von Politik sei. Insgeheim muss ich zugeben, nicht viel davon zu verstehen, aber die Richtung ist mir sympathisch. Für mich zählen eher die Menschen mit ihrer Experimentierfreudigkeit, ihrer Feierlust, das schöne Durcheinander der unterschiedlichsten Kicks.

Vielleicht muss man ja nicht gleich aus allem eine Weltanschauung machen. Das gilt auch für die Musik. Ich habe das Gedöns darum, was gerade hip ist, wer sich „an die Industrie verkauft" hat, was man hören darf, noch nie gemocht. Ob man Moby verehrt oder Marusha hasst, macht noch keinen besseren Menschen aus einem.

Ich bin zu alt für solche Kindereien. Wie Richie damit umgeht, ist mir viel sympathischer. „Nebel, Flackerlicht, rhythmische Musik – alles uralte Rituale", sagt er. Das wäre genau dasselbe wie eine Messe oder die Anrufung von Göttern. Wenn wir nächtelang abhotten, stünden wir in einer langen Reihe: Sufitänzer, Priester in Wolken von Weihrauch, Medizinmänner, Derwische, Regenmacher. „Bei den Religiösen", hat Richie mir erklärt, „bedeuten diese Rituale, sich vor den Schöpfer niederzuwerfen, für uns einfach nur *da* sein." Schön, nicht?

Der schöne Raver im Rock ist wieder an meiner Seite. Süße Grinsebacke, Oberkörper schweißschimmernd. Ich fahre mit der Hand über seinen Bauch und lecke mir die Fingerspitzen. Sein Körper fühlt sich wie Tropenholz an. Leider werde ich von Moni gestört. „Angie und Kolja sind da!", brüllt sie mir ins Ohr.

Ich hab die beiden Bondagefreaks auf einer Privatparty kennengelernt und war fasziniert, was für ausgefuchste Methoden der Fesselung sie draufhaben. Eine Kunst für sich. Für Freidrinks haben sie angeboten, heute eine Kostprobe zu zeigen.

„Hi, ihr beiden, alles in Ordnung?"

„Alles paletti", nickt Kolja, der bis auf eine Schamkapsel nackt ist.

Angie, komplett in Lack, gibt ihm einen Klaps. „Ich dachte, ich knüpfe ein Spinnennetz, und du als Beute mittendrin, was meinst du?"

„Ich seh schon, ihr kommt klar", sage ich. „Wenn ihr was braucht, einfach nur Bescheid sagen."

Wenn ich schon eine Runde drehe, kann ich gleich auch noch die restlichen Räume checken. Zuerst aber will ich einen Blick auf die Einlasssituation werfen. An Udos Garderobe geht es zu wie auf dem Frankfurter Flughafen. Als Stulle mir die Tür aufhält, sehe ich eine Schlange quer über den Hinterhof. „Wusste ich doch, dass heute alle vergnügungssüchtig sind." Ich will wieder reingehen, als eine Dragqueen in den Hof gestolpert kommt, die hysterisch an ihrem Kleidchen reibt. Schon von Weitem sieht man, dass sie ganz aufgelöst ist. Frisur ruiniert, Kleid ruiniert und mit irgendeinem Schleim fies eingesaut. Stammgast ist sie nicht, aber wir Mädels müssen zusammenhalten. Also laufe ich zu ihr rüber.

„Was ist denn passiert?"

„Nicht so schlimm, geht schon." Sie versucht tapfer zu sein, aber ihre verlaufene Wimperntusche erzählt eine andere Geschichte.

„Wer ist das gewesen?“

„So 'n paar Araber. Haben mich auf den Boden gestoßen und mit Eiern beworfen.“ Jetzt fließen die Tränen doch.

„Scheiße, das passiert öfter in letzter Zeit.“ Ich nehme sie in den Arm. „Komm mal mit. Du brauchst einen Schnaps und was zum Wechseln.“ Ich drücke sie an mich und gebe ihr Geleitschutz bis zur Bar. „Moni, hast du für die Süße hier was zum Anziehen? Ein paar Macker haben ihr eins auf die Glocke gegeben.“

„Drecksbande“, zischt Moni. „Logo hab ich was für dich, Kleene. Und eins verspreche ich dir: Wirst toll drin aussehen!“ Damit schnappt sie sich das Mädel und zieht sie in den Personalraum. Auf den Schreck genehmige ich mir einen Jägermeister und atme einmal tief durch. Nächtliche Mittagspause, sozusagen. Frühstückspause eigentlich. Wenn alles nach Plan läuft, werden wir bis zum Morgen hier feiern, dann mit ein paar Typen privat weitermachen, nachmittags vielleicht in irgendeinen Brandenburger See springen und anschließend bei Freunden chillen. So geht das jede Woche. Irgendwann mittwochs krieche ich dann nach Hause, nur noch fähig, mir einen Liter Hühnersuppe reinzupfeifen und ins Bett zu fallen. Am Tag drauf wird irgendeiner anrufen und mich mit dem uralten Witz wecken: „Sag mal, Missy, wo war ich eigentlich in der Nacht von Sonntag auf Dienstag?“

Ich bin zwar erst seit drei Jahren in der Stadt, habe in der Zeit aber mehr erlebt als in den dreißig davor. Nie hätte ich mir träumen lassen, in der Berliner Szene eine bekannte Partyveranstalterin zu werden. Wie so oft in meinem Leben, hatte der Zufall seine Hände im Spiel. Die Tatsache, dass ich auf dem Amt ausgerechnet bei den Kims landete, war so einer, Kikis kaputte Waschmaschine ein anderer.

Kiki jobbte als Dekorateurin bei meiner Eventagentur und war eine gute Freundin geworden. Eines Tages stand sie mit verlegenem Grinsen vor der Tür: Ob sie mal eben ein paar Maschinen bei mir waschen könne, ihre habe den Geist aufgegeben. Es sei dringend, die Laken müssten morgen zurück. Paar Maschinen? Laken? Zurück? Es waren keine gewöhnlichen Laken. Zum einen hatten sie doppelseitige Klebebänder an den Rändern, zum anderen waren sie über und über mit Sperma eingesaut. Natürlich ließ ich Kiki bei mir waschen, wollte aber wissen, was es mit den eingesauten Laken auf sich hatte. Lange bohren musste ich nicht: Es waren Bezüge für das Matratzenlager einer monatlichen Sexparty. Die fand privat in einem Kreuzberger Keller statt, und Kiki verdiente sich nicht nur eine Mark, indem sie die Laken wusch und wieder aufzog, sie vögelte auch kräftig mit. „Ist der Hammer“, meinte sie. „Die schönsten Jungs, der beste Sex.“ Solange ihre Maschine in Reparatur war, übernahm ich den Job für sie. Das Auf- und Abziehen der Klebebänder war eine fiese Fummelei. Ich schlug Kiki vor, sie durch Klettverschlüsse zu ersetzen, was mir ein fassungsloses „Du denkst doch nicht, ich könnte nähen?“ einbrachte. Ich kann nähen. Also machte ich mich daran und musste selbstverständlich prüfen, ob sie auch funktionierten. Zugegeben war Neugierde dabei, eine Riesenportion Muffe auch. Sexparty – da stellt man sich so etwas Verschwiemeltes vor, Partnertausch vor Fototapeten mit Likörchen und Zoten. Das Gegenteil war der Fall. In einem halb besetzten Haus hatten ein paar Szenetypen die Idee gehabt, eine gut gelaunte Sexparty zu veranstalten, anfangs noch ganz intim. Später kamen bis zu fünfzig Leute. Fast alle waren jünger als ich, ziemlich enthemmt, aber extrem nett. Obwohl ich die ersten Male nicht mitmachte, fühlte ich mich zwischen all den Tüchern, Spiegeln und Slings erstaunlich wohl. Niemand wurde zu etwas gedrängt, wer wollte, konnte einfach nur zuschauen. Manchmal ging es reichlich hardcore zu, und ich musste schlucken, was die Leute alles abzogen. Trotzdem war es verblüffend, wie lieb die meisten waren, im ganz altmodischen Sinn lieb.

Die Macher waren Typen, die genau wussten, was sie wollten, beziehungsweise was nicht. Das waren keine Partys für Spießer oder Leute, die nur konsumieren und geiern wollten. Die Abende waren bald Legende. Besucher kamen von überall aus Deutschland, aus Holland, sogar aus Finnland. Und das Beste: das alles ohne falsches Liebesgetue und Beziehungstrara. In diesem Keller, wie später auch im SKIN KLUB, liebte man nicht *jemanden*, sondern *es*.

Nachdem ich es bibbernd vor aller Augen mit einem geilen Technotyp im Schottenrock getrieben hatte – wahrscheinlich gefällt mir der hübsche Wickelrock auf der Tanzfläche deswegen so gut –, ging ich regelmäßig hin. Ich schlief mit Männern, küsste Frauen, fickte Homos. Zum ersten Mal seit ewiger Zeit fühlte ich mich – man kann es nicht anders sagen – frei.

Das wurde auch Zeit, denn meine letzten Jahre in Westdeutschland waren eine Qual. Begriffen habe ich das erst in Berlin, wo ich wie aus einer Vollnarkose erwacht bin. Ich hatte mir eingeredet, mein Leben als Arbeitsbiene und Nestbauerin, als halb zufriedene, halb unzufriedene Ehefrau wäre das Höchste, was das Leben zu bieten hat. Dass man sich einfach hinstellen und sagen konnte: Ich will ein anderes Leben, und zwar sofort – woher hätte ich das wissen sollen? Erst in den Berliner Nächten habe ich Menschen getroffen, die ihr Leben tanzen oder malen oder singen, ich weiß nicht, wie ich es anders ausdrücken soll. Anfangs war ich vor Bewunderung starr, jetzt weiß ich, dass die auch nur Menschen aus Fleisch und Blut sind, aber was für welche.

Einer meiner Stammgäste, ein echter Philosoph von der Uni, hat mal zu mir gesagt: „Verachte nicht deine Vergangenheit. Du hast in einer Welt gelebt, die ich nur aus Romanen kenne, nämlich in der Realität." Da ist vielleicht was dran, aber eine Realität, die man viel zu schnell für die einzige nimmt. Ich glaubte, im Vergleich mit meinen Freundinnen, die als Hausmütterchen versauerten oder als Gattin des Stadtrats für Finanzen austrockneten, hätte ich das große Los gezogen. Es hieß Kees, kam aus Rotterdam, war gut aussehend, blond, sehr sanft, etwas eigen und Yogalehrer. Mir reichte diese Prise Exotik, um über unseren blöden kleinen Vorgarten, die Käsefondues bei den Eltern und die regelmäßigen Besäufnisse unter Pärchen hinwegzusehen. Kees, das muss man ihm lassen, hat mir erst beigebracht, dass ich einen Körper habe. „Atmen", hat er mich beim Sex immer ermahnt, „du musst atmen." Und dann hat er mich durchgekitzelt: „Jetzt lach doch mal!" Mit ihm habe ich den ersten Orgasmus erlebt, der nicht do-it-yourself war. Von ihm habe ich gelernt, dass es bähbäh und igitt nicht gibt. Ich glaube, ich war eine ziemlich gute Schülerin.

Es hat mir nichts ausgemacht, den Großteil des Geldes nach Hause zu bringen, während Mijnheer auf Kundensuche war. „Läuft das noch nicht so gut mit die Trainerstunden", sagte er. „Ich muss erst mal investieren, aber Yoga wird the next big thing, wirst du sehen."

Warum das Geschäftliche nicht rund lief, fand ich eines Tages heraus, als wir wegen einer Bombendrohung vom Amt früher nach Hause geschickt wurden. Da geh ich doch mal bei Kees' Praxis vorbei und überrasche ihn, dachte ich mir. Kurz darauf war ich die Überraschte: Das „Training" bestand darin, meiner besten Freundin sein Ding reinzuschieben. Und dann wurde es richtig billig: Er machte seine spirituellen Dackelaugen, und ich ließ mir allen Ernstes weismachen, es wäre ein einmaliger Ausrutscher gewesen. Meine Mutter erklärte mir, Männer wären nun mal so, und zu allem Überfluss suchte ich den Fehler auch noch bei mir. War ich nicht viel zu verklemmt und bürgerlich für meinen flotten Holländer? Es dauerte nicht lange, bis ich rauskriegte, dass er seine goldenen Hände überall drinhatte, in so ziemlich jeder gottverdammten Muschi von Kleve und Umgebung.

Es war nicht das Fremdgehen an sich, das mich so traf, sondern die Verlogenheit, die Diskrepanz zwischen seinen esoterischen Sprüchen und den läppischen Bettgeschichten. Immer ein Gesäusel von Menschenliebe, Bewusstsein und Seelenverwandtschaft auf den Lippen, aber in Wahrheit war er nur ein ganz gewöhnlicher Spießer mit Doppelmoral. Natürlich habe ich ihn zur Rede gestellt. Eine halbe Sekunde später hatte ich seine Faust im Gesicht. So viel zum Thema Menschenliebe. In diesem Moment bin ich erwachsen geworden.

Eine tiefe Bassstimme reißt mich aus meinen Gedanken. Der Schlachter grinst mich an, einer unserer Stammgäste. Wie immer trägt er seine gelbrote Schlachterschürze, dazu ein schwarzes Lederband mit Nieten um den rechten Bizeps. Von vorne sieht er, abgesehen von der mächtigen Arm- und Schultermuskulatur, komplett angezogen aus, von hinten nackt. Er kann sich das leisten, denn obwohl er mit seinen Mitte vierzig einer unserer ältesten Partyfreaks ist, geht sein Hinterteil problemlos als Ausstellungsstück durch.

„Entschuldige“, sage ich und gebe ihm einen Kuss. „Ich bin heute etwas wuschig.“

„Hm“, brummt er und lässt seine Stimme noch eine Etage tiefer rutschen. „Dann brauchst du vielleicht so etwas wie männlichen Beistand?“

„Kann gut sein.“

Der Schlachter ist der Stoiker unter den Sudelsäuen, extrem lieb und mit dem Talent gesegnet, jeden um ihn herum vollkommen ruhig werden zu lassen. Wir flirten manchmal, sind aber nie zu mehr gekommen. „Vielleicht hast du ja später Lust, was zu unternehmen?”, frage ich.

Er nimmt meinen Kopf zwischen seine Pranken und schaut mich an. „Ich bin dabei.“

Ich nicke, so gut das zwischen seinen Schraubstockhänden geht. Er lächelt und verzieht sich in einen der Nebenräume. Inzwischen schlägt die Stimmung Purzelbäume. Das Dope, das Licht, die Beats, der Alkohol – alles hat sich gegenseitig hochgepeitscht. Fliegende Arme, elektrisierte Gesichter, riesige Pupillen.

Die Gäste an der Bar stoßen im Takt der Musik ihre Köpfe nach vorn, darunter einer der Männer, die mich immer so rühren, ein hängen gebliebener Althippie in ausgeleierten Unterhosen. Überfrachteter Leib mit Hängebauch, blasse Haut, Haare auf dem Rücken und keine auf dem Kopf. Diese Sorte Mann trägt gern auch mal einen verzweifelten Tanga und will schlecht behandelt werden. So viel Wirklichkeit gibt's nur im Berliner Nightlife. Egal, wie alt man ist, wie man aussieht: Wer den richtigen Kick mitbringt, darf jederzeit bei uns rein. Es ist auch niemand gezwungen, rumzuvögeln, die Mehrzahl kommt sowieso zum Trinken, Tanzen und Quatschen. Manche Frauen kommen nur, weil keiner sie blöd von der Seite anquatscht. Angequatscht wird bei uns frontal.

Zeit für einen Kontrollgang. Sagte ich schon, dass der Job nicht sonderlich stressig ist? Außer natürlich, wenn jemand von einem Acid-Trip nicht wieder runterkommt, ein paar Libanesen versuchen, den Laden zu stürmen, oder die Bullerei vor der Tür steht. Zum Glück war bisher außer der Kotzaktion im Klo und ein paar Kifferzombies nichts in dieser Richtung am Start. Einmal kurz durchs Schwarzlicht über die Tanzfläche gehottet, die Schluckkünste eines Filipinos bestaunt, der mitten im Trubel einen Muskelmann bläst, und aufs Podest gehüpft, wo Angie ihren Kolja kunstfertig in ein mannsgroßes Spinnennetz geknüpft hat. Dem scheint es zu gefallen, wenn ich seinen strammen Schwanz und das weggetretene Lächeln richtig deute. „Alles cool, ihr beiden?", brülle ich über die Musik hinweg. „Braucht ihr was, eine Schere vielleicht?" Angie verdreht gutmütig die Augen. Alter Scherz.

Am Eingang des Darkrooms stolpere ich über eine Matratze und lege mich voll auf die Schnauze. Ironischer Applaus. Ein paar Leute fummeln im Knäuel, zwei Kids wälzen sich auf dem Matratzenboden. Darkrooms sind nie mein Ding gewesen, zu abgeschirmt, zu verschämt auch, aber für die Homos gehören sie einfach dazu. Ich persönlich finde, wenn man schon öffentlich rummacht, sollte man auch das Licht anlassen. Von mir aus hätte es keinen Darkroom geben müssen, aber er war auch eine Verbeugung davor, dass die Schwulen die Ersten waren, die überhaupt solche Sexpartys aufzogen. Dazu kam der Aufwind der Sadomaso- und der Modern-Primitives-Szene. Techno und Raver dazugeschüttet, und schon hat man die berüchtigte Berliner Mischung.

„Ey, Missy, bist du das?“ Eine Stimme wie aus dem Mustopf.

„Hallo Rolfi, lass dich nicht stören.“ Ich brauche nicht nachzusehen, wer da grüßt. Stimme und Anblick sind bestens bekannt. Rolfi steckt wie immer in Lederkluft und Vollgasmaske, daher die Stimme wie aus einem Slasher Movie. Ich ziehe weiter zum Raum mit dem gynäkologischen Stuhl. Ein extrem hübscher, arabisch aussehender Mann hat gerade einen Sklaven in der Mangel. Der sieht gar nicht morgenländisch aus, sondern mit seiner weißen Haut und den flachsblonden Haaren wie ein deutscher Siegfried. Ich stelle mich in die Türfüllung und beobachte, wie der Dunkelhaarige sein Köfferchen mit einer Dildokollektion öffnet. Der Blonde ist, seinem Zustand nach zu urteilen, schon länger in Bearbeitung. Er ist von der eher drallen Sorte, eine etwas alt gewordene Putte. Seine Marzipanrosigkeit bietet die perfekte Grundierung für die Striemen in den unterschiedlichsten Rottönen, die seine Arschbacken zieren. Ich mochte dieses Schweinchenhafte schon immer, so appetitlich, so gut gepolstert. Nie habe ich verstanden, warum Körper unbedingt dünn sein müssen. Wahrscheinlich habe ich es sogar Arschloch Kees zu verdanken, aber die Art, wie er mit mir schlief, jeden Quadratmillimeter betastete und ableckte, wie er mir immer wieder zuflüsterte, wie geil ihn mein Körper mache, gerade auch die Stellen, die ich im Spiegel immer skeptisch beäugte, war für mich eine Offenbarung. Verklemmt bin ich nie gewesen, aber das Gefühl, fröhlich in meinem Körper zu stecken, verdanke ich ihm.

Der Araber hat bei seinem Blondie mit ein paar mittleren Dildos vorgebohrt, und ich bekomme mit, wie er versucht, aus einer Tube den letzten Tropfen Gleitcreme zu quetschen. Als gute Maîtresse de Plaisir husche ich also hinter den Tresen, greife ins Geheimfach neben der Kühlung, schnappe mir eine Dose Crisco, stelle sie auf ein Tablett und trage das Gebinde mit ausgestrecktem Arm quer durch den Raum.

„Das nenne ich mal Service“, staunt der Dunkle.

In der Zwischenzeit hat die Musik zu Deep House gewechselt, offensichtlich ist der DJ für die zweite Schicht eingetrudelt. Ich will ihn begrüßen, werde aber von einem Mann mit dem Spitznamen Harry Bo aufgehalten – „Weil ich so süß wie Gummibärchen bin!“ Wie gewöhnlich trägt er außer seiner prächtigen roten Behaarung nur eine Shorts aus Gummi.

„Die Sonne geht auf“, strahlt er und zieht mich an seinen Pelz. „Amüsierst du dich?“

Überflüssige Frage, da er wie ein Kind von einem Bein aufs andere hüpft. Harry Bo ist von beeindruckender Einfältigkeit. Man kann mit ihm ausschließlich über das Hier und Jetzt reden. Gestern oder morgen geht schon über seinen Horizont. Nur der Raum, der ihn umgibt, ist für ihn wirklich, das Glas in der Hand, der Körper im Arm. Fragt man ihn, wie es ihm geht, antwortet er unweigerlich: „Das ist die beste Nacht meines Lebens!"

„Gibt's noch 'ne Rutsche Woodinis?", fragt er hoffnungsvoll.

„Für dich sowieso und für die anderen auch. Hilfst du mir?" Ich lege meine Hände auf seine behaarten Schultern und schiebe ihn zur Bar, wo Peer uns zwei Tabletts fertig macht. „Einmal um die Tanzfläche rum, Harrybärchen, und nur den Netten bietest du was an, ja? Ich kümmere mich derweil um die Neuankömmlinge."

Während ich mich Richtung Eingang quetsche, werfe ich einen prüfenden Blick über die Schulter, aber Harry erledigt seine Aufgabe stolz wie Oskar.

An der Tür hat der Sturm sich gelegt. Ein paar Nachteulen und Bettflüchter werden noch vorbeischneien, sonst hat die Nacht ihren Zenit überschritten.

Richie trinkt wie üblich keinen Alkohol, Udo dafür gleich zwei Woodinis. Er tratscht mit seiner besten Freundin Serpil, einer türkischen Bluessängerin, die sich noch nie weiter als bis zur Garderobe getraut hat. Ich will schon umkehren, als mein Blick auf Richies Halbsteifen fällt. Erstaunt folge ich diesem Wegweiser und entdecke einen hübschen, groß gewachsenen Mann, der sich für den SKIN KLUB nicht aus-, sondern angezogen hat. Zu einer Popofrisur mit Mittelscheitel trägt er ein beiges Jackett, Ärmelschoner, ein Hemd mit Stehkragen und halbhohe braune Lederschuhe mit Gamaschen. Eine Hose trägt er nicht, nur einen kurzen weißen Slip. Aus Angora. Sehr sexy.

„Hi", begrüße ich ihn. „Ich bin Missy."

„Sehr erfreut."

„Du bist neu hier, oder? Soll ich dir die Räumlichkeiten zeigen?"

„Gern. Ich war zwar schon hier, aber nie sonntags."

„Jetzt bist du ja da. Der schönste Mann des Abends und der mit dem perversesten Outfit."

„Famos", strahlt er. Frech zieht er mich an sich und verpasst mir einen Zungenkuss, der sich gewaschen hat. Meine Hände machen sich selbstständig, streichen durch sein feines Haar, zeichnen seinen markanten Kiefer nach. Meine Finger erkunden seine hellen, kaum sichtbaren, aber verblüffend harten Bartstoppeln, ziehen eine Spur über seine Brust, finden die Taille und fahren wie selbstverständlich unter sein Hemd. Seide pur! Das ist kein Mann, das ist eine Frucht.

Nachdem ich den Ärmelschonermann herumgeführt habe, entdecke ich halb verdeckt hinter dem inzwischen verlassenen Bondage-Spinnennetz eine reglose Gestalt, die mir irgendwie bekannt vorkommt. Breitbeinig hockt der Typ im Slip da, Rücken rund, Blick nach unten. Als ich näher komme, hebt er den Kopf.

„Hahn", rufe ich, „wie schön, dass du dich mal wieder blicken lässt."

Der Abend, an dem ich ihn herumgeführt hatte, er im Slip, aber mit Mikro in der Hand, war ziemlich aufregend gewesen. Normalerweise spricht man hier nicht über Sex, sondern macht ihn. Aber Hahn hatte eine Art an sich, dass es aus den Leuten nur so heraussprudelte.

„Äh, ja … ich wollte …"

Er lächelt, aber ich spüre, dass er nicht gut drauf ist. Von seinen süßen Grübchen ist jedenfalls nichts zu sehen.

„Kann ich dir einen ausgeben? Hast dich schließlich um unsere kleine Körperkulturveranstaltung verdient gemacht!"

Er zuckt die Schultern.

„Okay, Abmarsch zum Tresen", befehle ich. „So wie du aussiehst, müssen hier schwerere Geschütze ran." Brav dackelt er hinter mir her. „Moni, Schatz, wir haben doch noch Danziger Goldwasser, oder?"

„Klaro."

„Her damit. Für mich einen Woodini, bitte." Und zu Hahn: „Was macht das Leben?"

„Ist das Schwerste." Grabestief kommt das.

„Kannst du laut sagen", lache ich, während ich von Moni die Getränke entgegennehme. „Aber selbst wenn die Aussichten so trübe sind wie dieser Likör, versteckt sich darin vielleicht doch ein Stückchen Gold."

Er zeigt auf die winzigen Plättchen, die in seinem Schnapsglas schwimmen: „Ist das wirklich Gold?"

„Wirkliches Blattgold."

Er trinkt auf ex und verzieht das Gesicht. „Das klebt ja wie Sau. Wie viel Prozent hat das?"

„Gute vierzig. Noch einen?"

„Aber so was von!"

Ich gebe Moni, die Hahn mit den Augen abschleckt, ein Zeichen. Widerwillig reißt sie sich los und füllt sein Glas erneut bis zum Rand.

„Ran an den Feind", befehle ich und stoße so temperamentvoll mit ihm an, dass er einen Teil seines Likörs verschüttet. „Oh, shit, tut mir so leid. Das ganze klebrige Zeug voll über deine Füße."

„Ist doch nicht so …"

Ob angeborene Höflichkeit oder die Drogen, ich bin schon unterwegs. Hinter der Bar schnappe ich mir eine Plastikschüssel, fülle sie mit Wasser, spüle ein Putztuch vorsichtshalber noch mal durch und bringe alles zu Hahn. Der sitzt bewegungslos da wie eine Puppe. „Gut, dass Flipflops wieder in Mode sind", versuche ich einen Scherz. Ich knie nieder, ziehe ihm die Gummilatschen aus, tauche den Lappen ins Wasser und beginne seinen rechten Fuß zu waschen. Er zuckt heftig zusammen. „Bist du kitzelig?"

„Nein, das Wasser ist kalt."

„Oh, Entschuldigung!" Dann fällt mir ein, dass ich warmes Wasser hätte nehmen sollen. Egal. Ich fahre seine Waden hoch, wische die klebrige Soße sorgfältig vom Spann und zwischen den Zehen weg. „Problem behoben. Du hättest sonst nie wieder die Zehen auseinandergekriegt", sage ich und komme hoch.

Hahn sitzt ganz gerade. Über sein Gesicht kullern Tränen. Einen Moment lang bin ich so verblüfft, dass ich nicht weiß, wie reagieren. Dann ziehe ich ihn an mich. Er legt seinen Kopf an meine Brust und fängt gotterbärmlich an zu schluchzen. Wie bei einem Baby lege ich ihm eine Hand auf seinen Hinterkopf und gebe beruhigende Töne von mir. Ein Mann wie ein Baum, aber butterweich. Er klammert sich an mich, sein ganzer Körper krampft wie bei einer Kolik. Ich streichele ihn, massiere seine Schultern. „Lass einfach los, das ist in Ordnung." Nach und nach beruhigt er sich. Schließlich liegt er friedlich an meiner Brust. Seine Wimpern werfen feine Schatten. Dann nimmt er den Kopf hoch und blinzelt mich mit einem herzerweichend kleinen Lächeln an. „Alles okay?", frage ich. „Ärgert die Welt dich?"

„Ich wünschte, sie würde mich noch viel mehr ärgern", schnieft er.

„Muss ich das jetzt verstehen?"

„Nee, aber ich vermute, dass du sowieso alles verstehst."

„Du bist ein Schatz."

„Der jetzt nach Hause muss. Aber vielen Dank. Ich habe es ja schon geahnt, aber jetzt weiß ich es: Du bist der perfekte Katastrophenschutz.“ Dann hört man nur noch das feuchte Schnalzen seiner Flipflops.

„Na prima, du kriegst mal wieder die guten Männer ab“, plärrt Moni und wischt pro forma über den Tresen.

„Klappe! Wo bei anderen das Herz sitzt, hast du nur Edelstahl! Kapierst du nicht, dass der am Arsch ist?“

„Nu bring dich mal wieder auf die Kette, Missy! Meine romantische Phase ist lange vorbei.“

Ich will etwas erwidern, aber ein eigenartiger Geruch lenkt mich ab. „Riechst du das?“

Auch Moni steckt ihre Nase in die Luft: „Als ob was brennt, oder?“

Ein Brand fehlt uns gerade noch. Ich springe auf, inspiziere die Tanzfläche, stecke erfolglos den Kopf in den Darkroom, bis ich am Andreaskreuz Funkenschlag sehe. Ein Pärchen, das ich nicht kenne, vergnügt sich mit reichlich exotischen Spielen. Die Frau ist ans Kreuz gebunden. Ihr Kerl hat so etwas wie einen übergroßen Q-Tip angezündet und gleich wieder ausgeblasen. Er wartet, bis er nur noch glimmt, fährt damit mehrfach durch ihre Achselhöhle und flämmt ihr mit unnachahmlicher Akkuratesse die Achselhaare ab. Ich bin abgestoßen und fasziniert zugleich, kann den Kopf nicht wenden, bis die Achseln der rothaarigen Frau blank sind. Nicht der Hauch einer Rußspur ist zu sehen.

Was genau es ist, keine Ahnung. Irgendetwas in mir schlägt Alarm. Ruhig, sage ich mir, entspann dich, nur ein harmloser Flashback. Aber das ist es nicht. Nervös schaue ich mich um, sehe aber nur eine Party kurz vor Toresschluss. Zu spaciger Musik tanzen ein paar Romantiker Stehblues. Guten-Morgen-Joints kreisen. Ein bleiches Mädchen hält abwesend den halb schlaffen Schwanz ihres Freundes in der Hand. Alles wie immer. Vielleicht wäre es gut, mit Richie zu reden, er wird mich wie immer beruhigen.

Schon bevor ich die Tür zum Vorraum öffne, weiß ich, dass etwas passiert ist. Alles, was danach geschieht, ist wie ein Film, der nur aus Standbildern besteht. Udo lehnt an seiner Garderobe. Diesen Gesichtsausdruck habe ich noch nie an ihm wahrgenommen: Er sieht aus wie ein Mann. Serpil hat ihren Kopf zwischen Kleidungsstücken vergraben und weint. Drei Gäste stehen hilflos daneben, kreidebleich, an die hinterste Wand gepresst.

Von Richie sehe ich nur den Rücken. Ein Tuch um die Hüften geschlungen, steht er in der Tür zum Hinterhof. Niemand sagt ein

Wort. Als ich ihn erreicht habe, steige ich auf die Zehenspitzen, um über seine Schulter zu schauen.

„Wir haben sie nicht fallen sehen“, murmelt Richie. „Aber der Schrei …“

Obwohl sie auf dem Bauch liegt, erkenne ich sie sofort am roten Iro.

Ka.

Die Arme ausgebreitet, als würde sie kraulen. So viel Blut. Die Lache wird immer noch größer. Nie werde ich dieses Bild vergessen: Vom vielen Blut am Wegfliegen gehindert, schwimmt obenauf eine ihrer kleinen orangefarbenen Federn. Ihr rechtes Bein ist auf eine Weise verdreht, dass ich innerlich aufjaule. Das darf nicht sein, so zerschmettert darf ein Mensch nicht liegen.

Ka.

Wie alt? Fünfundzwanzig? Gerade einigermaßen vom Leben hochgepäppelt, Lachen und Weinen gelernt, Denken und Vergessen. Endlich ihr Gesicht gefunden, schön und herb. Und nun soll für sie keine Zukunft mehr sein?

Ich will Ka in eine weniger schlimme Position bringen, und Richie muss seine ganze Kraft aufwenden, um mich davon abzuhalten. „Der Notarzt muss erst kommen, Missy, verstehst du, der Notarzt und die Polizei.“

Ich stolpere zurück in den Club, wo irgendein gütiger Automatismus einrastet. Es ist mein Abend, ich trage die Verantwortung. Ich will die Musik ausschalten und das Putzlicht ein, aber Moni hält mich davon ab. Viel zu gefährlich, die Leute würden Panik bekommen oder, viel schlimmer, bedrogt und sensationsgeil im Hof rumstehen. Sie hat recht, das begreife selbst ich in meinem geschockten Zustand. Also will ich den DJ einweihen und ihn bitten, die Musik unauffällig runterzupegeln. Er ist nicht mehr da. Außer Peer hinterm Tresen und sechs, sieben Gästen ist niemand mehr da. Ich muss so fassungslos geguckt haben, dass Peer mir zuruft: „Die sind alle durch die Hintertür. Wollten keinen Ärger mit den Bullen.“ Kinder sind das. Egoistische, feige, verwöhnte Kinder, die sich ihre bunte Party nicht vermasseln lassen wollen. Die Bullen werden kommen und Fragen stellen, Personalien aufnehmen, vielleicht die Gelegenheit nutzen und Taschenkontrollen durchführen. Aber das Partywochenende ist noch nicht vorbei, das will man sich nicht nehmen lassen. Kas Tod stört.

„Komm, setz dich mal hin“, sagt Peer, aber ich kann nicht. Ich beginne zu räumen, leere Aschenbecher, sammele Gläser ein, hole

Eimer und Lappen, beginne die Tische zu wischen. Irgendwann bemerke ich, dass der Schlachter, einer der wenigen, die geblieben sind, sich einen Besen schnappt und den Boden fegt.

Der Notarzt kommt mit Blaulicht, dann Polizei und Spurensicherung. Wir geben unsere Personalien an, werden befragt, können aber nicht viel beitragen. Es gibt nur zwei Möglichkeiten: Ka ist gesprungen, oder sie wurde gestoßen. Aber warum sollte jemand sie stoßen? Und selbst wenn, was würde das ändern? Ka ist tot. Doch, entscheide ich, wenigstens würden wir dann nicht rätseln müssen, warum ein junges Ding keinen anderen Ausweg sieht, als dem Leben so brutal den Rücken zu kehren.

„Zigarette?“, fragt der Schlachter.

Obwohl ich selten rauche, nehme ich eine. Es ist gut, etwas in der Hand zu haben.

Als wir zwei Stunden später den Laden abschließen, schlägt er vor, irgendwohin an die frische Luft zu fahren. In seiner schwarzen Hose und dem kurzärmligen weißen Hemd hätte ich ihn fast nicht erkannt. Ich steige in seinen Opel, und er kutschiert mich zum Reichstag, wo sich um diese Zeit noch Hunderte Menschen aufhalten. Manche schlummern in Schlafsäcken, andere umkreisen das Gebäude wie Schlafwandler. Obwohl so viele Menschen da sind, hört man keinen Mucks. Wie ein Mausoleum erhebt sich der verhüllte Reichstag. Als würde die ganze Stadt um Ka trauern. Um für uns zu sein, ziehen wir uns ans Spreeufer zurück. Schweigend sitzen wir nebeneinander und blicken aufs Wasser. Der Schlachter raucht, ich paffe. Unaufhörlich kreist die Frage durch meinen Kopf: Warum? Die schlimme Antwort lautet: Keine Ahnung. Immer wieder spiele ich im Kopf unsere letzte Begegnung durch. War irgendetwas anders? Ich bin in Eile gewesen, kurze Begrüßung, ihr „Ich liebe dich!“, ein fröhlicher Kuss. Wenigstens ein kleiner Trost, dass ich ihr noch einen Kuss gegeben habe. Hätte ich etwas bemerken müssen? Aber sie hat sich benommen wie immer, ganz normal. Ihre Augen fallen mir ein, ungewöhnlich intensiv, aber das kommt bei neunzig Prozent meiner Gäste vor. Nach einem schlechten Trip hat sie nicht ausgesehen. Oder war ich nur blind?

Beste Freundinnen sind wir nie gewesen, genau genommen nicht mal Freundinnen. Sie war eine Bekannte aus dem Nightlife, nicht mehr, nicht weniger. Mal zusammen ins Kino gehen, mit anderen einen Ausflug ins Umland machen, das war's. Von Lebensmüdigkeit oder Verzweiflung keine Spur. Gut, sie war etwas zu kritisch für meinen Geschmack. „Hab mal ein bisschen Spaß", habe ich sie manchmal aufgezogen. „Du hast schon eine ganz steile Kerbe zwischen den Augenbrauen."

Je länger ich über Ka nachdenke, desto mehr steigt eine Mordswut in mir hoch. „Mitte zwanzig", sage ich zum Schlachter. „Mitte zwanzig, und das Mädchen tritt sein Leben in die Tonne. Fünfzig oder sechzig Jahre einfach weggeworfen. Was immer mit ihr los war – es hätte doch auch besser werden können, nicht? Die Chance bestand doch, oder?"

„Manchmal ist das Leben", sagt der Schlachter.

„Was? Gut, schlecht, egal?"

„Nichts von alledem, manchmal ist es nur." Er schaut mich ernst an. „Was weißt du denn von ihr?"

„Nicht viel. Hat früher was mit Elektro gemacht, arbeitete dann in einem Hotel. Einen festen Freund hatte sie wohl nicht. Aber ich weiß eigentlich so gut wie nichts über ihr Privatleben. Ihre Mutter ist, glaube ich, Politikerin. Finanziell ging es ihr gut. Weißt du, wenn sie in Zentralafrika hätte leben müssen, in Bangladesch, in Palästina meinetwegen, wenn sie Hunger gekannt hätte, Not, Gewalt – aber so?"

„Wer sind wir, darüber zu entscheiden? Vielleicht hatte sie keine Alternative, konnte nicht mehr wählen zwischen dem Schmerz und dem Nichts."

„Ich mache mir solche Vorwürfe, weil ich nichts gemerkt habe. Ist ja immer so schön easy bei uns."

„Niemand muss sich dafür schämen zu tanzen", widerspricht er. „Ich bin der Meinung, dass das Feiern uns erst zu Menschen macht."

Ich bekomme einen Hustenanfall, weil ich ganz in Gedanken einen Lungenzug gemacht habe. Der Schlachter klopft mir freundlich auf den Rücken. „Danke, geht schon wieder", keuche ich. „Wie heißt du eigentlich? Wir nennen dich nur den Schlachter."

„Ich weiß." Er hat Lachfalten, die wie Sonnenstrahlen von seinen Augenwinkeln abgehen. „Ich heiße Henry."

„Und Schlachter bist du natürlich nicht."

„Ganz im Gegenteil. Ich bin Priester."

„Du verscheißerst mich."

„Nein", lächelt er. „Katholischer Priester."

„Ich glaub's nicht, da beichte ich also gerade einem Pfaffen?"

Kopfschüttelnd lege ich mich auf den Rücken und starre in den bleichen Himmel. Vielleicht ist es an der Zeit, einen neuen Anfang zu wagen. Das Ufer fällt zum Wasser hin leicht ab. Eine Weile liege ich mucksmäuschenstill. Dann lasse ich mich langsam den Abhang hinabkullern, bis ich mit einem lauten Platsch im Wasser lande. Wunderbare Kälte fährt durch meinen Körper. Ich tauche auf und schüttele die Haare wie ein Hund. „Gerlinde“, schreie ich. „Mein Name ist Gerlinde!“

Schwarze Flecken

Hahn wachte auf und schaute sich irritiert um, als er den Platz neben sich leer vorfand. War Isa in der Nacht getürmt? Er richtete sich auf, entdeckte aber schnell neben dem Bett ihre voluminöse Leinentasche. Große Erleichterung, sie würde Frühstück holen. Einen Moment lang hatte er die Sorge gehabt, sie könnte ihn verlassen haben. Noch vor wenigen Wochen hätte er dieser Aussicht vielleicht etwas abgewinnen können.

Er nahm ein Bad und versuchte, den Geruch des gestrigen Abends loszuwerden. Hinterher legte er gegen seine Gewohnheit sogar einen Hauch von Isas Männerparfüm auf, bis er einigermaßen wiederhergestellt in der Küche stand. Wie vermutet, war sie Brötchen holen gewesen. Nicht nur das, sie hatte auch Kaffee aufgesetzt und Rühreier gemacht. Während er sie scheu auf die Wange küsste, versuchte sie seine verstrubbelten Haare ein wenig zu glätten, was er ausnahmsweise zuließ.

„Gut geschlafen?", fragte er.

„Ja." Ihr Gesicht zeigte keine Regung. Ob sie verletzt, traurig oder wütend war, konnte er nicht entscheiden.

Er schenkte ihnen Kaffee ein. „Also lass uns nicht lange drumrum reden. Ich habe wohl einiges zu erklären."

„Und diesmal bitte die ganze Wahrheit. Aber sag mir zuerst, wie es dir geht. Körperlich. Und seelisch."

Hahn nahm Platz und setzte zu einer langen Rede an. Er berichtete von seiner Ungläubigkeit bei der ersten Diagnose, der Erschütterung, als die Ergebnisse sich bestätigten. Seine Heimlichtuerei versuchte er mit der Notwendigkeit zu entschuldigen, die bestürzende Nachricht erst einmal für sich selbst verarbeiten zu müssen. Die Flucht an die See, das augenöffnende Gespräch mit dem Mann in der Pizzeria beschrieb er ebenso wie seinen Entschluss, ab sofort möglichst bewusst von einem Tag auf den anderen zu leben. Die Unausweichlichkeit seiner Krankheit, ihre Ursachen und ihren Verlauf ersparte er ihr nicht. Er versuchte ruhig und sachlich zu bleiben, nur kein Pathos aufkommen lassen.

Dennoch konnte Isa die Tränen nicht unterdrücken. Er reichte ihr ein Taschentuch, fuhr aber unbeirrt fort, beschrieb sein Grübeln, wie das Virus in seinen Körper gelangt sein könnte, und die verschüttete Erinnerung an die Nacht mit Fex. Der würde es ihr längst erzählt haben, also konnte er gleich alles beichten, die Wut auf Fex, seine fehlende Selbstkontrolle, die Schläge und Tritte.

Dann war Isa am Zug. Hahn schlug die Augen nieder, als die Rede auf Fex kam: „Der war doch völlig ahnungslos. Jetzt stell dir mal vor, jemand würde dir eine so schreckliche Eröffnung mit einem Satz Prügel machen." Sie vermied jedes Moralisieren, ließ aber keinen Zweifel daran, was sie von seinem Verhalten hielt.

„Ich weiß", stöhnte er. „Aber es ist einfach aus mir ... rausgebrochen."

Isa ließ nicht locker. „Du musst dich so schnell wie möglich entschuldigen. Fex wird es irgendwann verstehen. Und ihr müsst euch dringend zusammensetzen."

„Ich weiß. Was hat er denn gesagt?"

„Du kennst doch Fex, er schweigt. Aber wenn ich dich richtig verstanden habe, lässt sich nicht wirklich nachverfolgen, von wem du dieses ..."

„Es heißt Aids."

Isa atmete einmal geräuschvoll ein: „... dieses Aids hast." Jetzt war es mit ihrer Beherrschung doch vorbei. Sie schluchzte, vergrub ihr Gesicht in den Händen.

Sanft nahm Hahn ihre Hände herunter. „Du kannst ruhig weinen."

„Danke für die Erlaubnis. Weißt du eigentlich, was für ein Gefühl das ist, wenn dein Mann mal eben von der Bildfläche verschwindet und du von jemand anderem erfahren musst, dass er todkrank ist? Hast du eine Ahnung, wie einem da zumute ist, du Arschloch?"

„Das Versteckspiel hat ab sofort ein Ende, in jeder Hinsicht. Ich verspreche es dir."

„Viele Versuche hast du nicht mehr."

Hahn nickte betreten. Dann lehnte er seine Stirn an ihre. Lange Zeit saßen sie so da, ohne ein Wort zu reden.

Was letzte Nacht geschehen war, musste sie nicht unbedingt wissen. Isa hatte ihrerseits beschlossen, ihr Hamburger Engagement zu verheimlichen. Fex und Johanna hatte sie schon zum Schweigen verpflichtet. Hamburg lag mit einem Mal auf einem anderen Kontinent. Sie würde absagen.

Fex lief Gefahr, zum Mann auf dem Dach zu werden. Nicht ganz frei von Schicksalsromantik, schaute er über die Dächer, unter denen sich die großen und kleinen Spektakel des Alltags abspielten, hörte vorbeifahrende Autos, das bierselige Lamento der Lieferanten, störrische Kinder, genervte Mütter, streitende Besoffene. In diesem Soundtrack versuchte er auszumachen, ob vielleicht eine Uhr tickte, seine Uhr.

Auf einem umgedrehten Bierkasten neben ihm lag ein dicker Wälzer. Der dunkelgrüne Einband der Gedichtanthologie wies diverse Fettflecken und Brandzeichen auf. Die Seiten mit ihren Eselsohren, Unterstreichungen und Anmerkungen zeugten von entschlossener Benutzung. In seiner Sturm-und-Drang-Zeit hatte er begonnen, mit geschlossenen Augen eine Seite aufzuschlagen und das so gefundene Gedicht als Orakel für den jeweiligen Tag zu nehmen. Pubertistenmystik. Im Lauf der Jahre hatten sich die unterschiedlichsten Anthologien angesammelt, allesamt Lyrik des deutschen Sprachraums, aber diese alte Schwarte war ihm die liebste. Wer wie er im Dreijahresrhythmus von einer Kultur in die nächste geschaufelt wurde, brauchte einen Halt. Während seiner Jahre in Lateinamerika, Afrika und Asien war neben Eltern und Bruder die deutsche Sprache seine einzige Konstante gewesen.

Seit Tagen begegneten ihm Zeilen, Verse und Motive, die von den großen Dingen erzählten. Überall Werden und Vergehen, Schöpfung und Schicksal. Da rief ihm ein Jacob Regnart aus dem sechzehnten Jahrhundert zu:

Amor du Kindlein bloß
Wem dein vergifftes Gschoss
Das hertz ein mal berüret
Der wird als bald verfüret
Wie ich wol hab erfaren

Für nur ein Freud allein
Gibstu vil tausent pein
Für nur ein freundlichst schertzen
Gibstu vil tausent schmertzen
Wie ich wol hab erfaren

Bei Gryphius, dem großen Dichter des todestrunkenen Barocks, sprang ihn eine Zeile wie *wir vergehn wie Rauch von starcken Winden* an, und bei Gottfried August Bürger fand er ein Bild von geradezu grausamer Einfachheit: *Hinab will der Bach, nicht hinan.*

Morbide? Und ob, aber ihm halfen solche Zeilen mehr als jeder Psychoquark zum Thema positives Denken. Positiv war auch nur eine Frage der Auslegung, wie er bei Ulla Hahn entdeckte: *Ich danke dir für jeden Fußtritt der / mich vorwärts bringt zu mir /auf meinem Weg*. Ein Satz wie für Hahn gemacht. Man sollte ihn auf ein Sofakissen sticken lassen und ihm schenken.

Eines Abends stieg Johanna zu ihm aufs Dach. Barfuß und schon im Pyjama, drückte sie ihm einen ihrer selbst gepressten Hexentränke in die Hand. „Hier für dich, eine Vitaminbombe." Über biologische Ernährung wurde nicht mehr diskutiert. Sämtliche Produkte, die Fex aus dem Supermarkt anschleppte, landeten kommentarlos im Müll. Er sollte gesund bleiben.

„Meinst du nicht, es wird Zeit, dass du wieder zu uns Sterblichen herabsteigst?", fragte sie.

„Schwer zu sagen." Fex nahm einen Schluck von dem grünbraunen Getränk und zog eine Schnute. „Diese … Suppe müsste man in einer Schnabeltasse servieren."

„Pass mal auf, Freundchen, du glaubst doch nicht, mir macht das Spaß? Es reicht vollkommen, wenn die Frau meines Geliebten mir mit ihrer Krankheit das halbe Leben stiehlt. Da brauche ich keinen, der sich grämt, noch *nicht* krank zu sein."

Fex schaute beschämt und beleidigt zugleich drein: „Das ist ja das Lähmende: Alles ist wie immer, nur baumelt mit einem Mal dieser riesige Felsbrocken an einem sehr dünnen Seil über deinem Kopf. Was soll ich denn tun? Ein Liedchen pfeifen?"

Johanna löste das Samtband, mit dem sie ihre Haare schon zum Schlafen zusammengebunden hatte, und schüttelte sie. „Glaubst du, ich verstehe das nicht? Aber wenn du so weitermachst, bist du tot, bevor du gestorben bist."

Um Einsicht zu signalisieren, trank Fex seinen Vitamintrunk auf ex. „Gut gegeben. Aber wie das mit Aphorismen so ist: Sie klingen hübsch, doch wenn man versucht, sie umzusetzen, stellen sie sich ganz schnell als Papier heraus."

„Unsinn. Bei schweren Krankheiten bin ich inzwischen Fachfrau, und eins weiß ich genau: Deine einzige Chance besteht darin, dich den Tatsachen zu stellen. Also mach was, verdammt!"

„Und was, bitte schön?"

„Arbeite weiter an deinen schönen Gedichten."

Fex lief knallrot an. „Was? Hast du etwa auf meinem Schreibtisch rumgeschnüffelt?“ Nirgendwo, nicht mal beim Sex, fühlte er sich so nackt wie bei seinen Schreibversuchen.

„Ach, Fex“, lachte Johanna. Sie setzte sich hinter ihn, genau so, wie er früher mit seinem kleinen Bruder Ferdi Eisenbahn gespielt hatte. „Mein Filzschreiber hatte seinen Geist aufgegeben, und ich wollte mir einen bei dir ausborgen.“ Sie griff in seine Haare und band sie mit ihrem Samtband zusammen. „Jetzt siehst du wie ein richtiger Romantiker aus. Also: Da flogen zwei Gedichte über den Tisch, und ich habe sie gelesen. Und wenn schon, ich weiß doch längst, dass du heimlich schreibst. Du solltest dranbleiben. Sie sind gut.“

„Findest du?“

Früher ging Hahn gern in die Praxis von Dr. Richardy, um mit ihm seine Zipperlein zu diskutieren. Jetzt versuchte er die Arztbesuche so rasch wie möglich hinter sich zu bringen. Um elf hatte er einen Termin zur Pentamidin-Inhalation. Prophylaxe gegen die Lungenentzündung PCP, ab sofort einmal im Monat.

Wieder zu Hause, telefonierte er mit Isa, ob sie bei dem Bilderbuchwetter etwas unternehmen wollten. Weil er krankgeschrieben war und Isa erst abends Probe hatte, schlug er einen Ausflug ins Strandbad Wannsee vor. Beide hatten diese Berliner Attraktion noch nie besucht.

Isa hatte ein paar Tage bei ihm gewohnt, aber weil es ihm körperlich wie seelisch einigermaßen gut ging, war es ihm wichtig, zu einer Art Normalität zurückzukehren. „Bloß keine Seelenmassage“, hatte er gebeten und auf ihren skeptischen Blick hin zugefügt: „Wenn ich Hilfe brauche, werde ich nicht den einsamen Wolf spielen, versprochen.“

Die Strecke zu radeln kam für Hahn nicht mehr infrage, zu kräftezehrend. Also fuhren sie mit der S-Bahn durch den Grunewald bis zum Wannsee. Auf die Ausmaße des leicht heruntergekommenen Strandbades waren sie nicht gefasst: einladend, klar, großzügig, im Stil der Neuen Sachlichkeit erbaut. Auch der breite, gut über einen Kilometer lange Sandstrand verblüffte sie. Dahinter der Wannsee. Weiße Segel, schmuckes Grün auf der anderen Uferseite, am Himmel Schönwetterwölkchen.

„Wunderschön und ein bisschen schmalzig“, fand Isa. „Wie ein Kreissparkassen-Liebermann. Herrlich.“

Nachdem sie sich ein Plätzchen abseits des Trubels gesichert hatten, rammte Hahn einen Sonnenschirm in den Sand, den sie unterwegs noch geschwind im Baumarkt besorgt hatten. „Vorsicht in der Sonne", hatte Richardy geraten. „Entgegen landläufiger Meinung schwächt starke Sonneneinstrahlung das Immunsystem. Andererseits erhöht sie das Wohlbefinden, was den Körper wiederum stärkt. Finden Sie einen Mittelweg und suchen Sie den Schatten."

Während Hahn sich auf seinem Badetuch lang machte, seufzte er wohlig. „Gar nicht so übel, mal eine Weile auf der faulen Haut zu liegen. Könnte ich mich dran gewöhnen."

Isa setzte sich neben ihn und zog eine Schachtel Mentholzigaretten aus ihrer Tasche.

„Du rauchst?"

„Ja", lachte sie. „Ich frage mich, warum ich das nicht schon längst probiert habe. Aber nur drei Züge am Tag. Danach fühlt es sich im Mund an wie November."

Hahn döste, fand aber keine Ruhe. Er richtete sich wieder auf, um die Umgebung in Augenschein zu nehmen. Wäre es nach ihm gegangen, hätten sie sich an den FKK-Strand gelegt. Aber nicht mit Isa: „Die primären Geschlechtsmerkmale sind vom ästhetischen Standpunkt aus nicht sonderlich gelungen." Sie trug nicht einmal Bikini, sondern einen fast züchtigen weißen Einteiler. Dennoch war sie die mit Abstand erotischste Frau an diesem Strand. Hahn kam der Rügentourist Lehmann in den Sinn – die Schönheit suchen. Von Schönheit konnte bei den Körpern, die um sie herum lagerten, nicht die Rede sein. Diese Vielfalt an Formen: mächtige Fässer, eckige Kästen, bauchige Vasen, schmale Handtücher. Es wabbelte und schlackerte, kam bleich mit blauen Adern und roten Pusteln daher oder von der Sonne verbrüht. Die Verletzlichkeit und Vielfalt dieses Fleisches rührte ihn.

„Ins Wasser?" Hahn wartete Isas Antwort nicht ab, sondern sprang auf und griff sie beim Handgelenk.

„Ist noch viel zu kalt", protestierte sie, doch er zog sie unbeeindruckt ins wirklich noch ziemlich kalte Nass. Einmal drin, kraulte er mit ausgreifenden Armbewegungen davon. Beim Blick über die Schulter amüsierte ihn der Anblick von Isa, die, besorgt um ihre Frisur, wie ein Welpe paddelte. Er schwamm ein Stück zurück und spritzte sie nass, woraufhin sie kreischend seine Schultern packte und ihn unter die Wasseroberfläche drückte. Eine Weile tollten sie herum, bis Hahn schwindelig wurde. Er wollte sich nichts anmerken lassen, doch Isa fiel sein veränderter Gesichtsausdruck sofort auf: „Lass uns rausgehen, mir ist kalt."

Während sie zum Strand wateten, legte sie lächelnd einen Arm um seine Taille, bemüht, ihre Sorge als Zärtlichkeit zu tarnen. Sie rubbelten sich gegenseitig ab, und Hahn setzte sich, die Hände um die angezogenen Beine geschlungen, keuchend auf sein Badetuch.

„War ein bisschen viel?", fragte Isa.

Er wollte leugnen, überlegte es sich aber anders. „Mir ist etwas schummrig. Wird von der Inhalation kommen. Aber kein Grund zur Sorge."

Um nicht zudringlich zu wirken, legte Isa sich auf den Bauch, das Kinn auf die Hände gestützt. „Wir werden lernen müssen, was geht und was nicht", sagte sie, ohne ihn anzuschauen.

Wir.

Hahn beobachtete zwei Jungs, die vergeblich versuchten, ihr gekentertes Paddelboot wieder aufzurichten. Er druckste herum, fasste sich dann ein Herz. „Mir ist es wichtig, dass du dich zu nichts verpflichtet fühlst." Als er merkte, wie seine Stimme brüchig wurde, redete er im Stakkato weiter. „Ich will nicht, dass du mich ins Grab pflegst."

„Aufhören." Isa vergrub ihr Gesicht in den Händen.

„Bei den Römern hieß es: Du magst die Katze einen Fisch nennen – schwimmen wird sie nicht."

„Scheiß auf die Römer, du klingst schon wie Fex. Ich will einfach nicht, dass du so redest."

„Die Dinge sind, wie sie sind", fuhr er unnachgiebig fort. „Ich habe nicht ‚es', sondern Aids, ich werde nicht ‚gehen', sondern sterben. Keine Heilung, keine Hoffnung."

„Schön und gut, aber wir sind auch nicht nur Statisten." Isa richtete sich auf. „Wenn du schon so unnötig drastisch über … die Zukunft sprechen musst, dann sag mir, wie es weitergehen soll. Also im Klartext: Was genau willst du?"

„Gesund bleiben, leben, Kinder mit dir haben."

Isa strich ihm übers Haar. „Ist genehmigt. Aber so habe ich es nicht gemeint."

„Ich weiß, leider. Es wird etwas passieren, es wird viel passieren, aber wann und wie, können wir nicht wissen."

Wir.

Isa kniete sich vor ihn hin, die Unterarme auf seine Knie gestützt, und schaute ihm in die Augen. „Ich bin es, Isa, deine Frau. Also noch mal: Ich möchte aus deinem Mund hören, wie du dir die nächste Zeit vorstellst."

„Wenn es nach mir ginge …" Hahn brach den Blickkontakt ab und schaute sich Hilfe suchend um. Schließlich nahm er ihre Hände in die seinen. „Ich würde dem Himmel auf Knien danken, nicht alleine durch diesen Albtraum gehen zu müssen."

Isa setzte spontan einen Kuss auf seine Hände. „Danke. Ich hatte solche Angst, du kippst mich aus deinem Leben."

„Da ist was dran", gab er zu. „Meine Lage ist so, dass …", er stockte, „dass ich oft nicht mal mit mir einer Meinung bin."

„Reden hilft."

„Ja. Nein."

„Ach, Hahn." Isa setzte sich wieder neben ihn und legte den Kopf auf seine Schulter. „Meinst du, ich hätte das alles nicht tausendmal im Kopf durchgespielt? Ich weiß doch, in dir tickt eine Zeitbombe, von der keiner weiß, wann sie explodiert. Außerdem habe ich bis zum Ergebnis meines eigenen Bluttests einen guten Vorgeschmack auf deinen Albtraum bekommen."

„Entschuldigung."

„Was ich sagen will: Wenn der Nebel dicht ist, sollte man andere nach dem Weg fragen."

Hahn legte einen Arm um ihre Schultern. Einen Moment lang war er weit weg, genoss einfach nur ihre Vertrautheit. Doch die wichtigste Frage stand noch im Raum. „Was immer da auf mich zurollt, ich weiß nicht, ob ich dir zumuten kann, das alles auf dich zu nehmen", sagte er ernst. „Du musst dir darüber im Klaren sein, dass es kein Happy End gibt."

„In guten wie in schlechten Tagen?"

„Du würdest mit ansehen müssen, wie ich immer weniger werde. Und du kannst nichts tun. Niemand kann das."

„Falsch. Ich kann etwas tun – da sein. Ich habe dir schon einmal gesagt, dass ich für dich da bin. Das war ernst gemeint. Du musst nur wollen."

Sie schauten sich an und hatten beide das gleiche wehmütige Lächeln um die Mundwinkel. Von Romantik keine Rede, doch wurde gefragt und geantwortet.

„Ich liebe dich", sagte Isa.

Hahn küsste sie und schwieg.

Jeden Morgen das Gleiche. Sofort nach dem Aufwachen untersuchte Fex sein Laken auf Nachtschweiß, tastete die Lymphknoten am Hals, im Nacken und in der Leistenbeuge ab. Dem Spiegel streckte er, seiner Gefühlslage durchaus angemessen, die Zunge heraus und kontrollierte, ob sie von verräterischem Soor befallen war. Dann trat er einen Schritt zurück, musterte Partie für Partie seines Körpers, stets darauf gefasst, erste Zeichen wahrzunehmen.

An guten Tagen huschte dabei ein Lächeln über sein Gesicht. Wie oft hatte er Hahn bei solchen Inspektionen beobachtet und sich dabei köstlich amüsiert. Fex hatte das nie als Eitelkeit, sondern als eine Art Selbstvergewisserung empfunden, so wie ein zärtlichbesorgter Fahrzeughalter sein Auto tätschelt.

Johanna würde ihn wegen seiner allmorgendlichen Prüfblicke geißeln. „Du lebst", schimpfte sie immer wieder. „Komm endlich damit klar." Natürlich hatte sie recht, aber sie musste auch nicht Tom und Konsorten unter die Augen treten. Fex würde viel dafür geben, den heutigen Canossagang nicht antreten zu müssen, aber er fühlte sich dazu verpflichtet: Er musste alle Männer informieren, mit denen er geschlafen hatte, zumindest die, deren Aufenthalt er kannte.

Tom reagierte wie befürchtet. Er war vollkommen aufgelöst. Kopflos rannte er im Kreis, warf die Arme hoch, zeterte, jammerte. Aus dem Strahlemann mit dem Was-kostet-die-Welt-Lächeln war ein ängstliches Kind geworden, das mit hoher Stimme sein Schicksal beklagte. Fex wollte am liebsten weglaufen, doch er redete beruhigend auf ihn ein, wahrscheinlich sei gar nichts passiert, gab ihm Namen und Adresse seines Arztes und bat ihn, sich sofort zu melden, wenn das Ergebnis vorlag.

Er konnte das Entsetzen verstehen, Toms Angst war seine Angst. Nicht vorbereitet war er allerdings auf die Blicke, die er ihm zuwarf. Aussätziger stand darin zu lesen, Schwein, Mörder. Tom gab ihm keinen Abschiedskuss, reichte ihm nicht mal die Hand.

Bei den anderen Besuchen dieser Art war die Reaktion ähnlich. Immer dieser Blick, vor dem er bald die Augen senken musste, als halte er höchstpersönlich eine Sense in der Hand. Immer die gleiche Panik, nur unterschiedlich geäußert.

Der junge Mann, den er aus der Strandbar abgeschleppt hatte, wurde trotz Indianerbräune kreidebleich. Er sprach kein Wort, nickte nur mechanisch, murmelte Unverständliches, bevor er Fex so schnell wie möglich aus der Tür schob. Andere rannten gleich ins nächste Krankenhaus oder verfluchten ihn, seine Homosexualität, das Schicksal, die Welt.

Fex ließ alles über sich ergehen, empfand sogar eine perverse Genugtuung dabei, als geschehe es ihm recht, Buße tun zu müssen. Doch irgendwann konnte er diese Blicke nicht länger ertragen. Also nahm er sein Telefonverzeichnis zur Hand und schaute nach, von welchen Männern, mit denen er in den letzten Jahren Sex gehabt hatte, er noch eine Nummer besaß. Drei. Das war alles? Er hatte mit mehr Männern geschlafen, wenn auch nicht mit sehr viel mehr, aber sie schienen so belanglos gewesen zu sein, dass er nicht mal ihre Telefonnummer notiert hatte.

Den einzigen Friseur seines Lebens erreichte er nicht mehr, kein Anschluss unter dieser Nummer. Der zweite Mann, ein Filmverrückter, reagierte positiv, lobte ihn für sein Verantwortungsgefühl, seine Aufrichtigkeit. Der Grund für seine Gelassenheit wurde schnell klar: Er ließ sich alle drei Monate testen und war negativ.

Beim dritten Anruf schließlich war nur der Anrufbeantworter dran. Der erbetene Rückruf erfolgte nicht. Fex ließ nicht locker. Noch erstaunt, mit welch geschmeidiger Empathie ihm inzwischen die schlechte Nachricht über die Lippen ging, ließ der Mann ihn nicht mal ausreden. „Die Sprüche kannst du dir sparen", sagte er. „Zu spät. Diese Aidsscheiße frisst mich gerade auf. Ich sitze im Rollstuhl und kann nicht mal weglaufen. Wir sehn uns in der Hölle, Süßer, Abteilung Arschficker!"

Johanna öffnete zaghaft die Zimmertür und hielt fragend das Telefon hoch.

„Wer ist dran?", flüsterte Fex.

Johanna formte tonlos den Namen Hahn. Bevor er es sich anders überlegen konnte, drückte sie ihm den Hörer in die Hand und zog sich zurück.

„Hallo?"

„Tag, Fex, ich bin's. Redest du noch mit mir?"

Fex' Mund war so mit Antworten verstopft, dass kein Ton nach außen drang.

„Wenn du nicht willst, kann ich das verstehen", murmelte Hahn kleinlaut.

„Nein, nein."

„Pass auf, willst du morgen zum Essen kommen?"
„Nein … äh … ich meine, komm lieber her."
„Ja, klar. Um acht?"

Während Fex das altertümliche Schnurtelefon zurück auf die Garderobenablage im Flur stellte, steckte Johanna den Kopf aus ihrem Zimmer. „Und?"
„Er kommt morgen Abend zum Essen."
„Halleluja!"
„Ich sollte was kochen, da hat man wenigstens was zu tun", überlegte Fex. „Wie wär's mit einem Scherbengericht?"
„Witzig, witzig. Soll ich nicht lieber kochen? Ich bin dann auch gleich weg, damit ihr in Ruhe reden könnt."
„Du bist so süß. Ich kenne dich, du willst bloß aufpassen, dass Hahn mir nicht wieder eine schallert."

„Hallo."
Hahn stand in der Tür und schaute auf seine Schuhe. Normalerweise würden sie sich umarmen, auf die Schulter klopfen und etwas wie „Na, Alda?" brummen. Aber zwischen ihnen war nichts mehr normal. Verlegen stehen bleiben ging aber auch nicht. Fast gleichzeitig hoben sie die Hand und berührten den anderen leicht am Oberarm, in dieser Geste doch wieder das alte Team.
„Riecht gut", sagte Hahn, um etwas zu sagen.
„Komm rein." Fex ging vor in die Küche. „Riecht gut, weil Johanna am Herd steht."
Hahn war überrascht, ließ sich aber nichts anmerken.
Johanna, die gerade in einer großen Pfanne rührte, kam lächelnd auf Hahn zu und küsste ihn auf beide Wangen. „Gut, dich endlich hier zu sehen. Nimm Platz, Essen ist gleich fertig. Und keine Bange, ich lasse euch allein."
„Quatsch", protestierte Hahn. „Du isst selbstverständlich mit."
Johanna warf einen Blick auf Fex, der nur dankbar nickte.
Johanna goss einen Topf mit Nudeln ab und füllte den Pfanneninhalt in eine afrikanische Tonschüssel aus Fex' Bestand. „Vegetarische Linguine, weil ihr ab sofort auf eure Ernährung achten solltet. Alles Bio."
Hahn kostete und zog die Augenbrauen hoch: „Das schmeckt fantastisch. Und so cremig. Was ist in der Soße?"

„Sojasahne, ein Glas Weißwein, ein Schuss Noilly Prat, dazu Babymöhren, Zuckerschoten, frische Kräuter und Morcheln."

„Lecker", fand auch Fex. „Ich liebe Morcheln."

„Wenn ihr wollt, können wir auch noch das Blanchieren der Zuckerschoten diskutieren", schlug Johanna vor.

Gezwungenes Lachen.

Eine Weile aßen sie schweigend.

„Ja", räusperte Hahn sich endlich. „Ich bin gekommen, um mich zu entschuldigen. Ich habe mich wie eine Wildsau benommen und hoffe wirklich, dass du mir verzeihen kannst."

Fex schaute nicht hoch.

„Der Schock, dieser ganze Wahnsinn, das war einfach zu viel. In dem Moment, als ich dich da im Flur gesehen habe, verkatert und total down, ist irgendwas in mir ausgerastet. Was da explodiert ist, war nicht Wut und bestimmt nicht Hass. Es war die blanke Angst."

Fex hob den Kopf und schaute ihn mit undurchdringlicher Miene an.

„Jedenfalls wollte ich das nicht, das musst du mir glauben."

Fex schwieg immer noch. Hahn war mit seinem Latein am Ende. Hatte Fex ihn nur herbestellt, um ihn abblitzen zu lassen?

„Sag doch was, bitte."

„Die blauen Flecken sieht man kaum noch", nuschelte Fex. „Wahrscheinlich habe ich sie sogar verdient."

„Na, Hahn wird in den letzten zehn Jahren auch noch mit anderen geschlafen haben als mit dir", mischte Johanna sich ein.

Hahn lief rot an. „Das stimmt, obwohl ich es mir bei keiner der Frauen vorstellen kann. Aber ich muss sie natürlich informieren …"

„Viel Spaß", sagte Fex.

„Hast du es etwa schon hinter dich gebracht?"

„Abgesehen vom Tod meines Bruders das Schlimmste, was mir je passiert ist."

Hahn legte die Gabel neben den Teller. Der Appetit war ihm vergangen.

„Ich werde mir das nie verzeihen." Jetzt, da Fex seine Stimme wiedergefunden hatte, musste alles raus. „Ich grüble die ganze Zeit, was passiert wäre, wenn wir damals bei meinem Geburtstag nicht so besoffen gewesen wären. Wenn wir wenigstens ein Kondom benutzt hätten. Wenn ich dir nie begegnet wäre. Du musst mich doch verfluchen."

Hahn schüttelte den Kopf. „Du konntest doch nicht wissen, dass du es hast.“ Lange Pause. „Ich gebe aber zu, dass es mir schwerfällt, an dich zu denken, ohne Aids im Kopf zu haben.“

„Hier gibt es kein Opfer und keinen Täter“, wurde Johanna laut. „Fex hat mir alles erzählt. Wer ist denn hier mit einer Schleife um den Hals nackt herumgesprungen? Wer hat seinen besten Freund in den Arsch gefickt?“

Fex schaute sie entgeistert an. So redete sie sonst nie.

„Den besten Freund, der bis unter die Halskrause verseucht ist“, brach es aus Hahn heraus. Er machte aber sofort eine begütigende Handbewegung. „Du hast ja recht, Johanna. Aber es gibt einen Unterschied zwischen Wissen und Fühlen.“

Johanna wollte etwas erwidern, doch Fex kam ihr zuvor: „Wie geht es dir? Was sagt dein Arzt? Ist er kompetent?“

„Ich glaube schon. Die Lungenentzündung ist fast auskuriert, und momentan liegt keine andere Infektion an. Die Rate der Helferzellen ist allerdings nicht doll, irgendwo bei hundert. Du wirst dich damit inzwischen ja auch auskennen.“

Fex wandte den Kopf ab, ihm schossen Tränen in die Augen.

Hahn hakte nach: „Wie sieht es bei dir aus? Wie sind deine Werte?“

„Komischerweise alles im Lot. Das Virus ist nachgewiesen, verhält sich aber ruhig. Warum gerade bei mir, weiß ich nicht.“

„Du musst dich nicht dafür schämen, gesund zu sein“, beruhigte Hahn ihn.

„Aber es ist nicht fair, es ist einfach nicht fair.“ Jetzt liefen die Tränen doch. „Ist das nicht absurd, zum Leben verdammt zu sein?“

Johanna erhob sich und schlang die Arme um ihn. „Krankheiten und Schicksalsschläge ergeben keinen Sinn, sie passieren, das ist alles.“ Sie schaute Fex an, meinte aber auch Hahn. „Seit neun Jahren kümmert mein Freund sich jetzt um seine kranke Frau. Die Frage nach dem Warum haben die beiden längst gestrichen. Es ist die Gegenwart, die sie davon abhält, in einen Abgrund zu stürzen.“

„Gegenwart also“, schniefte Fex. „Lust auf ein Video, Hahn?“

Während Johanna in der Küche mit dem Abwasch klapperte – „Das wird aber jetzt nicht zur Gewohnheit!“ –, legte Fex einen Spielfilm ein: „Tune in Tomorrow“. Barbara Hershey für Hahn, Keanu Reeves für Fex, Peter Falk für sie beide. Der Film erlaubte ihnen, ungestraft zu schweigen. Steif saßen sie nebeneinander, die Luft zwischen ihnen voller Fragezeichen und Gedankenstriche.

Nur einmal wendete Hahn den Blick: „Zerbrichst du dir nicht den Kopf darüber, von wem du es hast?"

„Nein", sagte Fex. „Was sollte das bringen?"

Gleich nach Filmende wollte Hahn aufbrechen. „Wenn ihre Probe nicht zu lange dauert, will Isa noch bei mir vorbeischauen."

Fex brachte ihn zur Tür. Um jede weitere Verklemmung zu vermeiden, umarmte er ihn und setzte demonstrativ einen Kuss auf seine Wange.

„Danke", sagte Hahn. „Wir kriegen das wieder hin, oder?"

Fex schaute ihm lange hinterher. Meine Krankheit war nicht HIV, dachte er, meine Krankheit war Hahn.

Dinge änderten sich. Aus der Beschaulichkeit Bonns stammend, hatte Hahn in Berlin die Zusammenballung großstädtischer Kraftwellen gesucht, die teils furcht-, teils fruchtbare Reibungsfläche, wo unterschiedlichste Herkunft und Weltanschauungen einander befeuerten. Nun jedoch strengten ihn die ameisenhaften Muster der Passantenströme, ihr Tempo, ihre brütende Gereiztheit nur noch an. Fast täglich zog es ihn ins Grüne, in den Tegeler Forst oder zu den Rieselfeldern. Dort draußen lockerte sich der Ring um seine Brust. Es war nicht in erster Linie die Stille, die ihn anzog, sondern die Weite. Die Wälder, Wiesen, Parks und Gärten setzten ihn in doppeltem Sinn in Perspektive: In diesem Panorama schrumpfte seine Bedeutung – und damit das Maß seiner Probleme. Er genoss diese langen Gänge, begriff dabei aber auch, dass Ruhe nicht ohne Bewegung existierte, innere Balance nicht ohne Gewicht und Gegengewicht, kurz: Er langweilte sich.

Obwohl noch krankgeschrieben, zog es ihn in den Sender. Richardy hatte angeboten, ihm auf Monate hinaus Arbeitsunfähigkeit zu attestieren, aber zuerst musste er herausfinden, ob seine alte Faszination am Reporterberuf noch Bestand hatte. Allzu viele Gedanken auf die Redaktionsarbeit hatte er bisher jedenfalls nicht verschwendet. Das könnte sich ändern, sobald er ein Mikrofon sah.

Der blutjunge Pförtner am Eingang des Rundfunkhauses war neu, aber die übliche Verdrossenheit stand ihm schon ins Gesicht geschrieben. In der Redaktion verursachte Hahns Erscheinen ein großes Hallo. Es freute ihn, wie eifrig alle aufsprangen, ihm die Hand schüttelten, seine Schulter tätschelten. Sogar Leberenz erhob sich ächzend vom Stuhl, um sich nach seinem Befinden zu erkundigen.

Zuerst hielt er das Interesse an seiner Person für pure Höflichkeit, dann stellte er verblüfft fest, dass ihr Lächeln echt, der Tonfall von unverstellter Herzlichkeit war. Man hatte ihn vermisst.

Auf die Frage nach seiner Gesundheit konnte er wahrheitsgemäß antworten: Die Lungenentzündung sei im Abklingen begriffen, bald werde er wieder ganz der Alte sein.

Als Leberenz zur Redaktionskonferenz in den Nebenraum bat, hielt Biggi ihn mit einem Augenzwinkern zurück. „Wirklich alles in Ordnung? Du siehst ziemlich mitgenommen aus."

Typisch Biggi, es war noch nie einfach, sie zu täuschen. Doch Hahn lächelte und ließ seine Grübchen spielen: „Life is hard but amusing", erklärte er luftig.

„Aha." Sie senkte die Stimme. „Hat jemand von der Sendeleitung mit dir gesprochen?"

„Nein, wieso?"

„Ich weiß nicht, irgendwas ist im Busch. Überall höre ich deinen Namen ..."

„Was Schlimmes?"

„Nein, eher im Gegenteil, aber nichts Genaues weiß man nicht."

Wenn er schon mal da war, konnte er auch an der Konferenz teilnehmen. Topthema war die Reichstagsverhüllung. Christos Aktion musste die bodenschweren Berliner in Gefühlswallungen versetzt haben. Hahn hatte davon wenig mitbekommen. Während er mit sich selbst beschäftigt war, hatte sich anscheinend ein nie da gewesener Friede über die Stadt gelegt. „Man kann das regelrecht körperlich fühlen", begeisterte sich eine Volontärin. „Die Stadt ist wie in Trance. Menschen, die nie einen Fuß ins Museum setzen würden, sind wie verzaubert. Die Leute stehen davor und werden butterweich."

Die Konferenz diskutierte, wie man dieses Phänomen journalistisch aufbereiten konnte. Hahn ließ sich schnell mitreißen. Es fiel ihm nicht einmal auf, wie selbstverständlich er Vorschläge für Inhalte und Interviewpartner machte. Besonders seine Frage, ob der Kanzler nicht doch für ein Statement zu haben sei, löste Trubel aus. Von diesem Coup träumten alle. Jeder wollte derjenige sein, der Helmut Kohl ein Wort über die Verhüllung entlockte, ihn als Einziger vors Mikro kriegte. Es wäre eine Sensation.

Als die Planung zum Tagesgeschäft überging – Pressekonferenzen, Verkehrsprobleme, Großbauprojekte –, verzog Hahn sich diskret. Nach Routine stand ihm nicht der Sinn. Er würde sich noch eine Weile Ruhe gönnen, aber es brauchte wohl nur ein Fingerschnippen, um die Begeisterung für seinen Beruf neu zu entfachen.

Als Fex ankündigte, am frühen Abend vorbeizukommen, nahm Hahn das als gutes Zeichen. Es mochte dauern, bis sie zur alten Freundschaft zurückfanden, aber der erste Schritt war getan. Er eilte in den nächstliegenden Bioladen und kaufte eine Unmenge Südfrüchte ein, um Obstsalat zu machen. Fex würde die ironische Verbeugung vor Johannas Gesundheitsfimmel verstehen. Und nebenbei sollte die Ladung Frische sagen: Deine Gesundheit liegt mir am Herzen.

Fex war früh dran. Hahn kämpfte noch mit einer Mango, als es klingelte. Warum waren die Dinger so schwer zu schälen? Er hielt seine klebrigen Finger kurz unter Wasser und eilte zur Tür. Weil er nasse Hände hatte, öffnete er sie umständlich mit dem Ellenbogen.

Vielleicht hätte er es kommen sehen, wenn er nicht gerade die Finger an seiner Jeans trocken gerieben hätte. Gerade noch Zeit, „Komm rein“ zu sagen, da war es schon passiert: Blitzartig riss Fex das rechte Bein hoch und führte einen gut platzierten Kick aus. Mit dem Schienbein traf er Hahns Oberschenkel so brutal, dass der erst stupide glotzte, dann aufjaulte und sein Gesicht zu einer Fratze des Schmerzes verzog. Sein linker Oberschenkel fühlte sich an, als habe ihm jemand ein Messer ins Fleisch gerammt und drehe die Klinge genüsslich um. Er musste sich abstützen, um nicht hinzuschlagen. Sinnlos zwar, aber instinktiv bedeckte er die lodernde Stelle mit der Hand, als könnte er den Schmerz so lindern. Hechelnd nach vorn gebeugt und nur langsam begreifend, richtete er sich Zentimeter für Zentimeter auf. Seine Miene changierte von Schmerz und Ungläubigkeit zu Empörung. Schließlich flackerte Zorn auf. Und dann, winzig klein zuerst, kämpfte sich ein Lächeln um die Ecke.

„Revanche?“, keuchte er.

„Großreinemachen.“ Fex sprach ruhig, fast heiter. „Musste einfach raus.“

Hahn nickte ächzend. „Woher kennst du so fiese Tricks?“

„Wir hatten mal einen Bodyguard, der war Crack im Thaiboxen. Und manchmal durfte ich mit ihm üben.“

„Für den Fall, dass du nicht noch mehr Prügel auf Lager hast: Willst du reinkommen?“

„Ich schaue lieber die Tage vorbei. Bin jetzt zu einer Ausstellung verabredet.“

Ein Liedchen pfeifend, hüpfte Fex die Treppe hinab.

Es wird das Pladdern der Regentropfen auf der Fensterbank gewesen sein, das ihn bewogen hatte, noch eine Runde zu schlafen. Erst um halb zehn kroch er aus den Federn. Isa saß in einem seiner Oberhemden am Küchentisch, studierte die Tageszeitung und paffte dabei ihre drei Züge Mentholzigarette. Irgendwann musste er dem Phänomen nachgehen, warum Frauen so gerne in die Hemden ihrer Männer schlüpfen und darin unweigerlich sexy aussehen.

Hahn nahm ein langes Bad und duschte sich zum Abschluss unter lautem Röhren eiskalt ab. Auf der Ablage vor dem Spiegel war es eng geworden. Neuerdings fand sich dort eine kleine Kollektion von Töpfen, Tiegeln, Tuben, Sinnbild ihrer neu gefundenen Intimität, fragil noch, aber weniger beängstigend als befürchtet. Er ließ sich Zeit, probierte sogar eines von Isas Wundermitteln aus, eine sündteure Lotion, die laut Aufkleber 89 Prozent ihrer Nutzer befriedigte. Das Zeug roch ihm zu blumig, aber er cremte sich dennoch sorgfältig ein. Bei den Füßen angekommen, versuchte er einen Schmutzfleck zwischen kleinem Zeh und seinem etwas größeren Bruder zu entfernen. Er rieb mit der Hand, aber der Fleck ging nicht weg. Er nahm das Handtuch zur Hilfe, rubbelte kräftiger, Fehlanzeige. Irritiert nahm er den Fleck genauer in Augenschein. Sein Herz begann zu rasen.

Im Bademantel gab er Isa im Vorbeigehen einen Kuss aufs Haar und trat an seinen Schreibtisch. Irgendwo war ihm diese Hautveränderung schon einmal untergekommen. Es dauerte nicht lange, bis er in einer Broschüre der Aids-Hilfe die Abbildung entdeckte. Ein braun-bläulicher Fleck, linsengroß, der hauptsächlich an Armen und Beinen auftrat. Medizinische Bezeichnung: Kaposi-Sarkom, eine Krebserkrankung, hervorgerufen durch Immunsupression.

Hahns Beine sackten weg. Er musste sich setzen.

„Kommst du zum Frühstück?“, rief Isa.

Kurz war er versucht, ihr seine Entdeckung zu verschweigen. Aber was sollte das bringen? Er sammelte sich noch einen Moment, setzte sich dann zu Isa an den Tisch.

„Ich habe da etwas am Fuß“, sagte er.

Isa verstand nicht.

„Kaposi-Sarkom", erklärte er. „Eine Art Hautkrebs, typisch für Aids."

Isa zog scharf die Luft durch die Zähne. Sie ließ die Zeitung fallen, nahm seinen Fuß auf ihren Schoß, betrachtete lange die kleine dunkle Stelle, fuhr sogar mit der Fingerspitze darüber. Seinem Beispiel folgend, versuchte sie Haltung zu bewahren: „Es geht los?"

„Es geht weiter."

Drei Tage später betrat er den Keller eines Krankenhauses in Moabit. Die Strahlenabteilung. Die fensterlosen Gänge und Räume mochten dem Schutz dienen, für die Menschen, die hier auf Bänken, in Rollstühlen oder ihren Betten warteten, waren sie Spiegelbild ihrer Lage: ganz unten.

Glücklicherweise hatte Hahn ein Buch dabei. Jeder Blick nach oben war ein Menetekel. Der acht- oder neunjährige Junge, der sich die Wartezeit mit einem Gameboy vertrieb, sah in seinen Turnschuhen und Trainingsklamotten wie jedes andere Kid seines Alters aus, doch auf dem Kopf waren ihm nur ein paar fedrige Büschel geblieben. Ein Vogeljunges, das aus dem Nest gefallen war. Neben ihm auf einer Trage lag eine Frau ohne Augenbrauen, die apathisch an die Decke starrte.

„Es hört sich vielleicht zynisch an", hatte Richardy gesagt, „aber Sie haben Glück. Nur in Berlin gibt es noch ein einziges veraltetes Bestrahlungsgerät aus den Sechzigern. So was wird heutzutage gar nicht mehr hergestellt. Die neuen Geräte können nur größere Flächen bestrahlen. Aber mit der ollen Banane lässt sich der Tumor punktgenau eingrenzen. So wird verhindert, dass zu viele gesunde Zellen in Mitleidenschaft gezogen werden."

Hahns Frage, ob und wann weitere Tumore zu befürchten seien, konnte er nicht beantworten. „Manchmal bleibt es bei zwei, drei Stellen, die erfolgreich behandelt werden können, manchmal breitet Kaposi sich über den ganzen Körper aus." Nicht nur dort, wusste Hahn, auch *im* Körper. Aber Richardy wollte ihn offensichtlich schonen.

Nach einer halben Stunde banger Wartezeit kam er an die Reihe. Die eigenartigen, klackernden Geräusche aus den Behandlungsräumen hatten ihm Angst gemacht, obwohl er wusste, dass die Bestrahlung weder wehtat noch Nebenwirkungen haben würde.

Eine kleine, rundliche Ärztin befahl ihm, den Fuß frei zu machen und sich auf einer papierbedeckten Liege auszustrecken. Höflich klang das nicht, vielleicht sparte sie sich die Herzlichkeit für schwerere Fälle auf. Fahrig wühlte sie unter zwanzig, dreißig Schablonen nach einem passenden Exemplar und platzierte es so, dass nur der dunkle Fleck durch das Loch schaute. Dann rollte sie eine gelblich angelaufene Gerätschaft in Größe eines Nachttischs heran. An der Spitze eines beweglichen Arms befand sich ein faustgroßer Apparat, der ihn an das Röntgengerät bei seinem Zahnarzt erinnerte. Zum Schutz noch eine Bleimanschette über die Beine gelegt, dann verließ die Frau den Raum und beobachtete die Prozedur durch ein Sichtfenster. Zwei Minuten später war alles vorbei. Der Apparat hatte einige knackende Geräusche von sich gegeben, zu spüren war nichts.

Zehn Wochen lang würde er jeden Dienstag den Krebskeller aufsuchen müssen. Zehn Wochen, bei denen er sich schwer vorstellen konnte, angesichts der Patienten auf dem Flur Optimismus zu bewahren. Woran die Leute wohl litten? Kehlkopfkrebs? Bauchspeicheldrüsenkrebs? Brustkrebs? Prostatakrebs? Gab es einen Krebs, der weniger schlimm war? Wer würde geheilt, wer musste sterben? Würde der kleine Junge einen talentierten Schutzengel haben? Hahns Krankheit war anders, weniger scharf umrissen. Eine Krankheit im Plural, anarchistisch in ihrem Verlauf. Nur der Endpunkt war definiert.

Er brauchte einen Kaffee. Aus der Cafeteria mit ihren Patienten im Morgenmantel flüchtete er gleich wieder. Das Einzige, was er hier bestellen würde, wäre ein Strick. Nicht weit vom Krankenhaus entdeckte er die Filiale einer Kaffeekette. Der Laden brummte, aber er fand noch einen Stehtisch für sich allein.

Langsam wurde es eng für ihn. Die letzte Stufe war erreicht, Kategorie C, Beginn des Vollbilds. Bisher war sein Leben ein Raum, von dem aus man das Ende nicht sah. Nun hatte er das Gefühl, die Wände rückten unaufhaltsam näher, von vorn, von hinten, von den Seiten.

Es war an der Zeit, den Dingen ins Auge zu blicken.

Es war ganz einfach: Am Telefon hatte er sich als Reporter des SFB vorgestellt, interessiert am Alltag einer Aids-Station. Gegen alle Versprechungen hatte er Isa nicht eingeweiht. Es ging nicht um Geheimhaltung – er würde ihr später berichten –, aber er befürchtete, dass sie versuchen würde, ihn von seinem Plan abzuhalten. Er wollte nicht mit ihr streiten, brauchte all seine Kraft für diesen Gang.

„Am besten kommen Sie so gegen halb zwei", hatte man ihn gebeten. „Dann ist das Mittagessen durch, und die meisten Besucher stehen erst nachmittags auf der Matte."

Auf dem weitläufigen Krankenhausgelände befand sich die Aids-Station in einem typischen Sechzigerjahre-Bau. Jedes Steuerbüro, jedes Katasteramt könnte umstandslos hier einziehen. Außer Atem nahm er die letzten Stufen zum fünften Stock und blieb wie angewurzelt stehen. Von schonungsvollem Herantasten konnte keine Rede sein. Geruch und Geschnatter nach befand er sich in einer Kneipe, doch der Anblick, der sich ihm bot, stand in so scharfem Kontrast dazu, dass er am liebsten auf dem Absatz kehrtmachen wollte.

In dichten Nikotinnebel gehüllt, saßen sechs, sieben ausgemergelte Gestalten um einen Tisch und spielten Karten. Mehrere hingen am Tropf, alle quarzten. Lungenkrebs schreckte hier niemanden. Einige Männer trugen Morgenmantel und Pyjama, die meisten aber modische Sportswear – nur, dass darin nicht die üblichen Berlin-Mitte-Hüpfer steckten, sondern spindeldürre, seltsam alterslose Gestalten. Auf gespenstische Art sahen sie alle gleich aus, eine Bruderschaft des Todes. Körper wie aus Papier, eingefallene Gesichter, große, fiebrig glänzende Augen. Trotzdem schienen sich alle blendend zu amüsieren.

„Hallöchen", rief ein gepiercte s Gerippe.

Hahn krächzte nur ein „Hi" heraus.

„Endlich mal was fürs Auge", kicherte der Mann und ließ seinen Infusionsbeutel am Tropf kreisen. „Wo soll's denn hingehen?"

„Schwesternzimmer, denke ich", stotterte Hahn.

„Schwesternzimmer sind hier alle."

Freundliches Gekicher rundum, das sich bald in Schnaufen, Husten, Japsen verwandelte.

„Das Stationszimmer ist genau in der Mitte des Gangs", erbarmte sich ein Mann mit blondem Toupet. „Die Tür mit der Glasscheibe."

Hahn bedankte sich und machte sich so schnell aus dem Staub, wie die Höflichkeit es zuließ. Zügig schritt er den Gang entlang, von dem rechts und links die Krankenzimmer abgingen, an jeder Tür zwei Namensschilder.

Im Stationszimmer saß eine junge Schwester bei einer Tasse Kaffee. Hahn nannte seinen Namen und wollte nach dem Chefarzt fragen, doch die Frau war schon auf den Beinen. „Ich weiß Bescheid", sagte sie mit einem Lächeln. „Bei *der* Stimme müssen Sie sich nicht vorstellen. Ich sage dem Professor, dass Sie da sind."

Kurz drauf stand sie mit einem gut aussehenden Lockenbubi in der Tür. Dieser Schlaks sollte Professor Vanheiden sein? Doch der professionelle Tonfall des Arztes ließ keinen Zweifel: „Vielleicht führe ich Sie zuerst über die Station, danach können wir noch einen Moment in meinem Zimmer sprechen, wenn Sie mögen."

Hahn bedankte sich. „Sehr nett, dass Sie sich Zeit für mich nehmen."

„Gern. Wie weit sind Sie mit der Krankheit vertraut?"

„Recht gut, denke ich. Aber nur auf dem Papier. Mir fehlt die Anschauung."

„Na, dann wollen wir mal."

Vanheiden klopfte an die Tür eines Krankenzimmers und ließ Hahn den Vortritt. Der Raum lag im Zwielicht, ein Vorhang war halb zugezogen. Im ersten Bett lag ein Mann, von dem scheinbar nur noch mit Haut überzogene Knochen übrig waren. Ärmchen wie Holzstöcke schauten aus einem viel zu großen T-Shirt heraus. Er schien hohes Fieber zu haben, seine Stirn glänzte gelblich. Sähe man nicht, wie der Adamsapfel sich in dem mageren Hals mühte, man könnte ihn für bewusstlos halten.

Der Patient im zweiten Bett sah dagegen fast gesund aus. Anfang zwanzig vielleicht, die Haare von einem erstaunlichen Rot, hatte er noch Fleisch auf den Rippen. Aber Gesicht und Arme waren über und über mit dunklen Flecken gesprenkelt. Hahn erstarrte. Die Luft um ihn fühlte sich wie eine zähe Masse an. Diese Flecken waren ihm nur zu gut vertraut. Zum ersten Mal begriff er, was das Wort Gezeichneter bedeutete.

„Das ist Herr Hahn vom Radio", stellte der Professor ihn vor. „Er interessiert sich für unsere Arbeit auf Station."

„Sehr gut", nickte der Rotschopf. „Bloß weil die ‚Bild' nicht mehr täglich Alarm schlägt, denken viele, Aids gebe es gar nicht mehr."

„Sie haben Kaposi?", zwang Hahn sich zu fragen.

„Nicht zu übersehen, was? Ich bin abwechselnd mal hier drinnen, mal wieder draußen."

Hahn konnte dem Blick des jungen Kerls nicht mehr standhalten. Seine Augen schweiften zum Nachttisch und blieben an einem prächtigen Pfingstrosenstrauß haften.

„Sagen Sie den Leuten da draußen, dass es Aids noch gibt." Ächzend stopfte er sich zwei Kopfkissen in den Rücken. „Und sagen Sie ihnen auch, dass es sich um eine Krankheit handelt, nicht um das Strafgericht Gottes. Die Natur ist keine Moralistin."

Hahn konnte nur nicken. Einen Moment lang fragte er sich, woher diese Sätze wohl kamen, dann fiel ihm ein, der Mann war krank, nicht debil.

„Einer unserer Liebsten", erklärte der Professor draußen auf dem Flur. „Pfiffiger Kerl und sehr engagiert. Manchmal macht er *uns* Mut."

Hahn war nur froh, nicht länger in das Gesicht mit den dunklen Flecken blicken zu müssen: „Hat er eine Chance?"

Der Arzt schüttelte den Kopf. „Neben Kaposi hat er einen großen schmerzhaften Abszess in der Achselhöhle, da muss die Chirurgie ran. Ansonsten werden wir ihn bei seiner guten Gesamtkonstitution noch eine Weile päppeln können. Aber schlussendlich zerstört die Krankheit alles, Körper wie Geist."

Vanheiden öffnete schon die nächste Tür. Hier musste Hahn nicht vorgestellt werden, beide Patienten reagierten nicht. Man sah die Mühe, die ihnen das Atmen bereitete. Weil beide kaum noch Fleisch im Gesicht hatten, wirkten ihre Köpfe wie Totenschädel.

„Bei dem Patienten links liegt eine Toxoplasmose vor. Die Computertomografie zeigt mehrere infizierte Areale in beiden Hirnhälften", flüsterte der Arzt. „Der andere leidet unter anderem an einem malignen Lymphom, einer bösartigen Lymphknotenvergrößerung."

Hahns flackernder Blick erfasste den Nachttisch des Toxoplasmosepatienten. Neben unangetastetem Obst stand in einem silbernen Rahmen das Foto eines strahlenden jungen Mannes in Badehose. „Ist das sein Freund?"

Der Arzt schüttelte den Kopf. „Nein, das ist er selber", sagte er im Rausgehen. „Auf eine Art ist es fast eine Erlösung, dass er langsam erblindet. So muss er wenigstens nicht mehr sein Spiegelbild ertragen. ‚Guckt nicht mich an, guckt das Foto an', ruft er jedes Mal, wenn ein Pfleger oder eine Schwester das Zimmer betritt."

Hahn nickte, bekam kein Wort heraus. Am liebsten wollte er sich verabschieden, aber der Professor hatte schon die nächste Tür geöffnet.

„Ach, stimmt", rief er, als er ein freies Bett entdeckte. „Den Herrn Schermuly haben wir heute entlassen. Das gibt es natürlich auch. War nur eine Sinusitis und eine böse Infektion im Ohr. Für die Station ist es ein Fest, wenn wir jemanden nach Hause schicken können. Jeder hier weiß, dass das die allerkostbarsten Wochen sind. Bis zum nächsten Mal."

Das zweite Bett war belegt. Diesmal war Hahn sich sicher, dass der Mann tot war. Er lag wie aufgebahrt, die Decke bis unters Kinn gezogen, der Schädel ein Schrumpfkopf auf dem kaum eingedrückten Kissen.

Vanheiden sah seinen Blick und zuckte mit den Schultern. „Morphium. Es ist nur noch eine Frage der Zeit. Sein ganzer Körper ist septisch. Das Einzige, was uns bleibt, ist, Sorge dafür zu tragen, dass er einigermaßen schmerzfrei bleibt."

Hahn konnte nicht mehr. Er drehte sich auf dem Absatz um und wusste schon jetzt, dass ihn diese Bilder verfolgen würden, die riesigen Augen in den weggeschmolzenen Gesichtern.

„Möchten Sie noch die Intensivstation sehen?", fragte Vanheiden.

„Das reicht vielleicht", brachte er mühsam heraus.

„Entschuldigen Sie, für jemanden von außen muss das ein Schock sein. Wir Ärzte haben uns eine dicke Haut zugelegt, anders geht es nicht. Kaffee?"

„Furchtbar gern."

Mit einem besorgten Seitenblick leitete Vanheiden ihn zurück zum Stationszimmer, füllte zwei Becher mit Kaffee und wies auf eine Tür gegenüber. „Mein Zimmer ist gleich da drüben."

„Tut mir leid", entschuldigte Hahn sich. „Ich habe mich wohl überschätzt."

„Verständlich." Der Professor nahm hinter seinem gläsernen Schreibtisch Platz. „Die tödlichen Waffen dieser Krankheit sind fast unbegrenzt."

Hahn zwang sich mit Macht, ein neutrales Gesicht aufzusetzen. „Sie sind sicher auch mit der Forschungsseite vertraut. Besteht Hoffnung auf ein Heilmittel?"

„Das wird noch viele Jahre dauern. Wir werden, was die diversen Infektionen betrifft, unsere Methoden immer weiter verfeinern, aber letztendlich sind wir machtlos."

„Schrecklich."

„Sind Sie Lateiner?"

„Nein, warum?"

„In manchen Pathologien hängt ein Spruch auf Latein: *Hic est locus ubi mors gaudet succurso vitae*. Zu Deutsch etwa: Dies ist der Ort, wo der Tod freudig dem Leben zu Hilfe eilt. Die Kollegen meinen das in dem Sinn, dass ihre Erkenntnisse den Lebenden dienen. Aber wir hier fühlen uns manchmal genauso: Nur der Tod bringt die Erlösung."

Als Hahn die fröhliche Raucherecke passierte, blickte er stur zu Boden. Er stürmte die Treppe hinunter und irrte über das Krankenhausgelände, bis er auf einer Bank neben ein paar erbärmlichen Büschen Grün niedersank. Jeder Muskel, jedes Organ, sogar seine Haut hatte sich verhärtet, eine Rüstung aus Stahl, gegen die nichts und niemand mehr ankam, sein Körper ein Fleisch gewordenes NEIN.

Irgendwann – eine halbe Stunde später, eine Stunde? – schaffte er es, sich aufzuraffen. Benommen stakste er Richtung U-Bahn. Nichts würde ihm helfen, kein Klagen, kein Aufbegehren, keine Hoffnung, keine Tapferkeit. Schaudernd, beide Hände in den Hosentaschen, den Blick im Ungefähren, trottete er den Bürgersteig entlang, als er plötzlich seinen Namen rufen hörte.

„Mensch, Hahn!"

Missy. Wurde das jetzt zur Gewohnheit? Warum war er in seinen dunkelsten Momenten gezwungen, ein Ausgehgesicht aufzusetzen? Wieder einmal musste er sich mit Macht zusammenreißen. Was hätte er denn auch sagen können: Missy, ich habe soeben meinem Tod ins Auge geschaut?

„Oh, hallo."

Er hätte sie fast nicht erkannt. Sie trug einen schicken dunkelroten Hosenanzug, ihre Haare waren frisiert, unterm Arm klemmte eine lederne Collegemappe.

Missy umarmte ihn und trat einen Schritt zurück. „Na, wie sehe ich aus?"

„Wie eine Karrierefrau, offen gestanden."

„Sehr gut."

„Was ist passiert? Wie läuft der Club?"

„Den macht jetzt Moni. Für mich war es Zeit, was Neues anzufangen."

Missy war bester Dinge und merkte nicht, dass Hahn kaum antwortete. Begeistert erzählte sie von ihren Plänen: Immer mal wieder hatte sie Freunden und Bekannten geholfen, wenn die sich auf den verschlungenen Pfaden des Behördendschungels verlaufen hatten – Sozialamt, Wohnungsamt, Arbeitsamt. Aus eigener Anschauung kannte sie sämtliche Tricks und Kniffe und hatte sich entschlossen, aus ihrer ungeliebten Vergangenheit etwas zu machen: „Es gibt so viele, die sich von einem simplen Bescheid abschrecken lassen. Dabei reicht meistens schon ein unbegründeter Widerspruch, aber die Leute trauen sich nicht. Im Zweifelsfall gehe ich mit zur Behörde.

Mir können die nichts vormachen, ich weiß genau, wie man da auftreten muss."

„Man sieht es", murmelte Hahn.

„Die Verkleidung heute ist für die Existenzgründerberatung", lachte sie. „Und stell dir vor, ich habe sogar schon ein Büro, eine ehemalige Änderungsschneiderei. Das passt doch, oder?"

„Hattest du keine Lust mehr auf den Club?"

Missys Strahlen versiegte. „Hast du es etwa nicht gehört?"

KA

Mein Schatz,
ich halte diesen Kuli schon so lange in der Hand und weiß nicht, wie anfangen, aber es ist mir unglaublich wichtig, dass Du Bescheid weißt. Irgendwo habe ich mal gelesen, jemand hat sich seinen Freunden „gezeigt". Ist das kitschig? Aber genau das meine ich.

Du gehörst zu den Leuten mit einer großen Portion Menschenkenntnis, das habe ich immer an Dir bewundert. Mit Deinem feinen Näschen hast Du bestimmt längst was gerochen. Aber riechen ist nicht wissen. Darum will ich Dir ein paar Dinge über mich aufschreiben. Du sollst verstehen.

Gestern habe ich mich zum ersten Mal seit über einer Woche wieder aus der Bude getraut. Nicht wegen Hunger. Ich brauchte Tampons, blöd, ne? Die Frischluft war ein paar Minuten lang sogar schön, aber alles in mir fühlte sich schon wieder an wie zu weit gespannte Gummiringe. Ich habe mich durch ein paar Seitenstraßen bis zur Spree vorgekämpft, weil: Da kann ich mich noch problemlos aufhalten. Am Wasser ist Frieden – ich weiß nicht, wie ich das besser erklären soll. Ich bin halt immer den Fluss lang wie ein Gespenst. Manchmal musste ich so panisch nach Luft schnappen, dass die Leute mich entsetzt angeglotzt haben. Dann merkte ich, dass ich schon wieder die ganze Zeit die Luft angehalten hatte.

Ich aber tapfer weiter. Irgendwann gucke ich hoch, da steht der Reichstag. In den Alpen bin ich nie gewesen, war nie weiter weg als zu den Raves in Frankfurt oder Amsterdam. Aber so stelle ich mir Gletscher im Sommer vor, Schnee obendrauf, dass einem vor Glanz die Augen wehtun.

Obwohl massig Glotzer drum herum standen, habe ich mich schrittchenweise näher getraut, ging sogar. Ist natürlich kein Schnee auf dem Gebäude, sondern Silberfolie, die dieser Typ da drüberzieht. Perfekter Partystoff! Ich mich ins Gras gelegt, weil man so die Schaulustigen nicht angucken muss. Dann die Arbeiter beobachtet. Wie Spinnen, die am Faden baumeln. Alles Freeclimberjungs irgendwie. Das Outfit wäre bei Deiner Party der Renner!

Als ich da lag, passierte was Merkwürdiges. Etwas in meiner Brust ging auf. Zum ersten Mal seit Wochen konnte ich frei atmen. Über mir stand so was wie eine hohe Säule aus Luft, die mir Raum ließ. Geatmet also, beobachtet, wie die Stoffbahnen fallen, wie sie so schön und lautlos den Reichstag zudecken. Es hat mich umgehauen. Das Gebäude sah mit einem Mal so behütet aus. Seitdem ist alles anders. Ich bin ganz ruhig, aber mein Herz schlägt gleichzeitig wie wild. Kannst Du das verstehen? Ich weiß jetzt, was ich will: diese Ruhe. Sonst halte ich es nicht mehr aus.

Als ich nach Berlin kam, war das ja eine andere Stadt und ich ein anderer Mensch. Stell Dir vor: eine fette Provinzschnecke mit Löckchen! Das ist nicht mal sechs Jahre her. Ich bin nach Berlin, weil ich in Gotha nicht bleiben konnte. Kennst Du das als Wessi? Krasses Schloss, Schlosspark, Orangerie, Rathaus, aber sonst nur Pampa. Ein Kaff, wo alle in der Waggonfabrik gearbeitet haben. Und wir haben sogar in Boilstädt gewohnt, einem Vorort von diesem Kaff.

Ich war auf der Polytechnischen Oberschule, dann mit 16 fertig. Auf die EOS konnte ich ja nicht (ach so: EOS = erweiterte Oberschule). Vom Notendurchschnitt her hätte es gereicht, 1,5 immerhin. Aber wegen Mutter durfte ich nicht. In der Schule gab es Vorschläge zu Berufen, natürlich nur das, was in der Region zu haben war. Ich wollte Dekorateurin werden, und weißt Du, was die mir vorgeschlagen haben? Schweinemast! Ich sollte in die Schweinemast! Du willst Dekorateur werden, und sie bieten dir Schweinemast an. Am Ende hab ich eine Ausbildung als Elektromechaniker gekriegt, zwei Jahre.

Dann war aber gut, ich ab nach Berlin. Leipzig wäre noch gegangen, aber mit der Sprache? Merkt zum Glück keiner, aus welcher Ecke ich komme, dafür hat meine Alte immerhin gesorgt: „Sprich hochdeutsch, nicht das Thüringer Geknödel." Berlin kannte ich, war als Kind regelmäßig bei meiner Lieblingstante in Treptow. Die hat mich immer mitgenommen: Pratergarten, Haus Ungarn. Mokka-Milch-Eisbar und so. Da hab ich Anfang der Achtziger auch meine ersten Punks gesehen, schon voll mit Hundehalsband und Mercedesstern.

Es gab aber ein Problem: Man bekam keine Wohnung, wenn man keine Arbeitsstelle angeben konnte, und keine Arbeit, wenn man keine Wohnung hatte. Ich hab mich um eine Stelle beim VEB Elektroapparate „Ernst Thälmann" gekümmert, auch gekriegt, musste aber lügen, dass ich in Berlin untergekommen bin, sonst hätte ich die nie bekommen. Dann zur KWV (kommunale Wohnungsverwaltung) mit der dramatischen Geschichte, ich wollte zu meinem Freund ziehen, hätte mich voll mit ihm zerstritten, besäße aber schon einen Arbeitsvertrag und wollte den auf keinen Fall lösen. Böse, ne? Ist aber problemlos durchgegangen, der Betrieb hat sich dann um eine Unterkunft gekümmert.

Knapp ein Jahr habe ich in einem Arbeiterwohnheim gehaust, riesiger Neubaublock. 90 Prozent der Leute waren bei der Bahn oder Bauarbeiter, also 90 Prozent Männer. Den Ton kannst Du Dir vorstellen. Und den Siff erst. Die Küche hab ich exakt einmal benutzt. Bad und Toilette gab es für jeweils 20 Leute. Der Horror! Ich blutjung, die Säcke geil wie Lumpi. Nur Geglotze und natürlich Kämpfe, wer wann ins Bad darf. Es ging dann aber, weil ich im Flur gleich gegenüber wohnte und im Dreischichtsystem arbeitete. Und unterm Strich waren Arbeit, Bude und Schichtdienst noch tausendmal besser als der Krieg mit meiner Alten.

Meine niedlichen Löckchen waren schnell ab, kannst Dir ja denken. Und wegen Schichtdienst hab ich für DDR-Verhältnisse super gelebt: fette 1500 Mark. Das Wohnheim hat 35 Mark gekostet, also hatte ich wahnsinnig viel Geld, konnte mir was leisten. Hab dann auch Anschluss gefunden, bisschen mühsam wegen Schicht, aber es ging. Unser Hauptquartier war die Disse im Keller vom „Operncafé“. Ganz okay da, kamen sogar Wessis hin, nicht nur so 'n Ostpockenscheiß. Wenn wir drauf waren, ging es frühmorgens ins „Kalinka“ in Friedrichsfelde-Ost. Das war ziemlich der einzige Laden, der so lange aufhatte. Jede Menge Feierleute. Säufer natürlich auch, Schieber, Nutten, Asis, alles, was es bei uns offiziell nicht gab. Das war schon große Freiheit damals. Ich hab Reisen oder so was nicht vermisst, im Gegenteil. Ich hatte Geld und das Gefühl, jetzt fängt das Leben an. War vielleicht meine allerbeste Zeit. Wir gingen ins „Café Nord“ in der Schönhauser oder in die „Busche“, wo die Jungs Friseure waren und die Mädels Kraftfahrer.

Szenemäßig hab ich erst mal bei den Grufties angedockt. Der Individualismus, das Exzentrische haben mir gut gefallen. Die Musik fand ich geil, schön mit Tiefe und Schmerz. Die kam meistens aus dem Westen, Anne Clark oder The Cure.

Das alles kam ziemlich zackig, ich war ja vorher doch brav gewesen, ein Kotzbrocken, aber brav. Wenn ich mir vorstelle, dass ich früher Mandoline gespielt habe … Und jetzt war ich komplett in Schwarz, hatte sogar schwarze Haare, was verboten aussah. Hat aber gepasst, weil ich zu der Zeit noch sehr verschlossen drauf war.

Dann kam der Mauerfall. Wahrscheinlich bin ich die Einzige, die keine gute Geschichte draufhat. Ich hatte Schicht mit vier Koreanerinnen. Wir haben nachts wie immer Westradio gehört, und dann hieß es, die Mauer ist auf. Haben wir aber nicht geglaubt und stur weitergearbeitet. Kannst Du Dir das vorstellen? Als am nächsten Morgen die Ablösung dran ist, kommen statt 15 Leute nur zwei. Nicht mal der Schichtleiter ist da. Ich sofort zum Übergang Friedrichstraße und ganz klassisch zum Ku'damm gepilgert. An die Eindrücke kann ich mich kaum erinnern, die Nacht aber, als wir von nichts wussten, habe ich voll vor Augen, komisch, oder? Ich habe mir mit dem Begrüßungsgeld ein paar Gruftieschuhe aus schwarzem Wildleder gekauft. Außerdem eine kleine Bergpalme und zwei Tassen, weil die so schön bunt waren. Der bunte Westen hat mich interessiert, nicht der goldene.

Das mit den zwei Tassen war vielleicht Schicksal: Hat nicht lange gedauert, da habe ich Sandro kennengelernt. Ich war mit Freunden im „Wiener Café", damals der angesagte Treff von Künstlern und Aussteigern. Die haben gesoffen und dermaßen gequarzt, dass du nicht durch die Scheiben gucken konntest. Die Szene war nicht uninteressant, aber ich hatte immer Hemmungen, war nicht mal 20, darfst Du nicht vergessen. An dem Abend hatten wir aber Bock drauf und sind, weil es rappelvoll war, zu zwei Typen an den Tisch. Zuerst haben wir die links liegen lassen, wir blieben unter uns. Mir sind dann die Haare von dem einen aufgefallen, schöne lange Haare, dunkelbraun und seidig wie bei einer Frau. Sonst war er schlunzig wie alle Ostmänner. Cordhosen, Bollerpullover und so. Bart natürlich, der aber auch gepflegt, nicht das übliche Kraut. Von den Haaren abgesehen war nichts an ihm feminin. Zehn Jahre älter als ich, kräftige, tiefe Stimme. Die war nicht zu überhören, denn die zwei zankten sich über die Verantwortung der Intellektuellen. Hauptsächlich ging es um Heiner Müller. Den kannte ich natürlich, schon wegen meiner Mutter. Sie schwätzten über so was wie Freiheit im Zynismus und eine Hamletmaschine, das habe ich alles erst viel später verstanden, aber das Zitat von Müller, das Sandro mehrfach angebracht hat, weiß ich bis heute: Alle Trennlinien der Welt gehen durch unser Land! Gut, oder? Da habe ich gedacht: Für mich stimmt das, auch wenn vielleicht nicht so, wie der Müller das meint. Dann habe ich dem Typ zum ersten Mal in die Augen geschaut und war gleich weg.

Wir haben angefangen zu quatschen. Irgendwann sind meine Freunde weg, dann seine. Wir haben weitergeredet, uns mit Weinbrand tierisch die Kante gegeben. Ich als Teil der werktätigen Bevölkerung, er als Intellektueller. Intellektueller – na ja. Er war an der

Humboldt für Kulturwissenschaften eingeschrieben, hatte also logo einen Freifahrschein fürs Labern.

Blöd, wie ich bin, gehe ich in der ersten Nacht mit ihm. Keine Lust auf mein schmuddeliges Wohnheim, und er wohnte nicht weit weg in der Schivelbeiner. Mit Sex war nix. Er hat zwar versucht, an mir rumzuschrauben, aber ich war hackedicht. Was Alkohol angeht, bin ich ja nicht zimperlich, aber der konnte was wegschlucken ...

Dann bin ich geblieben. Er hat mir gefallen, ein Baum von Mann. In der Künstlerszene hat der sich gefühlt wie ein Fisch im Wasser. Kannte alle jungen Maler, Schreiber, Musiker, redete mit denen von Gleich zu Gleich. Ich war ziemlich baff und eingeschüchtert.

Die ersten Wochen nur in seiner Wohnung, vierter Stock, fließend kaltes Wasser, Ofenheizung, aber bezahlbar. Ich bin zwar noch mal für einen Monat ins Heim, dann aber ganz zu ihm.

Die Mauer war schon auf, aber er und seine Spezis haben getan, als wäre nichts passiert. Klar sind wir mal rüber, aber in der Hauptsache saß er mit seinen Rotweinfreunden im „Wiener Café", während ich auf Schicht war oder versucht habe, aus seinen Büchern für mich was rauszuziehen. Ich glaube, im Grunde hatte er Angst vor dem Westen. Er hätte das aber nie zugegeben, wusste ja alles besser.

Anfangs war ich Karoline im Glück (damals war ich noch nicht Ka). Mir ist sein Saufen zwar auf den Senkel gegangen, das ewige Gesülze über Strukturalismus, Ästhetiktheorien, was weiß ich, aber sonst war es schön. Ich habe sogar die schwarzen Gruftiekutten weggegeben. Sandro hat nur gemeint: Ach, du pflegst jetzt deine mit Bedacht versteckte Sinnlichkeit! Dabei hatte er nicht mal unrecht. Zum ersten Mal im Leben hatte ich Sex, den ich nicht ganz störend fand.

Bei uns waren die meisten ja in meinem Alter längst verheiratet, aber für mich war er der Erste, mit dem ich richtig „zusammen" war. Versteh mich nicht falsch, klar hatte ich Sex mit Typen, aber gekickt hat mich das nicht. Während ich aus Langeweile manchmal ein bisschen rumgestöhnt habe, dachte ich immer: Wegen dem Gerammel die Millionen Songs, Filme, Romane? Der Himmel ist jedenfalls nicht explodiert, bloß weil irgendein Rico seinen Pimmel in mich gestopft hat.

Sandro hatte ein bisschen mehr drauf, aber die Offenbarung war es auch nicht. Immerhin habe ich mich gut aufgehoben gefühlt. Er war so viel Mann, da war man windgeschützt. Natürlich hat er gemerkt, dass ich im Bett nicht abgehe, fing dann an, mich aufzuziehen: Werd mal lockerer, lass mal los! Dann wollte er mich von hinten vögeln, Arschlecken und so Sachen. Habe ich auch mitgemacht.

Einmal waren wir auf einer Ausstellungseröffnung, wo einer seiner Kumpels Skulpturen aus DDR-Junk zu stehen hatte. Taucherflosse, Kartoffelpresse, Behältnis für sechs Eier, so was. Leo hieß das Genie, blondierter Punker, nicht unnett. Wie üblich wurde bis zum Abwinken gesoffen. Wir sind dann noch zu uns auf einen Absacker. Viel Erinnerung daran habe ich nicht mehr, aber Zweifel, ob der Dreier noch flott sein konnte, so besoffen, wie wir drei ins Bett geplumpst sind.

Ich habe mir nicht viel dabei gedacht, aber von da an legte Sandro immer dieselbe Platte auf: Lass uns doch mal wieder was zu dritt machen, besser gleich mit zwei anderen Typen! Es macht mich scharf, wenn die mit dir zugange sind, du brauchst doch nicht verklemmt zu sein wie 'ne Jungfrau.

Ich bin nicht verklemmt, wollte mir das jedenfalls nicht nachsagen lassen. Also hab ich mitgemacht. Viel später haben mir mehrere seiner Ex gesteckt, dass der Wichser nur so einen hochkriegte. Bisschen spät die Info.

Anfangs ging's, du stirbst nicht dran. Nur wurden die Kerle immer fieser. Kneten deine Brust wie Brotteig, reißen an deinen Haaren, schlagen auch mal zu, wenn's passt. Ich darf nicht dran denken, sonst habe ich sofort wieder den Geruch von schwarzen Zigaretten auf dem Schirm, den Schweiß, das Gegrunze. Und Sandro immer mit seinem „Spritz ihr auf die Titten, rotz der Alten die Titten voll!“. Manchmal waren es Suffbekanntschaften, manchmal Fremde. Er hat mich dann im Tiergarten zur Löwenbrücke gebracht und irgendwelche Türkenböcke über mich gelassen.

Ich weiß nicht, wie das passieren konnte. Ich hab mich geschämt, gedacht, ich bin selber schuld. Am schlimmsten war es, wenn es mir auf eine kranke Art sogar Spaß gemacht hat, wie wenn du in der Achterbahn sitzt und nicht weißt, ob es geil ist oder du kotzen musst. Er hatte recht, ich war doch eine Schlampe, oder? Hinterher war er immer ganz lieb, hat sich gekümmert, Geschenke gebracht. Ich wollte weg, schaffte es aber nicht.

Was mir gerade durch den Kopf schießt: Du darfst nicht denken, dass ich Deine Party im „Eldorado“ schlimm fände. Ist nicht so. Ich weiß ja, wie bei Euch rumgemacht wird. Aber bei Dir tun die Leute es mit Freude. Bei Sandro war es Zwang, eigentlich Vergewaltigung.

Allerdings eine, bei der ich es nicht geschafft habe, ihn zu stoppen. Selber schuld.

Dann haben ihm Männer nicht gereicht. Er mich ohne Komma zugetextet, mal eine Frau dazuzuholen. Du weißt ja selber, wie geil Typen auf die Lesbennummer sind. Im Nachhinein ist es die Spitze der Ironie: Mein erstes Mal mit einer Frau fand ausgerechnet vor den Augen von Wichser Sandro statt! Okay, ich habe seitdem nicht gerade mit vielen Frauen geschlafen, aber ich wusste sofort, warum es mit Männern so scheiße ist: Die können es nicht. Mit der Frau hatte ich den ersten Orgasmus meines Lebens. Sandro war Geschichte. Weicher Körper, schöne Haut, ihre Rundungen passten perfekt an mich ran. Als hätte immer was gefehlt und jetzt wäre ich ganz. Das war eine andere Hausnummer als die Typen mit ihren groben Griffeln. Sie hat auch nicht nach schwarzen Zigaretten gestunken.

Klar, danach war ich erst recht durch den Wind. Ich hatte mich doch nie als Lesbe gesehen, fand das Wort schon bäh. Aber obwohl ich total durcheinander war, konnte ich jetzt endlich Schluss machen. Weil ich Angst hatte, dass Sandro handgreiflich wird, habe ich mir heimlich eine Übergangswohnung in Friedrichshain besorgt, meine wichtigsten Papiere dahingeschafft, Bettwäsche, ein paar Handtücher, eine Luftmatratze. Möbel hatte ich ja keine.

Eines Nachmittags habe ich verkündet, dass ich mit ihm nichts mehr zu schaffen haben will. Dann habe ich ihm einen Schwung kochendes Kaffeewasser in den Schritt gegossen. Ich geb's zu, ich hatte Angst und habe so getan, als wäre es ein Versehen gewesen. Aber das Gefühl werde ich nie vergessen, die wunderbare Rache. Und wie er gebrüllt hat vor Schmerz! Konnte mir dann natürlich nichts tun, und ich nix wie weg.

Monatelang bin ich kaum vor die Tür aus Angst, ihm zu begegnen. Und ewig gebrütet: Bist du jetzt eine Lesbe oder nicht? Heute denke ich, ich hab schon immer auf Frauen gestanden. Mir kamen da Sachen hoch mit meiner besten Freundin Yvonne beim Zelten, oder Schwärmereien in der Schule. Ich hab immer gedacht, ach guck mal, hat die 'ne tolle Westjeans an oder eine schicke Bluse. Aber in Wirklichkeit fand ich nicht die Klamotte, sondern die Mädchen schick.

Dass in der Richtung nichts passiert ist, lag bestimmt an meiner Mutter. Mein Vater ist über alle Berge, da war ich fünf. Danach waren wir ein reiner Frauenhaushalt, nur sie und ich. Bärbel – schon der Name! –, was ist die mir auf die Eierstöcke gegangen. Furchtbare Glucke. Das darfst Du Dir bildlich vorstellen: Hat auf mir draufgehockt und mir die Luft abgedrückt.

Du hast mich mal gefragt, warum ich immer so kratzbürstig bin. Von Seelenschmalz halte ich nicht viel, aber um meine „Verstocktheit“, wie Du es genannt hast, zu verstehen, musst Du eine Geschichte kennen.

Bis zum Alter von fünf habe ich kaum Erinnerungen. Dann war Vater weg, aus heiterem Himmel verschwunden, in Luft aufgelöst. Ich komme aus der Schule, Bärbel sitzt heulend in der Küche: Papa hat uns verlassen! Warum denn, was haben wir getan? Keine Antwort. Habt ihr euch gezankt, habt ihr euch nicht mehr lieb? Keine Antwort. Bin ich schuld, hab ich was falsch gemacht? Keine Antwort. Bis in die Pubertät rein habe ich gebohrt: Jetzt kannst du es mir doch sagen, was war da los? Sie wieder: Keine Ahnung, er ist, ohne was zu sagen, einfach verschwunden. Das kann die mir doch nicht erzählen. Ich meine, ich bin erwachsen und weiß, dass bei so was immer zwei Schuld haben. Aber wie eine Gestörte streitet sie alles ab: Nö, nix passiert, weiß von nichts. Ich hatte also mal einen Vater, und der ist von heute auf morgen geplatzt, oder wie?

Es gibt Schlimmeres, als ohne Vater aufzuwachsen, nur: mit so einer Psychokuh als Mutter? Die hat mich bewacht wie eine Gefangene. Wo kommst du her, wo gehst du hin? Dann die ewige Gehirnwäsche: Fehlt dir was? Wie geht es dir? Ist alles in Ordnung?

Von morgens bis abends war ich das Objekt ihrer pädagogischen Bemühungen. Sie war ja kulturell hochstehend, früher Lehrerin und Malerin, jetzt Abgeordnete. Also sollte ich lesen, malen, schreiben, singen. Zuletzt musste ich auch noch die verschissene Mandoline lernen. Kannst Du Dir vorstellen, wie meine Schulfreunde gelacht haben?

Richtig übel wurde es in der Pubertät. Sie fand sich als Künstlerin natürlich Weltspitze, hat aber leider nix verkauft. Trotz ihrem mittelprächtigen Kunstgewerbe wollte sie auf wichtig machen. Hat sich als „Dissidentin“ aufgespielt, bloß weil sie manchmal in die Friedensgruppe ging oder in einer Galerie einen Debattierzirkel aufgemacht hat. Oft saßen die auch bei uns in der Küche. Alles so Walla-Walla-Weiber und sensible Ostmänner. Schwerter zu Pflugscharen und so. Die Umwelt haben sie nebenbei auch noch gerettet und sich über die „schöpferische Gestaltung der Gesellschaft“ eine Kassette ans Ohr gelabert. Dazu jede Menge Rotwein. Je mehr ich von

Bärbel agitiert wurde, desto bockiger wurde ich. Bei meiner Geburt stand nicht gerade eine gute Fee, die –

Zwei Tage später. Entschuldige, Missy. Ich konnte nicht weiter. Mir ist jetzt erst aufgefallen, wie ich Dich volllabere. Tut mir echt leid! Ich habe überlegt, alles wegzuschmeißen, aber jetzt habe ich schon so viel gekritzelt, da kann ich es auch zu Ende bringen. Also neuer Anlauf:

Wenn mir meine Jugend in den Kopf kommt, beschäftige ich mich normalerweise mit was anderem, steck mir Musik in die Ohren oder so. Aber vor ein paar Tagen, als ich den Brief hier angefangen habe, kam mir alles wieder hoch. Das ewige Gezergel meiner Mutter: Zieh doch mal was Gefälligeres an! Sei doch mal freundlicher, zugänglicher, weiblicher. Dann die Bücher, die sie mir hingelegt hat, das ewige Drängeln, ob ich nicht mitwill in eine Ausstellung, ins Konzert, ins Theater. Im Grunde war das auch Nörgelei pur, im Klartext: So unkultiviert habe ich mir meine Tochter nicht vorgestellt.

Hätte ich Geschwister gehabt, wäre jemand da gewesen zum Lästern, aber allein mit der Alten? Aus Frust bin ich sogar in der Klasse abgerutscht. In die Schule musste ich ja, aber sonst habe ich mich die meiste Zeit im Zimmer eingeschlossen. Das war wie ein Gefängnis und öde bis zum Abwinken, aber da fühlte ich mich sicher.

Aber ich habe mich an meiner Alten gerächt, bin erst zu den Pionieren und dann in die FDJ. Ich wollte unbedingt für die DDR sein, allein schon weil Bärbel dagegen war. Hat die geschäumt! Logo war es Protest, aber ich fand unser Land auch nicht so schlecht, wie sie es machte. Ich war jung, lebte gut, hatte ein Dach überm Kopf. Wir fuhren an den Plattensee in Urlaub, einmal sogar an die Ostsee. Sie hat mich angefaucht wie ein wild gewordener Handfeger. Aus purem Trotz eine Diktatur zu verteidigen wäre sogar unter meinem Niveau.

Was hat die sich denn gedacht? Wollte sie wirklich, dass ich als – was weiß ich – 14-Jährige auf die Barrikaden gehe? Da wäre ich ja noch mehr Außenseiter gewesen.

Dann war Krieg. Während ich zu den Blauhemden ging, verbrachte sie immer mehr Zeit mit ihren „Oppositionellen". Bärbel und ihre Spezis haben mich jetzt nicht gerade als Gefahr gesehen, aber komisch war das schon: Wenn sie abends bei uns diskutierten und ich in die Küche kam, trat immer so eine peinliche Stille ein. Man hat auch mal versucht, mich zum „kritischen Denken" zu bekehren.

Komplett unangenehm. Ich hab dann gebockt und total übertrieben den Kollektivgedanken verteidigt. Da hat einer von Bärbels angesoffenen Freunden mal losgebrüllt: „Das einzige Kollektiv, das ich akzeptiere, ist die Muppet-Show!“ Das fand ich schon wieder gut.

Ich gebe zu, wie stasiverseucht das Land war, hätte ich im Traum nicht gedacht, sonst hätte ich die Gefahr für meine Mutter vielleicht etwas ernster genommen. Aber wenn mir jemand erzählt hätte, dass ausgerechnet die Kuh zehn Jahre später im Parlament sitzt – Hammer!

Jetzt verstehst Du vielleicht, wie froh ich war, nach Berlin abzudampfen. Hier sollte mein Leben anfangen. Tat es ja anfangs auch, kriegte aber mit Sandro schnell blaue Flecken. Von wegen Freiheit und Liebe. Hat ziemlich gedauert, mich aufzurappeln. Ich war depressiv drauf, hab mich aber nicht aufgegeben. Rausgeholt hat mich Daggi. Die kam aus Bayern, hat bei uns gejobbt und ist wegen Unzuverlässigkeit fix wieder vor die Tür gesetzt worden. Ich mochte sie. Beim Ausgehen haben wir dann einen Zettel entdeckt: „XDP“, handgekritzelt und schwarz-weiß. Handelte sich um eine Party in einem kleinen Jugendclub in Ostberlin, „X-tasy Dance Project“. Da habe ich zum ersten Mal Techno gehört und war sofort infiziert. Das war's. Das Tanzen, klar, aber vor allem die Bassline, die voll in den Körper geht. Und bestimmte Ambientsachen schießen total in den Kopf. Muss ich ja nicht erklären, obwohl: Ich hab schon gemerkt, dass Du kein Musik-Nerd bist wie viele in der Szene. Denk bloß nicht, ich weiß nicht, dass Dein heimlicher Lieblingssong „Lady in Red“ von Chris de Burgh ist.

Daggi und ich hatten ein ganzes Universum entdeckt: das „Ufo“, die technozid-Partys, das „Planet“, später dann das „E-Werk“ und den „Tresor“. Das waren Räume und Leute, wie ich sie noch nie gesehen hatte. Das „Ufo“, der olle Lagerkeller, oder das „Planet“, wo man stundenlang durch künstlichen Nebel tanzte. Underground, schmuddelig, kaputt, illegal – das war so was von richtig für mich. Vier Lautsprechertürme in einem alten NVA-Bunker, Stroboskopblitze, eine Tanzfläche in der Mitte – geil!

Weil vieles illegal lief, waren wir sofort eine eingeschworene Gemeinschaft. Zeit spielte plötzlich eine ganz andere Rolle: Wenn es nicht nur bis morgens um sechs geht, sondern tagelang, verabschiedest du dich komplett von Zeit und Raum.

Ein Drogenopfer bin ich zum Glück nicht geworden. Alk und Guaraná waren lange Zeit alles, was ich genommen habe. Dann zum ersten Mal gekifft, später auch mal Koks probiert. Konnte ich nicht brauchen, hab genügend Naturkoks drinne. Bis dahin hatte mir der Umgang untereinander nicht gereicht. Jeder machte seins, ohne dem anderen was mitzugeben. In der Technoszene habe ich Leute getroffen, die sich gekümmert haben. Klar gibt es auch so User, die hinkommen, ihre Drogen einschmeißen, als Dealer arbeiten oder einfach nur Party machen wollen. Aber ich habe Leute gesucht, die aus ihren Erfahrungen was machen.

Mit dem Job passte es super. Wegen dem Schichtdienst konnte ich sowohl bei der Spät- wie bei Frühschicht hinterher bzw. vorher feiern gehen. Bis um vier abhotten, bisschen Augentropfen rein und ab zur Arbeit. Eine Weile ging das gut, aber bald hatten wir Schiss, dass unser Betrieb pleitegeht wie im Rest der DDR. Als wir abgewickelt wurden, war es auch schon egal. Früher oder später hätte ich sowieso gekündigt.

Dann hatte ich ausnahmsweise mal Glück. Gina, die im „Walfisch" die Bar macht, erzählte von einem Hoteljob. Eine Polin, die beim Frühstück half, war vom Sozialamt erwischt worden, weil sie heimlich auch Stütze kassierte. Die suchten also jemand. Hotel ist übertrieben, eher große Pension. Unter der Woche so 35 bis 40 Gäste, am Wochenende 60, 70. Spätestens um sechs Uhr morgens ging es los: Brötchen aufbacken, Käse und Wurst schneiden, alle Sorten Gesöff, Tee, Kaffee, Säfte, Aufbau, Refill, Abbau – das ganze Programm. Die Arbeitszeit war perfekt, weißt Du ja selber, haben uns ein paarmal hinterher beim Chillen gesehen. Wenn schon mittags alles klargemacht ist und du mit Freunden abhängen kannst, ist das geil.

Damals war ich zufrieden. „Glücklich" wäre die Übertreibung des Jahrhunderts, aber zufrieden, doch. Von da an war ich nicht mehr Karoline, sondern Ka. Sah man auch. Im Spiegel hab ich mich selbst kaum erkannt: Turnschuhe, die Sporthose mit den drei Streifen, spackes Unterhemd, Haare extrem kurz, blond, fast weiß. 'ne richtige Raverbraut. Jetzt hatte ich nicht mehr zu viel, sondern zu wenig Kilos auf den Rippen, von wegen ewig auf Achse, exzessiv tanzen, wenig essen. Ich sah aus wie ein … Junge. Ja, irgendwie schon. Da kam es gut, dass Sex in der Szene anfangs eine ganz andere Rolle spielte als heute. Beziehungsweise gar keine. Als ich da reingekommen bin, war noch das große Kuscheln angesagt. Das war schön. Für viele war es eine Art Ersatzfamilie. Ich hab das immer den „Club der verlorenen Kinder" genannt.

Anfangs stimmte das mit dem peace, love, unity wirklich. Schrillos und Normalos feierten zusammen, Geld spielte keine Rolle, wer keins hatte, wurde von den anderen durchgezogen. Es war auch völlig okay, keinen Job zu haben, man musste nur einen Lebenssinn vorweisen, wenigstens verbal. Es ging darum, dass man Output hat, irgendwas Schräges oder Schönes erzählen kann.

Das Schönste war die Freundlichkeit. Auf der ersten Loveparade war ich nicht dabei, aber bei der zweiten. Die ging damals noch über den Ku'damm. Ich am Straßenrand, all die schönen Menschen – und wie die gestrahlt haben! Hat nicht lang gedauert, da konnte ich nicht mehr stillstehen. Ich hab wie ein Bekloppte getanzt und bin einfach mitgelaufen. Da waren sofort Leute um mich rum, supernett, total gut drauf. Hunderte auf der Parade, Tausende am Rand, und niemand – nicht einer! – hat gerempelt, gepöbelt oder ist dir auf die Füße gelatscht. Wenn doch: Oh, entschuldige bitte! Mitten in Berlin: entschuldige bitte! Mich hat das umgehauen. Gut, ich bin nicht vom Mond, weiß auch, dass viele in der Szene auf Droge sind. Obwohl – brauchen tut man die nicht unbedingt. Ich hab Ecstasy probiert, es hatte bei mir aber denselben Effekt wie Koks, Kribbeln im Bauch, aber sonst kalt, alles sehr auf Abstand. Dafür muss ich kein Geld ausgeben.

Eine Zeit lang habe ich gedacht, dass ich sogar beziehungstechnisch wieder klarkomme. Sonntags am frühen Abend bin ich manchmal zum Gay Tea Dance. Erinnerst Du Dich, der war damals noch im „Wintergarten"? Eine bunte Mischung aus Lesben, Schwulen, sonst was. Da bin ich auch Fex begegnet, kennst Du bestimmt, der macht diesen Laden am Teutoburger. Sehr nett, hat aber ziemlich gedauert, bis ich geschnallt habe, dass er auf Jungs steht. Wie blöd kann man eigentlich sein? Fex hat mich mit Moni bekannt gemacht, ja, Deine Moni aus dem Club. Für Dich bestimmt nix Neues, dass sie beidseitig bespielbar ist. Wir haben ein paarmal zusammen was gehabt, aber Moni wollte keine Beziehung, das hat sie gleich gesagt. Ich war ihr nicht böse, im Gegenteil: Sie hat mich schließlich mit Dir bekannt gemacht.

Liebste Missy, jetzt steht Ka nur noch für kaputt. Vor ein paar Tagen habe ich im Hotel gekündigt, ein paar Klamotten und Andenken an Leute gegeben, die nett zu mir waren. Seitdem schlafe ich nicht mehr. Mein Kopf rattert wie ein Motor, kurz bevor er absäuft.

Tausendmal habe ich mir überlegt, diesen Brief zu verbrennen. Ich dränge mich Dir auf, bin eine Last, ich weiß das. Aber es heißt ja, man lebt nur in anderen weiter. Entschuldigung. Bitte entschuldige! Gleich bei unserer ersten Begegnung im „E-Werk" habe ich mich in Dich verliebt. Wir haben keine drei Sätze gesprochen, mehr war auch nicht nötig. Ich habe mich sofort in die Art verguckt, wie Du Dich gibst. Stark, aber auch locker. Gibt nichts, was Du nicht weglachen kannst. In Deinen Augen steht das auch. Und Wärme und eben das Stückchen Pumuckl, das ich an Dir so toll finde. In das alles habe ich mich verknallt, Deine Schnodderigkeit manchmal, Deine Himmelfahrtsnase und wie Du mit einer Handbewegung einen Kerl wie einen Popel wegschnipst. Vor allem mag ich, wie Du Frau bist, ich meine: wirklich Frau, nicht so ein Tanzmäuschen. Im Grunde steckt das alles in Deinem Tattoo drin: Mit der Kette um den Hals bist Du Königin und Kriegerin. Und wenn Du in Deinen weißen Lederklamotten steckst, dann haut es mich um.

Wenn Moni nicht gedrängelt hätte, wäre ich nach der Sache mit Sandro kaum zu Deiner Party mitgekommen. Aber dann warst Du an der Tür. Enge Freundinnen sind wir vielleicht nicht geworden, haben ja nie was privat gemacht, ich meine, wir zwei allein. Aber wir haben uns öfter beim Ausgehen getroffen. Besonders schön fand ich es, wenn wir mal einen kleinen Ausflug nach dem Chillen gemacht haben. Natürlich hab ich mir oft ausgemalt, mit Dir zusammen zu sein, jemanden zu haben, auf den ich mich 100 Prozent verlassen kann. Zusammen im Bett liegen, sich Geheimnisse erzählen und so. Ich erinnere mich, als wir mal mit Peer und ein paar anderen Jungs nach Finowfurt raus sind und alle pudelnackt ins Wasser. Es war ein Traum, hinterher ganz still neben Dir unter einem Baum zu liegen. Gesprochen haben wir nicht, sind sogar eingepennt, glaube ich, aber ich war glücklich. Ich hätte mein Maul aufkriegen müssen, Dich fragen, ob Du nicht vielleicht doch ein bisschen auf Frauen stehst, oder?

Vielleicht hätte ich meine Sorgen, mich aufzudrängen, überwunden – wenn nicht die FURCHT gekommen wäre. Ganz harmlos hat das angefangen letzten Herbst. Wenn ich zum Hotel gefahren bin oder Besorgungen machte, fing mein Herz manchmal an wie blöde zu rattern. Zuerst habe ich mir nichts dabei gedacht – vielleicht noch Restalk im Blut oder so, obwohl ich eigentlich nicht viel trinke. Dann hat es mich immer öfter gepackt. Du musst Dir vorstellen: Du gehst eine Straße lang, und Deine Füße berühren den

Boden nicht mehr. Der blanke Horror, ein Gefühl, als würde die Welt nach allen Seiten wegklappen. Furcht eben, blanke FURCHT.

Scheiße, habe ich mir anfangs gesagt, reiß dich am Riemen, gibt keinen Grund, ängstlich rumzudappern wie eine Mondkuh. Aber es hörte nicht auf. Vor meinen Augen werden die Straßen dann ganz eng. Ich kriege keine Luft mehr, höre mein Blut rauschen. Dann kann ich mich nur noch an eine Wand pressen und warten, bis es vorbei ist.

Auch Menschen kann ich nicht mehr ertragen. Überall das Gerempel, das Gequatsche, die feisten Fressen. Am schlimmsten ist es im Bus. In der Stoßzeit kann ich gar nicht mehr fahren. Die Leute hängen auf dir drauf, stinken nach Döner und eklig süßem Deo. Manchmal rieche ich sogar das Fett in ihren Haaren. Die dicken Ärsche, die Alkoholikerfressen. Und guck Dir mal die Füße von den Leuten an, die sich nicht genieren, in Jesuslatschen ihre verpilzten Nägel zu zeigen. Ich könnte kotzen, so ekelhaft ist das. Ich muss dann weg, schnell weg, mich in meiner Bude verbarrikadieren. Ich weiß nicht, wie oft ich in der U-Bahn raus bin, mich auf eine Bank setzen musste, tief durchatmen, es dann im nächsten Zug noch mal versuchen. Wenn ich zum Job wollte, bin ich zuletzt eine Stunde früher los, weil ich die Fahrt sieben oder acht Mal unterbrochen habe. Seit Monaten geht das so. Ich kann nicht mehr.

Im Nightlife ging es eine Weile noch ziemlich gut, da habe ich mich sicher gefühlt. Klar wollte ich mir auch nichts anmerken lassen. Wenn die gewusst hätten, was für ein Schrotthaufen ich bin, keiner hätte mehr mit mir was zu tun haben wollen. Dann wäre ich ganz allein gewesen.

Wo Scheiße ist, kommt immer noch Scheiße drauf. Vielleicht bin ich gestört, dumm bin ich jedenfalls nicht. Während ich mich in die Szene gekrallt habe, um Halt zu finden, hat die sich total verändert. An der Verprollung der Loveparade kannst Du es sehen, an Massendingern wie Mayday, wo letztens 30 000 Leute kamen. Ich meine, wer hätte gedacht, dass die doofe Marusha der „BRAVO“ Interviews gibt? Oder Fotze Blümchen! Kotzwürrrrg.

Ich habe wirklich geglaubt, die Rave-Szene praktiziert endlich mal das, was sie predigt. Kein Rassismus, kein Sexismus, keine Ausgrenzung. Wie naiv war ich eigentlich? Meine politische Mutter würde jetzt Freudentänze aufführen. Wenn manche sagten, fall bloß nicht auf das Family-Getue rein, das ist nur Show, hab ich das für Neid oder Nörgelei gehalten. Bis zur letzten Loveparade.

Zum Umzug selbst konnte ich schon nicht mehr, viel zu voll. Ging nicht. Aber Fex hatte mich ins „Café am Neuen See" eingeladen, wo sich die Freunde der Veranstalter trafen. Nicht so überfüllt da, und die Parade wird übertragen. Mir ging's an dem Tag nicht gut, ich war ganz roh. Bin trotzdem hin von wegen „unsere große Rave-Familie". Im abgesperrten Bereich um das Café war man so „gleich", dass schon am Eingang bunte Bändchen nicht nur für den VIP-Bereich, sondern sogar für einen noch exklusiveren Promibereich ausgegeben wurden. An dem Nachmittag habe ich sämtliche Bändchen gekriegt und alle Illusionen verloren. Ich hab die Welt nicht mehr verstanden. Markenklamotten überall. Nur noch Masche und Big Business: Nuttige Tanzmäuschen in Minis und kurzen Hemdchen, die zu Karstadt-Techno rumhopsen. Frauen bedienten entweder oder mussten sexy aussehen. Was ich beim Blick auf das Line-up dann auch endlich geschnallt habe: Weiblein tanzt nach Männleins DJ-Pfeife. Früher hatte ich geglaubt, Techno sei schon deshalb kein Egoding, weil es von Maschinen gemacht wird. Aber Maschinen werden von Menschen programmiert – und die wollen alle was vom Kuchen ab.

Ich konnte quasi zugucken, wie meine Welt zusammenkracht. Nichts mehr übrig. Die FURCHT überschwemmt mich. Sie hat gewonnen.

Seit dem Moment, in dem mein Vater abhaute, verjagt wurde, was immer, geht durch mich ein Riss. Ich habe mir immer vorgestellt, dass durch diesen Riss die Kälte in mich gezogen ist. Diese Kälte und jetzt auch noch die FURCHT, das killt mich. Das schaffe ich nicht. Wenn Du diesen Brief kriegst, ist alles vorbei.

Liebe Missy, der einzige Hoffnungsstrahl warst Du. Wenn ich an Dich denke, fühle ich, dass noch etwas Wärme ist in mir. Du wirst nie begreifen, wie dankbar ich Dir dafür bin. Ich werde versuchen, Dich noch einmal zu sehen, vielleicht ein paar Worte mit Dir zu wechseln. Das wünsche ich mir. Und verzeih den Brief.

Deine Ka

Beschriftungen

Als Hahn nach dem Besuch der Aids-Station seine Wohnung aufschloss, fand er auf dem Küchentisch einen Zettel von Isa vor: *Sind mit den Proben für die Saisoneröffnung bis in die Nacht beschäftigt. Ich schlafe bei mir. Wenn du mich brauchst – melde dich. Jederzeit!!!* Daneben hatte sie einen blonden Indianer mit Lendenschurz und Feder im Haar gezeichnet, der von einem Lagerfeuer aus Rauchzeichen gab.

Hahn war gerührt. Manchmal war es ihm vorgekommen, als sei Isa von ihrer Schönheit gezeichnet. Lange hatte er sie lediglich als Zierpflanze gesehen, ihre Strebsamkeit für eine Mischung aus Koketterie und Geltungsbedürfnis gehalten. Langsam jedoch begriff er, dass ihre Schönheit etwas über ihr Wesen preisgab. Sie war eine Frucht der Selbsterschaffung. Isa hatte sich selbst ans Licht gebracht. Sie war Zier- und Nutzpflanze zugleich. Die Isa, deren Konturen er immer deutlicher sah, wurzelte tiefer als vermutet. Es verblüffte ihn, wie sie in dem ganzen Elend Haltung bewahrte, wie standhaft sie war, wie feinfühlig.

Ganz in Gedanken schreckte er zusammen, als urplötzlich, wie schon am Morgen, dicke Regentropfen gegen die Scheiben trommelten. Er trat ans Fenster, um sich das Schauspiel anzuschauen. Durch große dunkelblaue Wolkenlücken schien die Sonne weiterhin kräftig und ließ den Guss wie Lametta aufblitzen. Im spitzen Winkel trafen die Tropfen auf das Fensterglas, zerplatzten, verliefen und boten ein wunderliches Bild. Die Stadt aus Stein, Eisen und Beton wirkte plötzlich opak, eine Welt, die bei jedem Wimpernschlag starb und neu erschaffen wurde. Nach wenigen Minuten war das Intermezzo vorüber. Hahn öffnete sämtliche Fenster und saugte tief die Luft ein.

Alles atmete Frische.

Er war ganz ruhig. Wie die meisten Menschen war er unbewusst von seiner Unsterblichkeit überzeugt gewesen. Im Krankenhaus hatte er das dunkle Privileg erfahren, einen Blick auf sein Ende werfen zu dürfen. Kein Schleier des Ungefähren, sondern ein scharfes Bild aus vergehendem Fleisch und versiegendem Atem. Dem Tod widersetzte man sich nicht. Man konnte nur gewinnen, indem man aufgab. Der Anblick des qualvollen Schliddern in Schmerz, Auszehrung und Auflösung hatte ihn unverhofft mündig gemacht. Er musste sterben, doch wenn es um das Wie und Wann ging, würde er sich sofort einmischen.

An guten Tagen gelang es Fex manchmal für eine Stunde, nicht an das Virus zu denken. Der kleine, mehr oder weniger symbolische Racheakt an Hahn hatte ihm gutgetan, etwas hatte sich gelöst. Doch er war erstaunt, wie viel Zorn immer noch in ihm steckte. Wenn die unheilige Dreifaltigkeit aus Angst, Wut und Schuldgefühlen ihm zu sehr zusetzte, stieg er aufs Rad und strampelte sich, tief über das Lenkrad gebeugt, die Verzweiflung aus dem Leib, bis ihm der Schweiß die Wirbelsäule hinabströmte. Das Hupen der Autofahrer wie die „Kampfradler!"-Protestrufe der Passanten waren nur Ansporn, noch wilder zu fahren. Ziellos raste er durch die Straßen, ein stummes Lamento auf den Lippen. Dieser beschissene Prediger Salomo! Von wegen *Ein jegliches hat seine Zeit, und alles Vorhaben unter dem Himmel hat seine Stunde*! Wer bestimmte denn über Hahns Lebenszeit? Das Schicksal? Der Himmel? Ein bärtiger, alleinerziehender Gott mit Hippiematte? Nein, es waren keine dubiosen Mächte, die Hahns Leben wie eine Ziehharmonika hatten zuammenschnurren lassen. Er war es, Fex, schuldlos schuldig.

Der Regenguss passte hervorragend zu seiner Wut, doch als die Tropfen ihm schmerzhaft ins Gesicht schlugen, musste er anhalten. Hundert Meter weiter, auf einem kastaniengesäumten Stadtplatz, entdeckte er eine Kirche und beschloss, dort Schutz zu suchen. Er beneidete sämtliche Gläubigen um den Trost, den sie in der Religion zu finden schienen, hatte aber selbst nie an einen Gott glauben können, dafür waren ihm in seiner Jugend zu viele „einzige" und „wahre" Götter untergekommen. Doch neben ihrer Ästhetik hatte er die unmodische Stille von Kirchengebäuden stets geschätzt, egal ob buddhistischer Tempel oder Katholenpracht.

Innen war der Bau düster und wenig anspruchsvoll. Sakralarchitektur von der Stange, direkt aus dem Musterbuch des neunzehnten Jahrhunderts. Er rutschte in die erste Bank und wartete, bis seine Wut abgeebbt war. Johanna redete ihm ständig ins Gewissen, seine Aufwallungen zu zügeln, sie schadeten seiner Gesundheit. Sie hatte damit so recht, dass er schon wieder die auf der Bank liegenden Gebetbücher greifen und gegen den Altar schleudern könnte. Stattdessen zwang er sich, „gute Gedanken zu nähren", wie Johanna das nannte. Nun gut, dann würde er jetzt etwas Positives tun.

Beherzt sprang er auf, griff sich eine Opferkerze, zündete sie an einem der brennenden Lichter an und steckte sie auf einen Metalldorn. Für Hahn. Fex wollte brav bezahlen, merkte aber erst jetzt, dass er seine Geldbörse nicht dabeihatte. Trotzig zündete er eine weitere Kerze an, noch eine und noch eine, so lange, bis vor ihm ein veritabler Lichterteppich flackerte. Bei dem, was in letzter Zeit geschehen war, reichte eine Kerze allemal nicht aus. Und falls es Gott doch geben sollte – er würde es verstehen.

Abends fühlte er sich von dem Gären in seinem Innern wie erschlagen. Um endlich Ruhe zu finden, ging er früh zu Bett, konnte aber nicht schlafen. Nachdem er sich eine Stunde herumgewälzt hatte, stand er auf und zog sich wieder an.

Mürrisch suchte er am Helmholtzplatz gleich um die Ecke eine der vielen Bars im frühen Sperrmüllstil auf. Als Schlaftrunk bestellte er sich einen Gin auf Eis, kurz darauf einen zweiten. Über dem Spiegel hinter der Bar bemerkte er die Blicke eines gelbhaarigen jungen Mannes, war aber nicht interessiert. Hahn hatte wenigstens seine Isa, die ihm Wärme und Kraft gab. Aber er? Sicher, da war Johanna. Er war dankbar für ihre Klugheit und Bodenhaftung, froh, dass er jederzeit mit ihr reden konnte. Und trotzdem fühlte er sich wie der letzte Mensch auf dem Planeten.

Nach einem weiteren Gin wollte er wieder ins Bett, überlegte es sich in letzter Sekunde aber anders. Er holte sein Rad aus dem Keller und fuhr, freundlich sediert vom Alkohol, behäbig die Schönhauser Allee entlang, ein Sehnen im Leib, aber wenigstens nicht mehr zornig. Alexanderplatz, Palast der Republik, Unter den Linden. Stur geradeaus ging die Tour ohne Ziel, bis ihm an der Siegessäule eine Idee kam: Gleich hinter dem Pissoir lag das Jagdrevier der Schwulen. Mit Freunden auf dem Heimweg hatte er das Areal einmal besichtigt, erstaunt über den Auflauf paarungswilliger Männer. Anonymer Sex war seine Sache nicht – er hatte noch nicht einmal eine der berühmten Schwulensaunen besucht. Aber was sprach eigentlich dagegen? Eine Hand wollte er spüren, hart und heiß, einen Körper, Reibung. Das Virus konnte man sich schließlich nicht zweimal holen.

Katastrophenselig schloss er sein Fahrrad an, lief ein paar Schritte in den Park und nahm auf der erstbesten Bank Platz, eine Wolke frivoler Untergangsstimmung um die Stirn.

Nachdem seine Augen sich an die Dunkelheit gewöhnt hatten, wurde er Zeuge eines erstaunlichen Balletts. Die verschiedensten

Typen von Mann gaben hier eine Vorstellung, vom „Boy" jeder Altersstufe in Sneakers und Schlabberhosen über martialische Kerle in Leder und Camouflage, scheinbar biedere, Hunde ausführende Herrchen bis zu geräuschvoll im Kies schlurfenden Rentnern, die mit geiler Kurzsichtigkeit allem, was sich bewegte, hinterherschielten. Kein Gespräch, kein Lachen, keine Aktion, nur hin und wieder das Aufflackern eines Feuerzeugs. Wie auf Schienen glitten die Männer den Hauptpfad entlang, nahmen dann eine Kurve und kämmten das Areal zwischen Pissoir und einer großen Baumgruppe durch. Selbst bei Helligkeit würde dieses unablässige Schlendern eigenartig wirken, im Dunkeln hatte es etwas von Raubtieren auf Beutezug. Es wurde scharwenzelt und gestikuliert, zu passieren schien aber nichts. Einige Typen verlangsamten vor seiner Bank den Schritt, ein Innehalten wie ein bedeutsames Einatmen, doch Fex rührte sich nicht.

Was, verdammt noch mal, hatte er hier verloren? Er wollte gehen, als eine Gestalt seine Aufmerksamkeit erregte, groß, gut gewachsen. Vor allem fiel ihm die helle Sommerkleidung auf – die anderen Männer schienen sich im nächtlichen Dunkel auflösen zu wollen. Im Vorübergehen schaute der Mann ihm direkt ins Gesicht. Dann drehte er ab und ging quer über den Rasen auf eine dichte Baumgruppe zu. Nur einmal drehte er sich um, siegessicher, wie es aussah.

Zögernd erhob Fex sich und stiefelte ihm hinterher. Sein Herz schlackerte, doch mit Romantik hatte das nichts zu tun. Ihm war danach, sich im Dreck zu suhlen. Der Mann verschwand im Grün, ohne noch einmal nach ihm zu schauen. Fex beschleunigte seinen Schritt, stolperte einen schmalen Trampelpfad entlang in ein unheimliches Labyrinth aus Buschwerk und fuhr erschrocken zusammen, als er plötzlich Nase an Nase vor dem Mann stand.

Und nun?

Wie machte man das, welche Handgriffe wurden angewandt, welche Worte gewechselt? Wechselte man überhaupt Worte? Während Fex erwartete, dass ihm nun grob an die Wäsche gegangen würde, umarmte der Mann ihn mit ausgesuchter Delikatesse. Fex bewegte sich keinen Millimeter, musterte diesen ulkigen Kerl nur, soweit die Finsternis das zuließ. Dunkler Igelhaarschnitt, abstehende Ohren und eine experimentell lange Nase. Könnte sich um einen hübschhässlichen Engländer handeln. Er ging nun seinerseits zur Attacke über, packte den Mann beim Nacken und zog ihn zu sich heran. Hände gingen auf Wanderschaft, fuhren unter Hemden, in Hosen, aber ohne die professionelle Abgebrühtheit der Metropolenschwulen. Fex war schnell auf Siedetemperatur, gleichzeitig hämmerte es hinter seiner Stirn: Was sollte das alles? Du bist zu alt und zu geistesgegenwärtig für solch melodramatischen Schmutz. Das hier war einfach nur banal, zwei Sexkonsumenten auf Schnäppchenjagd in freier Natur.

„Was ist denn los?" Tiefe Stimme, Bassbariton. Nicht genervt, eher neugierig, leicht besorgt.

„Ach", sagte Fex.

„Da lag aber jetzt das Leid der ganzen Welt drin."

Der Mann lachte so fröhlich, dass Fex nichts blieb, als einzustimmen. „Im Grunde bin ich ziemlich angetrunken und möchte lieber neben jemandem schlafen als mit", gestand er.

Der Mann legte beide Arme auf seine Schultern: „Denk bloß nicht, du Fehlfarbe könntest mich beleidigen."

„Fehlfarbe gefällt mir. Ich bin Fex."

Der Mann, der sich als Louis vorstellte, war ebenfalls mit dem Rad da. Sie nahmen sich für die Heimfahrt Zeit. Während sie großzügige Schleifen durch das alte Botschaftsviertel zogen und über das Loch am Potsdamer Platz staunten, wo unter hartem Scheinwerferlicht auch nachts gearbeitet wurde, entwarfen sie einen ersten Steckbrief für den anderen. Louis, zweiunddreißig, Vater Luxemburger, Mutter aus Trier, Mediziningenieur, hauptsächlich mit der Fortentwicklung von Koronarstents beschäftigt, handballbegeistert, Vegetarier auf dem Weg zum Veganer, Trompetenspieler und Feigling, wie er sagte.

„Wieso Feigling?"

„Statt Ingenieur zu sein, wäre ich lieber bildender Künstler. Ich traue mich aber noch nicht, alles auf eine Karte zu setzen. Feige, sicherheitsfanatisch, halbherzig – nenn es, wie du willst."

„Ein Künstler ist ein Künstler, egal was er macht. Benn war Arzt, Kafka sein Leben lang bei einer Unfallversicherung. Woran arbeitest du gerade?"

„Ich fotografiere städtische Situationen, große Gebäude an Ausfallstraßen, blase sie auf und ziehe sämtliche geraden Linien mit Tipp-Ex nach."

„Verfremdung?"

„Jein. Das wirkt, als sehe man zum ersten Mal das geheime Gestänge, das die Welt zusammenhält."

In Fex' Wohnung angekommen, nahmen sie einen Schluck Bier, fielen aber bald todmüde und überwach ins Bett. Fex ließ Boxershorts und T-Shirt an, sicher ist sicher. Louis schien mehr mit sich im Reinen. Er zog sich nackt aus, bevor er gemächlich zwischen die Laken glitt. Fex schaffte es nicht, nicht hinzuschauen. Der mochte nicht nur Handball, er spielte es offensichtlich auch, stellte er fest. Ein keuscher Gutenachtkuss mit allerlei Vorgeschmack. Würden sie jetzt miteinander vögeln, es wäre nicht der Rede wert. Aber der Umstand, dass sie nebeneinanderlagen und sich nur leicht am Rücken berührten, ließ ihn vor Intimität vibrieren.

Am nächsten Morgen musste Louis früh in sein Ingenieurbüro.

„Das war eine sehr romantische Nacht", sagte Fex.

„Das fand ich auch. Und ich hätte nichts dagegen, sie zu wiederholen. Mit oder ohne … Romantik."

„Einverstanden." Fex holte einmal tief Luft. „Zwei Dinge noch. Erstens: Ich hätte nie gedacht, dass ich es aushalte, tatenlos eine ganze Nacht neben einem so hübschen Igel zu verbringen. Zweitens: Ich bin positiv."

Louis, der schon im Gehen begriffen war, setzte sich noch einmal zu ihm ans Bett: „Erstens: Es gibt Kondome. Und zweitens: Es gibt Kondome."

Als Fex später ins Bad ging, fand er eine Telefonnummer auf der Toilettenpapierrolle. Eine Zahl pro Blatt. Er riss die acht Blätter ab, betrachtete sie unschlüssig, überlegte lange, schmiss sie schließlich in die Kloschüssel und zog ab.

Hahn musste nachdenken. Viel zu erledigen. Seine Entscheidung so folgenreich, dass er nicht wie an einem beliebigen Mittwochmorgen im Bademantel am Küchentisch sitzen und Kaffee aus einem Becher mit Senderlogo trinken konnte. Also aß er im Stehen einen Toast und fuhr in den Osten an die Spree. Nachdenken, das hat er inzwischen gelernt, geht am Wasser einfacher.

Die Insel der Jugend war eine Idylle, die man vom Treptower Park aus über eine eiserne Bogenbrücke erreichte. Ein Torhaus, ein Jugendclub, sonst unfrisiertes Grün. Ein Pärchen knutschte weltvergessen auf einer Bank herum, drei, vier Einzelgänger hatten sich jeweils ein Plätzchen am Wasser gesucht, eine alte Frau mit Krücke versuchte ihren Spitz zu überreden, sein Häufchen zu machen. Ansonsten lag morgendliche Unbeflecktheit über der Szenerie.

Hahn setzte sich ins Gras und starrte so lange in die Reflexionen der Spree, bis er außer Gleißen nichts mehr sah. Dann schärfte er den Blick und verfolgte die Tour des nur halb besetzten Ausflugsboots „Zille" in Richtung Müggelsee. Ein paar bescheidene Motorboote tuckerten vorbei, zwei Kajakjungs lieferten sich ein Rennen. Der Lässigkeit des Inselfleckchens, der Geruch von Schiffsdiesel, das alte Kirchlein am Ufer gegenüber – Hahn saugte den Frieden dieses Bildes bis ans Herz. Er ließ sich auf den Rücken fallen und schloss die Augen.

Es war entschieden. Er hatte entschieden. Eine einzige Entscheidung, und all seine Angst war vorbei.

Nie hätte er sich vorstellen können, dass Fleisch, Geist und das, was man wohl Seele nennt, so im Gleichklang sein könnten. Es war kein schöner Frieden, er war erbarmungslos schön.

Die Christen mögen ruhig glauben, das Leiden sei der eigentliche Zweck des Daseins. Er war da anderer Ansicht. Ihm hatten stets die Amerikaner imponiert, die „the pursuit of happiness" in ihre Verfassung schrieben. Das Recht eines jeden, nach Glück zu streben, nahm auch er für sich in Anspruch, selbst wenn das Glück in seinem Fall ein mehr als bitteres Aroma verströmte. Aber wer sagte denn, dass Glück immer süß schmecken musste? Den guten Tod gab es nicht, das hatte er beim Besuch der Aids-Station erfahren. Aber er war fest entschlossen, das Leid zu begrenzen, sein Leben kultiviert zu beenden.

So viel zur Lyrik, nun die Prosa.

Für jeden Furz von Kinderpsychologie bis Geriatrie gab es Fachleute – warum war man ausgerechnet beim Wichtigsten, beim Sterbenlernen, gezwungen zu stümpern? Helfen könnte ein Pharmakologe oder Mediziner, aber ob Richardy ihm das erforderliche Mittel besorgen würde, war zweifelhaft. Davon abgesehen würde er sich strafbar machen. Hahn benötigte eine Substanz, die einen sedierte und langsam, aber sicher sämtliche vitalen Funktionen zum Erliegen brachte. Ein Apotheker wäre ideal, aber er kannte keinen. Und auf die Schnelle einen zu finden, so viel Vertrauen und Mitgefühl aufzubauen, dass er half, war unwahrscheinlich.

Er richtete sich auf, zupfte ein paar Halme von der Wiese, zerpflückte sie in winzige Stücke und blies sie von seiner Handfläche in die Luft.

Natürlich gab es die Klassiker: aufhängen, erschießen, sich vor den Zug werfen oder von einem Hochhaus springen. Beim Strick hatte er Angst, im entscheidenden Moment die Technik nicht zu meistern, hilflos in der Luft zu baumeln, qualvoll zu ersticken. Für die Kugel fehlte ihm der Revolver. Und sich auf die Schienen zu legen würde er keinem Zugführer antun. Gleiches galt für den Sturz vom Hochhaus, ein Lebenstrauma für Hausbewohner wie Passanten. Warum war das alles so brutal? Warum musste das Ende auf Teufel komm raus mit Blut und grotesker Brutalität bezahlt werden?

Dann kam ihm eine Idee. Er sprang auf und ging vor bis zur Spree. Mit einem dünnen Ast schlug er aufs Wasser, während sein Hirn auf Hochtouren arbeitete. Vor nicht mal einem Jahr hatte er sich für den Sender mit der aktuellen Drogenstatistik auseinandergesetzt. Seine Gewährsfrau war eine Sozialarbeiterin gewesen, seit fünfzehn Jahren heroinabhängig. Vom Recht auf Rausch hatte sie gesprochen und davon, dass man bei einigermaßen geordnetem Konsum sehr wohl normal funktionieren könne, sogar im Arbeitsleben. Man sehe es ja an ihr selbst. Voraussetzung sei eine gute und sichere Quelle für den Stoff. Die Frau hatte ihn in die Szene eingeführt und mit zu ihren Dealern genommen. So hatte er eine ihm ganz unbekannte Welt kennengelernt, Elektromonteure, Gärtner, Lehrer, sogar ein Banker, die ganz normal arbeiteten und gleichzeitig an der Nadel hingen. Natürlich war auch vom einen oder anderen goldenen Schuss die Rede gewesen, planvoll oder unbeabsichtigt. Eine Überdosis war, soviel er wusste, schmerzlos. In der Staatsbibliothek ließ sich alles recherchieren.

Wie es wohl sein würde? Für einen Moment sah er sich mit irgendwelchen Substanzen in der Hand auf dem Bett liegen, ein letztes Mal sein Zimmer betrachtend. Wird er es sich anders überlegen, lieber nach Rom reisen oder auf eine exotische Insel? Falls er dann noch reisen konnte. Überhaupt würde die Kunst darin bestehen, den richtigen Zeitpunkt nicht zu verpassen. Schmerzen konnte er aushalten, solange sich noch etwas in seiner Existenz fand, das die Beschwerden aufwog. Würde er tapfer sein, unschlüssig oder doch noch versuchen, mit dem Schicksal einen Handel abzuschließen? Nein, konsequent musste er sein und mutig. Und er musste in diese Rechnung eine große Unbekannte aufnehmen: Möglicherweise erwies er sich als Durchschnittsfeigling, der bis zum letzten Atemzug am Leben klebte – wer weiß das schon von sich? Aber er wollte die Wahl haben, wollte nicht um Erlösung betteln müssen.

Wenn er so die letzte Stunde heraufbeschwor, die letzte Musik, das letzte Wort, wurde sein Entschluss elastischer. Den letzten Akt spielte man nur einmal. Keine Probe, keine Wiederholung.

Aber das war noch nicht alles. Was war mit Isa?

Er reckte und streckte sich in alle Richtungen, als könnte er damit alle Probleme aus der Welt wischen. Am anderen Ufer entdeckte er einen altmodischen Ruderbootverleih – blaue und rote Bötchen schaukelten im Wasser. Hahn war sofort entschlossen: Er mietete das erstbeste Boot, und ab ging es.

Es tat gut, sich mit voller Kraft von der Anlegestelle fortzumanövrieren, es in der Hand zu haben, wie schnell die „Ingeborg" sich vorwärtsbewegte und wie weit hinaus auf die Spree. Alle Muskeln angespannt, legte er sich in die Riemen. Brav folgte das Boot seinem Willen, schnurrte geradezu unter ihm.

Irgendwann, nass geschwitzt bis in den Slip hinein, außer Puste, aber auf eine erschöpfte Art zufrieden, zog er die Ruder ein und überließ sich der temperamentlosen Spree. Ganz still verharrte er auf der harten Holzbank, mit dem Boot im Ungefähren, aber angekommen bei sich.

Isa also.

Das ging nicht, einen Selbstmord kündigte man nicht an. Damit belästigte man niemanden, lud keine Zentnerlast auf andere Schultern als die eigenen. Wie sollte sie über Monate hinweg mit der Angst leben, jetzt gerade, morgen oder nächste Woche tötete sich der Mann, den sie liebte? Einen Suizid beging man diskret. Oh, Isa würde ihn verfluchen, sich verbittert fragen, ob sie es nicht wert war, ins Vertrauen gezogen zu werden. Aber tief innen wäre sie dankbar, nicht Worte gefunden haben zu müssen, keine letzten Sätze und Gesten.

Oder war es ganz anders, suchte er nur wieder den leichteren Weg? Vielleicht wäre es besser gewesen, dem ersten Impuls zu trauen und sich unter einem Vorwand von Isa zu trennen. Ein harter Schlag für sie, doch er hätte ihr damit sehr viel größeren Kummer erspart.

Aber.

Warum schaffte er es nicht, ihr zu vertrauen? Wie oft sollte sie ihm noch versichern: Ich bin für dich da? Weihte er sie aber ein, gab es kein Entkommen. Was er ihr damit abverlangte, konnte nicht mehr zurückgenommen werden.

Und er selbst? Was wünschte er sich? Die Antwort war simpel: Er wäre froh, nein: erleichtert, nein: glücklich, wenn er die wichtigste Entscheidung seines Lebens mit jemandem teilen könnte. Eine Befreiung. Bis vor Kurzem hätte er keine Sekunde gezögert, bei wem Rat zu suchen war. Sein ganzes erwachsenes Leben lang war es Fex, dem er sich anvertraut hatte. Doch der Mann, dem er das Elend vielleicht zu verdanken hatte, dürfte nicht der beste Verbündete sein. Fex würde auseinanderbrechen.

Nachmittags rief er bei Isa an, vergeblich. Er probierte es im Theater, wo er sie nach langer Wartezeit auch erreichte.

„Magst du heute bei mir schlafen?"

Seine Harmlosigkeit klang so falsch, dass bei ihr sämtliche Alarmglocken schrillten. Normalerweise war sie es, die unter Beachtung aller Regeln diplomatischer Beziehungskunst eine solche Frage stellte. Weniger explizit, versteht sich.

„Was ist los?", fragte sie mit heiserer Stimme.

„Nichts, ich möchte nur mit dir reden."

„Ist was passiert?"

„Nein, kein Grund zur Sorge, ich bin fit und munter. Wann willst du kommen?"

„Wir arbeiten ziemlich konzentriert, es könnte spät werden. Ist das okay?"

„Bestens."

Gegen elf tauchte Isa endlich auf. Wächsern sah sie aus, bläuliche Schatten unter den Augen. Wie oft an langen Arbeitstagen hatte sie ihr Haar mit einem bunten Tuch umwickelt, als wollte sie signalisieren: Ich bin nicht wichtig, es geht nur um die Kunst. Hahn fand immer, dass sie damit hinreißend französisch aussah, eine junge Deneuve oder Moreau.

„Alles gut auf der Probe?", wollte er wissen. „Was macht ihr überhaupt gerade?"

Sie mochte nicht über ihre Arbeit reden, nur erfahren, was es so dringend zu besprechen gab, aber wenn man ihn nicht langsam kommen ließ, verschloss er sich gleich wie eine Muschel. Erfahrungswerte. Also erzählte sie von dem „etwas vergorenen" Genet-Stück, dessen Personal sie vielleicht in die hässlichsten dunklen Klamotten der Sechziger stopfen werde.

„Aber du willst mit mir doch nicht über Genet reden."

„Ein Glas Wein?"

„Nein."

Als Hahn merkte, dass er die Aussprache nicht weiter aufschieben konnte, begann er durchs Zimmer zu tigern. „Ich habe …", setzte er an, brach aber gleich wieder ab.

Isa war auf alles gefasst. Ihm den Rücken zugewandt, saß sie am Tisch und betrachtete ihre Hände.

„Ich war gestern im Krankenhaus auf der Aids-Station", nahm er Anlauf.

Ungläubig löste Isa sich aus ihrer Starre und drehte sich um: „Was? Warum tust du dir das an?"

„Es ging nicht anders. Ich musste einfach einschätzen können, was mich erwartet."

„Und?"

Hahn blieb am Fenster stehen und schaute in die Dunkelheit hinaus. „Das Schlimmste, was ich je gesehen habe. Dabei habe ich mir die Intensivstation noch erspart. Die normalen Krankenzimmer reichen vollkommen. „Höllenqualen" hat der Stationsarzt es genannt, und das trifft es genau."

„Oh Hahn", seufzte Isa. „Auf eine verquere Art verstehe ich dich ja, aber war es das wert?"

Noch könnte er die Notbremse ziehen, die letzte Chance, Isa noch eine Weile Seelenfrieden zu gönnen. Den seinen würde er dabei allerdings verlieren. Bedächtig nahm er sein Tigern durch das Zimmer wieder auf. Schließlich fasste er sich ein Herz und haspelte: „Ich will das nicht. Ich werde mir dieses langsame, grausame Krepieren ersparen."

Isa hob die Augenbrauen. Sie verstand nicht. „Wie das?"

Jetzt war es Hahn, der überrascht den Kopf wandte. Er blickte sie an, sie ihn, und dann sah er, wie die Bedeutung seiner Worte millimeterweise in ihr Bewusstsein sickerte.

„Nein", rief sie und schlug die Hände vors Gesicht. Hahn registrierte, wie ihre Schultern zuckten, widerstand aber dem Impuls, sie in den Arm zu nehmen. Zu groß die Gefahr, in letzter Sekunde einzuknicken. Er wollte ihr Zeit lassen, hielt ihr entsetztes Schweigen aber nicht lange aus.

„Was für einen Sinn soll das haben?", versuchte er zu erklären. „Warum soll ich durch diese grausamen Schmerzen gehen, mich Stück für Stück auflösen, um am Ende doch elend vor die Hunde zu gehen?"

„Du darfst das nicht." Isa hatte die Hände vom Gesicht genommen und ließ sie hart auf die Tischplatte fallen.

„Was darf ich nicht?"

„Wir reden doch über …" Ein Fünkchen Hoffnung, sie könnte ihn missverstanden haben, leuchtete in ihren Augen auf.

„Ich rede über Selbstmord", sagte er mit rauer Stimme. „Über Suizid."

„Hör auf!" Isa hielt sich die Ohren zu. „Ich will das nicht wissen."

„Entschuldige", murmelte er und setzte sich zu ihr. „Aber wenn du diese gepeinigten Menschen im Krankenhaus gesehen hättest, würdest du anders denken."

„Bestimmt nicht. Das Leben ist doch nicht etwas, das man konsumiert und bei Nichtgefallen in die Tonne tritt. Schließlich haben wir uns nicht selbst auf die Welt gebracht."

„Nein, da waren ein Samenfädchen und ein Ei. Biologie, kein Gott und keine Schicksalsmacht weit und breit."

„Bist du dir da so sicher? Du, Ludolf Hahn, bist mit den Absichten der Schöpfung bestens vertraut, ja?" Isa wurde langsam wütend. „Wer von uns weiß denn, woher wir kommen und wohin wir gehen?"

„Du redest von einem möglichen Leben nach dem Tod? Das ist doch nur Stochern im kosmischen Kohlenkeller. Die Mystiker und Pfaffen wissen ja selbst nichts, sonst müssten sie uns nicht so schön unkonkret das Blaue vom Himmel herunterbeten." Und war Jesus nicht letztendlich auch ein Selbstmörder, wollte er noch hinzufügen, biss sich aber auf die Zunge.

Isa sah mit einem Mal unendlich müde aus.

„Wahrscheinlich lässt sich darüber gar nicht streiten, es geht um Glauben und Wünschen und darum, uns die Angst vor dem Nichts ein wenig bunt zu pinseln", versuchte er die Wellen zu beruhigen. „Du weißt, dass ich nicht an Gott glaube, und ich dachte bisher, du auch nicht."

„Nicht an einen Gott, aber vielleicht an so etwas wie einen Sinn der Existenz."

„Im Grunde kommen wir doch ziemlich unbeschriftet zur Welt. Und dann tun wir ein ganzes Leben nichts anderes, als ein Buch zu füllen, mal mit sicherer Hand und mal gekrakelt. Ich bin fest davon überzeugt, alles Recht der Welt zu haben, unter meine letzte Zeile das Wort ENDE selbst schreiben zu dürfen."

Während er versuchte, sich zu erklären, nahm er an Isa zum ersten Mal den Beginn eines Prozesses wahr, dessen Ende er nicht mehr erleben würde. Zwischen ihren Augenbrauen stand eine noch kaum sichtbare, sich langsam aber eingrabende Skepsisfalte. Die sonst so vollen Lippen waren vor Missbilligung schmal geworden und zeigten die Form eines umgekehrten U. Wegen ihrer Schönheit hatte er bei ihr nie an ein mittleres oder gar spätes Alter gedacht. Nun bekam er eine Ahnung davon, wie sie als Frau mit vielleicht fünfzig aussehen würde, schön sicher immer noch, aber wie jemand, der lange nicht mehr gut geschlafen hatte. Eine Welle von Zärtlichkeit, Wehmut und Verlust erfasste ihn. Noch einmal mit ihr bei null beginnen, alle Türen öffnen und sie eintreten lassen, auch in die dunkleren Gemächer, die lange verschlossenen Kammern mit ihren Angstgespenstern und Zweifeltrollen, ihren Geheimverstecken, die ihm Schutz gewährten, aber auch den Dämonen, die dort ungestört ihr Unwesen trieben.

„Ich habe schreckliche Angst, diese Schmerzen nicht aushalten zu können und wie ein Jammerlappen um Gnade zu winseln", beichtete er leise. „Das Einzige, was mich aufrecht hält, ist diese letzte Freiheit, ein Rest von Würde in dieser verdammt würdelosen Verrottung, die ich im Hospital gesehen habe."

Isa schaute ihn aus geröteten Augen an. Sie nickte ein kleines Puppennicken, blieb aber stumm.

„Ich habe tausendmal hin und her überlegt, ob ich dich einweihen soll oder nicht, ob ich dir das zumuten kann. Es tut mir leid, es war eine dumme Entscheidung, die ich da gefällt habe."

„Nein, nein", antwortete Isa schnell. „War es nicht." Wie ein Lufthauch berührte ihre Hand die seine. „Nein, ich bin … froh darüber. Mehr Vertrauen kann man einem Menschen nicht entgegenbringen. Ich würde dich auch gerne unterstützen, aber ich kann es nicht."

„Wie kommt es nur, dass jeder seinen todkranken Hund, seine Katze einschläfern lässt, um der Kreatur unnötige Qualen zu ersparen? Bei den Tieren kennt man Gnade, bei Menschen nicht."

„Mit der Gnade ist das so eine Sache. In diesem Land hat es schon einmal Euthanasie gegeben, und wir wissen alle, auf welchem Menschenbild das beruhte."

„Typisch." Hahn sprang hoch und nahm seine Wanderschaft wieder auf. „In der öffentlichen Diskussion läuft das immer so: Sobald von Sterbehilfe die Rede ist, fährt die eine Hälfte die Nazis auf, die andere ihren jeweiligen Gott, alles gerät sofort unter die Fuchtel von Religion, Moralphilosophie, Ethik, sogar der Ökonomie." Hahn war in Gefahr, sich in einen Furor zu steigern, konnte sich aber gerade noch bremsen. „Ich meine, sollte man die Sache nicht zuerst aus der Perspektive der Betroffenen sehen?"

„Kann ich jetzt doch einen Wein haben?"

Hahn musste lachen. Ein melancholisches Lachen mit einem Spritzer Sarkasmus, aber ein Lachen.

„Weiß oder rot?"

„Rot."

Groß wählen musste er nicht, es gab nur eine Flasche Rotwein, einen mittelprächtigen Dornfelder. Er kramte einen Korkenzieher aus der Schublade. In einer Hand den Wein, in der anderen den Öffner, hielt er inne.

„Es gibt zwei Dinge, die mir bei diesen ganzen Abwehrreflexen zum Thema Sterbehilfe schon immer aufgestoßen sind. Zum einen stecken darin immer noch Rudimente dieser Hart-wie-Kruppstahl-Ideologie. Krank? Schmerzen? Da musst du durch, beiß die Zähne zusammen, du bist doch keine Memme! Außerdem scheint die Gesellschaft ein selbstbestimmtes Ende als eine Art Majestätsbeleidigung zu empfinden, darin liegt eine empörende Widerständigkeit, die nicht hingenommen werden kann."

Isa wiegte den Kopf. „Mit dem Kruppstahl hast du vielleicht recht", gestand sie zu. „Passt dazu, dass wir eine schlechte Schmerzmedizin haben, soweit ich weiß. Aber sonst?"

„Ich glaube, Machtsysteme sind irritiert, wenn es Menschen gibt, die gewisse Regeln für nicht länger existent erklären. Wer den Tod nicht geduckt hinnimmt, erlangt auf bedrohliche Weise Souveränität."

„Ein bisschen versponnen, findest du nicht?"

„Eher realistisch. Seit Wochen werde ich von Katastrophenmeldungen herumgeschleudert – Pardon, wir werden geschleudert. Die Angst, die ganzen Fantasien, was sein wird. Aber seit dem Besuch des Krankenhauses und meinem Entschluss, die Dinge selbst in die Hand zu nehmen, gehöre ich wieder mir selbst. Die Möglichkeit, meinem Leben ein Ende zu setzen, falls ich das will, macht mich frei."

Als hätte er den Wein in seinen Händen vergessen, schaute er nach unten, besann sich und begann, die Flasche zu öffnen.

„Wovon redest du?", protestierte Isa. „Du handelst aus nackter Not. Das ist nachvollziehbar, aber das ist das Gegenteil von Freiheit."

„Ist nicht alles, was wir im Leben tun, eine Reaktion auf etwas, was vorgefallen ist? Wenn es nach dir geht, würde es Selbstbestimmung, die Freiheit, sich so oder so zu entscheiden, niemals geben."

„Ach, Hahn", seufzte sie. „Ich wünschte, ich hätte so viel Zeit wie du gehabt, über diese Dinge nachzudenken. Ich kann es nicht besser ausdrücken, aber vielleicht entdecken wir erst im Sterben unsere Menschlichkeit."

Hahn ließ sich mit der Antwort Zeit. Er schenkte ihnen ein, sie tranken, ohne anzustoßen. „Da ist vielleicht etwas dran", gab er ohne große Überzeugung zu. „Ich kann dir nicht sagen, was man in den letzten Momenten entdeckt – falls man noch etwas entdecken kann. Die Realität ist nämlich verdammt prosaisch: Welche tief schürfenden Erkenntnisse willst du gewinnen, wenn du bis in die Haarspitzen mit Morphium vollgepumpt bist?"

„Willst du es nicht wenigstens versuchen? Du kannst es doch auf dich zukommen lassen, ja?", flehte sie. „Wer weiß, vielleicht änderst du deine Meinung im Lauf der Zeit?"

„Ich fürchte, letztlich sind selbst die Ärzte auf meiner Seite. Es spricht keiner darüber, aber ab einem bestimmten Punkt des Leidens geben sie alle dieses gewisse Quäntchen Morphium mehr, um den Todeskampf zu beenden. Es werden zwischen Ärzten und Angehörigen zwar nur Andeutungen gemacht, aber jeder versteht, worum es geht. Es ist ein Akt der Menschlichkeit, Gott sei Dank."

„Toll, wie du mir das verkaufst! Du moderierst deinen eigenen Tod", fuhr Isa hoch. Sie löste das Tuch um ihren Kopf und fuhr sich wild durchs Haar. „Und ich? Was mache ich? Komme ich eines Tages nach Hause, finde dich tot im Bett und freue mich, dass du deine Freiheit gefunden hast, wie du dich ausdrückst?"

„Es ist hart, ich habe mir das auch nicht gewünscht", versuchte er sie zu beruhigen. „Aber ich verspreche dir, ich werde nichts ohne dich tun. Was am Ende geschehen wird, kann ich auch nicht sagen. Mir ist nur wichtig, eine Wahl zu haben. Ob ich sie nutze, steht auf einem anderen Blatt."

Isa war weder beruhigt noch überzeugt, aber in ihrem Gesicht leuchtete ein Fünkchen Hoffnung auf. Sie erhob sich, setzte sich seufzend auf seinen Schoß und umarmte ihn fest. „Ich hätte mir nie träumen lassen, mal ein solches Gespräch führen zu müssen. Man denkt immer, wenn überhaupt, liegt das in weiter Ferne."

Er strich ihr zärtlich übers Gesicht. „Du bist sehr tapfer."

„Okay", rief sie und sprang auf. „Bevor wir zu heulen anfangen: Was machen wir jetzt? Wir können doch nicht einfach ins Bett gehen, ich würde kein Auge zumachen."

„Keine Ahnung. Luft schnappen vielleicht, der Abend ist schön."

„Dann lass uns auf die Yorckbrücken."

„Die verrosteten Dinger?"

„Ja, neuerdings schleichen Leute sich abends durch das verwilderte Gleisdreieck und setzen sich auf die Brücke."

„Und was machen sie da?"

„Die Beine baumeln lassen."

„Das ist vielleicht das Beste, was wir jetzt tun können", grinste Hahn. „Die Beine baumeln lassen."

Schon in der Tür fiel Hahn noch etwas Wichtiges ein: „Aber keine Silbe davon zu Fex. Das mit dem Kaposi kriege ich mit etwas Glück in den Griff. Das andere muss unter uns bleiben. Es würde ihn vollends aus der Kurve kegeln."

Manchmal schreckte Hahn schweißgebadet aus dem Tiefschlaf hoch. Er konnte sich nie erinnern, was ihn so geängstigt hatte, war sich auch nicht sicher, ob er es so genau wissen wollte. Dann lag er lange im Dämmer, beste Voraussetzungen für ein paar Runden Panik. Um diese zu vertreiben und ohne Isa davon zu erzählen, hatte er sich ein Fläschchen MediNait besorgt, ein Schlafmittel für Grippekranke zwar, aber das Medikament beförderte einen zuverlässig ins Nirwana.

Tagsüber sah alles anders aus: Vielleicht war es nur Verdrängung, aber bei vollem Bewusstsein nutzte sich selbst die Angst vor dem Tod ab. Langsam erreichte er den Punkt, an dem Schonung und Nichtstun an seinen Nerven zerrten. Er brauchte etwas, in das er sich mit voller Kraft hineinwerfen konnte.

Als Isa eines Abends auf seinem Schreibtisch mit ihren Farbtabellen und Stoffproben hantierte, kam ihm eine Idee: renovieren. Seine weißen Wände fand er schon seit Langem öde. Er rief Fex an und bat ihn, zu helfen. So schlug er zwei Fliegen mit einer Klappe: Er hatte eine Aufgabe, und es war ein erster Versuch, mit Fex das alte Vertraute wiederzufinden. Renovieren und reparieren.

Als Fex eines Mittags in alten Jeans und uraltem T-Shirt erschien, bemühten beide sich, bloß keine Verdruckstheit aufkommen zu lassen. Die Umarmung war beherzt locker, das „Na, Alter" rutschte leidlich von den Lippen. Neben einem Spezialpinsel für die Ecken hatte Fex zwei dicke Rollen Tesa-Krepp mitgebracht.

„Super Idee", grinste Hahn. „Davon habe ich auch ein paar gekauft. Das reicht, um den Reichstag gleich noch mal zu verschnüren."

Hahn hatte sich bei drei Wänden für ein lichtes Brombeer entschieden. An die vierte Wand sollte eine Tapete mit modischem Muster, das wie ein futuristischer U-Bahn-Plan wirkte. Fex musste sich auf die Zunge beißen. Er fand die Kombination nicht unbedingt zwingend. Und er war ein wenig verletzt: Normalerweise hätte Hahn sich mit ihm beraten.

Sie diskutierten ihre Vorgehensweise und waren erleichtert, sich auf dem sicheren Terrain des Heimwerkens bewegen zu können. Nur einmal fragte Fex beiläufig: „Alles in Ordnung mit deinem Oberschenkel?"

„Ja, die Stelle ist nur noch gelb statt blau. Mann, hat das wehgetan. Du könntest mit so einem Kick echt jemanden killen."

„Da gibt es andere Methoden", antwortete Fex und erwartete nicht, dass jemand lachte.

Hahn klappte einen Tapeziertisch auf und drückte Fex die Tapetenrolle in die Hand. Der brachte mit einem Messer das Papier auf die erforderliche Länge, kleisterte die Bahnen ein, klappte sie an beiden Enden ein und reichte sie Hahn, der auf der Leiter stand. Er half noch dabei, das untere Ende auf Kante zu bringen, machte dann die nächste Bahn fertig. Hahn hatte eine Nirvana-CD auf volle Lautstärke gestellt, und so kamen sie gut voran, ohne viel zu reden.

Als die halbe Wand geschafft war, rief Fex durch das Gitarrengeschrammel: „Hast du noch Puste, oder soll ich dich ablösen?"

Diese Frage wäre ihm früher nie in den Sinn gekommen. Der sportive Hahn außer Puste? So wie er sich selbst auf Krankheitszeichen hin untersuchte, nahm er in Momenten, in denen der sich unbeobachtet fühlte, auch Hahn ins Visier. Blass, etwas fahrig, ein paar Kilo weniger auf den Rippen. Und dass der Mann, der für Buttermilch hätte Reklame machen können, plötzlich dunkle Ringe unter den Augen hatte, war auch nicht zu übersehen.

Nachdem die Wand fertig war, legten sie eine Pause ein. Pingelig prüfte Hahn die Stoßkanten. Dann trat er zurück und betrachtete ihr Werk. „Gute Teamarbeit", lobte er.

„Hmm."

„Willst du ein Bier?"

„Nee, danke."

Früher hätten sie ein paar Bierchen gezischt, und der Rest wäre wie von selbst gelaufen.

„Rauchst du nicht mehr?", wunderte Hahn sich.

„Nur noch selten. Und du? Gesundheitsmäßig, meine ich."

Hahn öffnete den Mund und hätte fast Einzelheiten seiner Bestrahlung ausgeplaudert. Er kriegte gerade noch die Kurve: „Alles … in Butter so weit."

„Aber du würdest es sagen, wenn was ist?"

„Ja, klar." Hahn nahm ein Kantholz zur Hand und begann, die Wandfarbe im Plastikeimer umzurühren. „Und wie fühlst du dich so?"

„Zwischen Schwarz und Anthrazit."

„Lass dich nicht so hängen", sagte Hahn, ohne sich umzudrehen.

Bei den restlichen drei Wänden arbeitete zuerst Fex mit der Malerrolle, Hahn kümmerte sich um Ränder und Ecken. Dann tauschten sie. Als sie am frühen Abend fertig waren, taten ihnen Schultern und Arme weh.

„Sport können wir uns jedenfalls sparen", japste Hahn und schüttelte die Arme aus.

„Wir haben lange nicht mehr Volleyball gespielt. Wollen wir das mal wieder machen?", schlug Fex vor.

„Ja, wir telefonieren."

Noch nicht einmal Mittag, und Hahn saß schon wieder am heimischen Schreibtisch. Selbst als Teilzeithypochonder hätte er sich nicht träumen lassen, einen Arztbesuch und eine ambulante Behandlung im Krankenhaus so effektiv absolvieren zu können. Richardy hatte bei der Routineuntersuchung eine Pilzinfektion seiner Zunge und der gesamten Mundhöhle festgestellt, außerdem beginnenden Herpes am After.

Dafür war die immer noch reichlich abweisende Strahlenfachkraft im Krankenhaus zuversichtlich: Sein Kaposi-Sarkom hatte sich abgeschwächt, bisher war kein weiteres in Sicht. Zwei Schritt vor, einer zurück. Um den Schub Optimismus zu nutzen, beschäftigte er sich mit einer Handvoll Exposés. Er hatte sich vorgenommen, in ein, zwei Wochen wieder zur Arbeit zu gehen. Um gleich durchstarten zu können, wollte er auf der Redaktionskonferenz mit einem ganzen Bündel von Themen aufwarten.

Obwohl seine Wände in der Frische neuer Farben und Muster erstrahlten, war ihm langsam die Decke auf den Kopf gefallen. Wenn Isa sich für ihren Job fertig machte, spürte er Neid. Arbeit war wohl das, was ihn immer am meisten fasziniert hatte. Reporter – allein das Wort klang nach Abenteuer. Schon als Schuljunge hatten ihn Reporterfilme gefesselt. So cool die Jungs, die aufregenden

Geschichten hinterherrannten, Fährten verfolgten, gnadenlos harte Fragen stellten und dabei filterlose Kippen im Mundwinkel hatten. Das wollte auch er. Astronaut, Pilot, Rennfahrer, die Berufswünsche seiner Kameraden, interessierten ihn nicht. Kinderkram. Reporter, das hörte sich an wie Leben bis zum Abwinken. Und noch etwas reizte ihn: Diese Typen hatten immer die besten Frauen.

Wenn ihn die Trauer über sein unvollendetes Leben packte, versuchte er an die Arbeit zu denken, daran, wie unbeirrt er seinen Traum verfolgt hatte. Vom kleinen Karo der Bonner Vorstadt bis zum am härtesten umkämpften Radiomarkt Europas war es ein weiter Weg gewesen. Nie hatte er sich lebendiger gefühlt als mitten im Gewimmel bei einer Livereportage, Mikro vor dem Mund, Herz in der Hose und ein Gottvertrauen, im Eifer des Gefechts die richtigen Worte zu finden.

Fex war mal mit einem seiner üblichen Zitate angekommen, Seneca oder Salomo, er wusste es nicht mehr genau: Nichts Besseres ist, als dass ein Mensch fröhlich sei in seiner Arbeit, denn das ist sein Teil. „Geil, genauso ist es", hatte Hahn spontan gerufen. „Das ist sein Teil!" Vielleicht wäre aus ihm einer dieser siebzigjährigen Kultreporter geworden, je älter, desto besser. Doch sollte er morgen tot umfallen, könnte er trotzdem stolz sein: Er war fröhlich gewesen bei der Arbeit. Sein Leben war nicht vertröpfelt.

Er kam gut voran, zwei Serien für das Morgenprogramm des Senders hatte er schon zu Papier gebracht. Etwas Leichtes, die kleinsten Museen der Stadt, und etwas Schweres: Er wollte versuchen, die Gründe für die enorme Schuldenkrise Berlins, ihre Auswirkungen und möglichen Auswege so aufzubereiten, dass auch Mandy Krawuttke es verstand. Außerdem war ihm Bärbel Gegenbauer wieder in den Sinn gekommen, die Abgeordnete von „Bündnis 90/ Die Grünen", die er vor exakt einem Jahr interviewt hatte. Selbst Künstlerin, war sie gegen die Reichstagsverhüllung gewesen. Vielleicht keine schlechte Idee, zusammen mit ihr jetzt einmal Christos Kunstwerk aufzusuchen und zu fragen, ob sich durch den fulminanten Erfolg des Projekts ihre Meinung geändert hatte.

BÄRBEL GEGENBAUER

Beim Aufwachen weiß sie, dass sie in der fremden Wohnung keinen Schlaf mehr finden wird. Ihr Blick fällt auf eine kahle Wand. Sie kneift die Augen sofort wieder zusammen. Abwehrfähig wie eine Kugel liegt sie, öffnet unwillig die Augen erneut. Fahles Licht fällt auf einen Teil der weiß getünchten Schlafzimmerwände. In keiner ihrer Wohnungen hatte es je eine nackte Wand gegeben. Farbe war das Mindeste. Und Bilder natürlich. Eine Malerin mit kahlen Wänden hat sie sich bis vor ein paar Jahren gar nicht vorstellen können. Jetzt schon, man nennt es Konzept.

Obwohl sie sich vorgenommen hat, alle Gedanken strikt auf die Zukunft zu richten, sieht sie sich wieder als kleines Mädchen inmitten von Papier, Buntstiften und Wachsmalkreiden. Schon damals war ihr Talent nicht zu übersehen. Eine Vierjährige, die so etwas Kniffeliges wie ein Pferd überzeugend hinbekam, war eine Seltenheit. „Die wird mal Malerin", sagten die Leute. „Das sieht man doch." Schon früh fiel ihr Sinn für Proportionen auf, ihr Händchen für Farben. Obwohl in sozialistischer Tristesse aufgewachsen, rochen in ihren Bildern die Straßen und Häuser immer ein wenig nach Italien. „Die Eskimos kennen vierunddreißig verschiedene Sorten Schnee", hatte sie Jahre später einmal erklärt. „Und uns standen mindestens fünfzig Arten von volkseigenem Grau zur Verfügung." In dieser Bemerkung lagen Spott, Bitterkeit und ein klein wenig Stolz dicht beieinander.

Malen ja, Kunst nein. Schon vor ihrem Schulabschluss hatte sie sich an der Uni beworben: Lehrerausbildung, Kunsterziehung für die Oberstufe, Klassen fünf bis zwölf. Nicht begabt genug für die Kunstakademie, hatte sie sich eingeredet. Ich habe keine Verbindungen, würde in Halle, Dresden oder Leipzig nie ein Plätzchen kriegen, von Berlin-Weißensee zu schweigen. Apropos Schweigen: Schon damals neigte sie dazu, alles mit sich selbst abzumachen. Hätte sie Eltern, Freunde, Mitschüler gefragt, ihren Kunstlehrer – jeder hätte ihr zugeredet: Du bist gut, Mädel, du schaffst das! Doch weil sie ihren Berufswunsch Lehrer so überzeugend verkündete, fanden alle, für ihr Alter sei sie ein Wunder an Zielstrebigkeit. Monate später, schwer enttäuscht von der Uni, hatte sie sich heimlich doch noch in Leipzig beworben, war aber prompt abgelehnt worden. Mal gut, dachte sie, dass ich meine albernen Kleinmädchenträume nicht ausposaunt habe.

Die schlechteste Kunstlehrerin wurde sie nicht. Ihr Unterricht war für die meisten Schüler eine willkommene Abwechslung. Die Frau Görschner, wie sie damals noch hieß, wurde gemocht („Heute strengen wir uns mal ganz dolle an, so ein richtig schlechtes Bild zu malen"), und es tat ihrer Beliebtheit auch keinen Abbruch, dass während ihrer Malstunde ein Schüler laut aus einem Abenteuerbuch vorlesen durfte. Dennoch war da immer ein Sehnen, ein Sehnen nach der Kunst. Es war noch jugendfrisch, selbst als sie schon auf die dreißig zuging.

Aufgehört zu malen hatte sie nie. Neben der Schule versuchte sie behutsam, um nicht wieder enttäuscht zu werden, auszustellen. Nicht leicht in dem durchgeplanten Land, aber es klappte. Sie galt zwar „nur" als Volkskunstschaffende, zeigte ihre Arbeiten in Betrieben, beim FDGB oder in einem der vielen Kulturhäuser, aber das Schöne war: Die Leute begannen nach ihr zu fragen. Ihr Mädchentraum, eine berühmte Künstlerin zu werden, hatte sich nicht erfüllt, doch sie sah mit nüchternem Optimismus in die Zukunft.

Ein unwillkürliches Zittern durchfährt ihren Körper. Bärbel seufzt, dreht sich auf den Rücken. Beine ausfahren, Kopf, Hals und Schultern in die entgegengesetzte Richtung schieben. So gestreckt, spürt sie einen dumpfen Schmerz im unteren Rücken. Läge hier die einzige Schadstelle ihres Körpers, wie freudig würde sie die Verspannung hinnehmen, einen Bandscheibenvorfall sogar, eine ruinierte Hüfte. Hände auf den Nabel gepresst, spannt sie ihre Bauchdecke an. Adrenalin müsste jetzt in ihren Körper schießen, doch heute nicht, nicht in dem fremden Schlafzimmer. Ihr Herz pocht zwar schneller, aber taumelnd. Bärbelherz ist aus dem Takt.

Eine Weile liegt sie still, die Finger verschränkt wie bei einer Aufbahrung. Dann fällt ihr ein, dass sie nicht einmal auf die Uhr geschaut hat. Sie wälzt sich auf die Seite, wo auf ihrem Rollkoffer der Wecker steht. Kurz vor sechs. Sie hätte sich zwingen sollen, noch eine Stunde zu dösen.

Ich stehe auf, entschließt sie sich, bewegt sich aber keinen Millimeter. Ein paar Minuten noch, dann wird sie sich erheben und dem Leben entgegentreten, ganz bestimmt. Nichts tun, abwarten, sich tot stellen, das hatte sich als Fallgrube erwiesen. Im tiefen Schacht hat sie gesteckt, geschützt von Schweigen. Weil sie dort unauffindbar war, konnte auch niemand sie verletzen. Erst Jahre später hat sie begriffen, auf diese Weise ihre Wurzeln gekappt zu haben. Jeder Versuch zu wachsen wurde erstickt. Inzwischen hat sie erste Schritte gemacht, Bärbelschritte, lachhaft vielleicht, aber auch kleine Schritte bringen voran. Den einen großen muss sie noch üben. Den zweiten, den unausweichlichen, der lässt sich nicht üben, da hat jeder nur einen Versuch.

Sie schlägt die Bettdecke zurück, rollt sich über die Seite ab, sitzt mit krummem Rücken da. Was ist das für ein Mensch, der in so einem Zimmer schläft? Weißer Kubus, das Bett in der Raummitte wie ein Altar oder Opferstein. Zur Rechten ein aus drei hohen Bücherstapeln bestehender Nachttisch, darauf eine kleine blaue Vase mit einer roten Gerbera, immerhin. Chromglänzende, fahrbare Kleiderstange, Hosen, Hemden, Pullover auf Bügeln, fast alles in Weiß. Asket oder Faulpelz, einer, der sich aus Bequemlichkeit jede Wahlmöglichkeit versagt? Ein Mensch ohne Geheimnisse auf jeden Fall. Oder ist diese Diskretion schon das Geheimnis? Aber was schert sie eigentlich diese Wohnung?

Die Hände auf die Knie gestützt, wuchtet sie sich hoch und steht einen Moment unentschlossen. Sie traut sich nicht, wie zu Hause nackt durch die Wohnung zu laufen. Vor den abweisenden Wänden ist ihr das peinlich. Im Koffer kramt sie nach einem Morgenmantelersatz. Der lange Sommerpullover, Po und Schenkel günstig bedeckend, ist perfekt. Auf Zehenspitzen huscht sie in die Küche. Nur, dass es keine Küche gibt. Der Rest der Wohnung ein einziger Raum, die hohen Wände dieses Mal nicht weiß, sondern nackt. Keine Farben, keine Tapeten, nur Überbleibsel, Erinnerungsfetzen aus getrocknetem Kleister, aufgeklopften, neu gezogenen und wieder unter Putz gelegten elektrischen Leitungen, diversen Farbresten und einer halben Zeitungsseite von 1923. Vier industrielle Metallspinde eng nebeneinander, ein offensichtlich selbst gezimmerter Holztisch für mindestens zehn, eine bescheidene Küchenzeile. Ansonsten Leere.

Sie hätte schwören können, dies sei die Wohnung eines Kaffeesüchtigen, Espresso, schwarz und viel, aber nicht die Bohne. Stattdessen Tee jedweder Provenienz. Außerdem Obst, Algen, Gomasio, Haferflocken. Dann eben Tee, Original Ceylon. Sie setzt Wasser auf, will sich auf einem der Stühle niederlassen, kann sich aber gerade noch fangen. Diesen Fehler hatte sie gestern Abend schon begangen. Sämtliche Stühle wackeln gefährlich, drohen aus dem Leim zu gehen. Und wieder überlegt sie, was das für ein Mensch ist, der einen Tisch hat für zehn, Stühle für sechs und nur einen einzigen Hocker, der solide ist und seinen Namen verdient. Davon abgesehen ist auch der Tisch, mit Papier, Büchern und Illustrierten bedeckt, wegen Überfüllung nicht zu gebrauchen. Immerhin liegt ein Hauch von Thymian in der Luft. Der Junge kocht. Es tut ihr gut, diesem jungen Mann nachzuspüren. Alles, was Bärbel nicht über Bärbel nachdenken lässt, ist willkommen.

Für einen Tag ist sie Gast in der Wohnung von Jan, dem Sohn ihrer Erfurter Büroleiterin. „Für die eine Nacht musst du doch nicht ins Hotel", hatte die gesagt. „Er fährt auf ein Seminar nach San Sebastián. Ist gar kein Problem bei Jan. Von mir hat er das bestimmt nicht", hatte sie noch lachend hinzugefügt, „aber er ist der höflichste und hilfsbereiteste Mensch, der mir je begegnet ist."

Sie hatte recht. Bärbels Zug war am Bonner Bahnhof schon verspätet eingetroffen. Von einem Münzfernsprecher aus hatte sie in Berlin angerufen, besorgt, ob das mit der Schlüsselübergabe noch klappen würde. „Sie machen sich bitte gar keine Gedanken, liebe Frau Gegenbauer", hatte Jan mit einer Stimme wie Marzipan gesagt. „Ich werde mit dem Auto abgeholt. Wir haben großzügig geplant, ich kann also problemlos auf Sie warten."

Gegen alle Erfahrung holte die Bahn den größten Teil ihrer Verspätung wieder auf, und sie stand gestern Abend fast pünktlich vor seiner Tür. Sie musste zweimal klingeln. Offenkundig hatte er noch nicht mit ihr gerechnet. Triefend und nur notdürftig mit einem Handtuch bedeckt, stand er kurz darauf im Türrahmen: „Haben Sie lange warten müssen? Ich war unter der Dusche, ich bitte um Entschuldigung."

Grund zur Entschuldigung sah Bärbel nicht. Aus Jan, der beim letzten Mal noch Akne und Affenarme gehabt hatte, war ein Beau geworden. Er besaß einen dieser modernen Wellenreiterkörper, dazu passende halblange Strähnchenhaare. Eine Sekunde lang wusste sie nicht, wohin schauen, oder besser: Sie wusste es schon, wollte ihn aber nicht in Verlegenheit bringen. Sich auch nicht. Um irgendwas zu tun, streckte sie die Hand aus und entschuldigte sich zu ausführlich. Der junge Mann schnappte sich ihren Koffer und ging voraus, um ihr die Wohnung zu zeigen. In Ruhe konnte sie seinen Rücken mustern, eine Landschaft aus Muskulatur und sonnenverbrannter Haut. Obwohl er aussah wie ein lupenreines Westgewächs, imponierte ihr seine Art, sich vollkommen frei zu bewegen. Die musste von seiner Ostsozialisation her stammen. Was immer man Negatives über die DDR sagen konnte, in puncto Körperlichkeit war sie erfrischend gewesen. Jan wies mit einem Fingerzeig Richtung Schlafzimmer, schlenderte dann zurück ins Bad. Noch im Gehen löste er das Handtuch von den Hüften und zeigte seine schneeweiße Rückseite. Jetzt erst begriff sie, Bärbel, die Träumerin: Die Unbefangenheit des jungen Mannes rührte schlicht daher, dass es keinen Anlass zur Scheu gab. Jan hatte nur eine Alte gesehen, ein sexloses Neutrum. Als Frau war sie für ihn aus Glas.

Das Wasser kocht. Sie füllt ein altmodisches Teeei und hängt es in eine Tasse. Vorsichtig, damit nichts überschwappt, trippelt sie ins Bad. Schon keine Überraschung mehr, dass auf weißer Ablage vor weißer Wand ein Stück weißer Seife liegt. Dazu Zahnpasta, Zahnbürste und Rasierapparat. Nicht mal einen Kamm hat der Junge. Dafür einen Spiegel vom Boden bis zur Decke.

Zuerst traut sie sich kaum hineinzuschauen. Sie beschränkt sich auf ihr Gesicht. Vorsichtig tastet sie es mit Blicken ab. Die Züge verschwommen, als habe ein kurzsichtiger Betrachter die Brille vergessen und müsse sie nur aufsetzen, um die Konturen in ihrer natürlichen Festigkeit wahrzunehmen. Eine Alte kann sie nicht erkennen, eher ein spätes Mädchen. Die lustigen Ringellöckchen, die so gut zu ihrem herzförmigen Gesicht passen, hat sie all die Jahre beibehalten, seit einigen Jahren allerdings kupferrot gefärbt. Ihre blauen Puppenaugen sind ein Pfund, sie können in gewissen Momenten immer noch Funken schlagen. Rundherum ein Netz aus Falten, Lachfalten und jene, die sich durch hochgezogene Augenbrauen eingegraben haben. Zwei misstrauische Kerben zwischen den Augenbrauen. Ihre Nase ist noch niedlich, darunter ein blasser Mund, bei dem die Unterlippe immer schmaler wird. Am meisten verabscheut sie die Fettansätze am Kinn, ihre „Lefzen", die ihrem Gesicht etwas unangenehm Missbilligendes geben.

Sie stellt die Tasse ab, steckt beide Zeigefinger hinter die Ohren und zieht die Haut nach oben. Zehn Jahre frischer. Ein Chirurgenmesser kommt nicht infrage, aber verführerisch ist der Gedanke. Wo sie schon dabei ist, streift sie mit einer harschen Bewegung den Pullover über den Kopf, tritt einen Schritt zurück und nimmt ihre Figur ins Visier. Die vielen hageren Mädchen da draußen wissen es noch nicht, werden es aber leidvoll erfahren: Im Alter halten die Molligen sich besser. Statt herausstehender Knochen unter mürber

Haut sind Frauen wie Bärbel appetitlich aufgepolstert. Gut, ihre großen Brüste hängen, der Po auch, aber sie hat sich etwas bewahrt, was Männer anerkennend als „proper" bezeichnen. Sie dreht und wendet sich, schiebt zuerst die Pobacken nach oben, dann ihre Brüste. Fehler. Großer Fehler.

Ein trockenes Schluchzen. Sie muss sich abstützen, um das Gleichgewicht nicht zu verlieren. Die zitternde Unruhe der letzten Tage, da ist sie wieder.

Nachdem sie geduscht hat, schlüpft sie eilig in Leinenhose und Sommerbluse. Erst jetzt fällt ihr der Tee wieder ein, längst kalt und bitter. Sie geht zur Küchenzeile zurück und setzt frisches Wasser auf. Wie verbraucht die Luft hier drinnen ist. Nachdem sie beide Doppelfenster geöffnet hat, suppt schwüle Wärme herein. Der Tag feucht und grau wie ein alter Wischlappen, doch hinter dem Dunst lauert Gluthitze. Kurz mustert sie die andere Straßenseite. Abblätternder Osten, ein Foto von gestern. Doch was zählt, ist die Zukunft, falls es eine Zukunft gibt für sie.

Sie stellt sich aufrecht hin, Füße parallel, versucht, wie man es ihr empfohlen hat, tief ins Becken zu atmen. „Sollten Sie Angst verspüren, können Sie sich durch bewusstes Atmen helfen", hatte die Ärztin geraten. „Panik entsteht im Kopf." Bärbel ist willig, gibt aber schnell auf. Zu verspannt. Was ihr über die letzten zwölf Tage am besten geholfen hat, zwölf Tage und ein halber, um genau zu sein, war die gute alte Verdrängung. Wird alles gut, hat sie sich immer wieder eingeflüstert und Bilder heraufbeschworen, die sie ablenken sollten. Der Frankreichurlaub mit Uwe etwa, die Erfüllung ihres Jungmädchentraums, einmal die Lavendelblüte zu erleben. Uwe, der ihr Glück ist, Uwe, der Bote mit der schlechten Nachricht.

Mit fliegenden Fahnen war sie freitagabends nach Hause gefahren, ein Pfingstwochenende vor Augen, fast ein Urlaub. Mit dem Flugzeug nach Berlin, auf der Schiene weiter bis Erfurt. Weil die halbe Stadt in Billigfliegern Richtung Süden saß, waren ausnahmsweise keine Politveranstaltungen angesetzt worden. Keine Rede, keine Podiumsdiskussion, keine Interviews. Vier Abende nur Uwe. Am Telefon bedauerte er, in den Scala-Lichtspielen noch die Spätvorstellung fahren zu müssen. „Gar nicht schlimm", beruhigte sie ihn. „Du weißt doch, wie ich dein Vorführkabuff mag. Ich hol dich ab."

Bis zum Untergang des Landes hatte Uwe in der Türenproduktion gearbeitet, moderne Plastetüren, die sich wie eine Ziehharmonika zusammenschieben ließen. Mit ihrer aufgedruckten braunen Holzmaserung waren sie nicht nur hässlich, sie hatten auch einen penetranten Chemiegeruch verströmt, der ihn bis in seine Träume verfolgte. Sofort nach der Wende wurde sein Betrieb abgewickelt, ein Glücksfall. Die Grundangst der Westler, durchs soziale Netz zu fallen, kannte er noch nicht. Ganz naiv nahm er die ausgerufene „Freiheit" beim Wort und erfüllte sich einen alten Traum. Zusammen mit zwei Kumpels übernahm er ein Kino. Programm und Geldangelegenheiten überließ er den anderen, er wollte nur vorführen. Das hatte ihn schon als kleiner Junge fasziniert: ein schmaler Streifen Zelluloid und doch die Welt. Jetzt, da alles gezeigt werden durfte, mussten die Menschen doch Nachholbedarf haben.

Bärbel war beeindruckt, wie unerschrocken der behäbig wirkende Uwe die neue Zeit umarmte. Die Jungschen nahmen die neue Gesellschaftsordnung leichtfüßig, doch Ostmenschen jenseits der fünfzig, das erlebte sie häufig genug in ihrer Sprechstunde, taten sich damit schwerer. Ausgerechnet Uwe, dessen Solidität sie so schätzte, hatte der Zusammenbruch von Staat und Firma Appetit gemacht. Als äußeres Zeichen nahm er seinen Knebelbart ab und krempelte die Ärmel hoch. Die Scala-Lichtspiele mit ihrer Mischung aus Hollywoodkino, Klassikern und Liebhaberreihen kamen gut an. Reich würde er dabei nicht werden, aber das Materielle hatte ihn nie übermäßig interessiert, da war er ganz DDR. Der Erfolg des Kinos machte ihn wagemutig. In letzter Zeit redete er manchmal davon, mit einem selbst gebauten Kinomobil über die Dörfer zu tingeln. „Du bist ja komplett verrückt", war ihre erste Reaktion gewesen. Uwe hatte nur den Kopf gewiegt: „Da hast du vermutlich recht. Und weißt du was? Mit diesem komischen Westen werde ich wahrscheinlich nicht mehr warm, aber eines weiß ich zu schätzen: Wenigstens darf man da richtig verrückt sein!"

Bärbel brüht frischen Tee auf und lächelt in sich hinein. Fast ihr ganzes Erwachsenenleben lang war sie so daran gewöhnt, die Pechmarie zu sein, dass sie Uwes Annäherungsversuche anfangs nicht bemerkt, dann fast ärgerlich abgewehrt hatte. Dass in ihrem fortgeschrittenen Alter doch noch der Hauptfilm beginnen sollte, hielt sie für absurd.

Nicht mal eine Uhr hat dieser Jan. Entnervt holt sie ihren Wecker aus dem Schlafzimmer und stellt ihn in die Mitte des vollgemüllten Tisches auf einen Stapel Musikzeitschriften. Halb acht erst. Noch viereinhalb Stunden. Viereinhalb Stunden mindestens. Vor Mittag sei mit dem Ergebnis nicht zu rechnen, hatte es geheißen. Wann genau ist Mittag? Zwölf Uhr? Wenn es ums Essen geht, meint Mittag meistens dreizehn Uhr. Noch *fünfeinhalb* Stunden? Das übersteht sie nicht. Sie muss etwas tun. In Ermangelung eines Plans zieht sie erst mal das Bettzeug ab, faltet Laken und Bezüge, ist unzufrieden mit dem Ergebnis, zerpflückt den Stapel, faltet aufs Neue, so lange, bis der Stoff millimetergenau auf Kante liegt. Seufzend lässt sie sich auf die Matratze sinken und streicht sich sacht mit beiden Händen über die Stirn. Von innen nach außen. Immer von innen nach außen. Sie weiß nicht, warum, aber diese Geste, das hat sie in den letzten Tagen herausgefunden, tut ihr gut. Ob das Schicksal einem etwas mitteilen will, wie diese esoterischen Frauen glauben? Vielleicht ist es einfach nur bösartig, wie sonst ließe sich das abrupte Ende des schönen Abends erklären, als sie für das Pfingstwochenende nach Hause kam?

Wie abgemacht war sie vom Bahnhof gleich ins Kino gefahren und über die verrostete Außentreppe in den Vorführraum gestiegen. Ein nasskalter Spätfrühlingsabend, doch als sie Uwe am Projektor sah, brach in ihr der Sommer aus. Der nicht besonders große, aber kräftige Uwe hatte eine Art zu stehen, als könne ihn kein Sturm umhauen. „Guck mal, was ich uns mitgebracht habe", hatte sie über den Lärm des Projektors gerufen und einen Frischhaltebeutel aus ihrer Umhängetasche gezaubert: französischer Käse, Pasteten, Baguettebrötchen, Rotwein.

„Was läuft denn gerade?", wollte sie wissen.

„Horrorauslese, ein Zombiefilm! Unten im Saal der reinste Kindergarten."

Später bei ihr zu Hause – „Können wir bitte zu mir? Ich weiß gar nicht mehr, wie meine Wohnung riecht." – hatten sie noch jeder zwei Weinbrand getrunken. Bärbel war so erschöpft, dass sie ohne Zähneputzen ins Bett fiel. Uwe, der mit religiöser Inbrunst zwei Regeln befolgte, Liegestütze am Morgen und Zähneputzen nach jeder Mahlzeit, verschwand im Bad, während sie einduselte, zu faul, unter die Decke zu kriechen.

„Ist das alles nur für mich?", riss seine Stimme sie aus dem Schlummer. Beide Beine angezogen, lag sie auf der Seite und präsentierte ihm ihr Hinterteil. Dieser Ton war ihr vertraut. „Was hab ich nur für ein prachtvolles Weib!“, säuselte er, ließ sich neben sie fallen und gab ihr einen Schmatz auf den Po.

Nachdem sie sich vor sechs Jahren auf einer Vernissage begegnet waren, hatte sie über Monate hinweg jede Berührung außer Händeschütteln vermieden. Zu tief das Entsetzen über ihren Exmann. Auch nach zwanzig Jahren sexueller Abstinenz konnte sie sich Männerhände nur als Belästigung vorstellen. Außerdem hatte sie Speck angesetzt, eine „Watteau-Figur“, wie sie in guten Momenten sagte, „fette Kuh“ in schlechten. Doch Uwe mochte sie, wie sie war. Irgendwann hatte sie ihm das sogar abgenommen.

In dieser Nacht liebten sie sich, wie sie es bevorzugte: gemächlich und ziellos.

Hinterher musste Bärbel sich ein Grinsen verkneifen, als er sie unbeholfen tätschelte. Sie wusste, wie gerne er gleich nach dem Höhepunkt einschlief, doch weil Frauen immer ein paar Streicheleinheiten mehr brauchen, fühlte er sich bemüßigt, seine breiten, aber zarten Hände noch ein wenig rotieren zu lassen.

Dann hielt er abrupt inne: „Ich will dich nicht beunruhigen, aber ich glaube, da ist was Hartes in deiner linken Brust.“ Noch wochenlang würde sie jede Silbe, jede Betonung, besonders aber seine gezwungene Beiläufigkeit im Ohr haben.

Schon saß sie aufrecht. Millimeter für Millimeter tastete sie die Brust ab. In ihr war solche Sorge, dass die Fingerspitzen sich ganz taub anfühlten. Sie schüttelte die Hände aus, begann zitternd von Neuem. Brustkrebs – keine Frau auf der Welt, die dieses Wort nicht als Angriffskrieg versteht. Und wirklich: Da war eine Verhärtung an der Außenseite ihrer linken Brust. Uwe rutschte zur Seite, den Wunsch im Gesicht, überall zu sein, nur nicht hier. „Das muss nichts heißen“, beruhigte sie ihn. „Manchmal fühlen sie sich etwas fester an. Kann auch angeschwollenes Gewebe sein, wir Frauen kennen so was.“ Uwe nickte ungestüm. „Ich wollte sowieso zum Frauenarzt, mal sehen, was der meint“, hatte sie noch gesagt und ihm einen flüchtigen Gutenachtkuss gegeben.

Bärbel hat keinen Appetit, aber Hunger. Sie durchsucht sämtliche Schränke der Küchenabteilung, kann aber nicht eine Scheibe Brot finden, nur zickige Müslis und jede Menge Pasten und Pulver, deren Verwendung ihr schleierhaft ist. Der westliche Gesundheitswahn, das ewig schlechte Gewissen dem eigenen Körper gegenüber, macht sie immer noch baff. Ihr steht nicht der Sinn nach Vernunft, sie braucht Seelennahrung. Also schlüpft sie in ihre Sandalen, nimmt den Gästeschlüssel vom Haken und macht sich auf die Suche nach einer Kaufhalle, um Brötchen und Kaffee einzuholen.

In der Parallelstraße findet sie eine Bäckerei, die mit der „guten alten Ostschrippe" wirbt. Eigenartig, vor Kurzem noch ganz normale Schrippen, sind sie nun exotisch, ein Sonderfall. Sie bestellt ein Rosinenbrötchen mit Marmelade, eine Schrippe mit Salami und einen Kaffee zum Mitnehmen. Weil die Verkäuferin, ein blasses Mädchen mit Nasenring, die Brötchen gefährlich ungeschickt aufsäbelt, wendet sie sich ab und schaut nach draußen. Wie selbstverständlich die Menschen ihr Leben nehmen! Ein junger Mann in bekleckerten Malerhosen stapft vorbei, Missmut im Gesicht, Trotz im Gang. „Genieße dich", würde sie ihm am liebsten zurufen. „Du hast zwei Beine, kannst lachen, reden, trinken – du darfst leben, Junge, verstehst du, leben!"

Bis zu der bewussten Nacht war auch sie blind gewesen, undankbar. Sie weiß das. Es gelang ihr, den Knoten eine Weile zu verdrängen, nicht ohne Mühe, aber erfolgreich. Erst als turnusgemäß die Untersuchung beim Frauenarzt dran war, kehrte die Angst zurück. Der Gynäkologe hatte wie üblich ihren Unterleib untersucht, dann die Brüste abgetastet. Sie wagte kaum zu atmen: nichts. Er findet nichts. Entwarnung. Kein Grund zur Sorge. Als er sich schon die Hände wusch, brachte sie schließlich mit brüchiger Stimme hervor: „Da wäre noch was. Vor ein paar Wochen habe ich in der linken Brust etwas Hartes gespürt. Kann sich das in der Zwischenzeit aufgelöst haben?" Der Arzt hatte noch einmal gründlich getastet. Mit angehaltenem Atem beobachtete sie jede Regung seines Gesichts. Dann sah sie, wie seine Augenbrauen sich zu einer Linie zusammenzogen.

Um eine Gewebeprobe zu nehmen, wurde sie zum Punktieren überwiesen. „Punktion ist Glücksache", bekam sie von der Spezialistin zu hören. „Das muss man können." Offensichtlich war die Dame der Ansicht, sie gehöre zu den Könnern, aber sie stellte sich ungeschickt an, stocherte herum, stach mehrfach daneben. Bärbel wäre fast umgekippt. Endlich war die Probe genommen und konnte in die Pathologie geschickt werden. Pathologie – auch so ein Wort. „Zehn, zwölf Tage bis zum Ergebnis. Den genauen Termin gibt Ihnen meine Sprechstundenhilfe, auf Wiedersehen." Immerhin bekam sie eine verbale Beruhigungspille mit auf den Weg: „Was man umgangssprachlich Knoten nennt, muss gar nichts heißen. Es kann einfach nur ein Fibroadenom sein, gutartig wucherndes Drüsengewebe.“ Es sollte ihr Mut machen, doch seitdem zog das Wort „Wucherung“ in ihrem Kopf Kreise.

„Hal-lo! Jemand zu Hause?“ Der genervte Ton der blassen Verkäuferin lässt sie hochschrecken. Normalerweise würde sie sich entschuldigen, heute zuckt sie nur die Achseln. Sie wirft das Geld so nachlässig auf den Tresen, dass eine Münze zwischen die Obstschnitten kullert. Soll der herzlose Nasenring das Geld doch selber rausfischen. Ein Gedanke schießt ihr durch den Kopf: Wenn sie ihren Sitz im Bundestag behält, muss sie fünf Tage pro Woche in dieser ruppigen Stadt verbringen. Wenn …

Das brave Bonn liegt ihr, mit Kleinstädten kennt sie sich aus. Für den Steinhaufen Berlin und seine barschen Bewohner hat sie bei der großen Hauptstadtabstimmung nur halbherzig gestimmt. Aber wenn es um etwas so Lebenswichtiges wie medizinische Kompetenz geht, setzt sie lieber auf die Metropole.

Zurück in Jans Wohnung, schafft sie immerhin das süße Brötchen. Der Kaffee ist sogar gut, doch lange hält sie es in dieser weiß getünchten Wohnung nicht mehr aus. Endlich fällt der Groschen, warum sie sich hier so unwohl fühlt: Schwesternuniformen sind weiß, Arztkittel und natürlich Krankenhäuser. Ihr Puls schlägt wieder einen sorgenvollen Takt. Sie ist es so leid, vom Schicksal getreten zu werden, eine „Katastrophenjule“ zu sein, wie Uwe sie manchmal neckt. Aber wie oft kann man sich wieder aufraffen und sein Gesicht manierlich in die Welt halten? Ihre Freunde kennen nur die genügsame Bärbel, die als Geschiedene ihre bockige Tochter mit bewunderungswürdiger Langmut alleine großgezogen hat. Immer patent, ein Vorbild, gerade weil sie nicht heroisch tut, sondern sachlich das Machbare angeht. „Bärbel ist so ’n ganz großes Jemüt“, hatte ein Kollege sie einmal charakterisiert.

Während sie stur ihr Leben absolvierte, legte sich ein Vakuum um ihre Seele. Kein Zufall, dass es in ihren Zeichnungen von Leguanen und Chamäleons nur so wimmelte. Nie hätte sie darüber gesprochen, aber so sah sie sich, eine kriechende Bärbel im engen, immerhin unverwundbar machenden Panzer. Unverwundbar – was für ein Hohn.

Jetzt steckt der Feind tief in ihr drin. Vielleicht.

Dabei hatte sie es nach der Familientragödie zu einer gewissen Meisterschaft darin gebracht, sich immer wieder aufzuraffen. Das Malen half. Sie war am Realismus geschult, ohne dass man sie dazu hätte zwingen müssen. Seit ihrem berühmten ersten Pferd interessierte sie sich für das Atmende, Pulsierende. Bei Menschendarstellungen ging sie nah ran. Besonders bei Augen, Mund und Händen versuchte sie, das Feine und Zarte des menschlichen Ausdrucks zu erfassen. Ihre Farben waren hell, die Formen schwellend. Die Arbeiten strahlten etwas gefällig Feminines aus. Tochter Karoline nannte sie, feinfühlig wie immer, „Geschenkartikel für ungefickte Weiber".

Als Hobbykünstler oder Volkskunstschaffender hatte man Mühe, an sein Blau und Rot zu kommen, von ausgefalleneren Materialien ganz zu schweigen. Es gab zwar Kunstbedarfsläden, doch die wurden schlecht beliefert. Sie hätte versuchen können, Mitglied im „Verband Bildender Künstler" zu werden, doch nichtakademischen Malern gelang das selten. Die Materialbeschaffung wäre einfacher gewesen, nur funktionierte der Bezug von Pinsel, Farbe, Leinwand dort auch als subtile Disziplinierung. Das Schlaraffenland der frei verfügbaren Malutensilien hatte seinen Preis: Konformität – präziser: eine vorsichtig austarierte Nonkonformität.

In eine solche Lage wollte Bärbel gar nicht erst geraten, da blieb sie lieber Volkskunstschaffende. Sie hätte in aller Ruhe ihren Stil verfeinern können, doch obwohl sie nicht zu den Berliner Malschweinen gehörte, die ihre Wut grau in grau und schwarz in schwarz herausschrien, verschwanden auch bei ihr nach und nach Farbe wie Optimismus. Plötzlich bevölkerten Narren, Puppen und Seiltänzer ihre Gemälde, für Bärbel schwankende Gestalten, Metaphern ihrer Existenz. Dann hielt die Welt Einzug in ihre Kunst, eine Welt mit hochgeschlagenem Mantelkragen: Gesichtslose Stadtbewohner marschierten durch Fußgängerunterführungen. Vater, Mutter, Kind mit weit aufgerissenen Augen vor einem Fernsehapparat. Eine Frau in neonheller Gaststätte vor überquellendem Aschenbecher.

Jahrelang ging alles gut, bis man in einem Kulturhaus eines ihrer drei eingereichten Gemälde wieder abhängte. Anfangs dachte sie, es handle sich um ein Missverständnis. Sie hatte ihre Erfahrung als Lehrerin verarbeitet und einen Klassenraum mit Schülern gemalt, die aus weit geöffneten Fenstern ins Nichts starrten. Dies in ihrem nun schon typischen Stil, wenig Farbe, dunkel und flächig aufgetragen.

Niemand warf ihr vor, die soziale und kulturelle Formung des sozialistischen Menschen zu verunglimpfen. Es war auch nicht nötig, ihr Bild als Herabwürdigung des sozialistischen Bildungssystems zu bezeichnen. Ein befremdeter Gesichtsausdruck und die spitze Frage „Gibt es noch was anderes?" reichten. Bärbel nickte. Als gelernte DDR-Bürgerin wusste sie: Jetzt noch ein paar patzige Antworten, und du hast ein Problem. So kam es, dass die Frau, die nichts als ihre privaten Traumata bewältigen wollte, in den Ruch eines staatsfernen Subjekts geriet.

Nach und nach saß nun bunteres Volk in ihrer Küche. Musiker, Fotografen, Literaten und natürlich andere Maler. Vielleicht nicht die hauptstädtische Boheme mit ihrer dunklen Intensität, aber für Thüringer Verhältnisse eine Runde unverwechselbarer Querköpfe.

War sie allein, fühlte sie nur Niedergeschlagenheit. Freunde, Bekannte, Käufer schätzen so etwas nicht, sie wusste das. Menschen sind wie Tiere, sie meiden die Schwachen und Waidwunden. Mit brutaler Konsequenz gab sie die tapfere Bärbel. Nur gut, dass niemand wusste, wie ungelüftet es in ihrem Inneren zuging.

Jahrelang bemühte sie sich, an ihre Tochter heranzukommen, nahm sie mit auf Vernissagen, schenkte ihr Karten für Theatervorstellungen und Konzerte, besorgte ihr Literatur, sogar begehrte Bückware. Alles vergebens. Warum nur hatte sie ihr nie die Wahrheit über ihren Vater erzählt?

Karoline ist jetzt fünfundzwanzig, eine erwachsene Frau … nun ja. Im Grunde könnte sie sich aufmachen und einfach bei ihr klingeln: „Tag, ich muss dir ein paar Dinge erklären. Und außerdem habe ich vielleicht Krebs."

Und warum eigentlich nicht? Vielleicht brauchen sie und Karo einen solchen Paukenschlag, um endlich miteinander zu reden. Nicht, dass sie sich häufig streiten, sie kämpfen mit der Keule des Schweigens. Aus triftigem Grund hatte Bärbel damit begonnen, doch seit Jahren wünscht sie sich nichts sehnlicher, als die Stille zu durchbrechen. Inzwischen aber ist es Karoline, deren Auskünfte mit verschränkten Armen daherkommen. Ein Telefonat alle halbe Jahre, ein Nachmittag auf neutralem Boden, Café, Restaurant, höflich, knapp, eine präzis kalkulierte Ohrfeige für die Mutter. Nach solchen Treffen heult sie sich die Augen aus, möchte die verholzte Tochter schlagen oder nie mehr wiedersehen. Eine Woche später schon hofft sie bei jedem Telefonklingeln, es könne Karo sein. Bevor sie es sich anders überlegt, schnappt sie sich ihren Berlin-Stadtplan. Wann, wenn nicht jetzt?

In der U-Bahn geben drei junge Männer lateinamerikanische Volkskunst mit Panflöte und Gitarre zum Besten. Erinnert sie an den Alexanderplatz in den Siebzigern, als noch Zukunft in der Luft lag. Einen Moment lang kommen ihr Zweifel: Hat Karo nicht Frühschicht in ihrem Hotel? Doch dann fällt ihr ein, dass heute Montag ist. Am Wochenende, wenn die Touristen einfallen, muss sie natürlich ran, hat dafür aber montags und dienstags frei. Der Montagmorgen ist wahrscheinlich sogar die günstigste Zeit, sie anzutreffen. Sie wird ja wohl nicht mehr durch ihre Diskotheken ziehen, oder?

Fünf Jahre lang hat Bärbel ein gewöhnliches Familienleben mit Mann und Tochter geführt, nicht mal ein Zehntel ihres Lebens. Für DDR-Verhältnisse spät, war sie erst mit dreiunddreißig unter die Haube gekommen. Vorher hatte entweder sie gewollt, aber der Mann nicht, oder umgekehrt. Dann war ein neuer Kollege an die Schule gekommen, Torsten, ein begnadeter Lehrer, Deutsch und Geografie. Erst hatte sie seine braunen Locken bewundert, dann sein pädagogisches Geschick. Die Kinder vergötterten ihn. Einmal hatte sie ein kleines Mädchen sagen hören: „Wenn der Herr Gegenbauer lacht, ist alles ganz blau angemalt."

Sie freundeten sich an, verliebten sich, sprachen an langen Abenden über Literatur, Malerei, das Leben und sahen gnädig darüber hinweg, dass in den Nächten wenig lief. Sie sah darüber hinweg. Torsten war kein unattraktiver Mann, etwas spillerig vielleicht und kaum der Erfinder der Sinnlichkeit, aber er gab ihr das Gefühl, eine interessante Persönlichkeit zu sein. Nach ihrer Heirat hatte es mangels Tatkraft gedauert, bis die Tochter, die sie sich so sehr gewünscht hatte, zur Welt kam. Das war nun ihr Kosmos: Karoline und Torsten, die Malerei, ein gutes Essen mit Freunden, die Datsche, der Urlaub am Balaton.

Im Rückblick kommen ihr die Unstimmigkeiten und Ärgernisse ihrer Ehe wie Beweise des Glücks vor. Nur kleinere Scharmützel mit der Schulleitung trübten das Bild. Man warf ihren pädagogischen Bemühungen „mangelnden Optimismus" und „fehlende Vorbildlichkeit" vor. Sie versuchte trotzdem, die rote Brille wenigstens hin und wieder abzusetzen. Torstens magerer Appetit auf Sex traf sie härter. Bei ihm sei „das da unten nicht so drängend", erklärte er. Ließ er sich alle paar Wochen doch mal rumkriegen, bemerkte sie eine Bemühung, die sie mehr kränkte als sein Desinteresse. Da sie aber ansonsten ein fröhliches Familienleben führten, zog sie die Ruhe des Herzens den Aufwallungen der Leidenschaft vor.

An einem Dienstag war alles vorbei. Gut gelaunt hatte sie mit einer Klasse die Gemäldegalerie im Schloss besucht und jeden sein Lieblingsbild aussuchen lassen, um es später aus dem Kopf nachzuzeichnen. Zurück im Lehrerzimmer, fiel ihr eine ungewohnte Verhaltung auf. Die Kollegen grüßten nur knapp, schauten schnell wieder weg. Die Stille um sie herum war so gravierend, dass sie sich zuerst nicht traute nachzufragen. Schließlich gab sie Gunda, Sportlehrerin und Lieblingskollegin, ein Zeichen, mit auf den Gang zu kommen: „Was ist hier los? Man kriegt ja richtig Angst."

Gunda polierte einen Apfel an ihrem Pullover, biss aber nicht ab. „Geh zum Schulleiter, der wird dir alles sagen."

„Nu rede endlich! Du kannst mich doch hier nicht so stehen lassen."

Aber Gunda, inzwischen ganz bleich, schüttelte den Kopf. „Ich kann nicht, ich bring das nicht übers Herz."

Bärbel blieb nichts anderes übrig, als zum Büro des Schulleiters zu gehen. Sie bewegte sich mit den abgemessenen Schritten eines Seiltänzers, ganz darauf konzentriert, nicht abzustürzen.

Im Gesicht des Schulleiters keine Regung. Stumm wies er auf den Stahlrohrsessel vor seinem Schreibtisch. Als sie Platz genommen hatte, stand er auf und hockte sich seitlich auf den Tisch. „Tut mir leid, dass ich Ihnen eine schlimme Nachricht übermitteln muss. Es gibt da eine Sache mit Torsten."

„Es ist ihm doch nichts passiert?"

„Ihm nicht." Er beugte sich vor und fuhr so leise fort, dass sie sich ihm entgegenneigen musste. „Es ist zu befürchten, dass er sich an mindestens zwei Mädchen vergangen hat. Eine genauere Untersuchung steht noch aus."

Bärbel rührte sich nicht.

„Sie kennen doch die kleine Yvonne aus der 2 b?"

„Ja sicher, Torsten hat ihr, wie ein paar anderen auch, Nachhilfe gegeben. Yvonne hat eine Lese- und Rechtschreibschwäche, das wissen Sie doch."

„Anscheinend ist es dabei zu unerlaubtem Verhalten gekommen. Ihre Mutter ist misstrauisch geworden, als die Kleine erzählte, wie das ‚da unten immer so kitzelt'. Sie hat behauptet, Ihr Mann habe sie ausgezogen und … äh … berührt."

Bärbel hatte kopfschüttelnd zugehört. „Glaube ich nicht", brachte sie schließlich heraus. „Nichts glaube ich davon, keine Silbe."

„Yvonne hat erzählt, bei ihrer Freundin Marleen kitzele es auch, wenn der Herr Gegenbauer das macht. Besonders sein Bart."

Sie antwortete nicht, saß nur kopfschüttelnd da wie eine heiß gelaufene mechanische Puppe.

„Mir bleibt keine Wahl, ich habe ihn suspendiert. Wir müssen der Sache auf den Grund gehen, aber auch an den Ruf unserer Schule denken."

„Und was ist mit Torstens Ruf? Wo ist er überhaupt?"

„Keine Ahnung. Zu Hause, nehme ich an."

Fantastereien einer Zweitklässlerin. Torsten und kleine Mädchen! Das hätte sie doch gemerkt. Ein kranker Kindsverführer? Ihr Mann? Der doch nicht!

Wie vermutet, war er zu Hause. Er hatte Kaffee aufgesetzt. Als sie in die Küche stürmte, beförderte er gerade mit spitzen Fingern eine gerissene Filtertüte in den Müll. Sie wollte sagen: So ein Unsinn, was die Kleine da plappert. Ich glaube dir natürlich! Genau das wollte sie sagen. Sie hatte den Mund schon geöffnet, die Zunge auf Anschlag, als ihr der Satz wie Reißzwecken in der Kehle stecken blieb.

Torsten drehte sich um und blickte sie an. Da war dieses Flackern, kurz bevor er den Blick abwendete und sehr laut „Scheißfilter!" schimpfte. Dieses winzige, unübersehbare Flackern.

Viel zu oft hatte sie Menschen lügen sehen, Legionen von Schülern und Eltern. Torsten musste die Frage, die sie ihm nicht gestellt hatte, nicht beantworten. Die Antwort stand in diesem Flackern. Bärbel wusste. Und er wusste, dass sie wusste. Von einem Herzschlag auf den anderen ist ihr Leben ein stinkender Müllhaufen geworden.

Sie sog einmal tief Luft ein. „Ich hole jetzt Karoline aus der Schule, und dann gehen wir zu Gunda. Wenn wir heute Abend zurück sind, bist du weg. Ich will von dir hier nichts mehr vorfinden, nicht ein Haar."

Von diesem Tag an konnte sie nur noch mit Anlauf lachen. Sie hütete sich vor zu viel Gefühl.

Ganz nebenher verlor sie die Achtung vor einer Gesellschaftsordnung, die mit so offensichtlicher Routine vernebelte, verschwieg, vertuschte. Gewiss, auch sie spielte mit, musste mitspielen, schon wegen Karoline. Nachdem sie einige Wochen krankgefeiert hatte, ging sie zum Friseur, kaufte im „Exquisit" zwei neue Kleider, ein Paar Schuhe und erschien mit durchgedrücktem Rücken in der Schule. Wie bei einer Sammeltasse, deren abgebrochener Henkel perfekt wieder angeklebt war, gab sie sich unversehrt. Ihr Lächeln war so eisenhart, dass niemand sich traute, sie auf die Ereignisse anzusprechen.

Der Schulleitung passte ihr Schweigen gut. Torsten war zwar nur notgedrungen Parteimitglied geworden, doch eine „Clara-Zetkin-Schule" konnte, durfte, wollte sich im Kollegium keinen Sexualverbrecher leisten. So spurlos, wie Bärbel ihren Mann zum Verschwinden gebracht hatte, schob auch die Schule ihn ab. Die Aussagen der Mädchen waren Fantasiegebilde, basta. Es gab weder Anzeige noch Prozess. Soweit Bärbel wusste, unterrichtete er jetzt in einem Dorf im Norden, nahe der polnischen Grenze.

Fast ein Jahr lang musste sie sich täglich mehrfach übergeben. Die füllige Frau wurde hager, zum ersten Mal konnte sie ihre Hüftknochen sehen. Dabei schlang sie unterschiedslos alles in sich rein – Frankfurter Kranz, Rostbrätel, Buttercreme, Eisbein. Doch als ob der Körper ihr jeden Trost verweigern wollte, zwang er das meiste in schmerzhaften Konvulsionen wieder heraus. Erst mit Uwe sollte sie in ihren alten Körper zurückfinden.

Immer wenn Torsten ihr in den Sinn kam, zwang sie die Gedanken in eine andere Richtung. Ihre Fantasie war zu bildhaft, um über das Ausmaß seiner Schuld zu spekulieren. Vor allem aber musste sie Karolines Gedankenwelt in die richtigen Bahnen lenken. Die Kleine fragte natürlich nach ihrem Vater, gab sich fürs Erste aber mit der Erklärung „Der Papi muss beruflich für ein paar Tage weg" zufrieden. Nächtelang sinnierte Bärbel über die Zukunft. Wäre es nicht besser wegzuziehen? Die Kleine durfte unter keinen Umständen als Brut eines Kinderschänders gebrandmarkt werden. Als sie jedoch sah, wie geräuschlos der Skandal unter dem Teppich verschwand, war sie entsetzt und erleichtert zugleich. Niemand, so schien es, hatte Interesse daran, sich an die Existenz eines Torsten Gegenbauer zu erinnern.

Blieb die quälende Frage, was der Kleinen erzählen? Ein Mutter-Tochter-Gespräch über Missbrauch kam nicht in Betracht. Mit fünf war Karo zu jung dafür. Wenn sie älter wäre – vielleicht. Doch selbst dann musste es für die Entwicklung eines Mädchens verheerend sein, sich den Vater als Kinderschänder vorzustellen. Sie entschloss sich, ihr die Wahrheit erst dann zu sagen, wenn sie die Pubertät gemeistert hatte.

In langen Nächten saß sie am Küchentisch und verfasste im Kopf ein Drehbuch. Ihre Rolle sollte wie angegossen sitzen, sie musste textsicher und überzeugend sein. Als der Papi nicht länger für ein paar Tage weg sein konnte, eröffnete sie der Kleinen, er sei verschwunden, einfach so. Karo liebte fantastische Geschichten und Abenteuer. Auf diese Weise, so Bärbels Hoffnung, würde sich der dubiose Abgang eines Elternteils in ein faszinierendes Rätsel verwandeln. Ins Positive konnte sie den Verlust des Vaters nicht drehen, aber vielleicht ließ sich Karos Schmerz so ein wenig kanalisieren.

„Du hast es doch mitbekommen, kannst du dich nicht erinnern?", verteidigte sie sich in den Jahren darauf immer wieder, wenn die Tochter nach dem Grund von Vaters Verschwinden bohrte. „Es gab keinerlei Anzeichen, nein, auch keinen Streit. Er hat uns einfach im Stich gelassen." Sie spielte ihren Part so gut, dass sie fast selbst daran glaubte. Doch die Vertrautheit zwischen Mutter und Tochter war dahin. Irgendwann wurde aus Mami Mutter und aus Mutter Bärbel.

Was immer sie sagte und tat, Karoline starrte sie an, als wäre sie ein verrückter Fisch. Von dem Moment an, in dem sie Brüste entwickelte, schoss sie sich auf die Körperlichkeit der Mutter ein. „Du bist ja nur noch ein Sack Knochen!" und „Dein Gesicht sieht aus wie eine alte Walnuss!" gehörten noch zu den harmloseren Sprüchen. Bärbels künstlerische Arbeiten waren „nicht gemalt, sondern gemalert", ihre Freunde „Jammerlappen, denen ich nicht mal 'ne gebrauchte Ziege abkaufen würde". Karo trat in die FDJ ein und pfiff, wenn in der Küche politisiert wurde, demonstrativ Pionierlieder. Die private Galerie, die Bärbel mit Weggefährten aufgezogen hatte, die Lesungen und selbst gedruckten Künstlerzeitschriften bewegten sich am Rande der Legalität, doch selbst wenn sie als „widerliche Klemmfotze" beschimpft wurde, wusste sie eines genau: Karoline würde ihre Mutter niemals verraten. Es war dieser Rest unverbrüchlichen Vertrauens, der sie die Situation ertragen ließ.

Nach der Pubertät änderte sich Karos Verhalten. Als wolle sie das Schweigen der Mutter spiegeln, verschloss auch sie Herz und Mund. Seit sie in Berlin lebte, redeten sie miteinander, als kenne die deutsche Sprache keine Nebensätze. Am Telefon oder vor Ort waren die Pausen in ihren Gesprächen länger als das Gespräch selbst. Mutter fragte, Tochter antwortete so knapp, dass es den Rand einer Beleidigung streifte. Schon Wochen vor einem Besuch sann Bärbel auf Themen, die sie ansprechen könnte. Sie versuchte auf dem Laufenden zu bleiben, wenn sie Karo über deren schwarze Kleidung und die Musik dazu befragte. „Ach, das ist 'ne Lebenseinstellung, was Existenzielles, nicht so was wie euer peinliches Kleinklein", bekam sie dann zu hören.

Nicht mal Anteil an der ersten echten Beziehung ihrer Tochter durfte sie nehmen. Nach vorsichtigem Bohren hieß es, sein Name sei Sandro, er studiere und sei „okay". Auf die Bitte „Erzähl doch mal, wie ist er denn so?" schnitt Karo nur eine Grimasse: „Ausgerechnet du willst dich als Männerkennerin aufspielen, oder was?"

Zufällig bekam sie Sandro doch zu Gesicht. Nach einem ihrer Treffen auf neutralem Boden hatte Karo das „Operncafé" schon verlassen, während Bärbel noch zahlte. Als sie auf die Linden trat, konnte sie gerade noch sehen, wie Karo vor der gegenüberliegenden Humboldt-Uni von ihrem Freund abgeholt wurde. Ein Blick, und sie wusste Bescheid: Wie sie ihm zur Begrüßung am Hals hing, er sie gleichgültig wegstieß, sie dann unter seinen rechten Arm klemmte, hätte sie am liebsten gerufen: „Lass meine Tochter in Ruhe, du Kotzbrocken!" Doch ihr Kredit war verspielt.

Eigenartig, wie Karoline und sie in den letzten Jahren ihre Körper getauscht hatten. Kaum hatte Bärbel dank Uwe in ihren alten Puttenkörper zurückgefunden, magerte Karo, die immer ein rundliches Mädchen gewesen war, ab. Als ob dieses neue Wesen ohne Hüften, ohne Brust, ohne Haare sagen wollte: Ich kann gar nicht deine Tochter sein, ich bin ein Junge.

Vor Karolines Haus hat sie sich wieder gefangen. Reine Übungssache. Von Brustkrebs heißt es ja, Frauen, die ihre Gefühle abspalten, seien von ihm besonders betroffen. Tolle Idee, da wird man bei lebendigem Leib aufgefressen und ist auch noch selbst schuld. Aber letztlich ist die Schuldfrage egal, tot ist tot. Ob Karoline wohl zu ihrer Beerdigung ... Schluss jetzt! Sie ist nicht tot, ziemlich lebendig steht sie vor einem heruntergekommenen Wohnhaus aus den Fünfzigern. Bärbel lebt und will diesen Schicksalstag nutzen, um reinen Tisch zu machen.

Ka Gegenbauer. Ka? Nachdem sie einmal durchgeatmet hat, fasst sie sich ein Herz und klingelt. Nichts. Aber das ist normal, Karo kam schon immer schwer aus dem Bett. Um nicht gleich beschimpft zu werden, wartet sie geduldig, bevor sie es erneut versucht. Als sich wieder nichts tut, drückt sie zweimal lang, klingelt schließlich Sturm. Will Karo ihr nicht öffnen? Unsinn, sie kann doch nicht wissen, wer vor der Tür steht. Nach all den Jahren endlich Anlauf genommen, den Roman um den Vater zu entschlüsseln – und nun das: bei vollem Tempo ins Nichts gestürzt! Wie irre beginnt sie auf das Klingeltableau einzudreschen. Tränen steigen hoch. „Mach auf!“, ruft sie. „Du sollst die Tür aufmachen.“

Fenster werden geöffnet. „Wohl 'ne Meise, Alte, wa?“, schnarrt jemand von oben. Die Haustür geht auf, und ein Schulbub lugt mit aufgerissenen Augen aus dem Spalt.

„Musst keine Angst haben“, versucht sie ihn zu beruhigen. „Ist alles gut.“ Sie streckt die Hand aus, will ihm übers Haar streichen, doch der Kleine duckt sich weg und nimmt Reißaus vor der verrückten Frau. Auch Bärbel muss hier weg. Mit unsicheren, aber eiligen Schritten versucht sie, dem sensationsgeilen Starren der Hausbewohner zu entkommen.

Wie albern sie ausgesehen haben muss, die Dicke aus Erfurt mit ihrem verrückten Klingeltanz. Vielleicht ist es besser so: Warum die Tochter mit ihrer Angst belasten, bevor das Untersuchungsergebnis vorliegt? Der erste Schritt ist immerhin getan. Sie wird Karo reinen Wein einschenken. Dahinter kann sie nicht zurück.

Ein Blick auf die Uhr, reichlich Zeit bis zum frühesten Termin der Urteilsverkündung. Zurück zwischen die fremden, weißen Wände will sie nicht. Etwas Schönes sollte sie machen. Entschlossen geht sie zur U-Bahn, fährt bis Alexanderplatz und spaziert die Linden entlang, französische, spanische, holländische Sprachfetzen im Ohr, wo früher Tschechisch oder Ungarisch zu hören war.

Ein Abstecher ins „Grand Hotel“? Sonst eher abgestoßen von Exklusivitäten, stehen ihr heute die Tröstungen des Luxus zu. Die Lobby – so nennt man das jetzt wohl? –, die Lobby also ist Operette pur: roter Teppich, Bordüren, Schabracken, Lüster. All das für ihren Kaffee und einen Hauch von Schokohörnchen! Wäre das Parlament schon in Berlin, würde sie möglicherweise öfter mal einen Cappuccino samt Törtchen in gepflegter Atmosphäre zu sich nehmen. Aber Bonn? Bonn ist ein Kännchen Filterkaffee auf der Terrasse. Dabei mag sie die Provinzluft, die sie an zu Hause erinnert. Größer als Gotha natürlich, aber Erfurt, dessen Wahlkreis sie vertritt, kommt ihr manchmal städtischer vor als die rheinische Aneinanderreihung von Dörfern.

Bei ihrem Antrittsbesuch konnte sie die dunklen Seiten der westdeutschen Provinz gleich vor dem Bahnhof begutachten: das berühmte „Bonner Loch“, der Bahnhofsvorplatz, wo die Obdachlosen hausten. Es war ein Schock gewesen, so schamlos sichtbar die Armut.

Bald also Berlin. Ob sie dann noch im Parlament sitzt, entscheiden die Wähler. In Wirklichkeit lautet die Frage, ob sie sitzen wird oder liegen.

Jetzt nicht jammern, nicht grübeln, die Nummer vor Karolines Tür war genügend Drama fürs Erste. Um nicht wieder in schwarze Gedanken zu verfallen, studiert sie die Bilder an den Wänden. Typisch Fünf-Sterne-Hotel, untertalentiert und überteuert.

„Darf es für die Dame noch ein Kaffee sein?“

„Die Dame habe ich zu Hause gelassen, aber einen Kaffee nehme ich gerne.“

Ist das jetzt unverschämt gewesen? Die stark geschminkte Bedienung rauscht jedenfalls verdächtig fix ab. Und ist nicht auch ihr gefälliges Lächeln ins Rutschen geraten? Daran hat Bärbel sich nach dem Mauerfall nur schwer gewöhnen können: die merkantile Liebenswürdigkeit des Westens, das Strahlen nach Bedarf und Brieftasche. Einerseits bewundert sie die robusten Ichs, mit denen die Menschen sich präsentieren, andererseits bedauert sie die Verkäuferinnen, Ober, Bankangestellten, denen man das Lächeln ins Gesicht zwingt. Freundlichkeit gilt hier als Handelsware, in ihrer DDR war es genau umgekehrt. Wie oft hatte sie sich über den muffigen Umgangston geärgert? Aber wenn man ins Gespräch kam, fassten die Leute Vertrauen und legten ihre freundliche, manchmal verblüffend zarte Seele frei.

„Tut mir leid, ich wollte nicht grob klingen!“, entschuldigt sie sich, als die Kellnerin mit Kaffee, einem Gläschen Wasser, drei Sorten Zucker und zwei Gratispralinees zurückkehrt.

„Dafür nicht.“

Hört sie da einen schnippischen Unterton? Nach sechs Jahren Einheit ist Bärbel immer noch nicht mit allen Finessen der bundesdeutschen Befindlichkeit vertraut. DDR-Bürger hingegen erkennt sie sofort: oft zu zögerlich und leise, mit einem Hang zur Servilität, der schnell ins Nassforsche umschlagen kann.

Sie gibt der Kellnerin ein Zeichen. Ein letztes Mal lässt sie ihren Blick über die Czardasfürstinnenatmosphäre der Empfangshalle schweifen. Wer hätte gedacht, dass sie hier einmal als „Dame“ verkehren, dass die Hauptstadt ihres Landes die Himmelsrichtung wechseln und sich über Nacht im Westen befinden würde? Die Bedienung bringt die Rechnung, hat ihr aber schon den Rücken gekehrt, als Bärbel nach ihrem Portemonnaie greift. Wieder mal vergessen: In vornehmen Etablissements steckt man sein Geld in eine Lederhülle. Im Kapitalismus, wo alles sich um den Transfer von Geld dreht, wird ausgerechnet der schamvoll verborgen.

Draußen hat die Sonne so stark zugelegt, dass sie Unter den Linden auf die Schattenseite wechseln muss. Überall wird aufgerissen, abgerissen, hochgezogen. Diese Stadt, die sich komplett umkrempelt und die Menschen mit dazu, ist der Beweis, wie untauglich ihr Versuch ist, sich eine stabile Bärbelwelt zu zimmern. Wie viele ihrer Mitbürger hatte sie geglaubt, das wahre Leben finde im Privaten statt. Man respektierte sich nicht für politisches Engagement oder ökonomischen Status, sondern für seine Ansichten, seinen Geschmack in Musik, Literatur, Film, für Hilfsbereitschaft und Humor. Meistens war es ihr gelungen, die Absurditäten der sozialistischen Fassadenwelt wegzulachen, leicht verärgert zwar, aber eher amüsiert als alarmiert. Jeder meckerte, das war die Grundmelodie ihres Landes. Leider geht das allgemeine Meckern ungebrochen weiter, gelernt ist gelernt. In ihrer Bürgersprechstunde hört sie viele Strophen dieses Liedes. Richtig böse wird sie nur, wenn alte Männer – und es sind immer Männer – beginnen, ihrer geliebten DDR Krokodilstränen nachzuweinen. „Schon mal was von Wahlfälschung und Zensur gehört, von Arbeitsverboten und Stasiknästen?“, fragte sie dann. „Habt ihr immer noch nicht kapiert, was Demokratie ist, dass man mit Kerzen eine ganze Armee aufhalten kann?“

Die Sonne steht fast im Zenit. Nah an den Fassaden entlangschleichend, hat Bärbel das Ende der Linden erreicht. An jeder Ecke Überreste ihres verpufften Landes, wie das Reisebüro der „Aeroflot“ in russischem Blau. Ansonsten hat sich die BRD wie Pauspapier über Ostdeutschland gelegt. Nur schwerste Kolosse leisten noch Widerstand, Thälmann-Denkmäler, Leninköpfe, die sowjetischen Ehrenmale mit ihrem Heldenpathos. Auch die Russische Botschaft, ehemals die der UdSSR, ist eines dieser Relikte.

Bärbel überquert den Mittelstreifen, um sich die Schloss-Dracula-Architektur des Gebäudes näher anzuschauen. Ein monströses Palais, maßloser sozialistischer Wodkaklassizismus, auf sinistre Weise faszinierend. Die meterhohen Eisengitter lassen sie frösteln.

Jeder wusste, dass die Botschaft weniger der Völkerverständigung als der Spionage diente. Bärbel hatte es vergleichsweise leicht, sie konnte zwar ihren Lebenstraum, als freie Künstlerin zu arbeiten, nicht verwirklichen, war aber wenigstens in Brot und Lohn. Doch was sollten ihre Malerfreunde tun? Wie die Poeten Friedhofsgärtner werden, Abwäscher oder Kellner? Abends müde ein paar Zeichnungen kritzeln, ein Gemälde vielleicht angehen für die Abstellkammer? Dann kamen ungewohnte Nachrichten aus der Sowjetunion. Man steckte die Nase in die Luft und roch Morgenwind. Jetzt begann auch Bärbel sich zaghaft zu öffnen. Sie beantragte ihre Versetzung in die nächstgrößere Stadt.

Anfangs pendelte sie täglich zwischen Gotha und Erfurt, fand dann bei einer Freundin Unterschlupf und fuhr nur noch übers Wochenende nach Hause. Schließlich überredete Karoline sie, ganz nach Erfurt zu ziehen: „Die paar Monate komme ich gut alleine zurecht, danach gehe ich sowieso nach Berlin. Ist doch lästig für dich, die ewige Fahrerei."

„Wie verlogen du bist", hatte Bärbel gestaunt und gepackt.

In Erfurt wurde sie aktiv. Zum ersten Mal im Leben beugte sie sich nicht. Nur durch penetrante Beschwerden war sie zu ihrer Neubauwohnung gekommen. Weil sie damit so erfolgreich gewesen war, engagierte sie sich an dieser Front weiter. Die Häuser waren funkelnagelneu, aber es gab weder Straßen noch Bürgersteige. Man versank in einem Meer aus Matsch. Das musste sich ändern. Außerdem gründete sie einen informellen Frauenkreis. In der DDR konnte jede Frau ihr eigenes Geld verdienen, aber alles, was sich veränderte, wurde von Männern beschlossen und verabschiedet.

Eigenartig, wie ausgerechnet die Stadt Berlin, in der sie sich nie sehr wohlgefühlt hat, das Bühnenbild für die Umwälzungen ihres Lebens abgibt. Die Russische Botschaft, vor der sie steht, immer noch massiv abgeschottet, gleichzeitig das Sinnbild einer historischen Öffnung, von der auch Bärbel mitgerissen wurde. Gleich um die Ecke ein Technotempel namens „Tresor", wenn sie recht verstand, momentan der Mittelpunkt von Karolines Leben. Ihre wissenschaftliche Mitarbeiterin hatte ihr das unscheinbare Gebäude mal im Vorbeifahren gezeigt.

Alles, was mit Karo zu tun hat, liegt natürlich jenseits von Perestroika. Handelt sich eher um kalten Krieg, denkt sie in einem seltenen Anfall von Sarkasmus. Das wird sich ändern, auch in diese Beziehung wird Tauwetter einziehen, wenn … wenn … Zu ihrer Rechten ein Turmbau mit der weithin sichtbaren Aufschrift „Charité".

Geradeaus dann das Brandenburger Tor, dahinter der Reichstag. Ausgerechnet sie, das Butterblümchen aus der Provinz, soll nun „das Volk" repräsentieren. Wie ist es nur gekommen, dass sie bei Empfängen und Versammlungen offiziell als Erste begrüßt wird, dass so viele versuchen, ihr Gehör zu finden, dass man sich ihr entgegenbeugt, um ihre Meinung zu erkunden? Interessiert, aber absichtslos hatte sie sich von ihren Erfurter Initiativen und Gesprächskreisen weitertragen lassen, die „Junge Gemeinde" besucht, „Frauen für den Frieden", mit dem „Arbeitskreis solidarische Kirche" diskutiert. Dann – schon wieder Berlin – wurde '89 zur Bürgerbewegung „Demokratie jetzt" aufgerufen, und Bärbel gründete zusammen mit ein paar kettenrauchenden Bartträgern deren Erfurter Sektion.

Uwe, der zu dieser Zeit in ihr Leben trat, ließ sich nicht davon abhalten, sie in gewissen Momenten „meine Rosa Luxemburg" zu nennen. „Wohnküchenrevolutionärin höchstens", lachte sie dann und erzählte zum hundertsten Mal die Geschichte mit der Tischdecke. Bei der Wahl '90 hatte „Demokratie jetzt" sich mit den „Grünen" zusammengetan, man firmierte unter „Bündnis 90/Die Grünen". Ihr winziger Klapptisch mit den drögen Broschüren erwies sich nicht gerade als Publikumsmagnet. Wenige Monate zuvor noch hatten alle einen gemeinsamen Gegner gehabt – die DDR. Jetzt sorgten Themen wie der Ausverkauf von kommunalem Grund und Boden oder die Spekulation mit abgewickelten Firmen nur noch für Gähnen. Die Leute wollten Stereoanlagen, Autos, Karibik. Selbst politisch Interessierte fragten nur: Wer ist der Stärkste, wer hat das meiste Geld? Zur Motivation schickte man ihnen aus Bonn Petra Kelly, die Evita der Grünen. Mit ihren flinken Augen und den enormen Schatten darunter wirkte sie todmüde und elektrisch zugleich. Sie war gänzlich unprätentiös, konnte aber keine Sekunde zuhören. Sie redete, redete, redete, redete. Das Gesicht pietistisch wie auf einem Dürer-Gemälde, aber ein Mund aus Gummi. Nach ihrem Auftritt auf dem Marktplatz war man ins Parteibüro gezogen. Irgendwann ging Petra Kelly auf den Flur, um mit ihrem hypermodernen Funkgerät zu telefonieren. Bärbel goss in der Küche eine frische Kanne Kaffee auf, als sie die Kelly in den Hörer prusten hörte: „Stell dir vor, die haben hier auf ihren Versammlungstischen Tischdecken liegen! Tischdecken – mit Kreuzstich!"

Damals war Bärbel tagelang beleidigt gewesen. Heute versteht sie nur zu gut: Politik stellt die Machtfrage. Wer sich mit Dekoration aufhält, hat schon verloren. Die Machtfrage hatten sie bei ihren nationalen und regionalen runden Tischen nie gestellt. Sie brachen Türen auf, konnten den Raum aber nicht füllen. Die Menschen merkten das schnell und wandten sich ab.

Oft hat sie sich gefragt, ob das vielleicht die paradoxe Logik des Lebens ist: Man bekommt nur, was man nicht zu sehr will. Wie auch immer, nie möchte sie die Zeit missen, in der Durchschnittsbärbels wie sie von einem Tag auf den anderen Verantwortung trugen. Ein Hauch von Anarchie hatte in der Luft gelegen, der Stolz, dem Verfasser des großen Geschichtsbuchs über die Schulter schauen zu dürfen.

Sie engagierte sich, dachte aber nicht im Traum daran, sich für die Wahl aufstellen zu lassen. Als bei einer Veranstaltung der Hauptredner, einer der Bartträger, wegen einer Zahnwurzelentzündung ausfiel, musste sie ran. „Red einfach, wie dir der Schnabel gewachsen ist", machte man ihr Mut. Das tat sie, hatte auch keine andere Wahl. Nach ein paar Verlegenheitsfloskeln sprach sie von den Sonnenblumen, mit denen die Grünen im Bundestag erschienen waren, und wie sie sich gefreut hatte, dass man gegen seinen Staat so widerständig sein konnte. Als viele ihrer Zuhörer nickten, fasste sie sich ein Herz: „Zu Zeiten von Erich habe ich an einer Hauswand mal gelesen, dass man sich die Freiheit *nehmen* muss. Genau das wollen wir miteinander versuchen. Kein Hühnervolk mehr, das abends brav zurück in den Stall soll. Denn das war die DDR – ein dunkler, miefiger Hühnerstall!"

„Du redest so bildhaft", sagten alle. „Das machst du jetzt öfter." Ausgerechnet Bärbel, die Frau, die sich über Jahre Schweigen auferlegt hatte, sprach nun bei Versammlungen und auf Marktplätzen, gab Interviews, vertrat ihre Partei in Podiumsdiskussionen und Talkshows. Sie war doch nicht ausgebildet dafür, nicht erfahren, nicht taktisch genug! Aber die Menschen mochten sie, sogar so sehr, dass Bärbel Gegenbauer ganz oben auf der Wahlliste landete. Ein Plakat hatte sie nun und ein professionelles Lächeln. Die klassische Politikerin war sie nicht, aber was Politik ihr bedeutete, wusste sie: Neugier auf das, was sein könnte.

Am Abend der Bundestagswahl dann der Schock: „Bündnis 90/ Die Grünen" acht Abgeordnete, allesamt aus dem Osten. Eine davon: Bärbel Gegenbauer. Nach der Siegesfeier ging sie zu Uwe. Der war erst gar nicht ins Parteibüro gekommen, sie hatten ja sowieso keine Chance. Sie stand in der Tür, angeschickert, fassungslos. „Ich bin drin. Ich bin jetzt Abgeordnete des Deutschen Bundestages!"

„Mach dir nüscht draus", sagte Uwe.

Bärbel bekommt feuchte Augen, wenn sie daran denkt. Natürlich war Uwe nicht so ungerührt, wie er tat. Das zeigte sich schon daran, dass er ihr für den Fall der Fälle eine wunderschöne Ledermappe gekauft hatte. Was er wohl gerade macht? Bis zur Nachmittagsvorstellung ist noch Zeit. Am Küchentisch wird er vor einer großen Kanne Tee sitzen und seine Zeitungen studieren. Seit man die freie Auswahl hatte, machte er es nicht unter drei am Tag. „Komisch", sagte er manchmal, „früher musste man lernen, zwischen den Zeilen zu lesen, aber dann wusste man genau, was da steht. Heute ist es viel schwerer rauszufinden, was jemand sagen will."

Etwas zu trinken könnte sie jetzt auch brauchen. Die Sonne brennt, und ihr Mund ist ganz trocken. Bald ist es Zeit, sich zur „Charité" aufzumachen. Herzrasen schon wieder. Vor dem Brandenburger Tor entdeckt sie einen fliegenden Händler, der neben Schapkas, Mauerbruchstücken und sozialistischen Orden auch Limonade verkauft. Er hat kurz geschorenes Haar und einen Stalinschnäuzer. Sie spricht ihn auf Russisch an, doch der Mann versteht nicht. Er kommt aus Idar-Oberstein.

Sie bezahlt ihre Limonade und schaut sich nach einem Plätzchen im Schatten um. Nicht so einfach. Der Pariser Platz ist größtenteils Brache, aber die ersten Bauzäune stehen schon wieder, Löcher werden gebuddelt. Dieser Platz ist ein einziges Mahnmal für Vergänglichkeit und Werden. So viel Kampf, Zerstörung, Zukunft. An den Rändern mutwillige wie mutlose Verlotterung. Doch das Tor steht. Reichlich abgeblättert, Narben hier, Risse dort, und dennoch Aufbruch, der trotzige Versuch, weiterzumachen. Bärbel stellt sich zwischen zwei Torpfeiler und lässt den Dosenverschluss zischen. Warme Limonade läuft über ihre Hand, aber sie findet es schön.

Die Frage, wo man seine verklebten Finger säubert, könnte sich innerhalb der nächsten Dreiviertelstunde als geringste ihrer Sorgen herausstellen. Aus irgendeinem Grund ist sie überzeugt davon, es der Ärztin schon von Weitem anzusehen. Ein gefasster Gesichtsausdruck, besonders der Versuch, sich neutral zu geben, wird Auskunft genug sein: Krebs. Sind es nur grundlos wuchernde Zellen, wird sie die gute Nachricht bis zur Tür aussenden, einen Lebensstrahl in Lichtgeschwindigkeit.

Bärbel ist sich im Klaren darüber, dass der Tod nicht mit sich handeln lässt. Oder entscheidet nicht der Tod, sondern das Leben über die letzten Fragen? Wer verfasst die Entlassungspapiere, wer gewährt Aufschub?

Sie hat gerade erst begonnen zu verstehen: das Wachsen, Werden und Vergehen, unverdientes wie verdientes Glück, das Königreich der Schmerzen, die Tröstungen der Durchschnittlichkeit, die Illusion des Guten. Landschaft, Frauen und Wetter hat sie in ihrer Unbeständigkeit begriffen, die notwendige Vergeblichkeit des Nägelschneidens, die prinzipielle Einsamkeit eines jeden, dass wir aus dem Schlamm kommen.

Und nun soll sie gehen?

Bärbel sucht nach einem Papierkorb, findet aber keinen. Sie lässt die Limonadendose nicht einfach fallen, sondern stößt sie hoch in die Luft. Beim Runtertrudeln scharf ins Auge gefasst, den richtigen Moment erwischt und mit dem Grinsen eines Siebenjährigen weit auf den Pariser Platz gekickt. Touristen schrecken hoch. Empörend! Dann läuft sie der Dose hinterher und hebt sie auf.

Beim Hochkommen sieht sie es. Wie konnte ihr das entgangen sein? Hinter dem Brandenburger Tor ihr zukünftiger Arbeitsplatz, wie ein Gipfel aus hochpoliertem Silber. Sie kennt das Gebäude gut, hat dort mehrfach getagt, aber was hier aufstrebt, ist kein Bauwerk. Auch das Wort Skulptur wäre unzureichend. Ein Kunstwerk, fraglos, aber dieser Atem aus Silber, so gewichtig, so mühelos, gehört einer anderen Dimension an. Er entstammt der Welt der Totems und der Götter. Er spricht seine eigene Sprache.

Und Bärbel versteht. Breitbeinig steht sie da, eine Limonadendose in der Hand, atmet.

Bärbel lächelt.

Eine schlimme Freiheit

Langsam schmeckte das Zeug fast gut. Fex hatte freiwillig Bananen, Orangen, Kiwis und einen Apfel in den Entsafter befördert und sich einen Hexentrunk nach Johannas Rezept gemacht. Möglicherweise hatte sie recht, und der Saft war wirklich gut für das Immunsystem. Um jeden Anschein von Reformhaus zu vermeiden, füllte er das Gebräu in eines seiner kitschig-schönen Muranogläser. Er stellte es immer dann einladend auf den Schreibtisch, wenn er an seinen privaten Schreibversuchen feilte, der Beginn eines neuen Rituals, Ästhetisierung der Banalität, aber sei's drum. Er ließ die Finger knacken, griff in sein afrikanisches Holzkästchen und zog die Zeilen hervor, die er ein paar Tage zuvor geschrieben hatte.

du hörst dich selbst
im Fieber wohin
ohne Schalen, ohne Stacheln
stell dir vor
erzähl noch mal
den Raum in einem Satz

Wie immer war er versucht, die handgeschriebene Seite auf der Stelle zu zerreißen. Johanna sprach ihm zwar Mut zu, aber er blieb skeptisch. Fremde Texte lassen sich leicht beklatschen oder abwatschen, die eigenen nicht. Bei seinen zahlreichen Gelegenheitsjobs hatte er sich vor Blamagen nie gefürchtet, dafür war er zu selten mit dem Herzen dabei. Bei seinen Texten aber war er verwundbar. Es fühlte sich an, als zeige die Welt mit spitzen Fingern auf ihn und riefe: Ist das kümmerlich!

Den Raum in einem Satz erzählen – das zog seit Tagen kleine und größere Schleifen durch seinen Kopf. Es war ein bestimmter Raum, den er vor Augen hatte. Victor Hugo hatte den Tod als scheußlich tiefen Schlund beschrieben, dessen Wände mit Schatten tapeziert waren. Dieser Albtraumraum verfolgte ihn. Er wollte ihm etwas entgegensetzen, versuchen, den Schatten eine Bedeutung, einen Sinn zu verleihen.

Just als er einen Stift zur Hand nahm, klopfte es an der Wohnungstür. Ein Blick auf die Uhr, kurz vor zehn. Er erwartete niemanden. Genervt schlurfte er durch den Wohnungsflur und öffnete. Mit hochrotem Kopf, aber breit grinsend stand Louis vor der Tür, über der Schulter etwas Schmales, aber anscheinend Schweres.

„Louis", rief er wenig intelligent.

„Überraschung! Ich hab dir was mitgebracht." Damit hievte Louis einen gusseisernen Straßenpoller von seiner Schulter und ließ ihn auf die Fußmatte knallen.

Fex kriegte sich nicht mehr ein. „Ein Poller? Du hast mir einen Poller mitgebracht?"

„Statt Blumen."

„In eine Vase würde der auch nicht passen. Wo hast du den her, um Himmels willen?"

„Ach, der hing schon etwas lose im Bürgersteig. Da habe ich ihn eben ganz rausgebrochen."

Jetzt sah Fex auch, dass an seinem Ende ein halber Pflasterstein klebte, von dem Zement auf die Fußmatte bröselte.

„Ich kann auch hier draußen stehen bleiben", bemerkte Louis trocken.

„Entschuldige, komm rein."

„Wohin damit?"

Fex lotste ihn in sein Zimmer. „Vielleicht erst mal neben die Couch."

Mit Louis hatte er nicht gerechnet. Zusammen mit dessen Telefonnummer war auch die Erinnerung an die bewusste Nacht die Toilette hinuntergespült worden. Erstaunt stellte er fest, dass er sich freute. Und anziehend war der Mann mit seiner Igelfrisur und dem englischen Gesicht sowieso.

„Das ist zweifelsohne mal was anderes", sagte Fex. „Danke. Aber wieso ein Poller?"

„Da drüben." Louis wies auf eine Lücke im Bücherregal, wo Fex eine selbst gefertigte Collage mit internationalen Pollerbildern aus Schifffahrt und Straßenverkehr aufgestellt hatte.

„Ja, das stimmt. Ich mag die. Ein Bekannter von mir ist Experte, Pollerforscher nennt er sich und hat sogar ein Buch darüber veröffentlicht."

Einen Moment standen sie unschlüssig herum.

„Wollen wir aufs Dach?", schlug Fex vor.

Oben klappte er zwei Campingstühle auf. In Berlin nicht oft zu bewundern, zeigte sich der Sternenhimmel heute in schönster Klarheit. Als befänden sie sich in einem Freilufttheater, nahmen sie nebeneinander Platz und begutachteten schweigend die Pracht. Fex war erleichtert, dass Louis nicht zu den Leuten gehörte, für die Schweigen körperliche Folter bedeutete. Und noch ein Pluspunkt: keine Klage, weil Fex sich nicht gemeldet hatte. Obwohl der Besuch ihn freute, wusste er nicht so recht, wie es nun weitergehen sollte. Eine keusch nebeneinander verbrachte Nacht galt in der Schwulenwelt als exotische Abweichung. Lange würde Louis das Brüderlein-Spiel nicht mitmachen. Fex verstand das durchaus, bezweifelte aber, dass er momentan mit jemandem schlafen könnte, Kondome hin oder her.

„Wir kennen uns gar nicht", sagte Louis in die Stille hinein. Es klang weder aufdringlich noch frustriert, eher verwundert.

„Das lässt sich ändern."

„Jetzt bin ich aber neugierig."

Fex überlegte eine Weile. „Stell dir eine Wohnung vor", sagte er schließlich. „Welches Zimmer darin wärst du?"

„Das ist ein bisschen wie chinesisches Roulette, nicht?", lachte Louis. „Aber gut, mal überlegen."

Auch das gefiel Fex, dass sein Besuch nicht gleich losplapperte.

„Vielleicht ...", begann Louis zögerlich. „Vielleicht das Wohnzimmer. Es ist modern eingerichtet, Skandinavienlook der Sechziger, aber Mittelstand, scheußlich intellektuelle Sozialdemokratie. Also, nicht scheußlich intellektuell, sondern scheußlich sozialdemokratisch. Es gibt jede Menge Bücher, gar nicht mal so schlechte Druckgrafik an den Wänden und zwei, drei Originale. Klassische und Popmusikplatten, eher Tango und Salsa als Britpop." Und auf Fex' erstaunten Blick: „Meine Eltern waren beide Lehrer."

„Und was hast du da zu suchen?"

„Ich fürchte, ich sitze immer noch im elterlichen Wohnzimmer", sagte Louis nachdenklich. Er schaute Fex nicht an, sondern weiter in den Himmel. „Nicht ungemütlich, alles da, kein Grund zur Klage. In meiner Fantasie gehe ich raus, aber die Welt macht mir Angst. Überall Straßen, von denen man nicht weiß, wohin sie führen und ob sie vielleicht gefährlich sind."

„Das von einem Mann, der mir nix, dir nix Poller klaut?", staunte Fex. „Du bist aber streng mit dir."

„Du hast gefragt."

„Pardon."

„Und welches Zimmer suchst du dir aus?"

„Bei mir ist es kein reguläres Zimmer. Ich fürchte, ich bin die Toilette."

„Jetzt wird es aber spannend."

„Die Gästetoilette", wehrte Fex ab, „allerdings nicht irgendeine. Sie befand sich in einer Botschafterresidenz, war sehr geräumig und repräsentativ mit Marmor verkleidet. Die Handtücher waren schäfchenweich, und vor dem großen Spiegel stand eine Orchidee oder ein teures Gesteck. Die Toilette war weitläufig und komfortabel, es konnte nur keiner rein, denn draußen stand: Besetzt."

„Ach", lachte Louis. „Und das findest du nicht streng, ja?"

„Nein, realistisch."

„Dann hätten wir es also mit gleich zwei Gestörten zu tun?"

„Wahrscheinlich eher mit zwei ganz normalen Menschen."

Louis lachte und klatschte in die Hände. „Immerhin", sagte er und verrückte seinen Campingstuhl so, dass er Fex in die Augen schauen konnte, „immerhin sitzen wir hier draußen auf einem Dach mit echtem Wind um die Nase. Ist doch schon mal nicht schlecht für einen Stubenhocker und einen Außenseiter."

Immer wieder hatte Hahn diesen Gang hinausgezögert, doch nachdem er mitten in der Nacht schweißgebadet hochgeschreckt war, vor Augen noch ein Zipfelchen des Traums, in dem verwesende Körperteile ihn durch eine Geröllwüste jagten, hatte er sich entschlossen, zu handeln.

Mit klopfendem Herzen stand er vor seinem Kleiderschrank und fragte sich, welche Garderobe wohl für einen Drogenkauf angemessen war. Er hatte Angst aufzufallen, wenn er zu gut gekleidet war, und mochte auch nicht, dass die Dealer ihn für einen Zivilfahnder hielten. Also stieg er in eine alte Jeans und wählte ein zerknittertes schlammfarbenes T-Shirt aus. Die Jeans schlotterte ein wenig um Arsch und Oberschenkel, in diesem Fall ein Glück, denn wer nahm einem Kerl mit Sportlerfigur schon den Süchtigen ab?

Bei seiner Reportage über die Drogenszene war er damals mit seiner Gewährsfrau zum Kottbusser Tor gefahren, dem belebtesten Drogentreffpunkt der Stadt. Auf dem Gang zur U-Bahn war er mehrfach versucht umzukehren, zu schwerwiegend dieser Gang. Du musst jetzt ganz sachlich sein, sagte er sich. Nicht wanken, einfach hingehen, den Kauf tätigen und ihn zu Hause sicher verstauen. Wichtig war allein, das Heft wieder in die Hand zu bekommen. Doch als er seine Fahrkarte in den Entwerter stecken wollte, brauchte er drei Versuche, so sehr zitterte seine Hand.

Vom unteren Bahnsteig am Kottbusser Tor begab er sich auf die mittlere Ebene, hielt sich am Stand mit den Billigblumen links und stieg ans Tageslicht. Vor der Kulisse eines heruntergekommenen Sozialbaus aus den Siebzigern, der die Straße wie eine Brücke überspannte, herrschte reges Treiben. Türken verkauften Obst und Gemüse, ein Sonnenstudio und ein Heimwerkermarkt lockten mit Sonderangeboten, Türkenmamas mit Einkaufstaschen voller Petersilie hasteten vorbei, Punks lümmelten mit ihren Hunden auf den Stufen vor den Geschäften.

Die umfangreiche Drogenszene war nicht zu übersehen: die Kunden bleich, klapprig, abgerissen, fahrig in ihren Bewegungen, und eine Sprachmelodie, die sich von müdem Leiern in Windeseile zu verzweifelter Aggression hochschaukeln konnte. Die Dealer in Jeans oder Sportswear, Türken, Kurden, Libanesen, fast alle blutjung, wohlgenährt und platzend vor nervöser Intensität.

Hahn hielt sich abseits und hoffte, dass einer der Dealer ihn ansprach. Er fing sich auch ein paar fragende Blicke ein, aber im letzten Moment wandten die Männer sich wieder ab und liefen geschäftig im Kreis herum. Um die Sache hinter sich zu bringen, trat er beherzt auf einen arabisch aussehenden jungen Kerl zu, im Kopf verzweifelt nach dem richtigen Sprüchlein suchend. „Hi“, sagte er, und dann fiel ihm wieder ein, was er seinerzeit gehört hatte: „Hast du Braunes?“

„Wie viel?“

„Ein Gramm.“ Ein Gramm, das hatte er in der Staatsbibliothek recherchiert, reichte aus, um einen Drogenunerfahrenen ins Jenseits zu befördern.

„Muss ich erst in Bunker“, sagte der Mann, ohne ihn anzusehen. „Fahr Hallesches Tor, wir treffen uns da in Viertelstunde.“

„Okay, wo da?“

„Unterer Bahnsteig.“

Hahn war das gar nicht recht. Er wollte die Angelegenheit so schnell wie möglich erledigen, aber er hatte keine andere Wahl. Oberirdisch fuhr er die zwei Stationen bis zum Halleschen Tor, lief durch einen schmalen Verbindungsgang zum unteren Bahnsteig und tigerte nervös, die Geldscheine in seiner Hosentasche befummelnd, zwischen den beiden Ausgängen hin und her. Drei U-Bahnen fuhren ein, bis er endlich den jungen Araber aussteigen sah. Der nutzte das Gewimmel der aus- und einsteigenden Fahrgäste, streckte verstohlen die Hand aus und sagt knapp: „Hundertsechzig.“

Hahn zählte das Geld hastig ab, hielt es dem Typen verdeckt hin und fühlte Sekunden später mehrere kleine Kugeln in seiner Handinnenfläche. Er traute sich nicht, nachzuschauen, und ließ sie schnell in der Hosentasche verschwinden. Von dem Araber keine Spur mehr.

Erst zu Hause nahm er seinen Kauf genauer unter die Lupe. Fünf Paketchen in der Größe von Kaugummikugeln hatte er bekommen, das Heroin in Zellophan eingepackt und sorgfältig versiegelt. Nun fiel ihm auch wieder ein, dass die Dealer meistens nur eine Portion am Mann hatten, damit sie bei einer Razzia auf Eigenbedarf plädieren konnten. Viele bewahrten sie auch im Mund auf, um sie im Ernstfall unauffällig runterschlucken zu können. Weil die Kügelchen gut verschlossen waren, musste man sie am nächsten Tag nur aus der Scheiße pulen.

Lange betrachtete Hahn das Heroin, tastete die Kügelchen ab, ließ sie über seine Handfläche kullern. Hoffentlich hatte man ihn nicht betrogen. Um sicherzugehen, öffnete er vorsichtig eine Portion, bis er den Stoff sehen konnte, bräunlich wie dunkler Sand. Schien alles in Ordnung zu sein. So also sah er aus, der Unterschied zwischen Leben und Tod – fünf unscheinbare Kügelchen Sand.

Hahn saß am Schreibtisch und grinste. Am Vormittag hatte er den deprimierenden Krebskeller mit seinen Bestrahlungsapparaten wieder einmal hinter sich gebracht und gefunden, dass es höchste Zeit sei, sich zu belohnen. Die Belohnung fiel groß und blau aus: Eins, zwei, drei, hatte er sich auf dem Nachhauseweg eine Vespa gekauft. Der himmelblaue Roller hatte ihn aus dem Schaufenster angelacht, und schon roch er Italien, hatte coolen Barjazz im Ohr und den Geschmack von Campari-Soda auf der Zunge. Er schnurstracks in den Laden – „Guten Tag, ich kaufe die Vespa, die im Fenster steht“ –, seine Kreditkarte gezückt – „Machen Sie die Papiere in Ruhe fertig, ich hole den Roller heute Nachmittag ab“ – und die perplexe Miene des Verkäufers genossen. Kitschig, aber schön.

Am Schreibtisch bereitete er seine vorübergehende Rückkehr zum Sender vor, geriet nur hin und wieder ins Träumen, wenn er an sein neues Gefährt dachte. Im Grunde eine Verschwendung, ein bisschen wie mit dem Schicksal Ball spielen, aber er freute sich spitzbübisch, bald mit dem Blauen ins Grüne fahren zu können.

Er zog gerade die Visitenkarte der Bundestagsabgeordneten aus einem Stapel Unterlagen hervor, als er hörte, wie die Wohnungstür ins Schloss fiel. Merkwürdig, Isa kam doch meist erst am Nachmittag zurück, legte eine Pause ein und ging dann häufig abends noch einmal auf die Probe. Er schaute kurz über die Schulter und rief: „Isa? So früh? Ich bin gleich bei dir, nur noch ein Telefonat."

Im Büro von Bärbel Gegenbauer erreichte er nur deren wissenschaftliche Mitarbeiterin. Nein, die Frau Abgeordnete sei zurzeit nicht zu sprechen, eine dringende Familienangelegenheit. Hahn klopfte kurz auf den Busch, aber der Ton der Dame war so ernst, dass er ihr glaubte und auflegte.

Er machte sich Notizen und gesellte sich zu Isa, die auf dem Sofa eine ihrer Zigaretten paffte. „Du glaubst nicht, was ich eben gemacht habe", rief er gut gelaunt.

Während er von seiner Vespa schwärmte, beschlich ihn ein ungutes Gefühl. Irgendetwas war anders, er kam nur nicht drauf, was. Erst als Isa ihre Kippe im Aschenbecher ausdrückte, ging ihm ein Licht auf: Sie hatte nicht ihre üblichen drei Züge, sondern eine ganze Zigarette geraucht.

„Isa, was ist passiert?"

Sie antwortete nicht, fischte nur mit zittrigen Händen eine weitere Zigarette aus der Schachtel und zündete sie an.

„Isa, bitte!"

Sie erhob sich, nahm einen Lungenzug, zog mit den Zähnen an ihrer Oberlippe, bis sie wie ein verschrecktes Nagetier aussah. „Ich bin auf deiner Seite", brachte sie mit belegter Stimme heraus. „Hahn, ich bin voll und ganz auf deiner Seite."

„Wovon redest du?"

Sie betrachtete die Zigarette in ihrer Hand, nahm noch einen Zug, drückte sie dann mit Nachdruck aus. Dabei stieg etwas Rauch in ihre Augen. Sie wendete sich ab. „Ich war im Krankenhaus", flüsterte sie.

„Wo?", fragte Hahn, der meinte, sich verhört zu haben.

„Ich war auf der Aids-Station im Krankenhaus", wiederholte sie viel zu laut.

Hahn war sprachlos. Er saß nur da und musterte sie.

„Ich wollte auf dem gleichen Stand sein wie du, wollte begreifen, warum du dir mit deiner … Entscheidung so sicher bist."

Die Arme auf die Oberschenkel gestützt, beugte Hahn sich vor und wartete ab.

Isa rieb nervös an ihren Händen herum, als klebe etwas an ihnen. „So ein Affentheater." Ein bitteres Lachen. „Stell dir vor, ich habe mir sogar einen Blumenstrauß besorgt, falls jemand mich fragt, was ich da zu suchen habe."

„Und?", fragte Hahn sanft.

„Zwei Zimmer habe ich geschafft. Im zweiten lag ein Mann mit komplett bandagiertem Kopf. Wie im Horrorfilm. In den Nasenhöhlen steckten Strohhalme, damit der arme Kerl atmen kann." Isa wurde von einem Weinkrampf geschüttelt. „Er wird ersticken."

Hahn klopfte auf das Polster neben sich und drückte ihr, während sie schluchzend Platz nahm, ein Taschentuch in die Hand.

„Wie ein dummes Huhn bin ich kopflos auf den Flur gerannt. Dann haben sich die qualmenden Jungs am Stationseingang um mich gekümmert, die kannte ich ja schon aus deinen Erzählungen." Sie putzte sich die Nase, gab das Taschentuch lieber nicht zurück, vielleicht brauchte sie es noch. „Die waren vielleicht 'ne Nummer", lächelte sie durch ihre Tränen hindurch. „Große Clowns, ich habe die ganze Zeit an Beckett denken müssen."

„Makabere Witzchen gerissen, oder?"

„Ja", nickte Isa. „Sehr komisch, solange du nicht hinguckst. Und weißt du, warum jeder von denen unrasiert rumläuft?"

„Nein, aber das hab ich auch bemerkt."

„Ihre Wangen sind so eingefallen, dass der Rasierapparat es nicht bis in die Vertiefungen schafft. Ich weiß nicht, warum, aber diese dunklen Schatten unter den Wangenknochen haben mich total geschafft. Wie Kainsmale."

„Du hättest da nicht hingehen sollen."

„Wer nicht hören will, muss fühlen." Sie sprang auf, lief kopfschüttelnd hin und her. „Wenn ich daran denke, wie ich Moralkuh dir Vorträge über den Sinn des Lebens gehalten habe! Feine Merksprüche fürs Poesiealbum."

„Isa, nicht."

„Allein die Vorstellung, du liegst da von Kopf bis Fuß bandagiert, nur noch so ein Restbündel Mensch."

Hahn ging zu ihr und schloss sie in die Arme. „Es ist gut, es ist ja gut."

Sie nahm seinen Kopf in beide Hände und schaute ihm in die Augen. „Vergiss alles, was ich gesagt habe. Du darfst dir das unter keinen Umständen antun. Wenn die Schmerzen zu viel werden, bin ich voll auf deiner Seite, hörst du?“

„Ich liebe dich“, sagte Hahn.

Er drückte Isa fest an sich. Da war nichts Fremdes mehr zwischen ihnen. Sie waren in der Welt und in der Stille zugleich.

„Wir müssen jetzt ganz in der Gegenwart leben“, sagte Isa entschlossen.

„Dann lass uns gleich damit anfangen. Du gehst jetzt ins Bad und wischst dir die Pandaaugen weg. „Dann gehen wir meine wunderwunderschöne Vespa holen und brausen ein bisschen durch die Gegend.“

„Und weißt du was?“, lächelte Isa tapfer. „Im Moment kann ich mir nichts Schöneres vorstellen.“

4

Ein Jahr später

Wahrscheinlich ist es keine schlechte Idee, noch einmal zur Toilette zu gehen. Außerdem ist es die letzte Gelegenheit, vor dem großen Auftritt noch ein paar Minuten allein zu sein, um sich zu sammeln. In wenigen Minuten wird Dr. David Ho, Direktor des New Yorker „Aaron Diamond Aids Research Center“, auf der Welt-Aids-Konferenz vor Hunderten von Wissenschaftlern und Medizinern berichten, dass die Immunschwäche Aids nicht unbesiegbar ist.

Dr. Ho ist kein Halbgott in Weiß, er ist ein Gott. Millionen Menschen werden ihm und seinem Team ihr Leben zu verdanken haben. Obwohl er nie den Ruhm eines Louis Pasteur oder Robert Koch ernten wird, sprechen manche jetzt schon vom Lazarus-Effekt.

Intelligenz, Leidenschaft und eine Doppelportion Glück haben ihn bis hierher nach Vancouver gebracht. In wenigen Minuten werden viele Kongressteilnehmer ein Gesicht sehen – glatt, schmal, jungenhaft –, das ihnen gänzlich unbekannt ist. Und doch wird der vierundvierzigjährige Amerikaner chinesischer Herkunft ihnen verkünden, dass es für die weltweit mehr als zwanzig Millionen Menschen, die an Aids erkrankt sind, Hoffnung gibt.

Nachdem er sich erleichtert hat, wäscht Dr. Ho sich die Hände so sorgfältig, wie er es gelernt hat. Alles wäre anders gekommen, hätte er es nicht vor genau fünfzehn Jahren bei seiner ersten Anstellung als Internist an einem Krankenhaus in Los Angeles mit einem äußerst rätselhaften Fall zu tun gehabt. Diesen Tag wird er nie vergessen: Er wollte schon seine Schicht beenden, als ein junger Mann in die Notaufnahme eingeliefert wurde, der kaum noch Atem bekam. Erstaunt diagnostizierte Ho die Lungenentzündung PCP und mehrere Kaposi-Sarkome. Das war mehr als ungewöhnlich. Kaposi kam meist nur bei sehr alten Menschen vor, und eine PCP trat fast ausschließlich bei immungeschwächten Patienten nach einer Organtransplantation auf. Aber beides bei einem so jungen Mann?

Drei Wochen später war der Patient tot.

Kurz nacheinander wurden fünf weitere Fälle mit ähnlicher Symptomatik eingeliefert. Dr. Ho und seine Kollegen hatten nicht die geringste Ahnung, was hier vor sich ging. Sie konnten nicht wissen, dass sie Zeugen des Beginns einer Pandemie waren, aber Hos Forschergeist war geweckt. Fortan spezialisierte er sich auf die Mikrobiologie und blieb am Ball. Als zwei Jahre später das HI-Virus als Auslöser der Epidemie entdeckt wurde, hatte er sein Lebensthema gefunden.

Dr. Ho trocknet sich die Hände ab und rückt vorsichtig seine blau-rot gestreifte Krawatte zurecht. Ein letzter Blick in den Spiegel, der Seitenscheitel sitzt tadellos. Dann begibt er sich ins Foyer des Kongresszentrums, wo ihn sofort das übliche Gesumm einer internationalen Konferenz umhüllt. Ein so hochrangiges Treffen ist nicht nur Erfahrungsaustausch, sondern auch Jobbörse und Markt.

Er hatte großes Glück gehabt, dass ihm die Ochsentour erspart blieb. Sogar ein Hauch Hollywood war mit dabei, als ihm mit nur siebenunddreißig ein Direktorenposten in New York angeboten wurde. Irene Diamond, die Gründerin des ADARC-Instituts, des größten privaten Unterstützers der Aids-Forschung in den USA, hatte sich ausgerechnet ihn als leitenden Wissenschaftler in den Kopf gesetzt. Ihr hatte seine Gelassenheit imponiert, hinter der sich neben wissenschaftlicher Kompetenz eine freundlich-zähe Durchsetzungskraft verbarg. Kritischen Nachfragen begegnete die robuste alte Lady mit dem Satz: „Ich will keinen Star, ich will einen Wissenschaftler!" Ihre Wortwahl kam nicht von ungefähr: Bevor sie den Immobilientycoon Aaron Diamond heiratete, hatte sie in Hollywood für Warner Bros. und Paramount nach guten Drehbüchern und Drehbuchautoren gefahndet. Nun setzte sie einen Großteil ihrer Millionen für den Kampf gegen Aids ein, die Krankheit, die auf grausame Weise so viele ihrer Künstlerfreunde dahingerafft hatte.

Vorbei an den Informationsständen unterschiedlichster Organisationen vom Aids-Programm der Vereinten Nationen über Patientenselbsthilfegruppen bis zu diversen internationalen Aufklärungskampagnen kämpft Dr. Ho sich zum Auditorium vor, als jemand seinen Namen ruft.

„Dr. Ho, eine Sekunde bitte!"

Neben ihm läuft ein junger Mann mit rot gefärbten Haaren, ein Mikrofon im Anschlag: „Nachrichtenagentur Reuters. Nur ganz kurz, hätten Sie ein Statement für mich?"

Man hat ihn schon gewarnt, dass er sich nach seinem Vortrag auf eine lange Reihe von Interviews gefasst machen muss, aber er bringt es nicht fertig, den jungen Journalisten auf später zu vertrösten. Neben vielem anderen hat er in den letzten fünfzehn Jahren gelernt, Homosexuelle zu erkennen, und er weiß, dass sie zu seinen engagiertesten Verbündeten gehören. „Also gut, aber ich muss gleich in den Saal“, nickt er lächelnd.

Der Journalist geleitet ihn in eine etwas ruhigere Ecke zwischen zwei Ständen und schaltet sein Aufnahmegerät ein: „Ich weiß, dass Wissenschaftler es nicht gerne tun, aber könnten Sie in einfachen Worten erklären, worin Ihre geniale Entdeckung besteht?“

„Von genial kann gar keine Rede sein“, wehrt Ho ab. „Wenn ich einen Verdienst habe, dann nur den, die richtigen Fragen gestellt zu haben, zum Beispiel: Wenn das Virus seine Oberfläche ständig verändert und sich so unter den Angriffen eines Medikaments gewissermaßen wegduckt, muss man es dann nicht von verschiedenen Seiten gleichzeitig attackieren? Einfach gedacht, schwer umzusetzen, noch schwerer zu beweisen.“

„Sie gelten als der Vater der Kombitherapie, manche sagen auch Aids-Cocktail dazu. Was bedeutet das genau?“

„Wir hatten Glück: Passend zu unseren Überlegungen stand im richtigen Moment ein zusätzlicher Wirkstoff zur Verfügung, der die Bildung von Virusstrukturen hemmt. Wir haben ihn mit bisher bekannten Medikamenten kombiniert und auf eine Phalanx von mindestens drei bis vier unterschiedlich operierenden Medikamenten gesetzt.“

„Normalerweise vergeht sehr viel Zeit, bis neue Therapieformen eine Zulassung erhalten. Warum ging das in Ihrem Fall so schnell?“

„Weil die Epidemie weltweit so bedrohliche Ausmaße annimmt, hat die zuständige Behörde eine wesentlich kürzere klinische Erprobungsphase als gewöhnlich genehmigt.“

„Und das Ergebnis?“

„Schon nach kurzer Zeit zeigte sich, dass es sieben von zehn Patienten deutlich besser ging. Bei vielen sank die Viruslast unter die Nachweisgrenze. Die Viren sind wohlgemerkt nicht verschwunden, sie verbergen sich in den Lymphknoten wie im Rückenmark, verhalten sich aber bisher ruhig. Es ist noch ein langer Weg, bis das Virus besiegt ist, aber ein erster Schritt ist getan.“

„Vielen Dank, das war's schon.“

Ho bedankt sich ebenfalls und steuert eilig auf den Gang zu, der zum Parkett des Auditoriums führt. Eine französische Koryphäe grüßt im Vorbeigehen überschwänglich: „Meinen herzlichen Glückwunsch, Herr Dr. Ho. Wir sind alle sehr gespannt!“

Ho nickt milde. Er weiß nur zu gut, dass nicht wenige Kollegen ihn hämisch als den kleinen Doktor aus New York abtun, der nur ein paar Pillen verteilt hat.

Unterschätzt zu werden ist er gewohnt.

Während er ein Taschentuch aus der Hose nestelt und sicherheitshalber noch einmal seine Goldrandbrille putzt, denkt er an seine entbehrungsreiche Kindheit. Er war vier Jahre alt, als der Vater auf einem Frachter Taiwan verließ, um in den USA für die Familie eine bessere Zukunft zu suchen. Erst neun Jahre später gelang es ihm, seine Frau und die beiden Kinder nachzuholen. Aus Ho Da-i wurde David Ho, ein schüchterner, aber ambitionierter junger Mann, der in einem Schwarzenviertel von L. A. aufwächst und sich die englische Sprache anhand von Jerry-Lewis-Filmen beibringt. Seiner gepflegten Erscheinung und dem perfekten Englisch merkt man es nicht an, aber es ist diese Prise Underdogmentalität, die ihm nicht nur den Biss, sondern auch seine Ausdauer verliehen hat.

Ein letztes Mal tief durchgeatmet, bevor er auf die Bühne tritt, um den wichtigsten Vortrag seines Lebens zu halten. Seine Gelassenheit ist zwar legendär, aber heute wird er sich zwingen müssen, die Hände ruhig zu halten. Wenn er aufgeregt ist, neigt er dazu, sich am Hinterkopf zu kratzen.

*

„Soll ich nicht lieber ein Jackett anziehen?“ Hahn hat zwei Sakkos aus dem Kleiderschrank gezogen, ein helles und ein dunkles, und hält sie sich abwechselnd vor die Brust.

Ein angebissenes Frühstücksbrötchen in der Hand, tritt Isa näher und beäugt seine Auswahl. „Willst du den Boss raushängen lassen?“

„Quatsch. Ich finde nur, heute ist ein besonderer Tag. Davon abgesehen“, er greift sich an den Hosenbund und zieht ihn mühelos einige Zentimeter vom Bauch weg, „bin ich noch ganz schön dürr. Da hilft ein Jackett.“

Zehn Kilo hat er schon wieder zugenommen, fehlen zwanzig, bis er wieder sein altes Kampfgewicht erreicht hat. Falls es weiter so bergauf geht wie bisher. Wie schnell ein Körper sich in nichts auflösen kann, hätte er nicht für möglich gehalten. Verführerisch zubereitete Suppen hatte Isa ihm gebracht, Kuchen, Obst, die feinsten kalorienhaltigen Nachspeisen, doch wie bei seiner ersten Lungenentzündung verursachte ihm allein der Geruch von Essen Würgereflexe. Zuerst wurden seine Arme und Beine zu Stecken, an deren Ende viel zu große Hände und Füße hingen. Seine Brust fiel ein, die Rippen traten hervor, und überall konnte er wie bei einem toten Hähnchen die viel zu große Hülle seiner Haut weit vom Körper abziehen. Der Kopf ein Schädel, der Körper ein Skelett. Irgendwann hatte er aufgehört, in den Spiegel zu schauen.

„Dann nimm das helle", schlägt Isa vor. Lächelnd versucht sie, seine widerspenstigen Haare glatt zu streichen. „Komisch, sie stehen schon wieder, als sei nichts passiert. Im Krankenhaus hingen sogar deine Haare, als wären sie krank."

„*Kranke Haare* wäre ein schöner Romantitel."

„Sehr witzig. Wenn du willst, kannst du das Auto haben, ich habe heute nichts zu transportieren."

„Danke, auf die Meckerberliner in der U-Bahn kann ich gut noch eine Weile verzichten."

Isa trinkt ihren Kaffee aus, schnappt sich die große Arbeitstasche, fischt den Autoschlüssel heraus und wirft ihn quer durch den Raum. Hahn greift danach, erwischt ihn aber nicht.

„Da musst du aber noch üben", feixt sie.

„Ich habe das Gefühl, noch so einiges üben zu müssen", grinst Hahn gutmütig. „Das Leben beispielsweise." Er bringt sie zur Tür, fasst sie um die Taille und gibt ihr einen Kuss. „Einen schönen Tag."

Isa verdreht die Augen. „Dafür ist gesorgt. Bei uns herrscht Zickenalarm. Die beiden Heroinen liefern sich einen Vernichtungskrieg. Aber weißt du was?" Sie präsentiert ihre Bizeps wie ein Bodybuilder. „Ich glaube, so schnell haut mich nichts mehr um."

„Ab mit dir, du Kampfmaschine", lacht Hahn und schiebt sie aus der Tür.

Auf halber Treppe dreht sie sich noch einmal um: „Ist es nicht ein Wunder?"

Bevor er sich ebenfalls auf die Socken macht, stellt er sich noch einmal vor den Spiegel. Den Umständen entsprechend. Es wird dauern, sich nicht nur wie der Alte zu fühlen, sondern auch so auszusehen. Der Mann, der ihn aus dem Spiegel anschaut, ist vor allem seelisch nicht mehr derselbe. Die Demut, wenn starke Schmerzen einen um den Verstand bringen und man ganz auf die Hilfe anderer angewiesen ist, besonders aber die Wertschätzung, die man noch den kleinsten Freuden entgegenbringt, einem Geruch, einem Fetzen Musik, haben aus ihm ein bescheidenes Menschenkind gemacht.

Bis zum Winter war er gesundheitlich stabil geblieben. Der Abstieg begann unspektakulär, eine Mittelohrentzündung, die nicht weichen wollte. Die Anzahl der Helferzellen war so gesunken, dass sein Körper mit dieser harmlosen Infektion nicht mehr fertig wurde. Kurz darauf tauchten drei neue Kaposi-Geschwüre auf. Dann zog er sich trotz Prophylaxe doch die gefürchtete Lungenentzündung PCP zu, die ihn bei der kleinsten Anstrengung wie ein Greis schnaufen ließ. Obwohl er sehr schwach war, weigerte er sich, ins Krankenhaus zu gehen. Richardy hielt das für keine gute Idee, konnte sich aber nicht durchsetzen. Er verpflichtete Isa darauf, auf Hahns Atem zu achten und bei der kleinsten Veränderung den Notarzt zu alarmieren.

Die Therapie der Lungenentzündung erwies sich als äußerst problematisch. Hahn vertrug eines der beiden Medikamente nicht, es verursachte schmerzhafte Magenkrämpfe und Durchfall von entwürdigenden Ausmaßen. Nach drei Tagen Medikamenteneinnahme kam das Aus: Beim Versuch, die Pillen zu schlucken, streikte sein Körper, sein Magen stülpte sich krampfartig nach außen, und er erbrach die spärlichen Reste seines gelben Mageninhalts in einem beeindruckenden Bogen quer durchs Zimmer.

„Da haben wir jetzt ein Problem", sagte Richardy besorgt. „Es stehen uns nur drei Medikamente zur Verfügung, von denen Sie zwei in Kombination nehmen *müssen*."

Die neue Paarung schlug ihm nicht mehr auf den Magen, dafür war er am nächsten Morgen von Kopf bis Fuß mit scharlachrotem Ausschlag übersät. Selbst seine Fußsohlen waren rot gesprenkelt. Richardy verabreichte ihm bei einem Hausbesuch eine Kortisonspritze, drang aber darauf, endlich ins Krankenhaus zu gehen. Dort könne man die Medikamente per Tropf verabreichen, was bei vielen Patienten die Nebenwirkungen lindere. Hahn streckte die Waffen. Da er die Treppe nicht mehr schaffte, war er gezwungen, sich zum ersten Mal mit einer Trage zum Rettungswagen bringen zu lassen.

Zwei Wochen später wurde seine Lunge begutachtet – keine Besserung. Er war am Boden zerstört. Ein Erstickungstod musste grausam sein. Um Luft ringend, dachte er nur noch an das Heroin in seiner Schreibtischschublade. Verblüffenderweise beglückwünschte der Oberarzt ihn. Die PCP sei ein zähes Luder: Verschlechterten sich die Werte nach zwei Wochen nicht, könne man von einer Besserung ausgehen. Nach zwei weiteren Wochen wurde er vorerst entlassen.

Aus lauter Vorfreude würde er heute am liebsten die Treppe hinunterhüpfen. Geht aber nicht. Ob von der Infektion oder seinen neuen Medikamenten hervorgerufen, weiß man nicht, jedenfalls musste er noch ein weiteres lateinisches Wort lernen: Polyneuropathie. Von den Knien abwärts spürt er nur noch den fernen Widerhall eines Gefühls. Wenn er sich dort stößt, kann er nicht sagen, ob Schienbein, Wade oder Fuß wehtun. Das zwingt ihn beim Gehen auf jede Unebenheit zu achten. Zwei Mal schon ist er lang hingeschlagen, aber er beklagt sich nicht. „Ist im wahrsten Sinn des Wortes nur eine Fußnote", hat er Isa mit leicht forciertem Understatement erklärt.

Das Auto, ein bescheidener Golf, aber in der Cabrioversion, war erforderlich geworden, als er kaum noch Kraft hatte, sich auf den Beinen zu halten. Lieber von Isa zu Untersuchungen und ins Krankenhaus gefahren werden, als die misstrauischen Blicke der Taxifahrer oder die rüden Kommentare der Sanitäter ertragen zu müssen. Er setzt sich ans Steuer und hat ein wenig Sorge, wie die Kollegen seine Rückkehr aufnehmen werden.

Im letzten Sommer hatte Biggi mit ihrer Vermutung recht behalten: In der Chefetage wurde sein Name bald nicht nur geflüstert, sondern ganz offiziell genannt. Der Sender wollte mit der Zeit gehen und eine zusätzliche Welle gründen. Ihn hatte man als Wellenchef auserkoren. „Und weißt du, wer für dich bis aufs Blut gekämpft hat?", rief Biggi mit aufgerissenen Augen. „Leberenz! Wie ein Löwe hat er für dich gekämpft! Du hättest Talent, Ideen und Durchsetzungsfähigkeit, hat er gesagt. Und außerdem würdest du ihn an seine Anfänge als Reporter erinnern."

Hahn war euphorisch gewesen, steckte aber in einer Zwickmühle: Was, wenn sein Gesundheitszustand sich rapide verschlechterte und er nicht mehr in der Lage wäre, seine Aufgaben wahrzunehmen? Isa redete ihm zu, das Angebot anzunehmen, schließlich könne niemand sagen, wann er bettlägerig würde. Vielleicht blieben ihm ja noch ein, zwei aktive Jahre. Also verordnete er sich eine Extraportion Optimismus und Chuzpe und sagte zu. Eine Welle gestalten zu dürfen war immer sein Traum gewesen. Und obwohl er nicht zum Pathos neigte, würde die Konzeption dieser Radiowelle im schlimmsten Fall sein Vermächtnis werden.

Auf seinen Erfahrungen als Reporter aufbauend, entwarf er ein Programm, das ganz nah bei den Hörern sein sollte. Jung, flink, tagesaktuell. Wo immer in der Stadt etwas los war, sollte ein Ü-Wagen vorfahren und sofort live auf Sendung gehen. Für die Kollegen hieß das: raus aus dem Studio, rein in den Strudel. Den erfolgreichen Privaten mit ihren überfallartig munteren Moderatoren, den Gewinnspielen und Oldiehits hinterherzuhecheln, hielt er für albern, das konnten die einfach besser. Man musste die Stärken des öffentlich-rechtlichen Radios ausspielen, seine gut ausgebildeten Journalisten, seine finanzielle Ausstattung, seine Infrastruktur. Anfangs spielte er sogar mit dem Gedanken, ganz auf Musik zu verzichten, aber das wäre dann doch etwas zu gewagt, schließlich hatten auch die Hörer der Öffentlich-Rechtlichen ein Recht auf Unterhaltung. Etwa ein Jahr lang sollten die inhaltlichen wie technischen Vorbereitungen dauern, danach würde man flankiert von einer großen Werbeaktion auf Sendung gehen.

Hahn schmiss sich mit Verve auf die neue Aufgabe. Als ihn dann im Winter die Lungenentzündung flachlegte, brach es ihm fast das Herz. Immerhin waren die Planungen für die neue Welle zu weit gediehen, als dass sie noch gekippt werden konnte. Gegen alle Vernunft hoffte er, nach überstandener PCP seine Arbeit fortsetzen zu können. Der Sender jedenfalls rechnete fest mit seiner Rückkehr und benannte nur einen Interimschef.

Bisher hatte er über die Natur seiner Erkrankung nur vage Auskünfte gegeben, jetzt wurde es höchste Zeit, den Kollegen reinen Wein einzuschenken. Es war nicht Scham, die er verspürte, als er in der Redaktionskonferenz von seiner Infektion sprach – sollten sie ihn ruhig für einen verkappten Schwulen oder Fixer halten –, aber er hatte Angst, man würde ihn von nun an wie einen Aussätzigen behandeln. Erwartungsgemäß machten alle Betroffenheitsaugen, doch der Umgang mit ihm blieb so weit normal, wie der Umgang mit einem Todkranken normal sein kann. Man bemühte sich. Dass eine Redakteurin ihm nicht mehr die Hand gab und die Tassen in der Teeküche ab sofort immer gründlich gespült in Reih und Glied blitzten, ließ sich verschmerzen.

Nicht einmal sich selbst gegenüber gab Hahn es gerne zu, aber hinter dem Entschluss, seiner Krankheit einen Namen zu geben, verbarg sich auch Kalkül: Der Sender hatte sich stets für HIV-Positive stark gemacht, es gab Programmschwerpunkte zum Welt-Aids-Tag, diverse Selbsthilfeprojekte und Benefize wurden unterstützt, da konnte man es sich nicht leisten, den erkrankten Wellenchef vor die Tür zu setzen. Dieser taktischen Finesse hat er es zu verdanken, heute wieder seinen Chefsessel einnehmen zu können. Und nun sitzt er in diesem Auto, lässt sich den Wind um die Nase wehen und hat das Gefühl, in seinen Adern fließe Sekt.

Noch vor Kurzem war er davon überzeugt gewesen, den Start der neuen Welle nicht einmal als Hörer im Krankenbett mitzuerleben. Niemand sprach es je aus, aber er konnte den Blicken der Ärzte und ihrem windelweichen Ton entnehmen, dass sie die ihm verbleibende Zeit nicht einmal mehr in Monaten, sondern in Wochen maßen.

Eine läppische Entzündung im Hals schien das letzte Kapitel einzuläuten. Sie war extrem schmerzhaft, sodass er nach kurzer Zeit keinen Bissen mehr herunterbekam. Selbst das Trinken fiel ihm schwer. Er wurde so hinfällig, dass er mehrfach stürzte. Nachdem er eines Morgens im Bad vor Entkräftung zusammengebrochen war und sich eine klaffende Wunde am Kopf einhandelte, übernahm Isa das Kommando und alarmierte den Rettungsdienst. Mit Blaulicht ging es ins Krankenhaus.

Die Ärzte stellen fest, dass sein gesamtes Inneres verpilzt war. Unter großen Schmerzen konnte er nur noch ein wenig Kamillentee mit Honig zu sich nehmen. Obwohl man ihn intravenös ernährte, verlor er weiter rapide an Gewicht. Die Raucherjungs auf Station, die in Plauderlaune manchmal auf seinem Bettrand saßen, wussten zu berichten, dass ein Mitpatient die Augen nicht mehr schließen könne, weil kein Fleisch mehr vorhanden sei. Der kurze Weg zur Toilette kam ihm wie ein Gewaltmarsch vor. Bald schaffte er auch den nicht mehr. Die Nieren begannen Probleme zu machen, die Leber auch. Immer öfter geriet er in einen Bewusstseinszustand, bei dem er die Welt nur noch in der Draufsicht wahrnahm.

Zeit zu handeln.

Zum Entsetzen der Ärzte hatte er angekündigt, in den nächsten Tagen das Krankenhaus verlassen zu wollen. Ein Gedanke kreiste unaufhörlich durch seinen Kopf: endlich ohne Schmerzen sein. Wie das zu bewerkstelligen war, wusste er. All sein Sehnen war mit der Vorstellung angefüllt, die Heroinkügelchen aus seinem Schreibtisch zu klauben und Erlösung zu finden. Seine größte Angst war, den richtigen Zeitpunkt zu verpassen und es nicht mehr bis nach Hause zu schaffen.

Dann stand Leberenz neben seinem Bett.

Im ersten Moment glaubte er zu halluzinieren. Aber Leberenz war sehr real. Das Gesicht gerötet, wedelte er mit einem Fetzen Papier, den er aus dem Nachrichtenticker gezogen hatte. Ein gewisser Dr. Ho habe auf der Welt-Aids-Konferenz in Vancouver eine Sensation verkündet: Die erste Therapie für Aidskranke, in klinischen Studien schon erfolgreich getestet.

Hahn glaubte kein Wort.

Am Nachmittag desselben Tages besuchte Fex ihn. Sie hatten sich seit Wochen nicht gesehen. Hahn belastete Fex' schuldbewusstes Gesicht so sehr, dass er gebeten hatte, ihn nicht mehr zu besuchen: „Ich hab dich lieb, aber mir wird das zu viel."

Fex kam mit derselben Nachricht. In den letzten Monaten hatte er sich zu einem Experten auf dem Gebiet der Aids-Forschung entwickelt. Er unterhielt Kontakte zu Berliner Ärzten und Forschern, zum Robert-Koch-Institut und zu Freunden in den USA, die ihn über aktuelle Entwicklungen auf dem Laufenden hielten. In den letzten Stunden hatte er ausgiebig mit dem Center for Disease Control telefoniert und herausgefunden, dass es sich bei den Neuigkeiten keineswegs um eine Presseente handelte.

Hahn zweifelte.

Dann kam der Oberarzt: „Man kann mit Fug und Recht von einem Durchbruch sprechen, die erste Erfolg versprechende Therapie. Sämtliche klinischen Daten, die wir aus den Staaten kennen, zeigen eine geradezu dramatische Verbesserung des Allgemeinzustandes. Sie sind ein Glückspilz, Herr Hahn."

Nur fühlte Hahn sich nicht gerettet, sondern betrogen. Ein Jahr lang hatte er an seinem Abschied gearbeitet, Trauer und Verzweiflung gemeistert, sich zu einem Suizid durchgerungen, und nun sollte er – leben? Tagelang quittierte er den Tatendurst der Ärzte wie Isas Euphorie mit beleidigter Skepsis. Er ließ sich zwar überreden, die neue Dreifachkombination zu testen, schien anfangs aber mit seinen Zweifeln recht zu behalten. Außer starken Nebenwirkungen hatte der sogenannte Durchbruch nicht viel zu bieten. Regelmäßig wurde ihm speiübel, Taubheitsgefühle traten nun auch an Armen und Händen auf, krampfartige Durchfälle quälten ihn, kein Vergnügen bei einem Darm, der fast nur mit Tee gefüllt war.

Im Lauf der Zeit milderten die Nebenwirkungen sich ab, sein Körper schien sich an die Tabletten zu gewöhnen. Langsam konnte er sogar feste Nahrung zu sich nehmen und stellte verblüfft fest, dass er an Gewicht und Kraft zulegte. Die Viruslast im Blut sank, die Zahl der Helferzellen stieg an.

Nach fünf Wochen wurde er entlassen.

Isa führte sich auf, als hätte sie die Sonne verschluckt. Sie konnte nur schwer nachvollziehen, wie mürrisch und geradezu widerspenstig Hahn sich ins Leben zurückkämpfte. Wieder in den eigenen vier Wänden aber, befreit von den schlimmsten Schmerzen und der zermürbenden Monotonie des Krankenhauses, vom Geruch, den Bettpfannen und Urinflaschen, den Tränen und Stoßgebeten, packte ihn doch noch die rasende Freude, am Leben geblieben zu sein. Eines Nachts stahl sich zuerst seine Hand, dann der daran befindliche Rest auf Isas Seite des Bettes. Zum ersten Mal seit seiner Infektion schliefen sie miteinander, die Bewegungen so sacht, als befänden sich Wachteleier zwischen ihren Körpern, die es gelte, unversehrt durch die Nacht zu bringen.

Bester Laune braust er die Masurenallee entlang und parkt frech im Halteverbot vor der Keramikfassade des Rundfunkhauses. Verwundert nimmt er das freundliche Lächeln des Pförtners wahr und muss sich zügeln, nicht den Boden zu küssen, als er seinen geliebten Paternoster betritt. Zur Feier des Tages fährt er eine Ehrenrunde durch den Keller, bevor er die Redaktionsräume betritt.

Programmassistentin Biggi starrt ihn an, als hätte sie eine Marienerscheinung. Bevor er Guten Tag sagen kann, springt sie von ihrem ergonomischen Hocker auf, fällt ihm um den Hals und heult Rotz und Wasser.

„Biggi, altes Haus, lass mich am Leben", lacht er und gibt ihr einen Kuss aufs Ohr.

„Ick gloob det nich", schnieft sie, „det gloob ick einfach nich!"

„Leibhaftig und in Farbe."

„Bisschen blass um die Neese, aber sonst ganz der Alte. Mensch, wie geht es dir?"

„Ganz gut eigentlich", sagt er und lässt sich in einen der beiden Sessel vor ihrem Schreibtisch fallen. „Wie lange die Pillen wirken, weiß man nicht, aber erst mal wirken sie."

„Käffchen?"

Hahn nickt.

Mit einer Hand brüht Biggi frischen Kaffee auf, mit der anderen wischt sie sich die verheulten Augen. „Von den Toten auferstanden, man kann es nicht anders sagen."

Er schaut sich um, aber die Kollegen sind für die um zehn Uhr einberufene Versammlung noch nicht eingetrudelt. Weil sie unter sich sind, erzählt er Biggi von dem, was er seine zweite Geburt nennt. Sie ereignete sich drei Wochen nach Beginn der neuen Therapie. Er hatte den Kopfteil des Bettes hochgefahren und sich zwei

Kissen in den Rücken gestopft, als er merkte, dass mal wieder eine Durchfallattacke im Anzug war. Ohne zu überlegen, war er aus dem Bett gesprungen, um es noch bis zur Toilette zu schaffen, dann aber wie angewurzelt stehen geblieben. Wie war das möglich? Er stand, reichlich wacklig zwar auf den noch kraftlosen Beinchen, aber zum ersten Mal seit Wochen ohne fremde Hilfe. Dem Durchfall war das egal. „Bei der ersten Geburt mit Weihwasser getauft", kichert er, „beim zweiten Mal mit Scheiße."

„Ferkel", freut Biggi sich und reicht ihm seinen Kaffee.

„Hast du den Champagner besorgt?"

Ironisch verdreht sie die Augen. „Nee, weil du es bist, drei Kisten Rizinus."

„Danke, vom flotten Otto hab ich genug."

„Sag mal, da kam eben ein Bote von einem Großhandel für Restaurantbedarf und hat hier chinesische Glückskekse abgeworfen. Mit den extra bestellten Glückskekssprüchen, hat er gesagt. Weißt du was davon?"

„Die habe ich für die Mitarbeiterversammlung bestellt. Champagner und Kekse, ist doch gut, oder?"

„Und was steht auf den Zettelchen?"

„Dir kann ich es ja sagen: Lebt geil."

*

Selbst nach einem Monat Afrika kann Fex sich an dem Panorama nicht sattsehen. Auf einer Anhöhe gleich hinter der Grenze von Swasiland hat er eine weiß getünchte Hütte mit Veranda gemietet, von wo aus der Blick weit ins Ezulwini Valley geht. Die steil abfallenden, bewaldeten Berghänge prunken mit so lebendiger Frische, als wäre just an diesem Ort die Farbe Grün erfunden worden. „Hier wird dein Herz so groß wie ein Ozean", hatte seine Vermieterin Phepsile stolz gesagt.

Schon während seiner drei Jugendjahre in Afrika hatte ihn dieses freundliche, leicht abstruse Land fasziniert, eine der letzten absoluten Monarchien. Der Vater des jetzigen Königs soll sich einhundertzwanzig Frauen gehalten und mit ihnen sechshundert Kinder gezeugt haben. Immer wenn ihn das deutsche Grau niederdrückte, hatte er sich an diesen Ort geträumt, wo die Farben so klar waren und alles Weite atmete. Seine Mutter hatte ihm mithilfe einer Freundin von der Deutschen Botschaft im Nachbarland Mosambik diese Bleibe vermittelt. Sie hätte noch viel mehr für ihn getan, so begeistert war sie, dass ihr Sohn sich anscheinend doch noch in etwas verbissen hatte. „Mein Sohn ist jetzt Lyriker – apart, nicht?"

In Bermudashorts und Unterhemd sitzt Fex auf der Veranda und löffelt wie jeden Nachmittag seinen Getreidebrei mit Kochbananen. Er mag dieses Gericht aus Maismehl nicht mal besonders, freut sich aber immer wieder daran, dass es genauso schmeckt und sich anfühlt, wie es heißt: Pap. Später wird er in das schlichte kleine Café schlendern, das Phepsile für Touristen auf der Durchreise eröffnet hat, einen Kaffee trinken und ein Schwätzchen halten. Es scheinen die Frauen zu sein, die dieses Land am Laufen halten. Phepsiles Mann Fulathela sitzt mit seinen Kumpels unter einem Baum und trinkt selbst gebrannten Schnaps, während seine Frau die vier Kinder versorgt, kocht, wäscht, näht, das Café führt und zweimal die Woche in der nahe gelegenen Zollstation zwischen Swasiland und Mosambik putzt.

Auf dem Klapptisch vor ihm türmt sich ein wildes Durcheinander von Notizen, Zeitungen, Landkarten, Büchern, angefangenen, fast fertigen und verworfenen Gedichten. Etwas abseits steht sein afrikanisches Holzkästchen, in das er die Versuche steckt, die ihm gelungen scheinen. Daneben hat er die geschnitzte Maske gestellt, die ihm als Kind ihr alter Botschaftsgärtner Scipio mit ins „Schneeland" gegeben hatte und die in allen seinen Zimmern, Wohnungen, vorübergehenden Unterkünften einen Ehrenplatz bekommen hatte. Vielleicht war dies nur aus Sentimentalität geschehen, weil Afrika der erste Einsatzort seiner Mutter war, an den er sich in abgehackten, aber präzisen Bildfolgen erinnern konnte, aber diese ebenso albern wie stolz grinsende Maske hatte ihm stets einen süßen Stich versetzt, das gebrochene Heimatgefühl eines chronisch Heimatlosen. Nun ist sie hier. Von Heimat kann zwar keine Rede sein, aber es war ihm nach seiner Entscheidung für Afrika als Fluchtpunkt und Versuchsfeld sofort klar, dass er sie zurückbringen würde. Er wollte sie unbedingt wieder in dem Licht sehen, das es nur in Afrika gibt.

Hier oben sind seine Sinne bis zur Schmerzgrenze auf Empfang gestellt. Hier kann man nicht, hier muss man schreiben.

Zandie, mit dem er abends gerne ein Bier trinkt, steckt den Kopf aus seinem Laden für perlenbestickte Damentaschen und hält sich breit grinsend den Zeigefinger vor den Mund. Pssst! – „the poet" sitzt bei der Arbeit und darf nicht gestört werden. Nicht nur wegen seines Schreibens nennen ihn die Dorfbewohner den Kulimann. Seine

Mutter hatte ihm den Tipp gegeben, möglichst viele Kugelschreiber mitzunehmen. Die Swasi freuen sich über jedes neue Gesicht und bitten zum Abschied um ein Souvenir. Wie bei einem Fetisch soll die Plastiktüte oder Sonnenbrille etwas von seinem Besitzer abstrahlen und an die Begegnung mit dem Fremdling erinnern. Am begehrtesten sind bunte Kugelschreiber. Zandie hat er sich zum Freund für alle Zeiten gemacht, indem er ihm eines seiner Prachtstücke schenkte: einen Kugelschreiber mit Pin-up-Girl, dessen Bikini wie magisch verschwindet, wenn man den Stift auf den Kopf stellt.

Seit die Nachbarn mitbekommen haben, dass er „poetry“ schreibt, wenn er über seinen Notizblock gebeugt auf der Veranda sitzt, ist er zu einer verehrungswürdigen Person geworden. Manchmal baten Kinder ihn zaghaft darum, einen Blick auf seine handgeschriebenen Manuskripte werfen zu dürfen. Sie flüsterten dann so lange ehrfurchtsvoll, bis er in die Hände klatschte und sie davonscheuchte. Dann kreischten sie und ließen ihre hellen Handinnenflächen über die Veranda flattern wie Schmetterlinge. Allein ihr Lachen lohnte den Aufenthalt.

In Berlin hatte er es nicht länger ausgehalten. Selbst als es Hahn gesundheitlich noch einigermaßen ging, schafften sie es nicht mehr, in ihre Freundschaft zurückzufinden. Jedes Wort klang falsch, jede Geste saß schief. Hin und wieder hatten sie sich auf ein Bier getroffen oder einen Film angeschaut, doch je mehr sie sich bemühten, desto stärker wurde das Gefühl der Beschädigung. Der Sprung in einer kostbaren Vase lässt sich mit einer Drehung zur Wand kaschieren, aber man ist sich immer bewusst, dass er da ist.

Dann wurde Hahn mehrfach ins Krankenhaus eingeliefert. Mit ansehen zu müssen, wie dieser kräftige Mann regelrecht verdunstete, brach ihm das Herz. Er schämte sich dafür, aber als Hahn ihn bat, nicht mehr ins Krankenhaus zu kommen, spürte er nichts als Erleichterung. Viel später erst setzte der Schmerz ein, die innigste Freundschaft seines Lebens verloren zu haben. Nun war er frei, aber allein.

Louis konnte ihn nur wenig trösten. Sie steckten oft die Köpfe zusammen, sprachen viel über Kunst, schliefen nach einigen unbeholfenen Anläufen auch miteinander, aber Louis blieb stets die Krücke, mit deren Hilfe Fex versuchte, sich allein vorwärtszubewegen.

Ein letztes Mal noch hatte er Hahn im Krankenhaus aufgesucht. Vor Aufregung vibrierend, wollte er die Sensation persönlich überbringen, die ihm seine amerikanischen Freunde brühwarm mitgeteilt hatten. Wenn das mit der neuen Kombinationstherapie stimmte, gab es für Hahn eine Überlebenschance. Und er, Fex, hätte unverhofft Bewährung bekommen.

Hahn, beziehungsweise das, was er von ihm noch vorfand, war kaum ansprechbar gewesen. Die guten Nachrichten schienen ihn nicht zu berühren. Seitdem suchte Fex nur noch zu Isa Kontakt, die ihn über Hahns Rekonvaleszenz auf dem Laufenden hielt. Ihrem letzten Brief hatte sie ein Foto beigelegt: Die beiden beim Eisessen, ein strahlendes Paar, Hahn den Mund weit aufgerissen vor Lachen, der Schopf wild wie immer, aber in seinen Augen lag etwas Abgründiges, was dem Dur des Bildes ein deutlich wahrnehmbares Moll beifügte. Ein erwachsener Mann, hatte Fex nicht ohne Neid gedacht, ein erwachsener, reifer Mann.

Fex lässt einen Anstandsrest Pap in der Schüssel und greift nach seiner Lieblingslektüre, der „Times of Swaziland". Auf der Titelseite die übliche Dosis Sex and Crime. Wie in allen bitterarmen Ländern ergötzen die Leser sich auch hier am Leid anderer. *Dad sodomizes son, rapes three daughters!* Jede Katastrophe, die einen nicht selbst trifft, bereitet Genugtuung. Weiter hinten ein Lynchmord in Großaufnahme, ein Attentäter wird vom Mob zusammengeschlagen und bei lebendigem Leib verbrannt. Die wenige politische Berichterstattung ist erstaunlich seriös und gerade so kritisch, wie eine absolute Monarchie es zulässt. Es gibt auch internationale Nachrichten, selbst über die letzte Modenschau von Gucci kann man sich informieren und wie Bayern München oder Inter Mailand im UEFA-Cup abgeschnitten hat.

Weit hinten kommen die Kleinanzeigen mit ihrer größten Sektion, den Todesanzeigen. Die Swasi erinnern gern mit Foto an ihre Verstorbenen, und so sieht man auf den ersten Blick, dass fast alle unter dreißig sind. Fex will es genau wissen und zählt nach: Von zweiundfünfzig Toten sind nur sieben über fünfzig. Nicht ein einziges Mal wird die Todesursache erwähnt.

Für seine unbefristete Klausur hatte Fex sich Swasiland ausgesucht, weil ihn die Schönheit und Abgeschiedenheit des Landes faszinierte. Er wusste natürlich, dass die Länder südlich der Sahara die Länder mit der höchsten HIV-Infektionsrate der Welt waren, aber das Ausmaß der Seuche hatte seine Vorstellungskraft weit übertroffen. Swasiland war auf dem Weg, die höchste Infektionsrate von ganz Afrika aufzuweisen. Das nannte man wohl vom Regen in die Traufe kommen. Anfangs wäre er am liebsten sofort wieder abgereist.

Stattdessen hatte er begonnen, sich umzuhören. Man schätzte, dass mehr als jeder dritte Swasi infiziert war. Exakte Zahlen gab es nur bei Schwangeren, deren Infektionsrate bei sechsundzwanzig Prozent lag. Eine einzige Krankenschwester musste zweihundert Patienten versorgen. Am schlimmsten war das Schicksal der Aids-Waisen, man schätzte, dass es von ihnen mehrere Zehntausend gab. Auch hier im Tal fanden sich Haushalte, die nur von Kindern geführt wurden. Glücklicherweise kümmerte man sich. Phepsile hatte ihm erzählt, dass die Frauen des Dorfes immer wieder mal Essen vorbeibrachten und Kleidung.

Was tun?

Obwohl er aus eher romantischen Motiven hierhergereist war, hatte er über die Botschaft in Mosambiks Hauptstadt Maputo einen Termin im Gesundheitsministerium von Swasiland arrangiert. Die Frage, wo er helfen könnte, ließ sich leicht beantworten: bei der Aufklärung. Eine Florence Nightingale war er nicht, das hatte er in Berlin zur Genüge erfahren. Aber er war ein Mann des Wortes, und den konnte man hier gut brauchen. Zwar sah man manchmal Plakate, die mit kindlich-bunten Zeichnungen vor „the slim-disease" warnten, aber sie schienen wenig Wirkung zu zeigen. Effektvoller waren da schon die reisenden Theatergruppen, die in drolligen bis drastischen Szenen den Gebrauch von Kondomen propagierten. Allerdings reichte es nicht, wenn einmal im Jahr ein solcher Aids-Komödienstadel vorbeischaute. Fex hatte im Dorf gefragt, wo die Leute sich informierten, und immer dieselbe Antwort erhalten: im Radio. Ein Transistorradio fand sich in jeder Hütte.

Hier wollte er ansetzen. Zuerst musste er herausfinden, welche Ansprache die Hörer schätzten, ob sie das Lustige, Drastische oder Sachliche vorzogen, dann schwebte ihm vor, über Hahn eine Kooperation mit dessen Sender anzustreben. Radiospots waren billig und leicht herzustellen. Mit ein wenig finanzieller und technischer Hilfe könnte in dem kleinen Königreich vielleicht etwas bewegt werden.

Fex geht in seine Hütte und trägt eine weitere Lage Sonnenmilch auf. Bei seiner empfindlichen Haut reicht einmaliges Eincremen nicht. Gleich am ersten Tag hatte seine sonnenverbrannte Clownsnase die Kinder zum Lachen gebracht.

Eigenartig, ausgerechnet Hahn um Hilfe zu bitten, aber die Chance, seine Schuldgefühle in Handeln verwandeln zu können, ist viel zu kostbar, um sie nicht zu nutzen. Bei einem seiner letzten

Krankenbesuche hatte Hahn ihn zum Abschied nah zu sich herangezogen. „Du musst keine Gewissensbisse haben“, hatte er geröchelt. „Alles ist gut. Es hat gedauert, aber zum Schluss habe ich entdeckt, dass ich ein Herz habe.“

Fex wusste sofort, was er meinte, auch das ein Grund, warum er sich mehr und mehr zurückzog: Hahn brauchte ihn nicht mehr. Wenn er ihn mit Isa zusammen sah, strahlten die beiden eine Unangreifbarkeit aus, die ihn an den Rand schob. Sie vermieden jede Gefühlsduselei, aber ihre Gesten sprachen Bände. Wie Isa seinen Tee kurz an die Wange hielt, um sicherzugehen, dass er nicht zu heiß war, die Zärtlichkeit, mit der Hahns Blicke Isa folgten, sobald sie den Raum betrat.

Fex schnappt sich eine Flasche Mineralwasser und geht zurück auf die Veranda. Er wird viele Wörter brauchen, wird viel zu erzählen haben, bis er mit den Ereignissen des letzten Jahres im Reinen ist. Er nimmt einen Stift zur Hand und schreibt. Er ist der Kulimann.

Dank

Nicht nur bei diesem Buch bin ich besonders meinem „literarischen Vorkoster“ Helmut Ziegler zu Dank verpflichtet. Kenntnisreich, großzügig und geduldig vereinigt er die Fähigkeiten eines strengen, aber gerechten Lehrers, eines Psychologen und guten Freundes in sich. Ohne seinen Zuspruch würde es dieses Buch nicht geben.

Nicht nur bei diesem Buch war ich erstaunt darüber, wie bereitwillig und offen mir Zugang zu Welten gewährt wurde, die mir ansonsten verschlossen geblieben wären. Die Höhenarbeiter Eberhard Klingner und Frank Seltenheim haben mir nicht nur langmütig die Finessen ihres Berufs erklärt, sondern mich auch zu der Überzeugung gebracht, dass die Arbeit in den oberen Etagen der Welt einen besonders freundlichen und entspannten Menschenschlag hervorbringt.

Dank Helga Gehrmann durfte ich an den Raves ihrer Jugend teilnehmen, von Dirk Ludigs habe ich enorm viel über den ehrenwerten Beruf des Sexparty-Veranstalters gelernt, Doris und Jörg Frey haben in ihrer grünen „Goethe-Küche“ freigebig vom Künstlerdasein in der DDR erzählt, und Barbara Höll verdanke ich interessante Einblicke in das Leben von Parlamentsabgeordneten.

Da ich nicht wie Fex eine Karriere als Lyriker anstrebe, ist es mir eine Ehre, dass die Dichterin Bettina Wohlfender so großherzig einige Zeilen aus ihrem Zettelkasten hergeschenkt hat.

Ein besonderer Dank geht an Wolfgang Volz, der sämtliche Arbeiten Christos fotografisch dokumentiert hat. Von ihm stammt das schöne Coverfoto.